KB231552

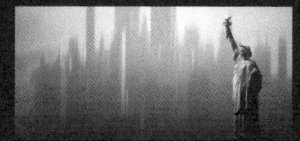

래그타임

RAGTIME
by E. L. Doctorow

Copyright © E. L. Doctorow, 1975
Korean translation copyright © MUNHAKDONGNE Publishing Corp., 2012
All rights reserved.

Korean translation rights arranged with International Creative Management, Inc.,
New York, N. Y. through EYA(Eric Yang Agency), Seoul.

이 책의 한국어판 저작권은 EYA를 통해 International Creative Management, Inc.와
독점 계약한 (주)문학동네에 있습니다.
저작권법에 의해 한국 내에서 보호를 받는 저작물이므로 무단 전재 및 무단 복제를 금합니다.

이 도서의 국립중앙도서관 출판시도서목록(CIP)은 서지정보유통지원시스템 홈페이지(http://seoji.nl.go.kr)와
국가자료공동목록시스템(http://www.nl.go.kr/kolisnet)에서 이용하실 수 있습니다.
(CIP제어번호: CIP2012002130)

세계문학전집
095

E.L.Doctorow : Ragtime

래그타임

E. L. 닥터로 장편소설

최용준 옮김

문학동네

로즈 닥터로 벅에게 삼가 이 책을 바칩니다.

차례 ∎

이 곡은 빨리 치지 말게.

래그타임은 절대 빨리 치면 안 돼……

—스콧 조플린

제1부

1

 1902년, 아버지는 뉴욕 주 뉴로셸에 있는 브로드뷰 애비뉴 언덕 꼭
대기에 집을 지었다. 삼층짜리 갈색 널지붕 집이었는데 지붕창과 퇴
창, 방충망 달린 현관이 있었다. 창에는 줄무늬 차일을 달아 그늘을
만들었다. 6월의 어느 화창한 날, 우리 가족은 이 튼튼한 대저택에 입
성했고, 그 후로 오랫동안 따뜻하고 평온한 날들을 즐겼던 것 같다.
아버지는 국기와 장식용 깃발을 비롯해 애국심을 드러낼 수 있는 다
양한 물건을 만드는 일로 수입의 대부분을 벌어들였다. 그런 물건에
는 폭죽도 포함되어 있었다. 1900년대 초반 애국심은 사람들 마음속
에 확고히 자리매김하고 있었다. 테디 루스벨트가 대통령이었다. 사
람들은 습관적으로 떼 지어 모였는데, 밖에서는 퍼레이드, 야외 연주
회, 생선을 낚아 바로 튀겨 먹는 낚시 모임, 정치집단이 후원하는 야

유회, 친목회 따위를 즐겼고, 실내에서 모일 땐 회관, 보드빌* 극장, 오페라 극장, 무도장 같은 곳들을 애용했다. 뭐든 오락이란 이름만 붙으면 사람들이 삽시간에 모여들어 바글거리는 것만 같았다. 기차와 증기선과 시가전차 들이 사람들을 여기저기로 실어 날랐다. 그게 당시의 스타일이었고, 삶의 방식이었다. 여자들은 지금보다 훨씬 통통했다. 여자들은 하얀 양산을 쓰고 함대를 찾아다녔다. 여름엔 모두가 하얀 옷을 입었다. 테니스 라켓은 무거운 타원형이었다. 여자들이 별것 아닌 일로 졸도하는 척하는 일도 아주 흔했다. 니그로는 없었다. 이민자도 없었다. 일요일 오후, 저녁식사를 마치고 나면 아버지와 어머니는 이층으로 올라가 침실 문을 닫았다. 외할아버지는 거실의 기다란 소파에서 곯아떨어지셨다. 소년은 세일러복을 입고 방충망 달린 현관에 앉아 손을 흔들며 파리를 쫓았다. 어머니의 남동생, 즉 외삼촌은 언덕 아래쪽 기슭에서 시가전차를 타고 노선 종점까지 갔다. 외삼촌은 금발 콧수염을 기른 외로움을 잘 타는 숫기 없는 젊은이였고, 자아를 찾느라 고민이 많아 보였다. 시가전차의 종점은 키 큰 늪풀이 자라는 텅 빈 벌판이었다. 공기에선 짠내가 났다. 하얀 리넨 정장을 입고 밀짚모자를 쓴 외삼촌은 바짓단을 걷어 올리고 짠내 밴 늪지를 맨발로 걸어다녔다. 바닷새들이 깜짝 놀라 푸드덕 날아올랐다. 윈즐로 호머가 그림을 그리던 시절이었다. 동부 해안에는 아직도 빛이 꽤 남아 있었다. 호머는 그 빛을 그렸다. 빛은 무겁고 둔탁한 위협적인 기운을 바다에 더했고 뉴잉글랜드 해안의 바위와 모래톱을 차갑게 비추

---

* 1890년대 중엽에서 1930년대 초까지 미국에서 인기 있던 노래, 춤, 곡예 등을 섞은 대중적인 쇼.

었다. 사연 모를 난파선과 견인줄로 사람을 구하는 용감한 구조대원들이 있었다. 등대와 야생 해안자두나무 수풀 속에 자리 잡은 판잣집들에서는 기묘한 일들이 벌어졌다. 미국 전역에서 섹스와 죽음은 거의 항상 붙어 다녔다. 가출한 여자들이 섹스로 절정에 이르러 황홀경을 느끼며 죽어갔다. 이야기들은 얼른 입막음되었고 기자들은 부잣집에서 두둑한 대가를 찔러 받았다. 사람들은 신문과 정기간행물의 행간을 읽었다. 뉴욕 시 신문들은 코크스*와 철도 재벌가의 괴짜 상속자인 해리 K. 소가 유명 건축가 스탠퍼드 화이트를 쏴 죽인 일로 시끌벅적했다. 해리 K. 소의 아내는 아름답기로 유명한 에벌린 네즈빗이었고, 한때 스탠퍼드 화이트의 정부였다. 총격은 26번가에 있는 매디슨 스퀘어 가든의 옥상 정원에서 일어났는데, 한 블록을 통째로 차지하는 이 거대한 건물은 노란색 벽돌과 테라코타로 축조되었으며, 화이트가 직접 세비야 스타일로 설계한 것이었다. 그날은 풍자익살극인 〈맴젤 샴페인〉이 초연되던 밤이었다. 코러스가 노래하고 춤추고 있을 때, 이 여름밤에 밀짚모자를 쓰고 두툼한 검은 외투를 입은 괴짜 상속자가 권총을 빼들고는 유명 건축가의 머리에 세 발을 쏘았다. 옥상에서 벌어진 일이었다. 여기저기서 비명이 터졌다. 에벌린은 기절했다. 에벌린은 열다섯 살 때 유명한 예술가의 모델로 일한 적이 있었다. 에벌린의 속옷은 흰색이었다. 에벌린의 남편은 상습적으로 그녀를 채찍으로 때렸다. 에벌린은 혁명가인 엠마 골드만을 만난 적이 있었다. 골드만은 혀로써 에벌린을 아프게 했다. 니그로는 분명 존재했다. 이민

---

* 석탄을 건류하여 제조한 고체 연료.

자도 분명 존재했다. 그리고 비록 신문에서는 이 총격 사건을 세기의 범죄라 불렀지만, 골드만은 사건이 일어난 때는 1906년일 뿐이며 세기가 바뀌려면 아직 구십사 년은 더 지나야 함을 알고 있었다.

외삼촌은 에벌린 네즈빗을 연모했다. 외삼촌은 에벌린을 둘러싸고 벌어진 그 사건의 모든 내용을 주의 깊게 따라갔고, 연인이던 스탠퍼드 화이트가 죽고 남편인 해리 K. 소가 감옥에 갇혀버린 지금 에벌린에게 필요한 건 돈은 없어도 신사다운, 중산층 젊은이의 친절한 배려라는 결론을 내리게 되었다. 외삼촌은 언제나 에벌린 생각에 빠져 있었다. 에벌린을 간절하게 갖고 싶어했다. 외삼촌 방 벽에는 찰스 데이나 깁슨이 그린 〈영원한 질문〉이란 제목의 그림이 핀에 꽂혀 붙어 있었다. 신문에 실렸던 그림으로, 에벌린의 옆모습을 그린 것이었다. 풍성한 머리카락을 굵게 하나로 묶어 내려뜨렸는데 그 모습이 마치 물음표 같아 보였다. 곱슬머리가 흘러내려 내리깐 눈을 꾸며주면서 이마에 그림자를 드리웠다. 코는 우아하게 살짝 위를 향했다. 입은 아주 약간 삐죽거리고 있었다. 에벌린의 긴 목은 날아가려는 새처럼 곡선을 그렸다. 에벌린 네즈빗은 한 남자를 죽음에 이르게 하고 또 다른 남자의 삶을 파멸시켰으며, 외삼촌은 그러한 점에서 볼 때 오직 에벌린의 가느다란 두 팔에 안기는 일 외에 인생에서 소유하거나 바랄 만한 가치가 있는 것은 전혀 없노라고 결론지었다.

그날 오후엔 푸른 안개가 꼈다. 바닷물이 밀려와 외삼촌의 발자국 속으로 서서히 스며들었다. 외삼촌은 허리를 굽혀 온전한 조개껍데기 표본을 찾았다. 롱아일랜드 해협의 서쪽 지역에서는 흔히 볼 수 없는 종이었다. 분홍색과 호박색이 소용돌이무늬를 이루는 골무 모양의 조개껍데기였다. 외삼촌은 몽롱한 햇살 아래에서 발목에 소금이 말라 붙어가는 채로 고개를 뒤로 젖히고 조개껍데기에 아주 조금 담긴 바닷물을 마셨다. 갈매기들이 오보에 같은 소리로 울어대면서 머리 위에서 빙빙 돌았다. 등 뒤 늪지 너머 저편에서는 비록 키 큰 풀에 가려 보이지는 않았지만 노스 애비뉴 시가전차의 경적 소리가 들렸다.

　도시 저편에서 세일러복 차림의 소년이 갑자기 몸을 들썩이더니 현관의 길이를 재기 시작했다. 소년은 등나무 등받이가 달린 흔들의자의 둥그런 다리를 발끝으로 눌렀다. 소년은 그 나이치고는 상당한 지식과 지혜를 지녔지만 주위 어른들은 아이의 이러한 변화를 예상치 못했고 따라서 아직도 그 변화에 대해 모르는 상태였다. 소년은 날마다 신문을 읽었고, 이제는 야구의 커브볼이 착시 현상이라 주장하는 과학자와 프로야구 선수들 간의 논쟁을 이해하는 수준에 이르렀다. 소년은 자신이 많은 것을 보고 여러 곳에 가봐야 하지만 지금 삶의 환경에서는 그런 욕구가 전혀 충족되지 못한다고 느꼈다. 가령, 소년은 탈출의 명수인 해리 후디니가 해낸 일과 걸어온 길에 관심이 지대했다. 그러나 한 번도 공연에 가보지 못했다. 후디니는 보드빌 공연의 최고 스타였다. 후디니의 추종자는 배달부, 행상인, 경찰, 아이들처럼 가난한 사람들이었다. 후디니의 삶은 터무니없었다. 후디니는 세계 각지를 다니며 온갖 방법으로 결박되었다가 탈출해냈다. 후디니는 의자에 앉은 채 밧줄로 묶였다. 그리고 탈출했다. 사슬로 사다리에 묶였다. 그래도 탈출했다. 손에 수갑을 차고 다리에는 차꼬를 차고 구속복을 입은 뒤 캐비닛에 갇혔으며, 캐비닛에는 자물쇠가 채워졌다. 거기서도 빠져나왔다. 후디니는 은행금고, 못질한 통, 입구를 꿰맨 우편배

달 가방에서 탈출했다. 함석으로 가장자리를 댄 크나베 피아노 상자, 거대한 풋볼 공, 전기가 흐르는 쇠통, 접이식 뚜껑이 달린 책상, 소시지 껍질에서도 탈출했다. 후디니가 갇힌 곳에서 빠져나올 때면 그곳을 열거나 몸에 상처 입은 흔적이 전혀 없었고, 사람들은 이를 신기해했다. 장막이 걷히면 후디니가 단정치는 못해도 의기양양한 모습으로 서 있었고, 그 옆에는 후디니를 가두고 있어야 할 통이 온전한 상태로 있었다. 후디니는 사람들에게 손을 흔들었다. 후디니는 물을 채우고 밀봉한 우유통에서 탈출했다. 또한 시베리아행 죄수 호송차에서 탈출했다. 중국식 물고문 수조에서도 탈출했다. 함부르크의 교도소에서도 탈출했으며, 영국의 선상 감옥에서도 탈출했다. 보스턴 감옥에서도 탈출했다. 후디니는 자동차 타이어, 물레방아, 대포에 사슬로 몸을 묶은 뒤 탈출해냈다. 몸이 결박된 채 미시시피 강, 센 강, 머지 강으로 뛰어내리고는 손을 흔들며 물 밖으로 나왔다. 구속복을 입고 크레인, 복엽비행기, 빌딩 꼭대기에 거꾸로 매달렸다. 무거운 잠수복을 입고 맹꽁이자물쇠를 찬 뒤 산소통도 없이 바다에 떨어졌고, 그래도 탈출했다. 산 채로 묘지에 묻혔을 때는 탈출하지 못했고, 결국 구조를 받아야 했다. 사람들은 황급히 후디니를 파냈다. 흙이 너무 무거웠어, 후디니는 헐떡이며 말했다. 손톱에서 피가 흘렀다. 눈에서 흙이 떨어졌다. 온몸이 납빛이었고 서 있지를 못했다. 후디니의 조수는 구토를 했다. 후디니는 숨 가빠하며 씨근거렸다. 기침하며 피를 토했다. 사람들은 후디니를 깨끗이 씻기고 호텔로 데려갔다. 후디니가 죽고 거의 오십 년이 지난 오늘날에도 그의 탈출 예술 관객은 늘어만간다.

어린 소년은 현관 끝에 서서 방충망을 돌아다니는 금파리에 시선을 고정했다. 금파리는 마치 노스 애비뉴에서 언덕을 올라오는 것처럼 보였다. 파리가 날아갔다. 자동차 한 대가 노스 애비뉴에서 언덕을 올라오고 있었다. 자동차가 가까워지자 소년은 그 차가 45마력짜리 검은색 포프 톨레도 무개차임을 알아보았다. 소년은 현관을 달려나가 계단 꼭대기에 섰다. 차는 소년의 집을 지나쳤고, 커다란 소리를 내더니 전신주를 들이받았다. 소년은 집 안으로 뛰어들어가 위층의 어머니와 아버지를 소리쳐 불렀다. 외할아버지가 깜짝 놀라 잠에서 깼다. 소년은 다시 현관으로 달려갔다. 운전자와 동승자는 길에 서서 차를 보고 있었다. 고무 타이어가 감긴 커다란 차바퀴에는 검게 에나멜칠된 나무살이 달려 있었다. 라디에이터 앞에 놋쇠 헤드라이터가 있었고, 흙받기 위로 놋쇠 사이드램프가 보였다. 좌석에는 술 장식이 달렸고 양쪽으로 문이 나 있었다. 차는 별 손상이 없어 보였다. 운전사는 제복 차림이었다. 운전사가 엔진 뚜껑을 열자 하얀 수증기가 쉬익 하고 세차게 솟아올랐다.

많은 사람들이 자기 집 앞뜰에 나와 이 장면을 지켜보았다. 그러나 아버지는 조끼의 시곗줄을 단정히 매만지며 인도로 내려와 뭔가 도울 일이 없는지를 살폈다. 차 주인은 그 유명한 탈출의 명수인 해리 후디니였다. 후디니는 차를 타고 웨스트체스터를 돌아다니며 하루를 보내던 중이었다. 후디니는 부동산을 살까 생각하고 있었다. 라디에이터가 식기를 기다리는 동안, 부모님은 후디니를 집으로 초대했다. 가족은 후디니의 겸손하고 별 특징 없기까지 한 태도에 깜짝 놀랐다. 후디니는 우울해 보였다. 보드빌 공연에서 성공을 거두면서 경쟁자가 잔뜩 생겨났던 것이다. 그래서 후디니는 어쩔 수 없이 점점 더 위험한

탈출들을 자꾸 생각해내야 했다. 후디니는 작고 다부진 몸에 잘 재단
되긴 했지만 날씨와는 영 안 어울리는 구겨진 트위드 정장을 걸치고
있었다. 정장에서 엿보이는 등과 팔 근육, 그리고 억센 손을 보면 후
디니는 확실히 운동선수 유형이었다. 그날은 30도가 넘는 무더운 날
씨였다. 후디니는 제멋대로인 뻣뻣한 머리 가운데에 가르마를 탔고,
청아한 푸른 눈으로 끊임없이 무언가를 살폈다. 후디니는 어머니와
아버지에게 아주 공손했고 자신의 일에 대해 무척 겸손하게 이야기했
다. 이 점에 가족은 매우 좋은 인상을 받았다. 소년은 후디니를 물끄
러미 바라보았다. 어머니는 이미 레모네이드를 내오라고 지시해두었
다. 레모네이드가 나오자 후디니는 고마워하며 레모네이드를 마셨다.
거실은 창에 친 차일 덕에 시원했다. 창은 열기를 막으려 닫아둔 상태
였다. 후디니는 옷깃을 풀고 싶어했다. 후디니는 육중한 사각형 가구,
커튼과 어두운 색의 깔개, 동양풍의 실크 쿠션, 초록색 유리 램프갓
때문에 갇혔다는 느낌을 받았다. 거실에는 얼룩말 가죽 깔개가 놓인
긴 의자가 있었다. 후디니의 시선을 알아차린 아버지는 아프리카에
사냥을 갔을 때 얼룩말을 총으로 쏴 잡았다고 말했다. 아버지는 꽤 유
명한 아마추어 탐험가였다. 뉴욕 탐험가 클럽의 회장이었으며, 매년
이 클럽에 회비를 냈다. 사실 며칠만 더 있으면 아버지는 클럽 수준을
한층 높이기 위해 피어리의 세번째 북극 탐험에 참가할 예정이었다.
그러니까 피어리와 북극에 가실 거란 말씀인가요? 후디니가 물었다.
별문제만 없다면요, 아버지가 대답했다. 아버지는 의자에 등을 기대
고 앉아 시가에 불을 붙였다. 후디니는 갑자기 수다스러워졌다. 후디
니는 이리저리 서성였다. 자신이 했던 여행에 대해, 유럽에 갔던 일들

에 대해 이야기했다. 후디니가 말했다. 하지만 북극이라니! 굉장해요. 그 탐험대에 뽑히다니 실력이 대단하신 게 분명합니다. 후디니는 어머니에게로 푸른 눈을 돌렸다. 후디니가 말했다. 그렇지만 집안을 늘 잘 꾸려가는 것도 보통 일은 아니죠. 후디니는 확실히 매력적인 사람이었다. 후디니는 활짝 웃었고, 몸집이 큰 금발의 어머니는 시선을 내리깔았다. 그 뒤로 몇 분간, 후디니는 소년을 위해 당장 구할 수 있는 물건들로 사소하지만 멋진 묘기를 몇 가지 보여주었다. 후디니와 작별할 때가 되자 온 가족이 문까지 배웅을 나갔다. 아버지와 외할아버지는 후디니와 악수를 했다. 후디니는 커다란 단풍나무 아래로 난 길을 걸어 거리로 이어지는 돌계단을 내려갔다. 운전사가 기다리고 있었고, 차는 제대로 주차되어 있었다. 후디니는 운전석 옆자리에 올라탄 뒤 손을 흔들었다. 사람들이 자기네 앞뜰에 서서 하염없이 바라보았다. 소년은 마술사를 따라 거리까지 내려와 이제 포프 톨레도의 정면에 서서 헤드라이트의 반짝이는 놋쇠 부분에 비친 자신의 모습을 가만히 바라보았다. 얼굴이 길고 일그러져 보였다. 후디니는 소년이 예쁘장하다고, 어머니를 닮아 흰 피부에 담황색 머리칼을 가졌지만 살짝 나약해 보인다고 생각했다. 후디니는 차문에 기대었다. 잘 있어라, 애야. 후디니는 말하며 손을 내밀었다. 대공에게 경고하세요, 소년이 말했다. 그러고는 저 멀리 달려가버렸다.

2

후디니의 깜짝 방문은 어머니와 아버지의 섹스를 방해한 셈이었다. 어머니는 그걸 다시 하려는 기미를 보이지 않았다. 어머니는 정원으로 도망쳤다. 며칠이 지나 떠날 때가 다가오자 아버지는 침대로 오라는 어머니의 암묵적 신호를 기다렸다. 아버지는 자기가 먼저 제안하면 기회를 완전히 망치리라는 걸 알았다. 아버지는 몸집이 우락부락하고 성욕이 무척 강했지만, 어머니가 그에 맞장구치며 외설스럽게 행동하지 않는 걸 고맙게 여겼다. 그사이 온 집안이 아버지의 떠날 채비를 도왔다. 짐을 꾸리고, 아버지가 없는 동안에도 사업이 잘 돌아가도록 준비해야 했으며, 그 외에도 신경 써야 할 자잘한 일들이 수천 가지는 되었다. 어머니는 손목 안쪽을 이마에 대고 흘러내린 머리카락 하나를 뒤로 넘겼다. 가족 중에 아버지가 직면한 이 위험에 무관심한 사람은 아무도 없었다. 하지만 그 위험 때문에 아버지를 계속 집에 붙잡아둘 이도 없었다. 아버지가 몇 번씩 장기간 집을 비우는 덕분에 결혼생활이 잘 유지되는 듯했다. 아버지의 출발 예정일 전날 저녁식사 때, 어머니의 소맷부리가 숟가락을 스치는 바람에 숟가락이 식탁에서 떨어졌고, 어머니는 얼굴을 붉혔다. 온 집안이 잠든 시간, 아버지는 깜깜한 어둠 속에서 어머니의 방으로 갔다. 아버지는 이 순간에 걸맞은 엄숙하고 정중한 태도를 취했다. 어머니는 눈을 감고 두 손을 자신의 귀에 댔다. 아버지의 턱에서 어머니의 가슴으로 땀방울이 떨어졌다. 어머니는 화들짝 놀랐다. 어머니는 생각했다. 지금까지는 행복한 시절이었어. 하지만 이제 커다란 재앙이 닥칠 것만 같아.

이튿날 아침, 모두가 아버지를 배웅하러 뉴로셀 기차역으로 나갔다. 사무실 직원 몇 명이 나와 있었고, 아버지의 비서실장이 짤막하게 연설을 했다. 드문드문 박수가 나왔다. 뉴욕행 기차가 도착했다. 바퀴살 있는 커다란 바퀴가 달린 볼드윈 4-4-0 증기기관차가 번쩍이는 진초록색 차량 다섯 대를 끌고 왔다. 소년은 정비사가 기름통을 들고 다니며 놋쇠로 된 구동 피스톤 상태를 확인하는 모습을 지켜보았다. 그러다 누군가 어깨에 손을 얹은 것이 느껴져 돌아보자 아버지가 웃으며 손을 들어 흔들었다. 다들 외할아버지가 가방을 들지 못하게 말려야 했다. 아버지와 외삼촌은 짐꾼과 함께 여행가방을 기차에 실었다. 아버지는 외삼촌과 악수했다. 아버지가 아버지 회사에서 일하는 외삼촌의 봉급을 인상해주면서 동시에 더 높은 자리로 올려준 뒤였다. 늘 두 눈 크게 뜨고 있게, 아버지가 말했다. 외삼촌은 고개를 끄덕였다. 어머니가 활짝 웃었다. 어머니는 남편을 부드럽게 껴안았고, 아버지는 어머니의 뺨에 키스했다. 아버지는 마지막 객차의 뒤쪽 플랫폼에 서서 챙이 넓은 밀짚모자를 벗어 흔들며 작별 인사를 했고, 기차는 굽이진 곳을 돌아갔다.

이튿날 아침, 기자단과 샴페인을 터뜨리며 아침식사를 마친 피어리의 북극 탐험대 대원들은 루스벨트호를 출항시켰고, 대원들을 태운 작고 튼튼한 배는 후진하여 정박지를 나와 이스트 강으로 들어갔다. 소방선들이 물보라를 뿜어 올렸고, 물방울은 도시 위로 떠오르는 이른 아침 햇살을 받아 무지개를 그렸다. 정기선들은 저음의 경적을 울렸다. 어느 정도 시간이 흐른 뒤에야 루스벨트호는 바다에 이르렀고,

아버지는 정말로 탐험에 나섰다는 걸 실감하게 되었다. 난간 앞에 서자 언제나 변치 않는 바다 특유의 멋진 리듬이 뼛속 깊이 전해졌다. 잠시 후 이민자들을 난간까지 가득 태운 채 대서양을 건너는 배가 루스벨트호 옆을 지나갔다. 아버지는 물때가 끼고 갑판보가 넓은 배의 뱃머리가 물보라를 일으키며 바다를 나아가는 모습을 지켜보았다. 갑판마다 사람들이 꽉꽉 들어차 있었다. 수천 명도 넘는 남자들이 머리에 중산모를 쓰고 있었다. 수천 명도 넘는 여자들이 머리에 숄을 두르고 있었다. 누더기 배에 탄 수백만 명의 까만 눈동자가 아버지를 보고 있었다. 아버지는 평소엔 단호한 사람이었음에도 갑자기 영혼까지 철렁하는 느낌을 받았다. 묘한 절망감이 아버지를 사로잡았다. 바람이 불어왔고, 하늘이 깜깜해졌고, 거대한 바다는 출렁이며 마치 화강암이나 슬레이트로 된 단구가 무너져 내리듯 요란한 소리와 함께 부서졌다. 아버지는 시야에서 완전히 사라질 때까지 그 배를 바라보았다. 그러나 배에 탄 사람들은 그저 더 많은 고객을 의미할 뿐이었다. 이민자들은 미국 국기를 무척 중요하게 여길 테니 말이다.

3

이민자들은 대부분 이탈리아나 동유럽 출신이었다. 이민자들은 소형 증기선을 타고 엘리스 섬으로 갔다. 그리고 붉은 벽돌과 회색 돌로 지은 묘하게 화려한 인간 창고에서 이름표를 달고 관리들의 지시대로 샤워를 한 뒤 대기 막사의 벤치에 앉았다. 이민자들은 이민국 관리에게 막강한 권력이 있음을 곧바로 눈치챘다. 이민국 관리들은 자기들이 발음을 못하면 이름을 바꿨고, 노인이나 시력이 약한 자, 별 볼일 없어 보이거나 인상이 좋지 않은 자는 송환선에 탈 것을 지시해 가족들을 찢어놓았다. 무소불위의 권력이었다. 이민자들은 떠나온 고향을 떠올렸다. 이민자들은 거리로 나갔고 셋방살이를 했다. 뉴욕 시민은 이민자들을 경멸했다. 이민자들은 더러웠고 문맹이었다. 몸에서는 생선과 마늘 냄새가 났다. 상처에서는 고름이 흘렀다. 이민자들은 자존심이라곤 없었고, 무보수나 다름없는 삯을 줘도 일했다. 이민자들은 도둑질을 했다. 술을 마셨다. 자기 딸을 강간했다. 별것 아닌 일로 서로를 죽였다. 이민자들을 가장 멸시한 자들 중에 아일랜드인 2세들이 있었다. 이들의 아버지들 역시 예전에 똑같은 범죄를 저질렀다. 아일랜드인 아이들은 나이 든 유대인의 턱수염을 잡아당기고 때려눕혔다. 또한 이탈리아인 행상의 손수레를 뒤집었다.

철마다 짐마차들이 거리를 다니며 부랑자 시체를 수거했다. 밤이 깊어지면 바부시카*를 쓴 할머니들이 시체보관소에 와 남편과 아들을 찾았다. 시체들은 양철 탁자에 올려져 있었다. 탁자마다 밑에 배수관이 있어 바닥으로 이어졌다. 탁자 가장자리에는 배수 도랑이 있었다. 높이 세운 수도꼭지에서 계속해서 시체 위로 물이 쏟아졌고, 그 물은 이 배수 도랑으로 흘러나갔다. 시체는 몸 위로 쏟아지는 물줄기 쪽으로 얼굴을 향하고 있었고, 마치 어찌할 도리 없이 자신의 눈물에 빠져 죽는 것처럼 보였다.

---

* 전통적으로 러시아 여자들이 머리에 쓰는 스카프.

하지만 그런 상황에서도 사람들은 피아노 교습을 받기 시작했다. 성조기를 자기 몸처럼 아꼈다. 돌을 쪼아 길에 깔 포석을 만들었다. 노래를 불렀다. 농담을 했다. 온 가족이 한방에 모여 살고 모두가 일을 했다. 마메와 타테, 그리고 피나포어 드레스*를 입은 어린 소녀도 마찬가지였다. 마메와 어린 소녀는 무릎길이의 반바지를 재봉틀로 박았고, 열두 벌에 70센트를 받았다. 아침에 일어나서 잘 때까지 내내 재봉틀을 돌렸다. 타테는 거리에서 생계를 꾸렸다. 시간이 지나며 이들은 점차 이 도시에 대해 알게 되었다. 어느 일요일, 이 가족은 큰맘 먹고 셋이서 12센트를 낸 뒤 시가전차를 타고 주택가로 갔다. 마메와 타테와 소녀는 매디슨 애비뉴와 5번 애비뉴를 걷고 대저택들을 구경했다. 대저택 주인들은 자기 집을 궁전이라 불렀다. 그리고 그 대저택들은 정말로 궁전이 맞았다. 모두 스탠퍼드 화이트가 설계한 집이었다. 타테는 사회주의자였다. 궁전들을 보자 타테는 가슴속 깊은 곳에서부터 분노가 치밀었다. 타테의 가족은 걸음을 빨리했다. 높다란 헬멧을 쓴 경찰들이 타테 일행을 지켜보고 있었다. 경찰은 도시 이쪽의 넓고 한산한 보도에 이민자들이 돌아다니는 걸 좋아하지 않았다. 타테는 경찰의 이러한 태도가 몇 년 전 피츠버그에서 철강으로 백만장자가 된 헨리 프릭이 한 이민자에게 총격당한 사건 때문이라고 해석했다.

그러다 소녀가 학교에 다녀야 한다는 편지가 도착하면서 이 가족에게 위기가 닥쳤다. 다시 말해 이제 가정경제의 수지를 맞출 도리가 없

---

* 앞치마처럼 생긴 소매 없는 원피스.

게 된 것이다. 마메와 타테는 하는 수 없이 딸을 학교에 데리고 갔다. 딸은 학교에 들어갔고 매일 등교했다. 타테는 거리를 배회했다. 뭘 해야 할지 도통 감이 오지 않았다. 타테는 행상을 나섰다. 그러나 장사가 될 만한 모퉁이 자리는 절대로 얻을 수가 없었다. 타테가 거리에 나가 있는 동안 마메는 창가에 앉아 수북한 천 조각을 쥐고 발로 페달을 밟으며 재봉틀을 돌렸다. 마메는 작은 체구에 눈동자가 검었고 곱슬곱슬한 갈색 머리는 가운데 가르마를 타 목 뒤에서 쪽을 찌고 있었다. 마메는 이렇게 혼자 있는 시간이면 높고 가녀린 달콤한 목소리로 노래를 흥얼댔다. 마메의 노래에는 가사가 없었다. 어느 날 오후, 마메는 완성된 바지들을 들고 스탠턴 가의 공장으로 갔다. 사장은 마메에게 사무실로 들어오라고 했다. 사장은 바지들을 꼼꼼히 살펴본 뒤 잘했다고 말했다. 사장은 돈을 세더니 마메가 받을 돈에 1달러를 더 끼워주었다. 그러면서 이 돈은 마메가 아름답기에 주는 거라고 덧붙여 말했다. 사장이 씩 웃었다. 사장은 마메의 젖가슴을 만졌다. 마메는 1달러를 챙겨 도망쳤다. 다음번에도 똑같은 일이 반복되었다. 마메는 요즘 일을 더 하고 있다고 타테에게 말했다. 마메는 사장의 손길에 익숙해졌다. 이 주치 집세를 지불해야 하던 어느 날, 마메는 재단대에서 사장이 마음대로 하게 내버려두었다. 사장은 마메의 얼굴에 키스했고 마메의 짭짤한 눈물을 맛보았다.

역사적으로 이 무렵, 지칠 줄 모르는 신문기자이자 개혁론자인 제이컵 리스는 가난한 이들에게 주택 공급이 절실하다는 글을 썼다. 한 방에 너무 많은 인원이 살았다. 상하수도 같은 공중위생 시설이 전혀 없었다. 거리에선 똥냄새가 진동했다. 아이들이 가벼운 감기나 사소한 발진 때문에 죽었다. 부엌 의자 두 개를 붙여 만든 침대에서 죽었다. 바닥에서 죽기도 했다. 많은 사람들이 이민자들은 도덕적으로 타락했기 때문에 더럽게 살고 굶주리고 병에 걸린다고 믿었다. 하지만 리스는 통풍구가 관건이라고 믿었다. 통풍구, 빛, 공기만 있으면 건강해질 거라고 생각했다. 리스는 깜깜한 계단을 오르고 문을 두드리고 플래시를 터뜨려 가난한 가족들 사진을 찍으며 이 집 저 집을 돌아다녔다. 플래시를 높이 들고 덮개 속에 머리를 넣으면 펑 하고 사진이 찍혔다. 리스가 떠난 뒤에도 가족들은 감히 움직이지 못하고 사진에 찍힌 자세 그대로 있었다. 가난한 자들은 인생이 바뀌기를 기다렸다. 자신들이 변하기를 기다렸다. 리스는 맨해튼의 인종 분포를 색상별로 표시한 지도를 만들었다. 흐린 회색은 유대인을 나타냈다. 유대인이 가장 좋아하는 색이 회색이라 그렇게 표시했다고 리스는 말했다. 붉은색은 피부가 가무잡잡한 이탈리아인을 뜻했다. 파란색은 검소한 독일인이었다. 검은색은 아프리카인을 의미했다. 초록색은 아일랜드인이었다. 그리고 노란색은 고양이처럼 깨끗한, 또 고양이처럼 잔인하고 교활하며 비위에 거슬리면 야수 같아지는 중국인을 나타냈다. 핀란드인과 아랍인, 그리스인 그리고 그 밖의 여러 민족들을 나타내는 약간의 색들을 더하면 조각보 이불이 된다고 리스는 외쳤다. 인류의 조각보 이불!

어느 날 리스는 저명 건축가인 스탠퍼드 화이트를 인터뷰하기로 마음먹었다. 리스는 화이트에게 가난한 이들을 위한 주택을 설계해본 적이 한 번이라도 있느냐고 묻고 싶었다. 공영주택과 통풍구와 채광에 대해 화이트의 의견을 듣고 싶었다. 리스는 부두에서 화이트를 만났다. 화이트는 선적된 건축 비품이 도착하는 상황을 지켜보고 있었다. 리스는 배의 화물창에서 나오는 물건들을 보고 놀라움을 금할 수 없었다. 피렌체 궁전과 아테네의 안뜰을 이루는 돌멩이 하나까지 그 위치를 전부 표시해 그대로 가져왔고, 그림, 조각상, 태피스트리, 나무상자에 든 조각되고 채색된 천장널들, 타일을 깐 파티오, 대리석 분수, 대리석 계단과 난간, 쪽나무 세공 마룻바닥과 실크 벽널 따위도 있었다. 대포, 삼각기, 갑옷, 석궁, 그 외 여러 고대 무기들도 보였다. 또한 침대, 대형 옷장, 침대 겸용 의자, 기다란 식탁, 찬장, 하프시코드가 있었고, 큰 통에 유리제품, 은그릇, 금그릇, 도기 및 자기 그릇들이 가득했다. 교회 장식과 희귀본 책이 몇 상자씩 있었으며, 코담뱃갑도 보였다. 화이트는 건장한 몸집에 무뚝뚝한 사내였고 양옆을 짧게 친 붉은 기 도는 머리에는 흰머리가 나 있었다. 화이트는 이리저리 돌아다니며 접은 우산으로 짐꾼들의 등을 세게 탁탁 쳤다. 조심해, 이 머저리들아! 화이트가 외쳤다. 리스는 화이트에게 준비한 질문을 묻고 싶었다. 가난한 자들을 위한 공영주택이 리스의 요점이었다. 하지만 눈앞의 광경을 본 리스는 유럽이 와해되고 고대의 땅이 난장판이 되고 유럽의 예술과 건축에 새로운 미학이 탄생할 거란 생각이 들었다. 리스 자신은 덴마크인이었다.

그날 저녁 화이트는 매디슨 스퀘어의 옥상 정원에서 열리는 〈맴젤 샴페인〉의 초연을 보러 갔다. 6월 초순이었고, 그달 하순에는 무시무시한 폭염으로 빈민가에서 영아들이 죽어나갔다. 셋집은 용광로처럼 달아올랐고, 세입자들은 마실 물이 전혀 없었다. 계단 가장 아래쪽 싱크대는 말라붙었다. 아버지들은 얼음을 찾아 거리를 내달렸다. 태머니 홀*은 개혁론자들에 의해 파괴되었지만, 그 지역의 사기꾼들은 여전히 얼음을 사재기한 뒤 작은 얼음조각을 터무니없는 가격에 팔고 있었다. 사람들은 베개를 인도에 내놓았다. 현관 입구의 계단과 문간에서 잠을 잤다. 말들은 거리에서 픽픽 쓰러졌고 죽어갔다. 위생과에서 짐마차를 보내 죽은 말을 치웠다. 그러나 이 방법은 효율적이지 못했다. 뜨거운 열기 때문에 말들이 터져버린 것이다. 내장이 밖으로 드러나고 쥐가 들끓었다. 빈민가 골목 전체에서, 그리고 통풍구에 묶어놓은 빨랫줄에 힘없이 늘어져 있는 회색 옷들에서 생선 튀김 냄새가 피어올랐다.

4

살인적인 여름 더위 속에서 재선을 노리는 정치가들은 지지자들을 야유회에 초대했다. 7월이 끝나갈 무렵, 한 후보가 사람들을 이끌고 제4구역의 거리를 행진했다. 이 후보는 양복 옷깃에 치자꽃을 꽂고 있었다. 악단이 수자가 작곡한 행진곡을 연주했다. 후보의 후원회 회원들은 악단을 따라갔고, 다들 강까지 그대로 행진한 뒤 증기선 그랜드 리퍼블릭호에 올라탔다. 증기선은 롱아일랜드 해협을 올라가 뉴로셸 바로 너머에 있는 라이까지 갈 예정이었다. 증기선에는 약 5천 명 정도의 사람들이 탔고, 과적된 탓에 배는 우현으로 심하게 기울었다.

---

* 1789년에 조직된 뉴욕 시의 정치 단체로, 당시 시정의 부패와 타락의 상징이었다.

태양은 뜨거웠다. 갑판을 가득 메운 승객들은 숨 쉴 공기를 찾아 난간으로 몰렸다. 강물은 유리 같았다. 사람들은 모두 라이에서 내려 큰 천막으로 향하는 다른 행진에 참여했다. 천막에서는 길고 하얀 앞치마를 두른 웨이터 한 무리가 피크닉 식탁에 옛날식 생선 차우더를 날라다주었다. 점심식사 후, 야외 음악당에서 연설이 몇 번 있었다. 야외음악당은 애국심을 나타내는 깃발천으로 장식되어 있었다. 아버지 회사에서 제공한 것이었다. 후보의 이름을 금색으로 써놓은 깃발들도 있었고, 식탁마다 금색 깃대에 꽂힌 작은 성조기가 놓여 있었다. 후원회 회원들은 그날 오후 내내 작은 나무통에서 맥주를 따라 마시고 야구를 하고 편자던지기를 하며 놀았다. 라이의 풀밭은 중산모를 쓰고 풀 위에 앉아 꾸벅꾸벅 조는 사람들로 가득했다. 저녁이 되자 다시 식사가 나왔고, 군악대가 연주를 시작했으며, 그런 뒤 행사가 절정에 이르렀다. 불꽃놀이가 펼쳐진 것이다. 외삼촌은 불꽃놀이를 직접 지휘하러 이곳에 와 있었다. 외삼촌은 폭죽 설계를 좋아했다. 아버지의 사업 중 오로지 이 부분에만 정말로 흥미를 느끼는 듯했다. 모두가 들뜬 가운데, 밤공기를 가르며 폭죽이 올라갔다. 커다란 소리가 울려 퍼지고, 찬란한 빛이 상공에서 번쩍였다. 빙빙 도는 거대한 불꽃 바퀴가 강 위를 굴러가는 듯 보였다. 여자의 옆얼굴이 새로운 별자리처럼 밤하늘을 수놓았다. 붉은색과 흰색과 푸른색 빛의 소나기가 별처럼 쏟아지다가 강에 떠 있는 낡은 증기선 위에서 다시 폭탄처럼 터졌다. 다들 환호했다. 불꽃놀이가 끝나자 선착장까지 가는 길을 표시하기 위해 횃불이 켜졌다. 집으로 가는 길, 낡은 증기선은 이번엔 좌현으로 기울었다. 외삼촌도 그 배에 타고 있었다. 외삼촌은 계단을 거두기 직전 가볍게 배로 뛰어올랐다. 외삼촌은 갑판에 누워 자는 사람들을 타넘었다. 그리고 뱃머리 난간 앞에 서서 시꺼먼 강물 위로 불어오는 산들바람 쪽으로 고개를 들었다. 외삼촌은 시선을 내려 깜깜한 밤의 어둠을 뚫어져라 바라보며 에벌린을 생각했다.

이 무렵, 에벌린 네즈빗은 남편이 스탠퍼드 화이트를 살해한 일로 곧 받게 될 재판에서 자신이 할 증언을 날마다 연습했다. 에벌린은 소위 '무덤'이라 불리는 시립 교도소로 거의 매일 남편을 면회 가야 했을 뿐 아니라, 남편의 변호사들도 상대해야 했다. 변호사는 한두 명이 아니었다. 그리고 시어머니 문제도 있었다. 피츠버그의 기품 있고 당당한 미망인인 시어머니는 에벌린을 멸시했다. 이에 더해 에벌린은 자기 어머니도 상대해야 했다. 에벌린은 담담했지만 어머니는 사위의 재산에 무척 욕심을 냈다. 언론은 에벌린의 일거수일투족을 감시했다. 에벌린은 작은 호텔식 아파트에서 조용히 지내려 애썼다. 스탠퍼드 화이트가 얼굴에 총을 맞았을 때 어떤 모습이었는지 생각하지 않으려 애썼다. 에벌린은 방에서 식사했다. 증언을 연습했다. 잠을 충분히 자면 피부가 더 좋아질 거라 믿고 일찍 잠자리에 들었다. 에벌린은 지루했다. 단골 재단사에게 옷을 주문했다. 해리 K. 소 변호의 실마리는 아내인 에벌린이 열다섯 살 때 어떻게 몸을 망쳐버렸는지 직접 들은 해리가 잠시 미쳤었다는 부분에 있었다. 에벌린은 어느 예술가의 모델이자 야심찬 배우였다. 스탠퍼드 화이트가 매디슨 스퀘어 가든 타워에 있는 자신의 아파트로 에벌린을 초대했었고 샴페인을 권했다. 약을 탄 샴페인이었다. 이튿날, 에벌린이 깨어났을 때 그녀의 허벅지에는 화이트의 성기가 남긴 찬연한 광채가 설탕 시럽처럼 남아 있었다.

　그러나 해리 K. 소가 오직 그 얘기만 듣고 실성해버렸다고 배심원들을 설득하기란 힘들 터였다. 해리는 평생 여러 레스토랑에서 온갖 사고를 치며 살아온 폭력적인 남자였다. 해리는 인도에서 자동차를 몰았다. 자살 충동에 시달렸고, 한번은 아편 팅크 한 병을 통째로 마신 적도 있었다. 해리는 은으로 만든 상자에 주사기 여러 개를 가지고 있었다. 그리고 그 주사기로 온갖 것들을 자기 몸에 찔러 넣었다. 주먹을 꽉 쥐고 자신의 관자놀이를 마구 치는 버릇도 있었다. 오만했고 소유욕이 강했으며 유별나게 질투가 심했다. 결혼하기 전에는 에벌린을 때렸다는 이유로 스탠퍼드 화이트를 고소하는 진술서에 에벌린이 서명하게 하려는 계획도 꾸몄다. 에벌린은 서명하길 거부했고, 이를 화이트에게 알렸다. 그러자 해리는 에벌린을 유럽으로 데려갔다. 유럽에서라면 화이트에게 기회가 갈 것을 염려할 필요 없이 에벌린을 독차지할 수 있었다. 에벌린의 어머니가 보호자로 동행했다. 셋은 크론프린제신 세실호를 타고 항해했다. 사우샘프턴에서 해리는 에벌린의 어머니에게 돈을 주어 돌려보내고 에벌린만 유럽 대륙으로 데려갔다. 마침내 해리와 에벌린은 오스트리아의 한 고대 산성에 도착했다. '슐로스 카첸슈타인'이란 이름의 성으로, 해리가 미리 빌려둔 곳이었다. 이 슐로스*에서 보내는 첫날밤, 해리는 에벌린의 로브를 벗긴 뒤 침대에 던지고 엉덩이와 허벅지 뒤쪽에 개 채찍을 휘둘렀다. 복도와 돌 계단통에 비명이 울려 퍼졌다. 둘의 숙소에서 일하는 독일인 하인

---

* 독일어로 '성(城)'이라는 뜻.

들이 그 소리를 듣고 얼굴을 붉혔고 골트바서 여러 병을 마시고 섹스를 했다. 에벌린의 피부에 남은 소름 끼치는 붉은 채찍 자국은 참으로 흉측하기 그지없었다. 에벌린은 밤새도록 울고 흐느꼈다. 아침이 되자 해리가 에벌린의 방으로 돌아왔고 이번엔 칼 가는 가죽으로 때렸다. 에벌린은 몇 주나 침대에 누워 지내야 했다. 에벌린이 몸을 회복할 동안, 해리는 독일 흑림과 오스트리아 알프스를 찍은 입체환등기 슬라이드를 가져다주었다. 사랑을 나눌 때는 부드럽게 행동했고 민감한 부위를 조심스레 다루었다. 그럼에도 에벌린은 해리와의 관계가 암묵적으로 이해할 수 있는 수준을 넘었다고 판단했다. 에벌린은 집으로 보내달라고 요구했다. 혼자 카르마니아호를 타고 미국으로 돌아와보니 어머니는 이미 오래전에 미국에 와 있었다. 뉴욕에 도착하자마자 에벌린은 스탠퍼드 화이트를 찾아가 무슨 일이 있었는지 털어놓았다. 에벌린은 화이트에게 오른쪽 허벅지 안쪽에 난 찢긴 상처 자국들을 보여주었다. 맙소사, 맙소사, 스탠퍼드 화이트가 말했다. 화이트는 상처 자국에 키스했다. 에벌린은 왼쪽 엉덩이 안쪽의 노란색과 보라색으로 변한 작은 흔적을 보여주었다. 정말 끔찍하군, 스탠퍼드 화이트가 말했다. 화이트는 그 부분에도 키스했다. 이튿날 아침 화이트는 에벌린을 변호사에게 보냈고, 변호사는 슐로스 카첸슈타인에서 일어난 일에 대해 진술서를 준비해주었다. 에벌린은 이 진술서에 서명했다. 내 사랑, 이제 해리가 집에 오면 그자에게 이걸 보여주라고, 스탠퍼드 화이트가 활짝 웃으며 말했다. 에벌린은 화이트의 말대로 했다. 해리 K. 소는 진술서를 읽고는 안색이 창백해지더니 곧바로 청혼했다. 에벌린은 고작 코러스로 선 경험이 전부지만 부자와 결혼하는 일에서는 〈플로라도라〉 뮤지컬에 나오는 그 어떤 여자에도 뒤지지 않게 잘해냈다.

이제 감옥에 갇힌 해리는 구경거리였다. 해리의 감방은 휑뎅그렁한 '무덤'의 맨 위층, 살인자들만 수감하는 곳에 있었다. 매일 저녁 간수들은 해리에게 신문을 가져다주었고, 해리는 신문을 통해 자신이 가장 좋아하는 팀인 피츠버그 내셔널스와 팀의 스타인 호너스 와그너 소식을 놓치지 않고 따라잡았다. 해리는 야구 경기 기사를 모두 읽은 뒤에야 자신과 관련된 기사를 읽곤 했다. 해리는 〈월드〉〈트리뷴〉〈타임스〉〈이브닝 포스트〉〈저널〉〈헤럴드〉 등 모든 신문을 꼼꼼히 읽었다. 신문 하나를 모두 읽으면 해리는 신문을 접은 뒤 철창 앞에 서서 감옥 복도의 난간 너머로 던졌다. 신문은 낱장으로 분리되며 감방으로 에워싸인 건물의 육층 아래 바닥으로 떨어졌다. 간수들은 해리의 행동에 매료되었다. 간수들은 해리처럼 상류계급의 죄수를 받아본 적이 거의 없었다. 해리는 감옥 식사를 썩 맘에 들어하지 않았기 때문에 델모니코스에서 음식을 배달해 먹었다. 해리는 청결한 느낌을 좋아했기 때문에 매일 아침 그의 하인이 갈아입을 옷을 감옥 문까지 가져오면 간수들이 이를 전해주었다. 해리는 니그로를 싫어했기 때문에 간수들은 그의 감방 근처엔 니그로 죄수가 수감되지 않도록 신경 썼다. 해리는 간수들의 친절에 무심하지 않았다. 해리는 신중하진 않지만 나무랄 데도 없는 방식으로 고마움을 표시했다. 20달러짜리 지폐를 쭈글쭈글하게 구겨 자기 발치에 던졌다. 이 돈을 주우려고 허리를 굽히면 해리는 간수들을 돼지새끼라고 욕하곤 했다. 간수들은 무척 기뻐했다. 교대시간이 되어 간수들이 무덤에서 나오면 기자들은 간수들에게 해리를 어떻게 생각하느냐고 물었다. 매일 오후 에벌린은 옷깃이 높은 블라우스와 리넨 주름치마를 입은 상큼한 모습으로 면회를 왔고, 남편과 아내는 '탄식의 다리'를 이리저리 거닐어도 좋다는 허락을 받았다. 탄식의 다리는 무덤과 형사법정을 이어주는 좁은 철제 다리였다. 소는 뇌가 손상된 사람처럼 뒤뚱거리며 안짱걸음으로 걸었다. 소는 빅토리아 시대의 동성애자같이 입이 크고 눈동자가 컸다. 때때로 소가 마구 손짓하는 모습이 눈에 띄기도 했다. 에벌린은 그 옆에서 고개를 숙이고 서 있었고, 얼굴은 모자 그늘에 가려 보이지 않았다. 소는 가끔씩 진찰실을 사용하고 싶다고 부탁했다. 진찰실 문에는 작은 엿보기 창이 있었는데, 그 문 바로 앞에 배치된 간수들은 소가 때로는 울부짖었고 때로는 에벌린의 손을 잡고 있었다고 주장했다. 소는 이리저리 서성이며 두 주먹으로 자신의 관자놀이를 때리기도 했고, 그동안 에벌린은 창살 쳐진 창문 밖을 물끄러미 내다보곤 했다. 한번은 소가 에벌린에게 자신만을 사랑한다는 증거를 요구했는데, 그가 원하는 증거란 다름 아닌 구강성교였다. 에벌린은 말린 꽃을 망사에 넣어 장식한 챙 넓은 모자를 쓰고 있었고, 이 모자가 소의 배에 닿아 에벌린의 공들여 매만진 머리에서 천천히 벗겨졌다. 일이 끝나자 소는 에벌린의 치마 앞자락에서 톱밥을 털어낸 뒤 머니 클립에서 지폐를 몇 장 꺼내주었다.

에벌린은 무덤 밖에서 기다리던 기자들에게 자신의 남편 해리 K. 소는 무죄라고 말했다. 재판에서 제 남편 해리 K. 소의 결백함이 입증될 거예요, 에벌린은 어느 날 위풍당당한 시어머니가 마련해준 전기마차에 올라타며 말했다. 운전사가 문을 닫았다. 차 안에서 남의 눈을 피할 수 있게 되자 에벌린은 울었다. 해리가 유죄인 건 그 누구보다 에벌린이 잘 알고 있었다. 에벌린은 20만 달러를 받고 해리 편에 서서 증언하는 데 이미 동의했다. 그리고 이혼의 대가는 훨씬 더 클 터였다. 에벌린은 차의 실내장식을 손가락으로 쓸었다. 눈물이 말랐다. 묘하게 쓸쓸하면서도 의기양양한 기분이 온몸에 퍼졌다. 가슴에서 우러나는 차가운 승리의 미소였다. 에벌린은 펜실베이니아 탄광촌의 거리에서 뛰어놀며 자랐다. 에벌린은 조각가 고든스가 만들고 스탠퍼드 화이트가 매디슨 스퀘어 가든 꼭대기에 세운 조각상, 즉 청동으로 만든 멋진 나체의 디아나 여신상의 모델이었다. 디아나는 활을 당긴 채 얼굴을 하늘로 향하고 있었다.

우연히도 우리 역사에서 이 시기는 침울한 소설가 시어도어 드라이저가 데뷔작 『시스터 캐리』를 냈으나 악평과 너무 낮은 판매율 때문에 좌절에 빠져 있던 때였다. 드라이저는 작품 활동에서 손을 뗐고 의기소침하여 누구도 만나려 하지 않았다. 드라이저는 브루클린에서 가구가 딸린 방을 하나 빌려 그곳에서 살았다. 드라이저는 방 가운데 나무의자에 앉아 시간을 보내곤 했다. 어느 날 드라이저는 의자가 잘못된 방향으로 놓였다고 판단했다. 의자에서 일어나 두 손으로 의자를 들어 오른쪽으로 돌렸다. 그리고 잠시 의자가 제대로 놓였다고 생각했지만, 곧 다시 아니라고 판단했다. 드라이저는 의자를 한 번 더 오른쪽으로 돌렸다. 그리고 이제 의자에 앉으려 했지만 왠지 기분이 좋지 않았다. 드라이저는 다시 의자를 돌렸다. 결국 의자를 완전히 한 바퀴 돌렸지만 여전히 의자가 어느 방향으로 놓여야 맞는지 알지 못했다. 셋방의 더러운 창문에 빛이 흐릿해져갔다. 밤새도록 드라이저는 올바른 방향을 찾아 의자를 돌리고 또 돌렸다.

5

  곧 열릴 소의 재판만이 '무덤'의 열렬한 관심사는 아니었다. 간수 두 명이 여가 시간을 이용해 새로운 족쇄를 만들어냈던 것이다. 간수 들은 새 족쇄가 기존의 규격품보다 훨씬 낫다고 주장했다. 자신들의 주장을 입증하기 위해 간수들은 해리 후디니에게 새 족쇄에서 탈출해 보라고 도전장을 냈다. 어느 날 아침 마술사가 '무덤' 교도소장의 사 무실에 도착했고, 소장과 악수하는 자세로, 또 두 간수와 나란히 서서 그 둘의 어깨를 양팔로 감싼 자세로 사진을 찍었다. 후디니는 기자들 과 간단한 인사말을 주고받았다. 그런 뒤 공짜표를 수없이 나눠주었 다. 후디니는 밝은 곳에서 족쇄를 들고 꼼꼼히 살펴보았다. 그리고 도 전을 받아들였다. 후디니는 이튿날 밤 키스 히포드롬에서 열리는 공 연에서 족쇄를 풀고 탈출할 예정이었다. 기자들이 주위에 바글대는 가운데, 후디니가 이제 직접 자신만의 도전을 해보겠다고 말했다. 지 금 즉시 감옥에 갇힐 것이며 옷은 모두 벗어 감옥 밖에 두겠노라고 했 다. 그런 다음 모두가 자리를 비켜주면, 후디니는 5분 안에 어떻게든 감옥에서 탈출해 옷을 모두 입은 채로 교도소장의 사무실에 나타나겠 다고 했다. 교도소장이 이의를 제기했다. 후디니는 놀라움을 표했다. 어쨌거나 후디니 자신은 간수의 도전을 주저 없이 받아들였다. 그런 데 교도소장은 본인의 감옥에 그렇게 자신이 없단 말인가? 기자들은 후디니의 편을 들었다. 지금 후디니의 묘기 제안을 거절하면 신문에 어떻게 나올지 잘 알았기에 교도소장은 굴복하고 말았다. 교도소장은 사실 자신의 감옥이 난공불락이라 믿었다. 교도소장의 사무실 벽은 옅은 초록색이었다. 책상 위에는 아내와 어머니의 사진이 든 액자들이 놓여 있었다. 책상 뒤 탁자에는 시가 상자와 아일랜드산 위스키가 담긴 유리병이 있었다. 교도소장은 새 전화기를 집어들었고, 한 손으로는 손잡이를 잡고 다른 한 손으로는 수화기를 잡은 채 의미심장한 눈빛으로 기자들을 바라보았다.

잠시 후 후디니는 실오라기 하나 걸치지 않고 발가벗은 채 층계를 여섯 계단 올라 교도소 꼭대기 층에 있는 살인범 전용 감방으로 안내되었다. 이 층에는 죄수가 몇 명 없었고, 이곳에서 탈출하는 일은 불가능해 보였다. 간수들은 빈 감방에 후디니를 가뒀다. 그리고 후디니의 옷을 단정하게 접어 그의 손이 닿지 않는 복도에 두었다. 간수들과 기자들은 곧 물러나 미리 합의한 대로 교도소장의 사무실로 돌아갔다. 후디니는 몸 곳곳에 작은 철사와 용수철 조각을 지니고 있었다. 이제 후디니는 손바닥으로 발바닥을 쓸어보았고, 왼발 뒤꿈치의 굳은살이 박인 부분에서 너비가 0.6센티미터 정도 되고 길이가 4센티미터 조금 안 되는 금속 조각을 빼냈다. 숱이 많은 머리털에서는 뻣뻣한 철사를 빼내 금속 조각 주위에 감아 손잡이를 만들었다. 후디니는 창살 사이로 손을 넣은 다음, 임시변통으로 만든 열쇠를 자물쇠에 끼우고 천천히 시계방향으로 돌렸다. 감옥 문이 열렸다. 그 순간 후디니는 어둑한 공간을 가로질러 맞은편 감방에 불이 밝혀져 있고 누군가가 있음을 깨달았다. 죄수 하나가 감방 안에 앉아 후디니를 바라보고 있었다. 얼굴이 크고 넓적했고 돼지코에 입이 컸으며, 눈은 부자연스러울 정도로 반짝이고 커다랬다. 거친 머리털은 뒤로 빗어 넘겨 묘하게 초승달 모양인 머리 선이 드러났다. 보드빌 공연을 하는 후디니는 복화술사의 인형 얼굴을 떠올렸다. 죄수는 리넨 식탁보를 깔고 식기를 제대로 갖춘 식탁 앞에 앉아 있었다. 식탁에는 거한 식사를 하고 남은 음식이 놓여 있었다. 와인 쿨러에는 빈 샴페인 병이 거꾸로 꽂혀 있었다. 철제 간이침대에는 퀼트로 만든 침대 시트가 깔려 있고, 장식용 쿠션들이 놓여 있었다. 돌벽에는 고풍스러운 옷장이 있었다. 천장 조명에는 티파니 램프갓이 씌워져 있었다. 후디니는 도무지 시선을 뗄 수가 없었다. 어둑어둑한 동굴 모양 교도소에서 이 죄수의 감방은 무대처럼 빛났다. 죄수가 일어나 위엄 있는 태도로 손을 흔들었고, 큰 입이 벌어지며 웃음이 번졌다. 후디니는 재빨리 옷을 입기 시작했다. 속옷과 바지를 입고 양말을 신고 대님을 매고 신발을 신었다. 맞은편의 죄수는 옷을 벗기 시작했다. 후디니는 내의와 셔츠를 입고 옷깃을 둘렀다. 타이를 매고 핀을 꽂았다. 멜빵을 메고 재킷을 걸쳤다. 맞은편 죄수는 이제 조금 전의 후디니처럼 홀딱 벗은 상태였다. 죄수는 감방 앞쪽으로 나오더니 깜짝 놀랄 만큼 음란한 태도로 두 팔을 치켜든 채 하체를 앞으로 쑥 내밀고는 쇠창살 사이로 성기를 흔들어댔다. 후디니는 복도를 달려갔고, 살인자 전용 감방과 외부 사이의 문을 이리저리 만지작거려 열고 나온 뒤 다시 문을 닫았다.

후디니는 이 기묘한 대결에 대해 누구에게도 말하지 않을 작정이었다. 후디니는 교도소에서 거둔 대성공에 대한 축하인사들을 담담하다 못해 차분하기까지 한 태도로 받아들였다. 후디니는 석간신문에 나온 자기 이야기를 읽은 사람들이 매표소에 길게 줄을 선 모습에도 전혀 기분이 좋아지지 않았다. 새 족쇄에서 2분 만에 탈출한 일 역시 하나도 기쁘지 않았다. 며칠이 지나고서야 후디니는 살인범 수감층에서 자신을 기괴하게 흉내 냈던 사람이 해리 K. 소였음을 깨달았다. 후디니는 자신이 행하는 예술에 제대로 반응해주지 않는 사람들을 만나면 심한 스트레스를 받았다. 후디니는 이런 자들이 하나같이 상류계층이었음을 이미 알고 있었다. 이들은 언제나 후디니의 삶의 허식을 뚫고 들어왔고, 바보가 된 기분이 들게 했다. 후디니에게는 원대하지만 아직 채 영글지 않은 야망이 있었고, 기술이 나날이 발전하는 통에 한시도 맘 놓고 쉴 수가 없었다. 허름한 무대에서 후디니는 놀라운 묘기를 선보여 사람들에게 경외심을 자아내곤 했다. 그러나 사람들은 비행기를 타고 공중으로 날아오르거나 자동차를 타고 시속 100킬로미터로 달리기 시작했다. 루스벨트 같은 자는 산후안 언덕에서 스페인을 습격했고, 세계 곳곳으로 백색함대를 보냈다. 그의 치아만큼이나 하얀 전함들이었다. 부자들은 무엇이 중요한지를 알았다. 부자들은 후디니를 어린아이나 바보 보듯 했다. 하지만 후디니가 스스로 훈련을 하고, 자신이 하는 일에 완벽을 기하려 애쓴다는 사실은 미국의 이상을 반영하는 것이었다. 후디니는 몸을 운동선수처럼 잘 가꿨다. 담배도 피우지 않고 술도 안 마셨다. 이제껏 자신보다 더 온몸이 강인하게 단련된 사람은 만나보지 못했다. 후디니는 복근에 힘을 꽉 준 뒤 누구든 와서 있는 힘껏 쳐보라고 웃으며 말할 수도 있었다. 후디니는 대단한 근육질이었고 기민했으며 자신의 일에서는 담력이 있었다. 그러나 부자들에게 이런 건 모두 별것이 아니었다.

후디니의 새로운 공연 중에는 사무실 금고에서 탈출한 뒤 금고를 열어 방금 전까지 무대에 있던 조수가 수갑을 찬 채 그안에 들어 있는 걸 보여주는 것도 있었다. 엄청난 성공작이었다. 그 공연이 있고 어느 날 저녁 후디니의 매니저가 그에게 말하길, 78번가의 스타이버선트 피시 부인에게 전화가 왔는데 후디니를 파티에 초대하고 싶어한다고 했다. 피시 부인은 '400인'* 중 한 명이었다. 재치 넘치기로 유명하기도 했다. 한번은 모든 참석자가 아기처럼 말해야 하는 무도회를 연 적도 있었다. 이제 피시 부인은 친구이자 자신의 집을 지어준 건축가인 고(故) 스탠퍼드 화이트를 기리는 무도회를 열 생각이었다. 스탠퍼드 화이트는 피시 부인 집을 도제 궁 양식으로 설계했다. 도제는 제노바 공화국 혹은 베네치아의 총독을 뜻했다. 내가 그 사람들과 무슨 상관이야, 후디니는 매니저에게 말했다. 매니저는 피시 부인에게 후디니는 참석할 수 없다고 정중히 전했다. 그러자 피시 부인은 돈을 두 배로 주겠노라고 했다. 무도회는 월요일 저녁에 열렸다. 새 시즌에 처음으로 열리는 성대한 행사였다. 아홉 시쯤 되자 후디니는 빌린 피어스 애로를 운전했다. 매니저와 조수가 동행했다. 트럭 한 대가 장비를 싣고 후디니가 탄 차를 따랐다. 후디니 일행은 상인들이 짐을 부리며 드나드는 문으로 안내되었다.

후디니는 몰랐지만 스타이버선트 피시 부인은 그날 저녁을 위해 바넘 앤드 베일리 서커스 단원도 모조리 불러놓았다. 피시 부인은 시대에 뒤처진 사람들을 깜짝 놀라게 하는 걸 좋아했다. 후디니는 대기실

---

* 19세기 후반 작성된 뉴욕 상류층 인사 400명의 명단을 뜻함.

같은 방으로 안내되었고, 그에 대해 들어봤으며 그를 만져보고 싶어하는 기기묘묘한 사람들에게 삽시간에 둘러싸였다. 피부가 반짝이는 무지갯빛 비늘로 덮여 있고 손이 어깨에 붙은 자들, 전화기에서 나는 목소리를 가진 난쟁이들, 엉덩이가 붙어 있는 샴쌍둥이 자매, 가슴에 영구 부착한 철제 고리에 역기를 끼워 들어 올리는 남자 등이었다. 후디니는 망토와 모자와 하얀 장갑을 벗어 조수에게 건넸다. 후디니는 의자에 털썩 주저앉았다. 조수들은 지시를 기다렸다. 기묘하게 생긴 자들이 후디니에게 끊임없이 지껄여댔다.

그러나 방 자체는 무척 아름다웠다. 조각된 나무 천장과 개들에게 물려 살이 찢기는 악타이온의 모습이 담긴 플랑드르산 태피스트리가 있었다.

젊은 시절, 후디니는 펜실베이니아 서부의 작은 서커스단에서 일한 적이 있었다. 후디니는 평정을 되찾기 위해 옛날 서커스단에 품었던 애정을 떠올렸다. 여자 난쟁이 한 명이 일행에게서 떨어져 나오더니 다들 뒤로 몇 걸음 물러나라고 말했다. 알고 보니 여자는 그 유명한 라비니아 워런이었다. 난쟁이 중 가장 유명한 인물인 톰 섬 장군*의 미망인이었다. 라비니아 워런 섬은 피시 부인이 마련해준 화려한 드레스를 입고 있었다. 피시 부인과 앙숙 관계인 윌리엄 애스터 부인을 놀리려는 의도로 입힌 옷이었다. 지난봄, 애스터 부인이 지금 난쟁이 여자가 입은 것과 똑같은 디자인의 옷을 입었었다. 라비니아 섬은 애스터식으로 머리를 단장하고 애스터의 보석과 같은 모양의 싸구려 모

---

* 본명은 찰스 셔우드 스트래턴이며, 64센티미터가 안 되는 키로 바넘 앤드 베일리 서커스단을 대표하는 인기인이었다.

조품 장신구를 하고 있었다. 라비니아 섬은 나이가 일흔에 가까웠고 늘 당당하게 행동했다. 50년 전, 결혼식 직후 라비니아와 섬 대령은 링컨 부부의 초대로 백악관에 가기도 했다. 후디니는 울고 싶었다. 라비니아는 더는 서커스단에서 일하지 않았지만, 브리지포트에 있는 자신의 집 때문에 뉴욕까지 와 있었다. 옥상이 있는 라비니아의 집은 조개 모양 박공널로 지붕이 장식되었으며 외벽은 미늘판자였는데, 유지비가 꽤 들었다. 라비니아가 오늘 밤 일을 맡은 것도 유지비 때문이었다. 라비니아는 오래전 죽은 남편의 무덤 가까이 있으려고 브리지포트에 살았다. 톰 섬은 마운틴 그로브 공동묘지에 묻혔고, 무덤에는 그를 기념하는 높은 기둥과 그의 석상이 서 있었다. 라비니아의 키는 60센티미터쯤 되었다. 후디니의 무릎 높이밖에 되지 않았다. 목소리는 나이 탓에 걸걸했지만 마치 평범한 스무 살짜리 여자아이 같은 어조로 이야기했다. 라비니아의 눈은 반짝이는 푸른색이었고 머리는 은발이었으며 깨끗하고 하얀 피부에는 미세한 주름이 잡혀 있었다. 후디니는 자신의 어머니를 떠올렸다. 자, 아가야, 우릴 위해 몇 가지 묘기를 좀 부려보렴, 라비니아가 말했다.

후디니는 간단한 손재주 몇 가지로 서커스 단원들을 즐겁게 해주었다. 후디니가 입에 당구공을 넣고 입을 다문 뒤 다시 입을 벌리자 당구공은 사라지고 없었다. 후디니는 다시 입을 다물었다가 벌린 뒤 당구공을 꺼냈다. 보통 바늘을 뺨에 찌른 다음 뺨 안쪽에서 바늘을 잡아당기기도 했다. 후디니가 손을 펼치자 살아 있는 병아리가 나타났다. 후디니는 귓속에서 색색의 실크 천들을 잡아당겨 줄줄이 꺼냈다. 서커스 단원들은 무척 즐거워했다. 박수를 치고 큰 소리로 웃었다. 의무를 다

했다고 생각되자 후디니는 일어나 매니저에게 스타이버선트 피시 부인을 위한 공연을 하지 않겠다고 말했다. 거센 항의가 쏟아졌다. 후디니는 문을 박차고 나가버렸다. 환한 불빛에 눈이 부셨다. 후디니는 도제 궁의 거대한 무도회장에 있었다. 현악 합주단이 발코니에서 음악을 연주하는 중이었다. 높은 창문들에는 옅은 빨간색의 거대한 커튼이 드리워졌고, 400명이 대리석 바닥에서 왈츠를 추었다. 후디니는 손을 들어 눈으로 쏟아지는 빛을 가렸다. 피시 부인이 위압적인 모습으로 후디니를 향해 다가왔다. 틀어 올린 머리에는 보석으로 장식한 깃털 한 줌이 솟아 있고, 목에서는 진주 목걸이가 흔들렸으며, 입술에서는 비웃음이 간질환자 입에서 나오는 거품처럼 계속 솟아났다.

그런 여러 경험에도 불구하고 후디니에게는 우리가 정치적 의식이라 생각하는 것이 절대 생겨나지 않았다. 후디니는 자신이 왜 마음에 상처를 받았는지 합리적으로 이해하지 못했다. 후디니는 자신의 삶이 보통 사람들과 얼마나 다른지, 자신이 다른 사람들에 비해 얼마나 혁명적으로 살았는지를 평생토록 거의 인식하지 못했다. 후디니는 유대인이었다. 진짜 이름은 에리히 바이스였다. 후디니는 나이 든 어머니를 무척이나 사랑했으며, 웨스트 113번가에 있는 적갈색 석조 건물에서 어머니와 함께 살았다. 사실 지그문트 프로이트는 막 미국에 도착해 매사추세츠 주 우스터에 있는 클라크 대학에서 일련의 강의를 했고, 그래서 후디니는 알 졸슨*과 함께 어머니를 사랑한다는 사실을 떳떳하게 밝힌 위인들 목록의 마지막에 들 운명이었다. 이는 19세기 적

---

* 미국의 보드빌 가수, 배우. 영화 〈재즈 싱어〉의 주제곡인 〈나의 엄마My Mammy〉로 큰 인기를 모았다.

유행으로서 포, 존 브라운, 링컨, 제임스 맥닐 휘슬러 같은 이들이 여기에 포함되어 있었다. 물론 프로이트가 미국에서 곧바로 대대적인 환영을 받은 것은 아니었다. 소수의 정신과 전문의들은 프로이트의 중요성을 이해했지만, 대부분의 일반 시민들에게 프로이트는 독일 성(性) 과학자, 혹은 지저분한 얘기를 거창한 단어로 꾸며 이야기하는 자유연애 옹호자 정도로 보였다. 자신의 견해가 미국에서 섹스를 영원히 파괴시키기 시작하는 것을 보며 프로이트가 원한을 풀게 된 건 그로부터 적어도 십 년 뒤의 일이었다.

6

프로이트는 로이드 사가 만든 쾌속선인 조지 워싱턴호를 타고 뉴욕에 도착했다. 제자인 융과 페렌치가 동행했다. 둘 다 프로이트보다 몇 살 아래였다. 셋은 선착장에서 젊은 프로이트 학설 신봉자 두 명을 더 만났다. 어니스트 존스와 A. A. 브릴 박사였다. 이들은 다 함께 해머스타인의 옥상 정원에서 식사를 했다. 종려나무가 심긴 화분들이 있었다. 피아노와 바이올린 듀오가 리스트의 〈헝가리 광시곡〉을 연주했다. 다들 프로이트 주위에서 이야기했고, 내내 프로이트를 힐끔거리며 기분을 살폈다. 프로이트는 컵에 담긴 커스터드를 먹었다. 브릴과 존스는 이번 방문에서 접대를 맡았다. 그 뒤 며칠 동안 브릴과 존스는 프로이트에게 센트럴파크, 메트로폴리탄 박물관, 차이나타운을 보여주었다. 고양이 같은 중국인들이 어두운 가게 안에서 프로이트 일행을 물끄러미 지켜보았다. 리치 열매가 가득 찬 유리 진열장들이 있었다. 일행은 뉴욕 전역의 가게와 5센트 극장에서 인기를 끌던 무성영화 한 편을 보러 갔다. 라이플 총신에서 하얀 연기가 피어오르고, 립스틱과 볼연지를 바른 남자들이 가슴을 움켜쥐며 자빠졌다. 프로이트는 생각했다. 적어도 소리는 안 나는군. 신세계에서 프로이트를 괴롭게 했던 것 중 하나가 바로 소음이었다. 말과 짐마차가 덜거덕거리는 끔찍한 소리, 철컥거리고 끼익거리는 시가전차 소리, 자동차가 빵빵 경적을 울리는 소리 따위였다. 브릴은 마몬 사의 무개차에 이 프로이트학파 사람들을 태우고 맨해튼을 돌았다. 그러다 어느 순간, 5번 애비뉴에서 프로이트는 자신이 감시당하고 있다고 느꼈다. 시선을 들어보니 이층 버스의 위층에 탄 아이들이 자신을 빤히 내려다보고 있었다.

브릴은 차를 몰아 유대인 극장과 노점상과 고가전차가 있는 로어이스트사이드로 갔다. 이 무시무시한 고가전차는 덜커덕거리며 사람들이 사는 게 분명한 건물들의 창문 옆을 지나쳤다. 창문이 흔들렸고, 건물 자체도 흔들렸다. 프로이트는 용변을 봐야 했지만 어딜 가야 공중 화장실이 있는지 말해줄 수 있는 사람이 아무도 없어 보였다. 일행은 프로이트가 화장실을 쓸 수 있도록 다 같이 유제품 전문 식당에 가서 채소를 곁들인 사워크림을 시켜야 했다. 나중에 차로 돌아온 일행은 길모퉁이에 차를 세우고 거리 예술가가 일하는 모습을 지켜보았다. 가위와 종이만 가진 노인이 단돈 몇 센트에 작은 실루엣 초상화를 만들어주었다. 잘 차려입은 아름다운 여성이 초상화를 만들어달라며 서 있었다. 흥분 잘 하는 페렌치는 여자의 아름다운 외모에 반했지만,

그 마음을 숨기려고 같은 차에 탄 동료들에게 실루엣을 만드는 고대 예술이 뉴욕 거리에서 번성하는 걸 보니 어찌나 기쁜지 모르겠다고 말했다. 프로이트는 이로 시가를 잘근거릴 뿐 아무 말도 하지 않았다. 자동차가 공회전을 했다. 오직 융만이 피나포어를 입은 어린 여자아이가 그 아가씨의 약간 뒤에 서서 손을 잡고 있음을 알아차렸다. 여자아이는 융을 흘끗 보았고, 머리털을 모두 민 융(융은 몇 가지 핵심 사안을 두고 사랑하는 멘토와 이미 의견의 불일치를 보이는 중이었다) 은 두꺼운 철테 안경을 통해 사랑스러운 여자아이를 바라보았다. 그리고 인식의 충격을 경험했다. 그러나 당시 융은 그 이유까지는 설명할 수 없었다. 브릴은 기어 페달을 밟았고, 일행은 관광을 계속했다. 최종 목적지는 코니아일랜드였다. 뉴욕 시에서 한참 떨어진 곳이었다. 일행은 오후 늦게야 그곳에 도착했고, 곧장 거대한 놀이공원 세 곳을 돌기 시작했다. 스티플체이스에서 시작해 드림랜드를 거친 뒤, 마침내 밤늦은 시각에 루나 파크에 도착해 가장자리에 전구를 두른 탑과 돔들을 구경했다. 품위 있는 방문자들은 슛더슈츠*를 탔고, 프로이트와 융은 함께 보트를 타고 사랑의 터널을 통과했다. 피로를 느낀 프로이트가 최근 융 앞에서 종종 그랬듯 졸도를 한 다음에야 그날의 일정은 끝이 났다. 며칠 뒤 일행은 프로이트의 강연을 위해 우스터로 향했다. 강연을 모두 마친 프로이트는 사람들의 설득에 못 이겨 위대한 자연의 신비 나이아가라 폭포를 구경하러 갔다. 일행은 잔뜩 찌푸린 날에 폭포에 도착했다. 신혼부부 수천 쌍이 짝지어 서서 거대한 폭

---

* 보트를 타고 수로를 지나며 고공 낙하를 즐기는 놀이기구.

포를 바라보고 있었다. 폭포의 물안개가 거꾸로 쏟아지는 비처럼 솟아올랐다. 한쪽 기슭에서 맞은편 기슭으로 높다랗게 줄이 걸쳐져 있었고, 발레화를 신고 타이츠를 입은 어느 미치광이가 양산으로 균형을 잡으며 줄타기를 하고 있었다. 프로이트는 고개를 설레설레 저었다. 얼마 후 일행은 바람의 동굴에 갔다. 그곳의 지하 인도교에서 가이드가 몸짓으로 다른 이들을 모두 물러나게 하고는 프로이트의 팔꿈치를 잡았다. 나이 든 분들을 먼저 보내드립시다, 가이드가 말했다. 나이 쉰셋의 이 위대한 의사는 이 순간 미국은 이만하면 볼만큼 봤다고 판단했다. 프로이트는 제자들과 함께 카이저 빌헬름 데어 그로스 호를 타고 독일로 돌아갔다. 프로이트는 공중 화장실을 찾기 힘들다는 점과 음식에 도무지 익숙해질 수가 없었다. 프로이트는 이번 여행으로 위와 방광이 모두 상했다고 믿었다. 미국 시민들 모두가 거칠고 성마르며 무례해 보였다. 유럽의 예술품과 건축물이 시대나 출처와는 전혀 관계없이 도매금으로 미국에 넘어가는 상황이 끔찍하다고 생각했다. 또한 빈부격차가 극심한 미국 사회를 통해 유럽 문명이 뒤죽박죽된다면 어떻게 될지를 보았다. 프로이트는 빈에 있는 조용하고 아늑한 자신의 서재에 앉아 집으로 돌아온 것을 기뻐했다. 프로이트는 어니스트 존스에게 말했다. 미국은 실수야, 엄청난 실수.

이 무렵 적지 않은 이들이 이런 곪은 상처들에 대해 프로이트와 의견을 같이할 준비가 되어 있었다. 수백만 명의 사람들이 실직 상태였다. 직장이 있던 운 좋은 사람들은 용감하게도 노동조합을 만들었다. 법원은 노동조합을 금지했고 경찰은 조합원의 머리를 부췄으며, 지도자들은 감옥에 갇히고 새로운 일꾼들이 그들의 자리를 대신했다. 노동조합은 신에 대한 모욕이었다. 어느 부자의 말에 따르면 노동자를 보호하고 돌보는 이는 노동운동가가 아니라, 무한히 지혜로우신 신으로부터 이 나라 재산권을 통제할 권한을 부여받은 기독교 신자였다. 그 어떤 수단도 통하지 않으면 군대가 등장했다. 미국 모든 도시에 부대가 들어섰다. 탄전에서 광부는 하루에 3톤을 파내야 1달러 60센트를 벌었다. 회사에서 제공하는 판잣집에 살면서 회사 가게에서 음식을 샀다. 담배 농장의 니그로들은 남녀노소 할 것 없이 담뱃잎을 따면서 하루에 열세 시간을 일하고 시간당 6센트를 받았다. 아이들이라고 차별 대우를 받진 않았다. 아이들을 고용한 곳에서는 오히려 어른보다 더 쓸모 있다고 여겼다. 어른과 달리 아이들은 불평하지 않았다. 고용주들은 아이들을 행복한 요정이라 생각하고 싶어했다. 아이들을 쓰는 데 유일한 문제가 있다면 그건 지구력이 없다는 점이었다. 아이들은 어른보다 몸이 날랬지만, 늦은 오후 시간에는 효율성이 떨어지는 경향이 있었다. 이때가 통조림 공장과 제분 공장에서 일하는 아이들이 손가락을 잃거나 손이 토막 나거나 다리가 으깨지기 가장 쉬운 시간이었다. 계속 정신을 바짝 차리고 있도록 아이들을 일깨워줄 필요가 있었다. 광산에서 아이들은 석탄 선별하는 일에 투입되었고, 가끔은 석탄 자동활송장치에서 질식해 죽기도 했다. 아이들은 방심하지 말라는 경고를 받았다. 일 년에 백 명의 니그로가 린치를 당했다. 백 명의 광부가 산 채로 불태워졌다. 백 명의 아이가 불구가 되었다. 마치 이런 일에는 할당량이 존재하는 것 같았다. 굶어죽는 사람 수에도 할당량이 있는 것 같았다. 오일 트러스트와 은행 트러스트와 철도 트러스트와 쇠고기 트러스트, 철강 트러스트가 존재했다. 가난한 자들에게 경의를 표하는 게 유행이 되었다. 뉴욕과 시카고의 궁전에서는 가난 무도회가 열렸다. 손님들은 누더기를 입고 와서 양철 쟁반에 담은 음식을 먹고 이 빠진 컵으로 술을 마셨다. 무도회장은 철근, 철로, 광부용 램프 등을 써서 광산처럼 보이게 꾸몄다. 무도회장 밖의 정원은 무대연출 회사를 고용해 방적 공장의 식당이나 작은 농장처럼 보이게 만들었다. 손님들은 은쟁반에 놓인 담배꽁초를 피웠다. 순회극단이 흑인 분장을 하고 노래를 불렀다. 가축 방목장 무도회를 연 사람도 있었다. 손님들은 긴 앞치마를 두르고 머리에 하얀 모자를 썼다. 피투성이가 된 소의 사체가 움직이는 도르래에 걸린 채 벽을 따라 도는 속에서 손님들은 식사를 하고 춤을 췄다. 내장이 바닥으로 쏟아졌다. 수익금은 자선사업에 쓰였다.

7

어느 날, '무덤'에 다녀온 에벌린 네즈빗은 우연히 전기 마차의 뒷유리창으로 밖을 보고는 깨달았다. 쫓아오는 기자가 없다니 며칠 만에 처음 있는 일이었다. 평소에는 허스트 사와 퓰리처 사의 기자들이 무리 지어 쫓아오곤 했다.

에벌린은 충동적으로 기사에게 차를 돌려 동쪽으로 가자고 말했다. 해리 소의 어머니의 하인인 기사는 인상을 썼다. 에벌린은 못 본 척했다. 차는 도시를 가로질러 달렸다. 따뜻한 오후, 엔진이 윙윙거렸다. 에벌린이 탄 차는 단단한 고무 타이어가 달린 검은색 디트로이트 일렉트릭이었다. 잠시 후 창문 너머로 로어 이스트사이드의 행상과 노점상 들이 보였다.

검은 눈의 사람들이 마차 안을 들여다보았다. 커다란 콧수염을 기른 남자들은 금니를 보이며 웃었다. 창녀들은 뜨거운 날씨에 보도 연석에 앉아 중산모로 연신 부채질을 했다. 니커스*를 입은 남자아이들은 어깨에 커다란 삯일거리를 진 채 차와 나란히 달렸다. 에벌린은 창문에 히브리어가 적힌 가게들을 보았다. 에벌린의 눈에 그 글자들은 뼈를 이리저리 놓아둔 것처럼 보였다. 층층이 감방이 있는 감옥을 닮은 건물들에 철제 비상계단이 달린 것이 보였다. 멍에를 멘 작은 말들이 숙였던 목을 들어 에벌린을 보았다. 잡동사니를 가득 실은 거대한 손수레를 가지고 씨름하던 넝마장수들, 팔에 바구니를 끼고 빵을 파는 여자들. 모두가 에벌린을 바라보았다. 운전수는 신경이 날카로워졌다. 운전수는 회색 제복에 검은 가죽 승마바지 차림이었다. 운전수는 번쩍이는 차를 좁고 더러운 거리로 조심스레 몰고 갔다. 피나포어를 입고 발목까지 끈을 묶는 신발을 신은 여자아이가 연석 옆의 오물 속에 앉아 놀고 있었다. 지저분한 얼굴의 조그만 여자아이였다. 차 세워요, 에벌린이 말했다. 운전수는 차에서 내린 뒤 차를 돌아 에벌린 쪽 문을 열어주었다. 에벌린은 거리로 나왔다. 그리고 무릎을 꿇었다. 여자아이의 머리는 검은 생머리였는데 마치 헬멧을 쓴 것처럼 머리에 딱 맞게 잘라놓았다. 피부는 올리브색이었고 눈은 검은색에 가까운 갈색이었다. 아이는 무관심한 눈으로 에벌린을 물끄러미 바라보았다.

---

* 무릎 근처에서 졸라매는 품이 넓고 헐렁한 반바지.

이제껏 에벌린이 본 중에 가장 아름답게 생긴 아이였다. 아이의 손목에는 빨랫줄 한 가닥이 묶여 있었다. 에벌린은 일어나 빨랫줄을 따라갔고, 어느새 회색 수염을 짧게 깎은 성난 늙은 남자와 얼굴을 마주하고 있었다. 빨랫줄의 끝은 남자의 허리에 묶여 있었다. 그는 올이 다 드러난 외투를 입고 있었다. 한쪽 소매는 찢어져 있었다. 남자는 사냥 모자를 쓰고 옷깃에 넥타이를 하고 있었다. 남자는 보도에 서 있었는데, 뒤로는 액자에 넣은 실루엣 초상화들을 검은 벨벳 커튼에 핀으로 꽂아 전시해놓은 수레가 있었다. 남자는 실루엣 예술가였다. 작은 가위 하나와 약간의 풀만 있으면, 하얀 종이 한 장을 자르고 검은 배경에 붙여 상대의 이미지를 만들어낼 수 있었다. 액자까지 다 해서 15센트였다. 15센트입니다, 아씨, 남자가 말했다. 왜 이 아이를 줄로 묶어놓았죠, 에벌린이 말했다. 남자는 에벌린의 화려한 옷차림을 눈여겨보았다. 남자는 껄껄 웃고는 고개를 젓고 이디시어로 무어라 혼잣말했다. 남자는 에벌린에게 등을 돌렸다. 에벌린의 차가 멈추었을 때 이미 많은 사람들이 몰려와 있었다. 키 큰 인부 한 명이 앞으로 나와 공손히 모자를 벗은 뒤, 방금 늙은 남자가 무어라 말했는지 에벌린에게 통역해주었다. 그게 말이죠, 아씨, 누군가가 이 여자아이를 못 훔쳐가게 하기 위해서랍니다, 남자가 말했다. 에벌린은 통역자가 말을 순화했으리라는 느낌을 받았다. 늙은 예술가는 쓸쓸하게 껄껄 웃고는 턱으로 에벌린 쪽을 가리켰다. 분명 에벌린에 대해 뭐라 말하고 있었다. 저 사람이 말하길, 부유한 마나님께서는 아마도 모르시나본데, 빈민가에서는 날마다 어린 여자아이들이 유괴되어 노예로 팔려간다고 하네요. 에벌린은 충격을 받았다. 이 아이는 아직 열 살도 안 됐을 텐데요, 에벌린이 말했다. 늙은 남자는 고함을 지르기 시작했고, 길 건너 셋집을 가리킨 뒤 몸을 돌려 길모퉁이를 가리키고 다시 몸을 돌려 또 다른 길모퉁이를 가리켰다. 키 큰 인부가 말했다. 그게 말이죠, 아씨, 유부녀, 아이들 할 것 없이 누구에게든 놈들이 손을 뻗친답니다. 놈들은 상대의 몸을 더럽히고, 그러면 그 여자는 수치심 때문에 평생 부랑자로 살게 되지요. 바로 이 거리의 집들은 그 목적으로 쓰이고요. 저 아이의 부모는 어디에 있죠, 에벌린은 강경한 어조로 물었다. 늙은 남자는 이제 자신의 가슴을 치고 손가락으로 허공을 가리키며 군중에게 말했다. 검은 숄을 쓴 여자가 고개를 저으며 동정심에 흐느꼈다. 늙은 남자는 모자를 벗더니 머리털을 쥐어뜯었다. 키 큰 인부마저 남자의 설명을 듣고 너무 슬퍼진 나머지 통역해주는 걸 잊어버렸다. 마침내 인부가 말했다. 그게 말이죠, 아씨, 이 남자가 바로 아이의 아버지랍니다. 인부는 예술가의 찢어진 소매를 가리켰다. 저자의 아내는 남편과 아이를 먹여 살리기 위해 자기 몸을 팔았고, 그래서 남자는 여자를 집에서 내쫓은 뒤 마치 죽은 자를 애도하듯 아내를 애도하고 있는 거랍니다. 머리는 지난 한 달 사이에 갑자기 하얗게 세었고요. 이제 겨우 서른두 살이라 합니다.

늙은 남자는 흐느끼고 입술을 깨물며 에벌린을 향해 돌아섰고, 이제 에벌린 또한 감동받았음을 알았다. 잠시 동안 그 모퉁이에 서 있던 모두가, 즉 에벌린, 운전수, 인부, 검은 숄을 쓴 여자, 그리고 구경꾼들이 남자의 불운을 함께 슬퍼했다. 이윽고 한 명이 자리를 떠났다. 그리고 또 한 명이 떠났다. 사람들이 뿔뿔이 흩어졌다. 에벌린은 아직도 연석에 앉아 있는 여자아이에게 다가갔다. 에벌린은 두 눈이 촉촉이 젖은 채 무릎을 꿇었고, 눈에 눈물 한 방울 없는 여자아이의 얼굴을 들여다보았다. 아가야. 에벌린이 말했다.

그렇게 해서 에벌린 네즈빗은 나이는 서른두 살이지만 겉모습은 노인처럼 늙어버린 예술가와 어린 딸에게 관심을 갖게 되었다. 남자의 유대인식 이름은 무척 길었기에 에벌린은 도저히 그 이름을 발음할 수가 없어 남자를 그냥 타테라고 부르기로 했다. 여자아이가 아버지를 부르던 이름이었다. 타테는 로어 이스트사이드의 사회주의 예술가 동맹 회장이었다. 타테는 자존심이 셌다. 에벌린은 자신의 실루엣을 만들어달라고 하는 것 외에는 남자에게 접근할 방법이 없음을 알게 되었다. 두 주 동안 늙은 남자는 에벌린의 실루엣 초상화를 백사십 개 만들어냈다. 초상화 하나가 끝날 때마다 에벌린은 15센트를 건네곤 했다. 가끔은 여자아이의 초상화를 요구할 때도 있었다. 타테는 딸의 초상화를 구십 개도 넘게 만들었고, 훨씬 오랜 시간을 들였다. 이윽고 에벌린은 자신과 여자아이가 함께 있는 초상화를 부탁했다. 그 순간, 늙은 남자는 히브리인 특유의 무시무시한 비난이 가득 담긴 듯한 눈빛으로 에벌린을 똑바로 바라보았다. 그렇지만 남자는 부탁받은 대로 했다. 시간이 흐르면서 에벌린은 점차 한 가지 사실을 분명히 깨닫게 되었다. 사람들이 가끔 발을 멈추고 늙은 남자가 일하는 걸 지켜보기는 했지만, 자신의 초상화를 만들어달라고 부탁하는 사람은 굉장히 적었다. 남자는 점점 더 복잡한 실루엣을 만들어내기 시작했다. 배경이 있는 전신 실루엣이었다. 에벌린, 딸아이, 터벅터벅 걸어가는 짐마차꾼의 말, 뻣뻣한 옷깃을 달고 무개차에 앉아 있는 다섯 남자 따위였다. 남자는 가위로 단순히 윤곽선만 나타낼 뿐 아니라 질감, 분위기,

개성, 절망까지 표현했다. 이 작품들 대부분은 오늘날 개인 소장품으로 남아 있다. 에벌린은 거의 매일 오후에 와서 최대한 오래 머물렀다. 에벌린은 가급적 눈에 띄지 않도록 소박하게 입었다. 소를 만나는 의례적 행사가 끝나고 나면 에벌린은 운전수에게 상당한 돈을 쥐여주어 침묵을 지키게 했다. 에벌린이 모습을 드러내지 않는 점을 두고 가십 전문 기자들은 에벌린이 무모한 간통에 빠져 있다고, 그리고 도시 곳곳의 여남은 남자들과 관계가 있다고 떠들어대기 시작했다. 에벌린이 모습을 감추면 감출수록 기자들은 점점 더 에벌린을 헐뜯었다. 에벌린은 신경 쓰지 않았다. 에벌린은 로어 이스트사이드에 있는 새로운 애정과 관심의 대상에게로 살금살금 빠져나갔다. 에벌린은 머리에 숄을 두르고 블라우스 위에는 좀먹고 누덕누덕한 검은색 스웨터를 걸쳤다. 운전사가 에벌린을 위해 자동차의 깔개 아래에 이 옷들을 보관했다. 에벌린은 타테가 있는 모퉁이로 와서 초상화를 위해 서 있었고, 빨랫줄 끝에 묶인 아름다운 여자아이를 보며 즐겼다. 에벌린은 완전히 열중해 있었다. 이러는 내내 미친 남편인 해리 K. 소 외에는 에벌린의 삶에 어떤 남자도 없었다. 에벌린이 자신의 비밀스러운 연모자를 셈에 넣어줄 생각이 없었다면 말이다. 이 비밀 연모자는 광대뼈가 높고 금색 콧수염을 길렀으며 에벌린이 가는 곳마다 쫓아다니는 젊은이였다. 에벌린은 이 젊은이를 타테가 일하는 모퉁이에서 처음 보았다. 젊은이는 길 건너에 서서 에벌린을 지켜봤지만, 에벌린이 눈길을 주면 얼른 시선을 돌리곤 했다. 에벌린은 시어머니가 사설탐정들을 고용한 사실을 알고 있었지만, 이 젊은이는 탐정이라기엔 너무 수줍었다. 젊은이는 에벌린이 어디에 살고 매일 어떻게 움직이는지 알고 있었지만, 절대 에벌린에게 다가오지 않았다. 젊은이의 관심은 에벌린에게 위협적인 느낌보다는 보호받는다는 느낌을 주었다. 직관적으로 에벌린은 젊은이가 품은 흠모의 마음을 자기 숨결처럼 또렷이 느낄 수 있었다. 밤이면 에벌린은 여자아이의 꿈을 꿨고, 꿈에서 깨면 여자아이를 생각했다. 미래에 대한 온갖 계획이 마음속에서 폭죽처럼 터졌다가 재빨리 사라졌다. 에벌린은 불안했고, 지나치게 긴장하고 들떠 있었으며, 이유는 알 수 없지만 왠지 행복했다. 에벌린은 남편을 위해 증언할 예정이었고, 또 잘해낼 생각이었다. 그러면서도 남편이 유죄임이 밝혀져 평생 감옥에서 썩길 바랐다.

피나포어를 입은 여자아이는 에벌린과 손을 잡았지만 아무 말도 하려 하지 않았다. 심지어 타테에게도 거의 말을 하지 않았다. 타테는 누구도 아이처럼 슬퍼하지 않는다고, 연인조차도 그렇게는 않는다고 말했다. 에벌린은 자신의 관심이 여자아이에게 도움이 되고 있고, 그 사실을 늙은 남자가 인식하지 못했더라면 이미 오래전에 남자가 자존심 때문에 자신을 쫓아버렸을 것임을 깨달았다. 그러던 어느 날, 에벌린이 초상화를 만들러 찾아왔을 때 아버지도 딸도 보이지 않았다. 다행히도 에벌린은 이 부녀의 집주소를 알고 있었다. 공중 목욕탕 너머 헤스터 가였다. 에벌린은 이제 걸음을 빨리하며 그곳으로 갔다. 도대체 무슨 일일지 생각하지 않으려 애썼다. 헤스터 가는 손수레에서 채소와 과일과 닭과 빵을 파는 행상들이 보도 연석을 따라 넘쳐나는 북적거리는 시장이었다. 보도는 장보는 사람들로 발 디딜 틈이 없었고, 집집마다 입구 계단 옆에 줄줄이 늘어선 쓰레기통에서 쓰레기가 흘러넘쳤다. 비상계단에는 침구가 걸려 있었다. 에벌린은 서둘러 철계단을 올라갔고, 지독한 썩는 내가 진동하는 깜깜한 복도로 들어섰다. 타테와 여자아이는 꼭대기 층의 뒤쪽 작은 방 두 칸에 살았다. 에벌린은 문을 두드렸다. 다시 두드렸다. 잠시 후, 문이 아주 살짝 열렸다. 문에는 사슬 걸쇠가 걸려 있었다. 무슨 일이에요, 저 좀 들여보내줘요, 에벌린이 말했다.

타테는 에벌린이 찾아온 것에 분개했다. 타테는 셔츠와 멜빵으로 고정한 바지만 입고 있었고, 실내화를 신고 서 있었다. 계단통을 통해 지독한 냄새를 실은 바람이 불어오는데도 타테는 문을 열어놓아야 한다고 고집을 부렸고, 재빨리 재킷을 입고 신발을 신었다. 타테는 서둘러 밝은색 침대보를 펼쳐 간이침대를 정돈했다. 여자아이는 다른 방의 놋쇠 침대에 누워 있었다. 열이 나고 아팠다. 두 방 다 촛불을 켜두었다. 창문이 있는데도 침실은 거실만큼이나 깜깜했다. 창에선 통풍구가 내다보였다. 침실은 옷장 정도 크기밖에 안 되었다. 그러나 눈이 어둠에 적응하자 에벌린은 이 집이 구석구석까지 매우 청결함을 깨달았다. 에벌린이 찾아온 일 때문에 늙은 예술가는 소스라치게 놀랐고 촛불 빛 속에서 이리저리 서성이며 어찌할 바를 몰랐다. 지나치게 흥분하여 남자는 담배를 피웠다. 엄지와 집게손가락으로 담배를 잡고 손바닥을 위로 향한 채 피웠다. 유럽식이었다. 당신이 일 나가 있는 동안 제가 아이를 돌보겠어요, 에벌린은 고집을 피웠다. 결국 남자가 졌다. 에벌린이 자신의 집에 있다는 사실이 주는 지독한 긴장감을 피하기 위해서라도 어쩔 수 없었다. 남자는 도구가 든, 마치 여행가방처럼 보이는 나무상자와 전시대를 들고 검은 벨벳 커튼은 접어 팔에 걸치고 황급히 문을 나섰다. 남자가 나가자 에벌린은 문을 닫았다. 에벌린은 유리 찬장을 바라보았다. 컵 몇 개와 이 빠진 도자기 접시들이 보였다. 에벌린은 서랍 속 침구를 살펴보고, 가족이 식사하는 깨끗이 닦은 떡갈나무 식탁과 의자들을 보았다. 침실 창가 재봉틀에는 끝내지 못한 반바지 한 무더기가 있었다. 손세공된 쇠발판이 달린 재봉틀이었다. 촛불 빛이 반사되어 침실 창문이 반짝거렸다. 얄팍하고 작은 침대의 놋쇠가 반질거렸다. 에벌린은 도망친 아이 어머니의 심정이 이해되었다. 여자아이는 침대에 누운 채 에벌린을 보았지만 웃지도 말하지도 않았다. 에벌린은 숄과 낡은 스웨터를 벗어 의자에 내려놓았다. 침대 옆에 협탁처럼 놓아둔 포장 상자에는 이디시어로 쓰인 책들이 빼곡히 쌓여 있었다. 영어로 된 책들도 있었다. 사회주의에 대한 책들이었다. 다 같이 굳게 팔짱을 끼고 행진하는 노동자들이 표지에 그려진 소책자들도 있었다. 그중 어느 것도 툭 치면 쓰러질 듯한 백발의 타테와는 어울려 보이지 않았다. 벽에는 거울이 없었고, 가족사진 또한 어디에도 없었다. 사라진 아내이자 어머니의 사진은 없었다. 에벌린은 거실에서 함석판으로 만든 목욕통을 발견했다. 에벌린은 들통을 찾은 뒤 계단을 내려가 일층의 싱크대에서 들통 가득 물을 받았다. 거실의 석탄 난로에서 물을 데우고는 목욕통과 들통과 풀 먹인 얇은 수건을 들고 침실로 들어갔다. 여자아이는 이불을 몸에 감싼 채 손으로 꼭 쥐고 있었다. 에벌린은 부드럽게 이불을 벗기고는 아이를 침대 가장자리에 앉힌 뒤 잠옷을 잡아 올렸고, 아이를 일으켜 세워 잠옷을 머리 위로 벗겼다. 아이의 어린 몸에서 뿜어 나오는 온기가 마치 태양 빛처럼 강렬하게 느껴졌다. 잠깐만 목욕통 안에 서 있으렴, 에벌린은 이렇게 말한 다음 아이 앞에 무릎을 꿇고 두 손으로 따뜻한 물을 퍼서 아이의 몸을, 황갈색 어깨, 봉오리진 밤색 젖꼭지, 얼굴, 솜털이 난 등, 가냘픈 허벅지, 부드럽게 굴곡진 배, 성기를 부드럽게 문지르고 또 문질렀다. 물은 그 모든 곳을 지났고, 열로 뜨끈한 어린 몸에서 목욕통 안으로 비처럼 떨어졌다. 에벌린은 손으로 아이를 목욕시켰다. 그런 뒤 두 번 접은 수건으로 부드럽게 아이의 몸을 톡톡 쳐 물기를 닦아내고 서랍장에서 찾은 새 잠옷으로 갈아입혔다. 얇은 면으로 된 이 잠옷은 입고 있던 것보다 훨씬 컸고, 사실 너무 커서 우스꽝스러웠으며, 그래서 아이는 웃음을 터뜨렸다. 에벌린은 침대 시트의 주름을 펴고 베개를 탁탁 쳐 부풀린 후 아이를 다시 눕혔다. 이마를 짚어보니 열은 없었다. 아이의 검은 눈이 어스름 속에서 반짝거렸다. 에벌린은 아이의 검은 머리털을 빗질하고 얼굴을 만지고 아이 위로 몸을 숙였다. 아이가 두 팔로 에벌린의 목을 껴안더니 에벌린의 입술에 키스했다.

바로 이날, 에벌린 네즈빗은 이 여자아이를 유괴하고 타테를 팔자대로 살게 할까 고민에 빠졌다. 늙은 예술가는 단 한 번도 에벌린에게 이름을 물은 적이 없었고 에벌린에 대해 아무것도 알지 못했다. 그러니 가능한 일이었다. 그러나 에벌린은 아이를 유괴하는 대신 지금까지보다 갑절은 더 노력함으로써 이 가족의 삶으로 뛰어들었다. 음식과 리넨을 가져왔고, 남자의 상처 입은 자존심을 피해갈 수 있는 건 뭐든 다 가져왔다. 에벌린은 이 가족의 일원이 되고 싶은 마음에 제정신이 아니었고, 타테를 구슬려 대화를 나누기 시작했으며 여자아이에게서 반바지 박는 법을 배웠다. 매일 낮, 매일 저녁, 하루에도 몇 시간씩 에벌린은 유대인 빈민가의 여자로 살았고, 언제나 좌절감에 빠진 채 미리 약속해둔 멀리 떨어진 장소에서 소의 운전수가 운전하는 차를 타고 집으로 돌아갔다. 에벌린은 지독한 사랑에 빠져 눈에 무엇인가 덮인 듯 상황을 제대로 볼 수 없었고, 눈을 덮은 흐릿함을 지우려는 듯이 계속 눈을 깜박였다. 에벌린은 모든 것을 짭짤한 눈물의 막을 통해 보았고 목소리는 거칠어져갔다. 행복감으로 억누를 수 없이 계속해서 터져 나오는 울음에 목이 잠겼기 때문이다.

8

어느 날 타테는 로어 이스트사이드의 사회주의 예술가 동맹이 후원하는 모임에 에벌린을 초대했다. 일곱 개의 다른 조직도 후원에 참여한 중요한 행사였다. 주요 연사는 바로 엠마 골드만이었다. 타테는 골드만은 무정부주의자이고 자신은 사회주의자이기 때문에 자신과 골드만이 절대적으로 대립하는 입장이기는 해도, 자신은 그녀의 용기와 성실성을 무척 존경한다고 조심스럽게 설명했다. 그래서 자신은 사회주의자들과 무정부주의자들이 일시적으로 화합하는 게 바람직하다고 판단했다고 말했다. 이 행사에서 걷힌 기금은 당시 파업 중인 블라우스 공장 노동자들과 펜실베이니아 주 맥키스포트 시의 철강 노동자들, 그리고 스페인에서 총파업을 선동한 혐의로 스페인 정부에 의해 유죄를 선고받고 사형될 무정부주의자 프란시스코 페레르를 위한 후원금으로 쓰일 예정이었기 때문이다. 오 분 만에 에벌린은 급진적 이상주의자들이 쓰는 용어에 파묻힐 지경이 되었다. 에벌린은 사회주의와 무정부주의가 같은 것이 아닌 줄 전혀 몰랐다든지, 악명 높은 엠마 골드만을 볼 생각만으로도 까무러칠 것 같다는 이야기를 타테에게 감히 말할 엄두를 내지 못했다. 에벌린은 머리에 숄을 쓰고 아이의 손을 꽉 잡고 타테 뒤를 따라 걸었다. 타테는 이스트 14번가에 있는 노동자 회관을 향해 북쪽으로 성큼성큼 걸어갔다. 에벌린이 어느 순간 자신의 묘하고 수줍은 연모자가 따라오는지 보려고 몸을 뒤로 돌렸는데 반 블록 뒤에 젊은이가 있었다. 젊은이는 야윈 얼굴을 밀짚모자 그늘 속에 숨기고 있었다.

엠마 골드만의 연설 주제는 위대한 극작가 입센이었다. 골드만은 입센이 사회의 급진적 해체를 위한 모든 방법을 자신의 작품 속에 담아두었다고 주장했다. 엠마 골드만은 조그맣고 허리가 굵으며 턱이 큰 남성적 얼굴을 하고 있어 외모로 보아서는 그다지 인상적이지 못했다. 뿔테 안경을 써서 눈이 커 보였고, 현상에 대해 영혼 깊숙이에서 끊임없이 솟는 분노를 비쳤다. 골드만은 생명력이 넘쳐흘렀으며 목소리는 쩌렁쩌렁 울렸다. 에벌린은 처음엔 골드만이 그저 여자라는 것, 더구나 몸집만 본다면 다소 작은 여자라는 걸 알고는 괜히 마음이 놓였으나, 곧 화려하게 전개되는 힘 있고 놀라운 생각들에 휩쓸렸고 동요됨을 느꼈다. 청중들이 뿜어내는 열기와 거듭되는 흥분으로 에벌린은 숄을 내려 어깨에 둘렀다. 백여 명이 참석한 듯했고, 다들 긴 의자에 앉거나 벽을 따라 서 있었다. 골드만은 방 끝에 있는 탁자 뒤에서 연설했다. 경찰서에서 문마다 경관들을 눈에 잘 보이게 배치해두었고, 어느 순간 경사 한 명이 그녀의 연설을 중단시키려 했다. 드라마를 주제로 강연하겠다고 해놓고는 입센에 대해 이야기한다는 게 그 이유였다. 야유하는 소리와 휘파람 소리가 난무했고, 경사는 집회장에서 쫓겨났다. 그러나 골드만은 웃지 않았다. 경찰이 곤경에 빠지면 결국은 어떻게 하는지 경험으로 알고 있었던 것이다. 골드만은 이제 굉장히 빠른 속도로 말하기 시작했고, 말하면서 끊임없이 청중을 눈으로 훑었으며, 눈처럼 흰 에벌린 네즈빗의 얼굴에 몇 번이고 시선을 멈췄다. 에벌린은 오른쪽 첫 줄에 타테와 어린 여자아이 사이에 앉아 있었다. 타테가 사회주의 예술가 동맹의 회장이기 때문에 받은 귀빈석이었다. 골드만이 외쳤다. 자유로운 사랑을 해야 합니다! 알빙 부인* 같은 사람들은 영적인 깨달음을 위해 피와 눈물을 대가로 바쳤고, 결혼을 구속이자 허울만 좋은 빈껍데기의 속임수라며 거부했습니다. 타테를 포함해 청중 일부가 외쳤다. 아니오! 아니오! 동지들 그리고 형제들이여, 골드만이 말했다. 사회주의자 여러분은 인류의 절반이 이중으로 구속되는 상황을 모른 체할 수 있습니까? 여러분의 노동을 착취하는 사회가 여러분이 여성과 살아가는 방식에 무관심할 거라고 생각하십니까? 자유가 아닌 구속을 통해서요? 오늘날 모든 개혁가들이 강제 매춘을 이야기합니다. 하지만 강제 매춘이 문제라면, 왜 결혼제도는 문제가 아닙니까? 결혼 관습과 매춘 관습 사이에는 아무 연관성도 없습니까? 부끄러운 줄 아시오! 부끄러운 줄 아시오! 매춘이란 말이 나오자 사람들의 외침이 집회장을 가득 메웠다. 타테는 두 손으로 딸의 귀를 막고 딸의 머리를 자기 옆구리에 눌렀다. 한 남자가 일어나더니 고함을 질렀다. 골드만은 조용히 하라고 두 손을 들었다. 동지

---

* 헨리크 입센의 희곡 〈유령〉의 주인공.

여러분, 물론 우리가 의견이 다를 수는 있습니다. 하지만 경찰이 개입할 구실을 주는 수준까지 예의를 잃지는 맙시다. 사람들은 이제 자리에 앉은 채 몸을 돌려 문가에서 군중과 섞여 있는 십여 명의 경찰들을 바라보았다. 골드만이 재빨리 말을 이었다. 진실은, 여성들은 투표할 수 없으며 원하는 상대와 사랑을 할 수 없고 정신과 영혼을 계발할 수 없고 영적 모험을 할 수도 없다는 겁니다. 동지 여러분, 여성들은 그럴 권리가 없습니다! 어째서입니까? 우리의 재능은 오직 자궁 안에만 있단 말입니까? 여성은 책을 쓰고 학문을 하고 음악을 연주하고 인류의 발전을 위한 철학적 본보기를 제시해서는 안 되는 겁니까? 우리의 운명은 언제나 육체적인 것에만 머물러야 합니까? 오늘 저녁, 미국에서 가장 빛나는 여성 중 한 명이 우리 가운데 앉아 있습니다. 자신의 재능을 성적 매력으로 드러내도록 자본주의 사회에 강요당한 여성입니다. 그리고 그 여성은 피어폰트 모건과 존 D. 록펠러마저도 부러워할 수준까지 그 일을 해냈습니다. 동지 여러분, 하지만 그 여성은 현재 추문에 휩싸여 있고, 함께 추문에 휘말린 이들의 이름은 이 사회의 알랑거리기 좋아하는 입법자들의 숭배와 존경을 받으며 끊임없이 회자되고 있습니다. 에벌린은 완전히 얼어붙었다. 머리에 숄을 뒤집어쓰고 싶었지만 그랬다가 더 눈길을 끌게 될까봐 그러지도 못했다. 에벌린은 꼼짝도 않고 앉아 무릎 사이에 모은 두 손만 뚫어져라 내려다보았다. 골드만은 적어도 말하면서 에벌린 쪽을 보지 않는 호의는 베풀어주었다. 사람들은 골드만이 말한 여자가 누군지를 찾아 목을 길게 빼고 둘러보다가, 집회장 뒤쪽에서 고함 소리가 들려오자 다들 그쪽으로 시선을 돌렸다. 파란색 외투를 입은 사람들이 문으로 쏟아져 들어오고 있었다. 비명이 들렸다. 그리고 갑자기 집회장은 아수라장으로 변했다. 엠마 골드만이 강연할 때면 언제나 맞게 되는 결말이었다. 경찰은 중앙 복도로 밀려들었다. 무정부주의자 골드만은 탁자 뒤에 조용히 선 채로 종이들을 서류 가방에 집어넣고 있었다. 에벌린 네즈빗은 타테의 눈길이 자신에게 꽂힌 뒤 비난하는 눈빛으로 바뀌는 것을 느꼈다. 타테는 에벌린을 물끄러미 보았다. 에벌린이 전에 본 적이 있는 눈길이었다. 타테가 바퀴벌레를 짓밟아버리기 전에 바퀴벌레를 내려다보던 그 눈길이었다. 이윽고 타테의 늙은 얼굴에 주름살이 훨씬 복잡하게 새겨졌고, 온몸이 죽기 직전의 모습처럼 변하는가 싶더니 입술이 움직이며 이디시어로 무어라 속삭였고, 늙은 두개골 저 깊은 곳에 박힌 그의 두 눈을 본 에벌린은 그 말의 뜻을 이해했다. 창녀들이 내 인생을 더럽혀놨어. 타테가 한 말이었다. 그런 뒤, 남자는 피나포어를 입은 여자아이의 손을 꽉 잡고 군중 속으로 사라졌다.

에벌린은 그 둘을 바라보며 서 있었다. 마치 자신의 눈앞에서 빛이 빠르게 사라지는 것 같았다. 에벌린은 뭔가를 잡으려 손을 뻗었다. 그때 이제는 귀에 익은 목소리가 들렸다. 이쪽이에요, 절 따라오세요. 골드만이 에벌린의 팔을 잡았다. 강철처럼 단단히 잡았다. 골드만은 단상 뒤의 작은 문으로 에벌린을 데리고 나갔고, 에벌린은 문이 닫히기 직전에 뒤를 돌아보고 목에서 높고 가는 탄식을 내뱉었다. 에벌린을 따라다니던 수줍은 금발의 젊은이가 따라오려고 필사적으로 애쓰고 있었다. 제가 이런 일엔 도가 좀 텄죠, 에벌린을 데리고 깜깜한 계단을 내려가며 엠마 골드만이 말했다. 오늘 저녁 정도면 그냥 평범한 수준이랍니다. 계단은 집회장 입구에서 모퉁이를 돌면 나오는 길로 통했다. 경찰차가 사이렌을 울리며 옆을 지나갔다. 그리고 모퉁이를 돌았다. 어서요, 엠마 골드만이 에벌린의 팔짱을 끼며 말했다. 골드만은 에벌린을 재촉하며 경찰차와 반대 방향으로 빠르게 걸어갔다.

그 거리에 도착한 외삼촌은 두 블록 떨어진 곳에서 가로등 아래를 걸어가는 두 여성의 모습을 간신히 보았다. 외삼촌은 서둘러 뒤를 쫓아갔다. 서늘한 저녁이었다. 목에 땀이 났다가 차갑게 식었다. 산들바람에 즈크 바지가 펄럭였다. 외삼촌은 반 블록 거리까지 두 여자를 따라잡았고 몇 분 동안은 계속 이 간격을 유지했다. 갑자기 여자들이 방향을 돌리더니 적갈색 사암 건물의 돌계단을 올라갔다. 외삼촌은 이제 달려갔고, 사암 건물에 도착해보니 이곳은 하숙집이었다. 외삼촌은 건물 안으로 들어가 조용히 계단을 올랐다. 어느 방을 찾아봐야 할지는 몰랐지만, 어떻게든 찾아낼 자신이 있었다. 외삼촌은 두번째 층계참에서 뒷걸음질 쳐 문이 만든 그늘 속으로 몸을 숨겼다. 대야를 든 골드만이 욕실로 향하고 있었다. 외삼촌은 물 트는 소리를 들었고 골드만의 열린 방문을 찾아냈다. 작은 방이었고, 외삼촌은 방 안을 엿보았다. 에벌린 네즈빗이 두 손에 얼굴을 묻은 채 침대에 앉은 모습이 보였다. 흐느끼느라 온몸을 떨고 있었다. 벽에는 빛바랜 라일락 그림이 그려져 있었다. 조명은 침대 옆 전등이 유일했다. 골드만이 돌아오는 소리를 들은 외삼촌은 소리 없이 잽싸게 방으로 들어가 벽장에 숨었다. 벽장문은 조금 열어두었다.

골드만은 물이 담긴 대야를 협탁에 놓고 풀 먹인 얇은 수건을 털어 펼쳤다. 골드만이 말했다. 가여워라. 당신을 깨끗하게 닦아줄게요. 알겠지만 전 간호사예요, 그 일로 먹고살고요. 신문에서 당신 사건을 계

66

속 읽고 있었어요. 처음부터 당신에게 감탄했죠. 이유는 모르겠지만요. 골드만은 에벌린이 신은 목 높은 신발의 끈을 풀고 신발을 벗겼다. 발을 좀 올리고 있는 게 어때요? 그러면 편해요, 골드만이 말했다. 에벌린은 손등으로 눈을 문지르며 베개에 몸을 기댔다. 에벌린은 골드만이 내민 수건을 받아들었다. 에벌린이 말했다. 아아, 전 우는 걸 정말 싫어해요. 울면 얼굴이 못나지거든요. 에벌린은 수건에 얼굴을 묻고 흐느꼈다. 골드만이 말했다. 결국 당신은 똑똑한 창녀일 뿐이었어요. 당신은 지금의 당신 상황을 그대로 받아들였고 승리했어요. 하지만 도대체 어떤 종류의 승리인가요? 창녀의 승리예요. 그리고 당신은 뭐에서 위안을 얻었죠? 남성들에 대한 냉소, 멸시, 경멸에서 위안을 찾았죠. 난 왜 이 여자한테 이렇게 강한 자매애를 느끼는 걸까 하고 생각했죠. 전 한 번도 노예상태를 받아들인 적이 없었는데 말이에요. 전 자유로운 사람으로 살았어요. 평생 자유롭게 살려고 투쟁했어요. 그리고 사랑하지 않는 남자를 침대로 데려간 적은 단 한 번도 없었어요. 언제나 남자를 사랑할 땐 자유로운 인간으로 대했고, 동등한 인격체로서 사랑과 자유에서 똑같은 몫을 주고받았어요. 아마 같이 잔 남자 수로 따지면 당신보다 제가 더 많을 거예요. 사랑한 남자의 수도 제가 더 많아요. 내가 얼마나 자유롭게 살았는지, 평생 어떤 자유를 누리며 살았는지 안다면 당신은 분명히 큰 충격을 받을 거예요. 다른 모든 창녀들처럼 당신도 예의범절을 중요시하기 때문이죠. 당신은 자본주의의 노예예요. 그리고 자본주의의 윤리는 너무나 지독히 썩어 문드러지고 위선적이어서 당신의 아름다움은 황금의 아름다움에 지나지 않죠. 다시 말해 거짓이고 차갑고 아무짝에도 소용없는 아름다움이라는 거예요.

다른 어떤 말로도 에벌린의 눈물을 이렇게 빨리 마르게 할 수는 없었으리라. 에벌린은 얼굴에서 수건을 내리고 작고 땅딸막한 무정부주의자를 바라보았다. 골드만은 이제 침대 앞을 서성이며 말했다. 어째서 전 당신과 이렇게 강한 유대감을 느꼈을까요? 당신은 제가 여성에게서 동정하고 혐오하는 모든 면을 하나로 뭉쳐놓은 사람인데 말이에요. 집회장에서 당신을 보았을 때, 전 세상에는 그 어떤 경험으로도 이해할 수 없는 불가사의한 규칙이 있음을 깨달았어요. 당신이 온 건 우주 삼라만상이 움직이는 그런 방식으로, 당신의 삶이 제 삶과 상호작용하도록 운명 지어져 있기 때문이에요. 당신이 살며 겪은 수치스러운 경험 때문에 당신은 자기도 모르게 무정부주의 운동에 마음이 끌린 거죠.

에벌린 네즈빗은 고개를 저었다. 이해 못 하시는군요, 에벌린이 말했다. 눈에 눈물이 또다시 그렁그렁 맺혔다. 에벌린은 골드만에게 피나포어를 입은 어린 소녀에 대해 이야기했다. 또한 타테에 대해, 그리고 자신이 빈민가에서 사는 비밀스러운 삶에 대해 이야기했다. 에벌린이 말했다. 이제 전 그 둘을 잃었어요. 제 아이를 잃었어요. 에벌린은 비통하게 흐느꼈다. 골드만은 침대 옆 흔들의자에 앉아 무릎에 두 손을 올려놓았다. 골드만은 에벌린 네즈빗 쪽으로 몸을 숙였다. 좋아요, 만일 제가 당신을 지목하지 않았더라면 타테는 달아나지 않았겠죠. 하지만 그래서요? 걱정 마요. 진실이 거짓말보다 나아요. 다시 그 둘을 찾게 되면 그땐 있는 그대로의 모습으로 솔직하게 그 둘을 대할 수 있을 거예요. 그리고 만약 당신이 그 둘을 찾지 못한다면, 어쩌면 그게 최선일 수도 있어요. 누가 이용하고 누가 이용을 당하는지 그 누가 말할 수 있나요. 누가 원인을 제공하고 또 다른 사람들을 부추겨 원인을 제공하게 만드는지, 그리고 누가 그 원인에 따른 삶을 사는 사람인지 어떻게 알겠어요. 그게 바로 제가 하려는 이야기예요. 제가 한때는 몸을 팔려고 거리를 돌아다녔다는 거 알아요? 이런 얘기 하는 거 당신이 처음이에요. 운 좋게도 전 풋내기라는 걸 들켜서 집으로 돌려보내졌어요. 14번가였죠. 매춘부처럼 보이려 애썼지만 아무도 속아 넘어가지 않았어요. 알렉산더 버크만이란 이름을 한 번이라도 들어봤는지 모르겠네요. 에벌린은 고개를 저었다. 버크만과 제가 이십 대 초반이었을 때, 우린 서로 사랑하는 사이였고 함께 혁명가의 길을 걸었어요. 피츠버그에서 파업이 있었죠. 홈스테드에 있는 카네기 씨의 제철 공장에서요. 카네기 씨는 노조를 해체하기로 결심했죠. 그래서 유럽으로 도망쳐 휴가를 보내고, 인간쓰레기이자 아첨꾼인 헨리 클레이 프릭에게 그 일을 대신하게 했어요. 프릭은 구사대(求社隊)를 들여왔죠. 노동자들은 임금 삭감에 항의하는 파업 중이었어요. 공장은 모논가헬라 강 근처에 있고, 프릭은 구사대를 데리고 강을 올라와 공장에 상륙시켰어요. 전면 충돌이 벌어졌죠. 전쟁이었어요. 전쟁이 끝나자 열 명이 죽고 수십 명이 부상당했어요. 구사대는 쫓겨났고요. 그래서 프릭은 정부를 자기편으로 움직일 수 있었고 주 방위군이 개입해서 노동자들을 포위했어요. 이때 버크만과 전 공격을 결심했죠. 우린 포위당한 노동자들에게 용기를 주기로 했어요. 그 사람들의 투쟁을 혁명으로 이끌 생각이었어요. 우린 프릭을 죽이려 했어요. 하지만 우린 뉴욕에 있었고 돈도 한 푼 없었어요. 기차표를 사고 총을 살 돈이 필요했어요. 그래서 내가 자수가 놓인 속옷을 입고 14번가를 걷게 되었던 거예요. 어느 나이 많은 남자가 저에게 10달러를 주면서 집으로 가라고 하더군요. 전 필요한 나머지 돈을 빌렸죠. 하지만 꼭 필요했다면 결국 그 일을 했을 거예요. 공격을 위한 일이었으니까요. 버크만과 혁명을 위한 일이었으니까요. 전 역에서 그이를 꼭 안았어요. 버크만은 프릭을 총으로 쏘고 재판에서 사형을 받을 생각이었죠. 전 떠나가는 기차를 쫓아 달렸어요. 돈이 없어 기차표를 한 장밖에 사지 못했거든요. 버크만은 이 일에 한 명이면 충분하다고 했고요. 버크만은 피츠버그에 있는 프릭의 사무실로 돌진해 들어가 그 개새끼를 세 번 쏬어요. 목과 어깨를요. 피가 흘렀죠. 프릭은 쓰러졌어요. 사람들이 달려왔죠. 사람들은 총을 뺏었어요. 버크만은 칼을 가지고 있었어요. 칼로 프릭의 다리를 찔렀어요. 하지만 결국 사람들에게 칼을 빼앗겼죠. 버크만이 입에 뭔가를 넣었어요. 사람들은 버크만을 잡아 땅에 누르고 꼼짝 못하게 했어요. 그리고 억지로 턱을 벌렸죠. 뇌산수은이 든 캡슐이었어요. 그냥 캡슐만 씹으면 방 전체와 그 안에 있던 사람 모두 날려버릴 수 있었는데 말이죠. 사람들은 버크만의 머리를 뒤로 젖혔어요. 그러고는 캡슐을 빼냈죠. 그런 다음 기절할 때까지 때렸어요.

에벌린은 몸을 일으켜 침대에 바로 앉아 있었다. 무릎을 세워 가슴에 대고 있었다. 골드만은 바닥만 내려다보았다. 버크만은 십팔 년 동안 감옥에 있었어요. 골드만이 말했다. 대부분의 시간을 독방에, 지하 감옥에 갇혀 지냈죠. 전 버크만을 한 번 찾아갔어요. 그리고 다신 찾아갈 용기가 나지 않았어요. 그 개새끼 프릭은 살아남았고, 언론에서 영웅이 되었죠. 대중은 노동자들에게 등을 돌렸고 파업은 깨졌어요.

우리 때문에 미국 노동운동이 사십 년이나 퇴행했다는 말이 나왔어요. 모스트라고 제가 존경했던 또 다른 무정부주의자가 있는데, 신문에서 버크만과 저를 공공연히 비난하더군요. 그 후 모임에서 모스트를 만났을 때 전 준비되어 있었어요. 말채찍을 사두었거든요. 전 사람들 앞에서 모스트를 말채찍으로 때렸어요. 그런 뒤 채찍을 부러뜨리고 모스트 얼굴에 던졌죠. 버크만은 작년에야 감옥에서 나왔어요. 머리털이 모두 빠졌더군요. 피부색은 완전히 백지장 같았고요. 제가 사랑했던 젊은이는 새우등을 하고 걸어요. 눈은 꼭 탄광 같아요. 우린이제 말로만 친구예요. 우리의 심장은 더 이상 함께 뛰지 않죠. 버크만이 감옥에서 무슨 일을 겪었는지 전 겨우 상상이나 할 뿐이에요. 암흑 속에서 사는 것, 축축한 곳에서 사는 것, 온몸이 묶인 채 자신의 오물 속에 누워 있을 수밖에 없는 것. 에벌린은 골드만에게서 팔을 빼냈고, 골드만은 에벌린의 손을 잡고 힘을 꽉 주었다. 우린 둘 다 자기 남자가 감옥에 있다는 게 무슨 의미인지 알아요. 안 그래요? 두 여자는서로를 바라보았다. 잠시 침묵이 흘렀다. 물론 당신 남자는 변태에 기생충에 거머리에다 더럽고 역겨운 쾌락주의자이지만요. 골드만이 말했다. 에벌린은 깔깔 웃었다. 미친 돼지새끼, 그것도 뇌가 뒤틀리고쪼그라든 돼지죠, 골드만이 말했다. 이제 둘 다 깔깔대며 웃었다. 맞아요, 전 그자를 증오해요. 에벌린이 외쳤다. 골드만이 진지해졌다. 하지만 알다시피 우리에겐 교감하는 부분이 있어요. 우리의 삶이 교감하고, 우리의 정신은 마치 조화로운 음처럼 서로를 어루만져요. 그리고 운명이라는 거대한 틀 안에서 우리는 자매예요. 이해해요, 에벌린 네즈빗? 골드만은 일어나 네즈빗의 얼굴을 만졌다. 알겠어요, 아름다운 에벌린?

이야기를 하던 골드만은 에벌린의 자세에서 뭔가를 알아챘다. 코르셋 입었어요? 골드만이 물었다. 에벌린은 고개를 끄덕였다. 부끄러운 줄 알아요. 절 봐요. 몸매가 어떻든 전 보정 속옷은 절대 안 입고, 언제나 느슨하고 편안한 옷만 입어요. 그래서 내 몸에 숨 쉴 자유와 있는 모양 그대로 있을 자유를 주죠. 제가 말하고 싶은 게 그거예요. 당신은 남들이 정해준 대로 살아요. 숲의 요정에게 코르셋이 필요 없듯이 당신한테도 코르셋 따위는 더 이상 필요 없어요. 골드만은 네즈빗의 두 손을 잡고 침대 가장자리에 앉혔다. 그러고는 네즈빗의 허리를 만졌다. 맙소사, 코르셋이 강철 같네. 당신 허리는 지갑 끈보다도 더 꽉 조여 있고요. 일어서요. 에벌린은 순순히 일어났고, 골드만은 숙련된 간호사답게 재빨리 블라우스 단추를 풀어 젖혔다. 골드만은 치마의 고리도 끄른 뒤 에벌린에게 치마 밖으로 나오라고 말했다. 골드만은 에벌린의 페티코트 줄을 풀고 벗겼다. 에벌린은 허리에 가벼운 코르셋을 입고 있었다. 코르셋 윗부분이 에벌린의 가슴을 밀어 올렸다. 아래쪽에 끈이 달렸고, 끈은 허벅지 사이로 들어갔다. 코르셋은 등 뒤에서 끈으로 여미게 되어 있었다. 당신이 미국 전역의 가정에서 방탕하고 부끄러움을 모르는 음란녀로 찍혀버렸다니 참으로 얄궂네요. 골드만은 말하며 고리에서 줄을 당겨 빼내고 코르셋을 느슨하게 한 뒤 아래쪽으로 잡아당겼다. 이제 코르셋 밖으로 나와요, 골드만이 말했다. 에벌린은 골드만이 시키는 대로 했다. 에벌린의 슈미즈는 코르셋 모양대로 몸에 달라붙어 있었다. 숨을 쉬고 양팔을 들어 올려요, 다리를 쭉 뻗고 숨을 쉬어요. 골드만이 명령했다. 에벌린은 골드만의 말을 따랐다. 골드만은 슈미즈를 잡아 올린 뒤 머리 위로 벗겼다. 그러고는 무릎을 꿇고 가장자리가 레이스로 장식된 팬티를 발쪽으로 미끄러뜨렸다. 이제 다시 걸어 나와요. 골드만이 명령했다. 에벌린은 그렇게 했다. 이제 에벌린은 자수가 놓인 검은색 면 스타킹만 신은 채 완전히 벌거벗고 램프 불빛 아래 서 있었다. 스타킹은 고무 밴드로 허벅지에 고정되어 있었다. 골드만은 스타킹을 아래로 말아 내렸고 에벌린은 발을 들어 스타킹을 벗었다. 에벌린은 두 팔로 가슴을 감싸 가렸다. 골드만은 에벌린을 천천히 돌리며 꼼꼼하게 살폈다. 그러고는 얼굴을 찡그렸다. 어이구야, 이러고서도 혈액순환이 된다면 그게 오히려 신기하네요. 코르셋 자국이 마치 채찍 자국처럼 허리에 세로로 나 있었다. 허벅지 가장 위쪽, 밴드가 있던 곳에는 붉은 줄이 둘러져 있었다. 여자들은 자기 몸을 죽여요. 골드만은 이불을 제쳤다. 골드만은 옷장 위에서 의사들이 들고 다닐 법한 작은 검은색 가방을 꺼냈다. 이렇게 멋진 몸에 당신이 무슨 짓을 했는지 보세요. 누워요. 에벌린은 침대에 앉아 골드만이 검은 가방에서 뭘 꺼내는지 지켜보았다. 침대에 배를 대고 누워요. 골드만은 병을 들고 내용물을 오목하게 모은 손에 부었다. 에벌린은 배를 깔고 누웠고, 골드만은 코르셋 때문에 붉게 변한 피부에 액체를 문질렀다. 에벌린이 소리를 질렀다. 아얏, 따가워요! 골드만은 에벌린의 등과 엉덩이와 허벅지를 문지르며 설명했다. 이건 수렴제예요. 우선 혈액순환을 다시 원활하게 만들어야 해요. 에벌린은 머뭇거렸고 골드만이 피부를 문지를 때마다 몸을 움츠렸다. 에벌린은 비명을 감추려 베개에 얼굴을 묻었다. 골드만이 말했다. 알아요, 알아. 하지만 나한테 감사하게 될걸요. 골드만의 힘찬 마사지를 받고 에벌린의 몸은 원래의 형상으로 돌아오는 듯했다. 에벌린은 이제 몸을 떨고 있었고, 수렴제의 차갑고 상쾌한 기운 때문에 엉덩이에 힘이 들어갔다. 에벌린은 다리를 꽉 모으고 있었다. 골드만은 이제 가방에서 마사지 오일 병을 꺼내 에벌린의 목과 어깨와 등을 주무르기 시작했고, 허벅지와 종아리와 발바닥을 만져주었다. 에벌린은 점차 긴장을 풀었고, 골드만의 힘 있고 숙련된 손길 아래 살이 흔들리고 떨렸다. 골드만은 열심히 오일을 피부에 문질렀고, 에벌린의 몸은 원래의 자연스러운 장밋빛 도는 하얀 피부로 돌아갔으며, 감각을 되찾으며 깨어나기 시작했다. 돌아누워요. 골드만이 명령했다. 에벌린은 이제 머리를 풀어 베개에 펼쳤다. 눈을 감았고, 골드만이 가슴과 배와 다리를 마사지하는 동안 자기도 모르게 입에 웃음을 머금고 있었다. 여기도 엉망이군요, 옘마 골드만이 손으로 에벌린의 치구(恥丘)를 기운차게 만지며 말했다. 살아갈 용기를 내야 해요. 침대 옆 램프가 잠시 어두침침해지는 듯했다. 에벌린은 손을 가슴에 대고 손바닥으로 젖꼭지를 문질렀다. 손이 옆구리를 따라 내려갔다. 에벌린은 자신의 엉덩이를 문질렀다. 발끝이 무용수처럼 뻗고 발가락이 말렸다. 에벌린의 골반이 마치 허공에서 뭘 찾는 듯이 침대에서 들렸다. 골드만은 이제 옷장 앞에 서서 에벌린에게 등을 돌린 채 피부 진정제가 든 병의 뚜껑을 닫고 있었다. 그동안 에벌린은 바다에서 물결이 치듯 침대에서 몸을 떨고 있었다. 그때 쉰 목소리의 섬뜩한 외침이 울리더니 벽장문이 왈칵 열리면서 외삼촌이 방 안으로 쓰러졌다. 성자처럼 욕망을 참느라 얼굴이 경련으로 뒤틀려 있었다. 외삼촌은 마치 숨을 막으려는 듯이 두 손으로 성난 성기를 꽉 잡고 있었지만 성기는 그 의도를 비웃기라도 하듯 사납게 날뛰었고, 외삼촌은 온 방을 풀쩍거리고 다니며 무아경 혹은 좌절의 외침을 토했다. 정액이 굵은 실처럼 뿜어져 나와 총알처럼 허공을 날다가, 마치 떨어져 내리는 색종이 테이프처럼 침대에 누운 에벌린 위로 천천히 내려앉았다.

9

뉴로셸에서 어머니는 남동생 생각에 며칠이나 애를 태우고 있었다. 외삼촌이 뉴욕에서 한두 번 전화를 했지만, 왜 그렇게 가버렸는지 혹은 어디서 묵고 있는지 언제 돌아올 건지 도무지 말을 안 했다. 그저 웅얼거리기만 했다. 도통 입을 떼려 하지 않았다. 어머니는 미친 듯이 화를 냈다. 외삼촌은 그래도 반응하지 않았다. 외삼촌에게 전화를 받고 어머니는 극단적인 조치를 취했다. 외삼촌 방으로 쳐들어가 방을 둘러보았다. 늘 그랬듯 방은 깔끔하게 정리되어 있었다. 탁자에는 테니스 라켓의 끈을 조이는 기계가 놓여 있었다. 벽 선반에는 스컬용 노가 있었다. 외삼촌은 방 정리를 잘했고, 외삼촌이 방을 비운 지금도 먼지 한 점 없었다. 책상 위에는 빗이 있었다. 상아로 만든 구둣주걱과 골무처럼 생긴 작은 조개가 있었으며, 조개에는 모래알이 조금 붙어 있었다. 어머니는 그 조개를 생전 처음 보았다. 잡지에서 오려낸 그림이 벽에 붙어 있었다. 찰스 데이나 깁슨이 그린 에벌린 네즈빗의 그림이었다. 외삼촌은 아무런 짐도 싸가지 않았다. 셔츠며 옷깃 따위가 서랍에 가득했다. 어머니는 죄책감을 느끼며 방문을 닫았다. 외삼촌은 이상한 청년이었다. 친구가 전혀 없었다. 외톨이였고 감정이 없었다. 외삼촌이 숨길 수 없었거나 들켜도 개의치 않는 아주 약간의 게으름이 전부였다. 어머니는 아버지가 그 게으름을 거슬려하는 걸 알았다. 그럼에도 불구하고 아버지는 외삼촌을 더 큰 책임이 있는 자리로 승진시켰다.

어머니는 외할아버지와 걱정을 나눌 수가 없었다. 외삼촌은 늦둥이였고, 외할아버지는 이제 완전히 현실감각을 잃었다. 나이가 벌써 아흔이 넘었다. 외할아버지는 그리스어와 라틴어 교수로, 오하이오의 셰이디 그로브 칼리지에서 성공회 신학생들을 몇십 년 동안 가르치다 은퇴했다. 외할아버지는 그곳에서 고전문학자로 살았다. 웨스턴 리저브의 허드슨 카운티에서 유년기를 보낼 당시 존 브라운과 아는 사이였고, 가만히 두면 하루에도 스무 번은 그 얘기를 하곤 했다. 아버지가 떠난 뒤로 어머니는 옛 오하이오 농장 생각을 점점 더 많이 했다. 그곳의 여름은 희망으로 충만했고, 건초용 풀밭에서는 찌르레기들이 날아올랐다. 집에는 가구가 거의 없었는데, 있다 해도 다 동네에서 만든 것들이었다. 의자는 등받이에 가로장이 많았으며 소나무로 만들어져 있었다. 광을 낸 마룻바닥은 널의 너비가 넓었고 나무로 된 꽂임촉을 넣어 이었다. 어머니는 그 집을 사랑했다. 어머니와 외삼촌은 벽난로 옆에서 놀곤 했다. 게임을 할 때면 어머니는 언제나 외삼촌을 가르쳤다. 겨울에는 베시라는 말을 썰매에 묶고 말종방울을 단 뒤 두껍고 축축한 오하이오 눈 위를 미끄러졌다. 어머니는 외삼촌이 아들보다도 더 어렸을 때를 기억했다. 어머니는 외삼촌을 돌봤다. 비 오는 날이면 둘은 달콤하고 따뜻한 건초간에서 남몰래 흉내 내기 놀이를 했다. 발밑에서는 말들이 콧김을 뿜고 히힝거렸다. 일요일 아침, 어머니는 분홍색 드레스와 눈처럼 하얀 바지를 입고는 흥분으로 두근거리는 가슴을 안고 교회에 갔다. 어머니는 어릴 때부터 뼈대가 굵고 광대뼈가 나왔으며 회색 눈은 눈초리가 치켜 올라가 있었다. 또한 클리블랜드에서 기숙학교에 다니던 4년을 빼면 평생 셰이디 그로브에서 살았다. 어머니는 언제나 자기가 신학생과 결혼하게 될 줄 알았다. 그러나 기숙학교를 졸업하기 전해에 어머니는 아버지를 만났다. 아버지는 국기와 장식기 사업의 대리점을 모집하기 위해 중서부를 여행 중이었다. 아버지는 셰이디 그로브로 연속해 두 번 출장을 와 어머니에게 전화를 했다. 어머니는 결혼 후 동부로 갔고, 이사하면서 외할아버지도 모셔갔다. 그리고 외삼촌 혼자서는 아직 자리를 잡을 수 없기에 외삼촌도 뉴로셸에서 함께 살게 되었다. 그리고 이제 어머니는 인생의 이 시기에, 상류층 거주 지역인 브로드뷰 애비뉴 언덕 꼭대기의 차일 달린 현대적인 집에서 어린 아들과 늙은 아버지와 셋이서만 지내며 남자들의 경쟁에서 버려진 느낌을 받았고, 밤이고 낮이고 아무 때나 예고 없이 들이닥치는 향수병 때문에 자신에게 불같이 화가 났다. 공화당 대통령 취임 준비 위원회에서 편지가 와 있었다. 태프트 씨가 루스벨트 씨 뒤를 이어 대통령이 되는 다음 1월에 취임 기념 행진과 무도회가 있는데 그때의 장식과 불꽃놀이를 도맡을 업체 입찰에 아버지 회사가 참여할 의사가 있는지 묻고 있었다. 아버지 사업의 역사적 순간이었지만, 마침 아버지도 외삼촌도 자리에 없었다. 어머니는 위안을 얻으려 정원으로 도망쳤다. 9월 하순이었고, 깨꽃, 국화, 금잔화 등의 꽃들이 활짝 피어 바람에 흔들거리고 있었다. 어머니는 두 손을 깍지 끼듯 움켜쥐고 정원 가장자리를 따라 걸었다. 위층 창문에서 소년이 어머니를 지켜보았다. 소년은 앞으로 걸어가는 어머니의 움직임이 옷에도 전해지는 것에 주목했다. 치맛단이 좌우로 흔들리며 풀잎을 스쳤다. 소년은 그린란드 북서부의 요크 곶에서 아버지가 보내온 편지를 손에 들고 있었다. 편지는 보급선인 에릭호가 미국으로 전해주었다. 배는 또한 피어리 원정대장의 개들을 위해 35톤의 고래 고기를 그린란드로 실어 날랐다. 어머니는 편지를 옮겨 적은 뒤 원본은 쓰레기통에 버렸다. 편지에 죽은 고래 냄새가 심하게 배어 있었던 것이다. 소년은 쓰레기통에서 편지를 꺼내왔고, 시간이 흐르며 소년의 작은 손이 편지봉투의 기름자국을 종이로 스며들게 했다. 편지는 이제 반투명해졌다.

소년이 지켜보는 가운데 어머니는 얼룩덜룩한 단풍나무 그늘에서 나왔고, 당시 유행대로 틀어 올린 어머니의 금발은 태양처럼 번쩍이며 빛났다. 무슨 소리에 귀를 기울이는지 어머니는 잠시 멈춰 섰다. 손을 올려 귓가에 갖다 대더니 천천히 화단 옆에 무릎을 꿇었다. 이윽고 어머니는 땅을 마구 파기 시작했다. 어린 아들은 창가를 떠나 아래층으로 달려 내려갔다. 부엌을 지나 뒷문으로 나갔다. 어느새 아일랜드인 가정부가 앞치마에 손을 닦으며 소년보다 앞서 뒤뜰을 달리고 있었다.

어머니가 뭔가를 파냈다. 그런 뒤 꾸러미를 무릎에 놓고 흙을 털어냈다. 가정부는 비명을 지르고는 성호를 그었다. 소년은 그 물건이 도대체 무엇인지 보려 했지만, 어머니와 가정부가 앉아서 흙을 털어내고 있어 둘 사이를 곧장 비집고 들어갈 수가 없었다. 어머니의 얼굴은 끔찍이 창백해졌고 얼굴뼈가 모두 튀어나올 듯이 놀란 표정을 짓고 있었다. 소년이 언제나 사모해마지않던 토실토실 아름다운 얼굴이 충격적일 만큼, 마치 노인처럼 수척해졌다. 어머니와 가정부가 흙을 털어내자 소년은 그것이 아기임을 알게 되었다. 흙은 아기의 눈에도, 입에도 들어 있었다. 아기는 작고 쭈글쭈글했고 눈을 감고 있었다. 피부는 갈색이었으며 면 담요에 꽁꽁 싸여 있었다. 어머니는 아기의 두 팔을 꺼내주었다. 아기가 작고 약하게 울음소리를 냈고, 두 여자는 히스테리를 일으켰다. 가정부가 집 안으로 달려 들어갔다. 소년은 어머니를 따라 나란히 집으로 달려갔다. 갈색 아기는 작은 두 팔을 허공에 휘둘렀다.

어머니와 가정부는 부엌 식탁에 대야를 놓고 아기를 씻겼다. 갓 태어난 남자아이로 아직 씻긴 적이 없어 피투성이였다. 가정부는 탯줄을 살핀 뒤 누가 이로 탯줄을 끊었다고 말했다. 어머니와 가정부가 수건 여러 장으로 아기를 감쌌고, 어머니는 현관 쪽으로 달려가 의사에게 전화를 걸었다. 소년은 아기가 숨 쉬는지 보려고 자세히 들여다보았다. 아기는 거의 움직이질 않았다. 이윽고 작은 손가락이 수건을 움켜쥐었다. 아기는 마치 감은 눈으로도 뭔가 볼거리를 찾았다는 듯이 천천히 머리를 돌렸다.

의사는 포드 사의 닥터스카를 타고 도착했고, 곧 부엌으로 안내되었다. 의사는 아기의 작고 앙상한 가슴에 청진기를 댔다. 아기의 입을 벌리고 목구멍에 손가락을 집어넣었다. 몹쓸 인간들 같으니, 의사가 말했다. 그리고 고개를 흔들었다. 입술 양 끝에 힘이 들어갔다. 어머니는 아기를 어떻게 발견했는지 의사에게 설명했다. 어쩌다 발아래에서, 땅속에서 나는 울음소리를 들었는지 이야기했고, 그 순간에는 그 소리를 듣고도 그런 소리를 들었을 리 없다고 생각했다고 말했다. 제가 그때 계속 걸어갔다면 어떻게 됐을까요, 어머니가 중얼거렸다. 의사는 뜨거운 물을 좀 달라고 부탁했다. 그런 뒤 가방에서 기구를 꺼냈다. 가정부는 목에 건 십자가 목걸이를 꽉 움켜쥐었다. 초인종이 울렸고, 소년은 가정부를 따라 현관으로 갔다. 경찰이었다. 어머니가 나와 상황을 다시 한 번 설명했다. 경찰은 전화를 좀 쓸 수 있겠느냐고 물었다. 전화기는 현관문 근처 탁자 위에 있었다. 경찰은 헬멧을 벗고 전화기를 들었고, 수화기를 귀에 대고는 교환원이 나오길 기다렸다. 경찰은 소년에게 윙크했다.

한 시간 뒤, 옆 블록에 있는 어느 집 지하실에서 흑인 여자가 발견되었다. 여자는 인근에서 일하는 세탁부였다. 여자는 집 밖의 경찰 구급차 안에 앉아 있었고, 어머니는 여자에게 아기를 데려다주었다. 여자는 아기를 받아 안고는 울음을 터뜨렸다. 어머니는 여자가 상당히 어리다는 점에 충격을 받았다. 갈색 얼굴은 꼭 아이 같았고 순진해 보이고 예뻤다. 피부는 진한 초콜릿색이었고, 짧게 친 머리털은 손질이 안 되어 있었다. 간호사가 여자를 돌보고 있었다. 어머니는 뒷걸음질쳐 인도로 물러났다. 저 여자를 어디로 데려가실 건가요? 어머니는 의사에게 물었다. 의사가 대답했다. 자선병원으로요. 그리고 결국은 기소당할 겁니다. 어머니가 물었다. 무슨 기소요? 음, 살인미수가 되겠지요. 여자에게 가족이 있나요? 어머니가 물었다. 아니요, 부인, 저희가 알기론 없습니다, 경찰이 말했다. 의사는 중산모 가장자리를 살짝 당겨 인사하고 차로 걸어가 가방을 좌석에 놓았다. 어머니는 숨을 깊이 들이쉬었다. 제가 책임지겠어요, 어머니가 말했다. 여자를 집 안으로 데려다주세요. 의사가 진심으로 충고하고 경찰이 말렸지만, 어머니는 마음을 바꾸려 하지 않았다.

그리하여 어린 흑인 여자는 아기와 함께 위층 방에 머물게 되었다. 어머니는 전화를 수도 없이 걸었다. 봉사회에 가는 것을 취소했다. 거실을 서성였다. 어머니는 무척 불안해했다. 남편의 부재를 뼈저리게 실감했고, 남편이 탐험을 가겠다고 할 때 그렇게 쉽게 찬성했던 점을 끝없이 후회했다. 어떤 문제나 걱정거리가 생겨도 남편에게 연락할 길이 전혀 없었다. 내년 여름은 되어야 남편 소식을 들을 수 있을 터였다. 어머니는 천장을 뚫어져라 노려보았다. 흑인 여자아이와 아기는 집에 불행한 기운, 혼란스러운 기운을 끌고 들어왔고, 이제 그 기운은 마치 오염물처럼 그대로 집 안에 남아 있었다. 어머니는 더럭 겁이 났다. 어머니는 창문으로 다가갔다. 세탁부들은 매일 아침 노스 애비뉴의 시가전차에서 내려 언덕을 올라왔고, 각자 맡은 집으로 일을 하러 들어갔다. 이탈리아 정원사들이 순회하며 잔디밭을 다듬었다. 얼음장수들이 짐마차 옆에서 걸었고, 마구에 매인 말들은 삐걱거리는 짐마차를 끌고 언덕을 올랐다.

그날 저녁 해넘이 때, 마치 언덕을 구르기라도 한 듯 해는 언덕 아래쪽에 내려앉아버렸다. 핏빛 붉은색이었다. 밤늦게 소년이 잠에서 깨보니 어머니가 침대 옆에 앉아 자신을 내려다보고 있었다. 금발을 땋은 어머니는 몸을 숙여 아이에게 키스했고, 커다란 가슴이 소년의 팔에 부드럽게 닿았다.

10

사실 아버지는 기나긴 겨울 내내 매일 편지를 썼다. 바로 부칠 수 없는 상황이라 편지는 일기 형식이 되었다. 이런 방식으로 아버지는 끝없이 이어지는 황혼의 어둠을 하루하루 구분하며 지냈다. 원정대원들은 루스벨트호에 타고 놀랄 만큼 편하게 지냈다. 루스벨트호는 겨울 빙원 위로 들어 올려져 마침내 당의(糖衣) 위에 놓인 호두 같은 꼴이 되었다. 피어리는 누구보다 편안하게 지냈다. 피어리의 전용실에는 자동피아노가 있었다. 피어리는 굵고 붉은 머리털이 하얗게 세어가는 큰 몸집의 사내였다. 피어리는 턱수염을 길게 길렀다. 지난 원정 때 그는 발가락을 여러 개 잃었다. 걷는 모양이 이상했고, 살짝 발을 끌었다. 발을 들지 않고 바닥에 대고 밀며 걸었다. 피어리는 발가락 없는 발로 자동피아노의 페달을 밟았다. 피어리는 빅터 허버트와 루돌프 프리믈의 유명 곡들과 보도인 대학의 노래 메들리, 그리고 48초 동안 페달을 밟아 연주할 수 있는 쇼팽의 〈1분 왈츠〉가 담긴 피아노 롤을 가지고 있었다. 하지만 겨울이라고 해서 마냥 놀 수만은 없었다. 사향소를 사냥하러 나가야 했다. 썰매도 만들어야 하고, 150킬로미터 떨어진 컬럼비아 곶에 베이스캠프를 세워야 했다. 그곳에서 출발해 얼음 바다를 가로질러 북극으로 향할 예정이었다. 다들 개를 다루고 이글루를 짓는 데 익숙해지는 수밖에 없었다. 피어리의 니그로 조수인 매튜 헨슨이 훈련 감독을 맡았다. 피어리는 수많은 원정을 통해 확실한 체계를 구축해놓았다. 북극에서의 삶은 아주 작은 부분까지도 심사숙고한 끝에 결정되었고, 모든 게 다 고려되어 있었다. 썰매를 무엇으로 어떻게 만들 것인가, 무슨 음식을 먹을 것인가, 음식은 어떤 깡통에 담아 가져갈 것인가, 깡통을 썰매에 어떤 식으로 묶어놓을 것인가, 어떤 옷을 속에 입고 어떤 옷을 겉에 입을 것인가, 개에게 썰매 장비를 어떻게 씌울 것인가, 칼과 총은 무엇을 가져갈 것인가, 성냥은 어떤 것을 가져가 어떻게 마른 상태로 보관할 것인가, 설맹을 막는 데 쓰는 눈 보호대는 어떤 모양이어야 하는가 등등. 피어리는 자신의 체계에 대해 토론하는 걸 즐겼다. 본질적으로, 다시 말해 개와 썰매를 이용하고 털옷을 입고 그 지역에서 잡은 동물을 먹으며 사는 것 따위를 살펴볼 때, 피어리의 체계란 그저 에스키모의 생활방식을 그대로 따른 것이었다. 아버지는 출발 첫날 이 사실을 깨달았다. 그때 아버지는 후갑판에 서서 피어리가 자신이 시킨 일을 제대로 해놓지 않은 에스키모 남자 한 명을 심하게 꾸짖는 모습을 보고 있었다. 그런 뒤 피어리는 발을 끌며 갑판을 걸어 아버지 옆을 지나며 이렇게 말했다. 저 자들은 어린아이야, 그러니 애들처럼 다뤄야 해. 아버지는 이 관점에 동의하는 척했다. 피어리의 말에는 동의하라는 암시가 깔려 있었기 때문이다. 아버지는 10년 전 필리핀에서 레너드 F. 우드 장군의 지휘 하에 모로족 게릴라와 싸울 당시 들은 말을 떠올렸다. 우리의 작은 갈색 형제들은 따끔한 교훈을 좀 얻을 필요가 있어, 참모장교 한 명이 지도에 작전 핀을 꽂으며 말했다. 에스키모가 원시적이라는 점에는 의심의 여지가 없었다. 에스키모는 다정다감하고 온순하고 감정에 충실하고 신뢰할 수 있으며 그리고 농담을 아주 좋아했다. 에스키모는 크게 웃고 노래하는 걸 좋아했다. 밤만 끝없이 이어지는 겨울이 한창이던 어느 날, 끔찍한 폭풍이 와서 절벽에서 바위들을 굴려 떨어뜨렸고, 바람은 비명을 질렀다. 날이 어찌나 우울할 정도로 춥던지 아버지는 피부가 불타오르는 환각을 느꼈다. 피어리와 대원 대부분은 피어리 체계를 이론적으로 고찰해보며 공포를 물리치려 애썼다. 체계가 없을 뿐 아니라 그곳에서 간신히 목숨을 부지하며 살던 에스키모들은 자연이 주는 공포를 받아들일 수밖에 없었다. 가끔 에스키모 여자들은 이유는 알 수 없지만 옷을 잡아 뜯고 울부짖으며 얼음 위로 몰아치는 검은 폭풍 속으로 돌진하곤 했다. 남편들은 아내가 자살하는 걸 막으려 안간힘을 다해야 했다. 아버지는 일기를 쓰며 마음을 다잡았다. 이 또한 체계였다. 언어와 개념화였다. 이는 인간이 공포감을 유발하는 상황을 목격하면서 자신이 살고 있는 시공간이 아닌, 자신의 존재를 위한 시공간을 필요로 한다는 뜻이었다.

그러나 얼음에 갇힌 이 겨울밤은 사람의 목을 잡고 스스로를 똑바로 바라보게 만드는 힘을 지닌 듯했다. 에스키모 가족들은 모두 배에서 살며 갑판과 선창에서 야영을 했다. 성교를 삼가지도 않았다. 에스키모는 옷도 벗지 않고 털옷에 난 구멍을 통해 성교했고, 으르렁거리고 고함을 질러 기쁨을 공공연히 드러내며 열중했다. 어느 날 아버지는 한 부부와 마주쳤는데, 아내가 자신의 엉덩이를 들어 남편의 성기에 거세게 들이대는 모습을 보고 충격을 받았다. 여자의 목구멍에서는 기괴한 동물적인 노래가 흘러나왔다. 아버지는 이 일을 일기에 암호로 적을 수밖에 없었다. 여자는 실제로 엉덩이를 뒤로 밀고 있었다. 여자가 이런 식으로도 반응할 수 있다는 점이 아버지를 깜짝 놀라게 했다. 더럽고 이는 몽땅 빠졌으며 이마는 평평하고 광대뼈 때문에 눈이 치켜 올라간 이 에스키모 여자는 노래를 부르며 엉덩이를 뒤로 밀어댔다. 아버지는 어머니의 까다로운 성격과 단정하고 깔끔한 몸과 지성을 생각했고, 이 원시적인 여자의 성적 욕구에 자기도 모르게 분개했다.

드디어 봄이 왔고, 어느 날 피어리의 조수인 매튜 헨슨이 아버지를 불러 고물 쪽을 가리켰다. 가느다란 햇살이 남쪽 하늘에 보였다. 그날 이후로 똑같아 보이던 암흑에 점차 차이가 생겨났고 이 차이는 점점 더 뚜렷해졌다. 마침내 어느 날 아침, 수평선 위로 흐릿하고 핏빛처럼 새빨간 태양이 떴다. 둥글지 않고 타원형으로 일그러진, 마치 뭔가 갓 태어났을 때처럼 제대로 모양을 갖추지 못한 태양이었다. 다들 행복해했다. 분홍색과 초록색과 노란색이 눈 쌓인 산꼭대기 위로 화려하게 퍼지고, 황량하고 장엄한 이 세계 전체가 원하는 자에게 기꺼이 자신을 바칠 것처럼 보였다. 하늘은 점차 푸른색으로 변했고, 피어리는 이제 북극을 정복할 때가 왔노라고 말했다.

원정이 시작되기 전날, 아버지는 매튜 헨슨 및 에스키모 세 명과 함께 해안에서 한나절 거리에 있는 새들이 몰려 사는 절벽으로 떠났다. 일행은 물개가죽 가방을 어깨에 메고 절벽을 올라 새알 수십 개를 모았다. 새알은 북극에서 굉장한 진미에 속했다. 새들이 시끄럽게 울고 빙빙 돌며 날아오르자, 마치 절벽 일부가 떨어져나간 듯한 착각이 들었다. 아버지가 평생 이렇게 많은 새를 보긴 처음이었다. 풀머갈매기와 바다쇠오리였다. 에스키모들은 그 사이로 그물을 내밀었고, 새들은 날아올라 그물에 걸려들었다. 그물의 귀퉁이를 들어 올리자 그물은 가련하게 울어대는 새들로 가득 찬 무거운 자루가 되었다. 에스키모들은 가져갈 수 있는 한껏 새를 잡고는 바로 신속하게 죽였다. 크기가 보통 갈매기만 한 풀머갈매기는 목이 졸려 죽었다. 그러나 아버지를 정말로 놀라게 했던 것은 작고 공격성 없는 바다쇠오리를 죽이는 방법이었다. 한 명이 바다쇠오리 가슴의 조그만 심장을 그냥 손으로 살짝 찔렀다. 아버지는 잘 지켜보다가 자신도 따라해보았다. 아버지는 바다쇠오리를 한 손에 잡고 새의 팔딱이는 가슴을 엄지로 부드럽게 눌렀다. 새의 머리가 아래로 푹 떨어지더니 죽어버렸다. 에스키모들은 작은바다쇠오리를 특히 좋아했고 보통은 물개가죽에 넣어 절이곤 했다.

캠프로 돌아오는 길에 아버지와 매튜 헨슨은 피어리의 대원들이 언제나 토론하는 그런 문제들에 대해 토론했다. 누가 피어리와 함께 북극점에 실제로 가는 영광을 누릴 것인가 하는 문제였다. 뉴욕에서 출항하기 전, 피어리는 오직 자기 혼자 북극점을 찾아 정복할 거라고 모두에게 분명하게 밝혔다. 다른 사람들은 피어리를 지원하는 데서 원정의 의미를 찾아야 했다. 저는 그 순간을 계획하며 평생을 보냈습니다, 피어리가 말했다. 그리고 저 혼자 해낼 것입니다. 아버지는 이 생각이 타당하다고 느꼈다. 전문가 앞에서 아마추어인 아버지는 자신이 없었다. 그러나 매튜 헨슨의 의견은 달랐고, 에스키모 외에 누군가가 원정대장과 함께 목적지에 가야 하며, 모든 점을 고려해볼 때 그 사람은 자신이 되어야 한다고 생각했다. 사실 아버지는 헨슨의 주장이 꽤 말이 된다고 여겼다. 헨슨은 이전에도 피어리와 원정을 함께 다녔으며 빈틈없고 대단한, 타고난 북극 탐험가였다. 헨슨은 에스키모 못지않게 개들을 잘 몰았고, 썰매를 고치고 캠프를 세울 줄도 알았으며, 힘이 무척 센 데다 손재간이 상당했다. 그러나 아버지는 헨슨의 주장에 왠지 화가 나 왜 당신이 뽑힐 거라고 생각하느냐고 이 니그로에게 물었다. 이들은 오솔길을 따라 산마루를 올라와 있었고, 잠시 서서 개들을 쉬게 하며 거대한 하얀 설원을 바라보았다. 그때 태양이 구름을 헤치고 나왔고, 모든 땅이 거울처럼 번쩍였다. 글쎄요, 선생님, 매튜 헨슨이 웃으며 말했다. 전 그냥 압니다.

　이튿날, 원정대는 북극의 얼음을 가로지르며 북쪽을 향해 출발했다. 원정대는 여러 무리로 나뉘었고, 각 무리는 백인 남자 한두 명에 에스키모 소년들 여러 명, 개 한 떼와 썰매 네다섯 대씩이었다. 피어리가 속한 무리 외에 각 무리는 원정대의 다른 무리들을 위해 돌아가며 일주일 동안 선발대 혹은 길을 개척하는 역할을 맡았다. 결국 모든 무리는 하나씩 원정대를 떠나 본토로 돌아가고, 피어리와 피어리의 소년들만이 기운차고 비교적 잘 쉰 상태에서 마지막 160킬로미터 정도를 더 가는 셈이었다. 그게 바로 체계였다. 길을 내는 건 큰일이었다. 위험한 데다 굉장히 고된 노동이었다. 곡괭이로 얼음 능선을 깨야했고, 무거운 썰매들을 끌고 밀며 얼음 오르막 위로 올린 뒤 가파른 내리막에서 미끄러지지 않게 잡아야 했다. 썰매마다 도구와 식량이 270킬로그램 넘게 실려 있었다. 썰매가 부서지기라도 하면 일단 짐을 내린 뒤 부서진 곳들을 한데 묶어 고쳐야 했다. 또 이 일을 하려면 장갑을 벗어야 했다. 빙원에는 물길이 나 있었고, 사람들은 이 물길을 건너든지 아니면 물길이 사라지길 기다려야 했다. 부빙은 대포처럼 요란한 소리를 내며 다가왔고, 발밑에선 바다의 목소리 같은 우르르 소리가 들려왔다. 갑자기 안개가 끼며 태양을 가렸다. 가끔은 얇은 살얼음을 기어서 건너야만 할 때도 있었다. 부빙에 갇히고 싶은 사람은 아무도 없었기 때문이다. 날씨는 끊임없이 사람들을 괴롭혔고, 섭씨 영하 40~50도 날씨에 바람은 어찌나 호되게 부는지 공기는 그 물리적 성질마저 바뀐 듯했다. 다들 폐 속에 들어간 공기가 절대 녹지 않는 수정 같다고 느꼈다. 숨을 쉴 때마다 수염이나 털모자의 얼어붙은 가장자리에 단단한 잔여물이 남았다. 모두들 피어리의 지시대로 부드러운 물개가죽 신발을 신고 곰털가죽 바지를 입고 모자 달린 순록 재킷을 입고 있었지만, 이렇게 북극적인 것들을 걸치고서도 얼어붙는 추위 앞에선 속수무책이었다. 태양은 이제 스물네 시간 수평선 위에 떠 있었다. 하루의 여행, 즉 대략 24킬로미터의 고된 노동을 마치고 나면 선발대는 캠프를 세우고, 다음 탐험을 위해 이글루를 짓고, 개들을 먹이고, 얼어붙은 수레의 끈을 풀고, 알코올버너에 불을 붙여 차를 끓이고, 얼어붙은 비상식량과 크래커로 식사를 시작했다. 3월이 천천히 지나고 피어리 원정대는 북쪽을 향해 나아갔다. 무리는 하나씩 돌아갔고, 이제 임무는 다음 무리가 좀 더 쉽게 따라올 수 있도록 돌아가는 길을 최대한 완벽하게 골라놓는 것으로 바뀌었다. 피어리는 매일 맨 뒤에서 따라왔고, 도착하면 곧바로 헨슨이 지어준 이글루에 들어가 앉곤 했다. 그사이 헨슨은 피어리의 개들을 돌보고, 부서진 썰매들을 고치고, 저녁을 짓고, 이제 대체로 까다로워지기 시작한 에스키모들을 상대했다. 피어리는 에스키모의 장점을 충성심과 복종심에서 찾았다. 사람이 개에게 기대하는 장점과 얼추 비슷했다. 이제 겨우 160킬로미터 정도 남아서 북극점을 향해 마지막 진군을 할 때가 오자 피어리는 자기와 함께 갈 사람으로 정말로 헨슨을 골랐고, 헨슨은 자기가 판단하기에 가장 뛰어나면서 가장 충성심 깊고 원정대장에게 헌신적이라 여겨지는 에스키모들을 골랐다. 나머지 원정대는 모두 뒤돌아 집으로 향했다.

아버지는 오래전에 집으로 돌아갔다. 원정이 시작되고 첫 주에 선발대원으로 뽑혔다. 아버지가 원정대에서 가장 억센 대원은 아님이 밝혀진 것이다. 아버지를 집으로 돌려보내기 전 피어리는 이렇게 말했다. 이건 내가 무정해서가 아니라 쉽게 얼어붙는 당신 발 때문이라오. 가령 아버지의 왼발 뒤꿈치는 매일 얼어붙었다. 얼어붙지 않게 하려 무슨 수를 써도 소용없었다. 매일 저녁 캠프에서 아버지는 고통을 참으며 뒤꿈치를 녹이고 최선을 다해 치료했지만, 뒤꿈치는 아침이면 다시 얼어붙곤 했다. 무릎 한쪽과 손등 한 부분도 그러했다. 아버지의 몸 곳곳이 참으로 쉽게 얼었고, 피어리는 북극에서 누군가는 이런 운명을 맞는다고, 어쩔 수가 없다고 말했다. 피어리는 몰인정한 지휘자가 아니었고 또한 아버지를 좋아했다. 루스벨트호를 타고 기나긴 겨울을 보낼 때, 피어리와 아버지는 둘 다 대학 우등 졸업생들만 가입할 수 있는 같은 사교 클럽의 회원임을 알게 되었고, 이는 절대 가벼운 인연이 아니었다. 그러나 피어리는 평생을 노력해온 일을 앞두고 조바심이 나 있었다. 아버지가 속한 사교 클럽은 피어리에게 상당한 자금을 대주었고, 피어리는 이 때문에 그 클럽의 회원인 아버지를 북위 72도 46분까지 아주 모양새 좋게 데려온 것이다. 아버지는 원정대를 떠나기 전, 원정대장에게 북극 탐험을 위해 자신이 만들어온 미국 국기를 선물했다. 순 실크였고 크기가 꽤 컸지만 접으면 커다란 손수건 정도 부피밖에 되지 않았다. 피어리는 고맙다고 인사하고 국기를 털옷 안에 집어넣었다. 그런 뒤 아버지에게 빙원의 물길을 조심하라고 당부하고는 성격이 좋지 않은 에스키모 세 명과 함께 루스벨트호로 돌려보냈다.

그러나 이제 피어리는 하루만 더 가면 평생의 목표를 이룰 수 있었다. 피어리는 헨슨과 에스키모들을 사정없이 몰아쳤고, 고된 하루가 끝나도 늘 한두 시간 이상은 자지 못하게 했다. 이제 태양은 눈부시게 빛났고, 하늘은 화창했다. 푸른 하늘엔 보름달이 떴고, 지구의 거대한 얼음 허벅지들은 신음을 발하며 몸을 떨고 달을 향해 솟아올랐다. 4월 9일의 오전이 반쯤 지났을 무렵 피어리는 썰매를 멈추라고 외쳤다. 피어리는 헨슨에게 자신이 관측을 할 동안 눈을 막아줄 방패를 세우라고 명령했다. 피어리는 배를 깔고 누워 수은계와 육분의, 종이 몇 장과 연필 한 자루를 가지고 현재 위치를 계산했다. 결과는 불만족스러웠다. 피어리는 부빙을 따라 좀 더 걸어가 다시 관측을 시작했다. 이번에도 만족스럽지 않았다. 피어리는 하루 종일 발을 지척이며 이쪽으로 1킬로미터, 저쪽으로 2킬로미터 하는 식으로 얼음 위를 이리저리 걸어다녔고, 관측을 계속했다. 아무리 관측해도 마음에 드는 결과는 나오지 않았다. 정북향으로 몇 걸음 걸어가면 어느덧 자신이 정남향으로 가고 있음을 알게 되곤 했다. 물로 가득 찬 이 행성에서 얼음 바다는 고정되길 거부하며 물 위를 미끄러져 다녔다. 피어리는 바로 여기, 이 지점이 북극점이라고 말할 수 있는 정확한 장소를 찾을 수가 없었다. 그럼에도 자신이 지금 북극점에 있다는 것에는 의문의 여지가 없었다. 모든 관측 결과를 합쳐보면 분명한 사실이었다. 만세 삼창을 합시다, 친구들이여, 피어리는 헨슨에게 말했다. 그리고 국기를 휘날립시다. 헨슨과 에스키모들은 큰 소리로 만세를 불렀지만, 만

세 소리는 거센 바람 소리에 묻혀 들리지 않았다. 국기는 탁 하고 펴지더니 바람에 펄럭였다. 피어리는 헨슨과 에스키모들을 깃발 앞에 서게 하고 사진을 찍었다. 털옷으로 몸을 감싼 땅딸막한 다섯 명이 사진에 찍혔다. 이들 뒤 창백한 얼음 봉우리에 꽂힌 깃발을 보면 진짜 북극점 같다는 느낌이 든다. 빛 때문에 사람들의 얼굴은 분간이 안 가며, 오직 순록털가죽에 둘러싸인 검은색으로만 보일 뿐이다.

11

아버지가 집에 돌아와보니 놀라운 변화가 미국 전역을 휩쓸고 있었다. 윌리엄 하워드 태프트가 새 대통령이 되어 150킬로그램의 몸무게로 대통령 집무실에 들어간 것이다. 전 국민이 자신을 돌아보기 시작했다. 사람들은 엄청난 양의 맥주를 마시는 데 익숙해져 있었다. 습관적으로 빵을 몇 덩이씩 게걸스레 먹어치우고, 술집의 간이식사용 카운터에 놓인 내장을 갈아 만든 소시지용 고기를 삼켰다. 존엄한 피어폰트 모건은 일곱에서 여덟 코스로 저녁을 먹는 게 일과였다. 아침으로는 스테이크와 갈비, 달걀, 팬케이크, 생선구이, 롤빵과 버터, 크림을 올린 신선한 과일을 먹었다. 음식 섭취는 성공의 상징이었다. 남자의 배가 불룩 나오면 현재 전성기를 맞았다고 간주되었다. 여자들은 병원에 입원한 뒤 방광 파열, 폐허탈, 심장 혹사, 뇌수막염 따위로 죽었다. 온천과 유황천에 사람이 넘쳐났다. 이런 곳들에서는 설사제가 식욕 촉진제로 환영받았다. 미국은 위대한 방귀의 나라였다. 이 모든 게 태프트가 백악관으로 입성하면서 바뀌기 시작했다. 미국인들의 상상 속에서 신화적 위치에 있는 사무실에 엄청난 몸집의 태프트가 들어갔다는 점이 모두를 의기소침하게 만들었다. 이를 계기로 거대한 몸집에 대한 사람들의 인식이 바뀌기 시작했다. 그 후 유행은 거꾸로 흘러 가난한 사람들만이 뚱뚱하게 되었다.

이런 면에서 볼 때, 다른 면에서도 거의 그랬지만, 에벌린 네즈빗은 시대를 앞서가고 있었다. 예전에 에벌린의 최고의 연인이었던 스탠퍼드 화이트는 유행대로 몸집이 크고 억셌고, 남편 해리 K. 소는 스탠퍼드 화이트만큼 체격이 좋진 않아도 살집이 많고 푹신했다. 그러나 새 연인인 외삼촌은 어린 나무처럼 마르고 단단했다. 에벌린과 외삼촌은 서두르지 않고 천천히 사랑을 나누었고, 아무 말 하지 않아도 상대의 요구에 맞추며 오르가슴을 느꼈다. 자신에게 강하게 끌리는 사람에게는 절대 저항하지 못하는 게 에벌린의 성격이었다. 에벌린은 외삼촌을 데리고 로어 이스트사이드를 돌아다녔지만 타테와 어린 딸은 결국 찾지 못했다. 타테와 딸은 헤스터 거리의 공영주택으로 돌아오지 않았다. 에벌린은 초라한 가구들을 지키기 위해 임대계약을 대신 넘겨받고 집주인에게 돈을 지불했다. 에벌린은 통풍구가 보이는 창가에 몇 시간씩 앉아 있었다. 에벌린은 마치 손가락으로 물건을 알아보려는 맹인처럼 담요나 접시 같은 것들을 만져보곤 했다. 그런 뒤 에벌린은 정신없이 울었고 좁은 놋쇠 침대에서 외삼촌의 품에 안겨 위로받았다.

해리 K. 소의 재판이 시작되자, 사람들은 법정에 들어가는 에벌린의 사진을 찍었다. 촬영이 금지된 법정 안에서는 예술가들이 삽화로 쓰려고 에벌린의 모습을 그렸다. 에벌린은 강철 펜이 사각사각 움직이는 소리를 들었다. 에벌린은 증인석에 섰고, 열다섯의 나이에 빨간 벨벳 그네를 타고 발을 구르던 자신의 모습과 돈 많은 건축가가 자신의 종아리를 침 흘리며 바라보던 모습을 자세히 설명했다. 에벌린은 단호했고, 고개를 높이 치켜들었다. 에벌린은 나무랄 데 없는 취향의 옷을 입고 있었다. 에벌린의 증언은 미국 역사상 최초의 섹스 여신을 만들어냈다. 두 부류의 사회 구성원들이 이를 깨달았다. 첫번째는 사업하는 사람들, 특히 회계사 그리고 외투와 정장 제작자들이었다. 이들은 활동사진, 또는 그 사람들의 표현에 따르면 픽처 쇼에도 발을 담그고 있었다. 이들 중 일부는 신문 1면에 에벌린의 얼굴을 실으면 매진은 따놓은 당상이라고 생각했다. 이들은 신문 기사가 독자의 의식 속에 특정 인물을 각인시키고 그를 실제보다 더 확대, 과장한다는 사실을 깨달았다. 신문이 이렇게 과장하는 사람들은 일반인들이 선망하는 특징을 지닌 인물들이었다. 사업가들은 뉴스에 오르내리는 사건에서가 아니라, 그들 매체의 제작물에서 이런 인물을 창조할 수 있지 않을까 궁리하게 되었다. 만약 그렇게 할 수만 있다면 더 많은 사람들이 영화를 보려고 지갑을 열게 될 것이었다. 그리하여 에벌린은 영화 스타 시스템의 개념에 영감을 제공하고, 테다 바라에서 메릴린 먼로에 이르기까지 모든 섹스 여신의 모델이 되었다. 에벌린의 중요성을 인식한 두번째 무리는 각계의 노조 지도자와 무정부주의자, 사회주의자들이었다. 에벌린이 결국은 광산 소유주나 철강 제조업자보다 노동자에게 훨씬 더 위협적인 존재가 될 것임을 제대로 예측한 사람들이었다. 가령 시애틀에서는 엠마 골드만이 I.W.W.* 지부에서 연설하면서 가난한 이들의 모든 딸과 자매가 부자들의 향락에 이용된다는 점을 일깨워주려고 노동계급의 딸로 태어난 에벌린 네즈빗을 언급했다. 골드만의 연설을 듣던 남자들은 실없이 큰 소리로 웃다가 음란한 말들을 외치고 웃음을 터뜨렸다. 이 중에는 투쟁적인 노동자들, 즉 자신들의 상황을 급진적으로 파악하는 노동조합원들도 있었다. 골드만은 에벌린에게 편지를 보냈다. 전 가끔 이런 질문을 받는답니다. 어떻게 다수가 소수의 사람들에게 순순히 착취당하고 있느냐고요. 답은 다름이 아니라 다수가 자신의 삶을 소수의 삶과 동일시하도록 설득당하며 살기 때문에 그러는 겁니다. 노동자들은 당신의 사진이 실린 신문을 들고 아내가 기다리는 집으로 돌아가죠. 아내는 고된 노동으로 다리에 핏줄이 울룩불룩 튀어나오고 지쳐 있는데 말이에요. 그리고 노동자들은 정의가 아니라 부자가 되는 걸 꿈꾸죠.

에벌린은 이 말에 어찌 대답해야 할지를 몰랐다. 에벌린은 계약대로 계속 증언을 했다. 소의 가족과 함께 나타나 헌신적인 애정을 보여주는 눈짓과 작은 몸짓으로 아내의 모습을 연출했다. 해리를 자신과 어린 신부의 명예를 되찾으려는 마음을 이기지 못한 희생자로 그렸다. 에벌린은 한 점 흠 없이 연기해냈다. 에벌린은 강철 펜촉이 그림을 그리는 소리를 들었다. 안경을 쓰고 셀룰로이드 옷깃을 단 방청객들은 턱수염을 쓰다듬었다. 법정에 있는 사람들은 모두가 검은색 옷차림이었다. 에벌린은 이렇게 많은 사람들이 법정 덕분에 먹고사는 게 놀라웠다. 판사와 변호사와 집행관과 경찰관과 교도소장과 배심원

---

* Industrial Workers of the World. 미국 최초의 노동조합 연합체인 세계산업노동자동맹.

들이었다. 모두가 자신들이 먹고살게끔 재판이 열릴 것임을 이미 알고 있었다. 에벌린은 펜이 종이 긁는 소리를 들었다. 복도에서는 해리가 제정신이 아님을 증언할 준비가 된 정신과 의사들이 대기했다. 이는 사실 해리가 절대 허락하지 않을 변론이었다. 해리 본인이 제정신으로 할 수는 없는 일이었다. 이런 식의 주장을 원한 이는 해리의 위엄 있는 어머니였다. 이렇게라도 하지 않으면 아들이 전기의자에 앉게 될까봐 두려웠던 것이다. 에벌린은 피고인석에 앉은 해리를 지켜보았다. 에벌린은 저 격노한 마음을 과연 무엇으로 진정시킬 수 있을까 생각했다. 해리는 증언에 걸맞은 표정을 계속 유지했다. 웃긴 말이 나오면 웃음을 지었다. 슬픈 내용이 나오면 눈을 내리깔았다. 스탠퍼드 화이트의 이름이 거론되면 얼굴을 찡그렸다. 해리는 회개하는 태도와 고개를 뻣뻣이 든 자신감 있는 태도, 심지어 자신이 옳게 행동했다는 당당한 태도를 번갈아 보여주었다. 모든 정신을 집중해야 하는 일이었다. 법정을 드나드는 해리는 침착했고 예의 발랐으며 합리성의 화신이었다.

어느 날, 에벌린은 해리가 어쩌면 정말로 자신을 사랑하는지도 모른다는 생각이 들었다. 에벌린은 아찔할 정도로 놀랐다. 에벌린은 둘의 관계에서 진실이 무엇인지 찾아내려 애썼다. 세 명의 관계에서 진실이 무엇인지를. 처음으로 에벌린은 스탠퍼드 화이트가 죽고 없음을 통감했다. 스탠퍼드라면 진실이 무엇인지 말해줄 수 있었을 터였다. 그 일을 가지고 농담을 했을 터였다. 그게 그 사람의 방식이었다. 스탠퍼드는 음탕하고 건장한 늙은이였으며, 무척 잘 웃었다. 에벌린은 마음속에서 해리를 몰아냈듯 스탠퍼드도 몰아내버렸다. 에벌린은 스탠퍼드 화이트가 더 편했다. 스탠퍼드는 에벌린을 혼자 두고 나가 뭔가를 짓곤 했지만, 해리는 절대 에벌린을 혼자 두지 않았다. 에벌린을 빼면 그가 할 일이 하나도 없었기 때문이다. 해리는 그저 부자이기만 했다. 에벌린은 말할 상대가 절대적으로 필요했고, 에벌린이 뭔가 얘기할 수 있었던 유일한 상대는 바로 자신이 그 죽음에 직접적으로 책임이 있는 바로 그 남자뿐이었다. 에벌린은 푸른색 고급 피지에 '해리 K. 소 부인' 글자가 도드라진 편지지로 엠마 골드만에게 편지를 썼다. 제가 무슨 짓을 한 거죠? 에벌린은 이렇게 썼다. 캘리포니아에서 답장이 날아왔다. 골드만은 로스앤젤레스 타임스 건물을 날려버린 죄로 고발된 투사 맥나마라 형제를 변호하기 위해 캘리포니아에서 기금을 모으고 있었다. 그 두 남자끼리의 관계에서 당신의 역할을 과대평가하지 마세요.

그 사이 해리의 재판은 배심으로 넘어갔다. 배심원들은 평결을 내리지 못했다. 재판이 다시 시작되었다. 에벌린은 다시 증언했고, 전과 똑같은 단어와 똑같은 몸짓을 썼다. 재판이 모두 끝나자 해리 K. 소는 정신이상으로 범죄를 저지른 자들을 수용하는 매티원 병원에 무기한 재유치되었다. 거의 즉시, 해리의 변호사들이 이혼 협상을 시작했다. 에벌린은 준비가 되어 있었다. 에벌린은 1백만 달러를 요구했다. 그러자 사설탐정들이 에벌린이 외삼촌 및 다른 남자들과 간통했다는 기록을 들고 나왔다. 다른 남자는 사설탐정들이 만들어낸 인물들이었다. 이혼은 에벌린에게 2만 5천 달러를 지불하는 것으로 조용히 마무리되었다. 에벌린은 이제는 그만 나가야 하는 호텔 스위트룸 침대에 앉아 손에 든 슬리퍼를 물끄러미 바라보았다. 이 중요한 순간에 외삼촌이 애무를 하자 에벌린은 차갑게 얼어붙었다. 에벌린은 마지막 뉴욕 방문 때 골드만이 했던 말을 떠올렸다. 당신이 소에게서 아무리 많은 돈을 받더라도 그건 소가 당신에게 주고 싶어한 금액일 뿐이에요. 주는 만큼 착취하는 게 부자들의 법칙이에요. 그게 세상 돌아가는 이치고요. 어쨌거나 당신에게 쓴 돈은 모두 다시 소에게 이익이 되어 돌아갔어요. 그리고 당신은 제한된 돈을 받을 거고, 그 돈을 쓰고 낭비하며 살다가 어느 순간 처음 출발하던 때처럼 가난해질 거예요. 에벌린은 이 말이 사실임을 알았다. 지금은 돈이 많고 운도 꽤 좋은데도 에벌린은 알 수 없는 묘한 기분에 빠졌다. 누군가는 에벌린을 사랑하는 척하며 돈을 훔치고 에벌린의 마음에 상처를 줄 것이다. 이런 씁쓸한 통찰력을 준 사람은 골드만뿐이라 에벌린은 골드만에게 감사했다. 골드만은 에벌린에게 사회를 두 가지로 분류해준 바 있었다. 하나는 욕심과 야만, 굶주림, 불의와 죽음이 판치는 사회로, 바로 개인의 자본으로 돌아가는 현재의 국가 체제였고, 또 다른 하나는 유토피아적 차분함이 빛나는, 누구의 지배도 받지 않는 자유로운 상태에서 모든 사람이 동등한 존재이며 일과 부를 합리적으로 나누는 그런 사회였다. 에벌린은 골드만이 발행하는 무정부주의 잡지인 『어머니 지구』에 기부금을 내 잡지가 계속 출간될 수 있게 했다. 에벌린이 정치적이 되었다는 말이 암암리에 퍼지자 급진파들이 전국 각지에서 간청을 해왔고, 에벌린은 이 모두를 받아주었다. 에벌린은 감옥에 갇힌 노조 지도자들의 법적 변호를 위해 돈을 내주었다. 또한 온갖 공장에서 불구가 된 아이들의 부모에게 돈을 보내주었다. 그렇게 에벌린은 어렵게 번 재산을 열의 없이 조금씩 나누어주었다. 대중은 이 사실을 절대 알지 못했다. 에벌린이 익명을 고집했던 것이다. 에벌린은 자그마한 즐거움도 누리지 않았다. 거울을 들여다보니 소녀 같던 얼굴에도 여지없이 여인네의 특징이 스며들고 있었다. 에벌린이 볼 때 길고 아름다운 목은 볼품없는 풀줄기 같았고, 그 위엔 전성기를 지난 창녀의 우스꽝스러운 머리가 슬픈 눈을 한 채 얹혀 있었다. 에벌린은 스탠퍼드 화이트 같은 이가 자길 꼭 안아줄 일이 다시 생기길 바라며 흐느껴 울었다. 그동안 외삼촌은 에벌린을 섬길 준비를 마치고 엄숙하게, 그리고 충직한 개처럼 조용하게 서 있었다. 외삼촌은 위로라는 말의 뜻을 알지 못했다. 외삼촌은 에벌린을 놀릴 줄도, 아기처럼 말하며 애교를 떨줄도 몰랐다. 외삼촌은 다이아몬드를 감정하는 방법을 알려줄 수도 없었고, 지배인이 아첨하는 레스토랑에 데려가지도 못했다. 외삼촌이 할 줄 아는 거라곤 오직 평생을 바쳐 에벌린을 섬기고 그 어떤 변덕을 부려도 열심히 받아주는 것뿐이었다. 에벌린은 외삼촌을 사랑했지만 동시에 자신을 나쁘게 대해줄 사람, 자신이 나쁘게 대할 수 있는 사람이 필요했다. 에벌린은 도전할 거리를 갈망했고, 다시 한 번 야망을 불태우고 싶었다.

12

타테와 어린 딸은 어떻게 되었을까? 그 모임이 있은 후 늙은 예술가는 셋집에서 하루 밤낮을 꼬박 앉아 지새웠고, 아무것도 먹지 않고 말도 않고, 소브라니 담배만 끝없이 피우며 지독하게 운 나쁜 자기 인생에 대해 생각했다. 가끔씩 딸을 보았고, 믿을 수 없을 정도로 아름다운 딸의 얼굴이 가난 때문에 망가지는 모습을 보고는 딸을 꼭 부둥켜안았으며, 눈물을 머금기도 했다. 어린 딸은 조용히 평소처럼 조촐한 식사를 준비했다. 그 모습을 보자 타테는 아내가 일하던 모습이 생각나 더는 이 상황을 견딜 수가 없었다. 타테는 곰팡이 핀 여행 가방에 얼마 안 되는 옷가지를 던져 넣고, 썩어 떨어진 지 오래인 끈을 대신해 빨랫줄로 가방을 칭칭 묶었다. 그런 뒤 딸의 손을 잡고 헤스터 거리의 그 방 두 개짜리 집을 영원히 떠났다. 타테와 아이는 길모퉁이로 걸어가 12번 시가전차를 타고 유니언 스퀘어로 향했다. 부녀는 유니언 스퀘어에서 8번으로 갈아타고 북쪽으로 브로드웨이를 올라갔다. 초저녁 공기는 따뜻했고, 시가전차의 창문은 모두 내려져 있었다. 거리는 택시와 자동차로 붐볐고, 서로 경적을 빵빵 울려댔다. 시가전차들은 몰려다니며 종을 울렸고, 전차 위 집전기가 전선을 따라가며 튀기는 전기 불꽃은 어둡고 후덥지근한 도시 위 하늘을 가르는 마른번개에 약간의 빛을 더했다. 타테는 지금 자기가 어디로 가고 있는지 전혀 몰랐다. 아이는 아버지의 손을 꼭 잡았다. 검은 눈동자로는 브로드웨이를 행진하는 사람들을 진지하게 바라보았다. 밀짚모자를 쓰고 파란색 블레이저와 하얀 즈크 바지를 입은 남자들과 하얀 여름 원피스를 입은 여자들이었다. 보드빌 극장엔 전구들이 모양 있게 걸려 있었다. 여자아이의 눈동자 가장자리에서 빛의 고리가 빙빙 돌았다. 세 시간 뒤, 타테와 아이는 시가전차를 타고 브롱크스의 웹스터 애비뉴를 따라 북쪽으로 가고 있었다. 달이 떴고, 기온이 뚝 떨어졌으며, 시가전차는 가끔씩만 멈춰 설 뿐 대로를 따라 넓은 지역을 훑었다. 아직도 공사 중인 연립주택이 몇 블록씩 있었고, 그 사이의 풀밭들이 옆으로 지나쳐갔다. 마침내 불빛이 완전히 사라지고, 어린 여자아이는 자신이 지금 언덕 중턱의 거대한 공동묘지 가장자리를 따라가고 있음을 깨달았다. 차가운 밤하늘을 등지고 솟아 있는 비석과 납골당은 마치 어머니의 운명을 암시하는 것만 같았다. 처음으로 아이는 아버지에게 어디로 가는 거냐고 물었다. 타테는 덜컹거리는 시가전차로 날카로운 휘파람 소리를 내며 불어드는 찬바람을 막으려 창문을 닫았다. 승객은 타테와 아이가 전부였다. 눈을 감으렴, 샤. 타테가 딸에게 말했다. 타테의 주머니와 신발에는 평생 모은 돈 30달러 정도가 나누어 숨겨져 있었다. 타테는 이미 자신의 인생을 망가뜨린 뉴욕을 떠나겠다고 마음을 굳힌 상태였다. 역사상 이 무렵에는 도시와 도시를 연결하는 시내전차 노선이 고도로 발달해 있었다. 누구든 시가전차를 타고 종점까지 간 뒤 다음 시가전차로 갈아타기만 하면 골풀로 짠 단단한 의자나 나무 벤치에 앉아 엄청난 거리를 여행할 수 있었다. 타테는 노선에 대해서는 아무것도 몰랐다. 그저 시가전차를 갈아탈 때마다 최대한 멀리까지 가겠다는 생각뿐이었다.

여행 후 처음 맞는 새벽이 되었고, 타테와 딸은 시가지를 가로질러 뉴욕의 마운트 버논으로 들어갔지만, 다음 시가전차는 날이 밝은 뒤에야 있었다. 타테와 딸은 작은 공원을 찾아 야외 음악당에서 잤다. 새벽이 되자 둘은 공중 화장실에서 세수를 했다. 해가 뜨자 타테와 딸은 밝은 빨간색과 노란색 시가전차에 탔고, 차장이 이들을 반갑게 맞았다. 타테는 자신의 차비로 5센트를, 아이 차비로 2센트를 냈다. 시가전차 뒤쪽의 나무 바닥에는 상자들이 쌓여 있었고, 그 안에는 물이 묻어 반짝이는 1리터들이 우유병이 가득했다. 타테는 우유를 한 병 사겠다고 말했다. 차장은 타테를 보고 다시 어린 여자아이를 본 뒤 한 병 가져가라 하고는 돈 꺼낼 틈은 주지 않고 자리를 떴다. 차장이 줄을 잡아당기자 시가전차의 종이 울렸다. 차는 갑자기 덜컹거리며 움직이기 시작했다. 차장이 노래를 불렀다. 몸집이 좋고 배가 불룩 나온 차장은 테너 목소리를 가지고 있었다. 차장의 허리띠에는 거스름돈을 바꿔주는 기계가 매여 있었다. 잠시 후 시가전차는 뉴욕의 뉴로셸로 진입해 천천히 중심가로 들어섰다. 교통량이 점점 더 많아졌고, 해가 높이 떴으며, 작은 도시는 무척이나 북적거렸다. 차장은 타테에게 만약 계속 시가전차를 탈 생각이라면 노스 애비뉴 모퉁이에서 포스트 로드 쇼어 라인으로 갈아타야 한다고 말했다. 시가전차는 한 번 갈아탈 때마다 1센트를 더 내야 했다. 타테와 딸은 중심가와 노스 애비뉴가 만나는 모퉁이에서 하차한 뒤 연결편을 기다렸다. 남자아이와 어머니가 지나갔다. 타테의 어린 딸은 남자아이를 바라보았다. 남자아이의 머리털은 담황색이었다. 세일러복과 진청색 니커스를 입고 하얀 양말과 광이 나는 하얀 신발을 신고 있었다. 남자아이는 어머니의 손을 꼭 잡고 지나가며 늙은 아버지와 함께 서 있는 어린 여자아이의 눈을 똑바로 들여다보았다. 그 순간 포스트 로드 시가전차가 나타났고, 타테는 딸의 손목을 단단히 잡고 찻길로 내려가 시가전차에 탔다. 차가 출발하자 어린 여자아이는 남자아이가 뒤로 사라지는 것을 지켜보았다. 여자아이는 시가전차 차량의 뒤쪽 플랫폼에 서서 남자아이가 완전히 보이지 않게 될 때까지 하염없이 바라보았다. 남자아이의 눈은 마치 지구본처

럼 파란색과 노란색과 짙은 초록색이 섞여 있었다. 시가전차는 포스
트 로드를 올라갔고, 롱아일랜드 해협 해변을 따라 코네티컷으로 향
했다. 코네티컷의 그리니치에서 타테와 딸은 다른 차로 갈아탔다.
차는 스탬퍼드, 노워크를 거친 뒤 톰 섬의 무덤이 있는 브리지포트
로 향했다. 이 무렵 타테와 딸은 종점이 가까워지는지 아는 방법을
이미 익혔다. 종착역이 가까워지면 차장은 차 맨 뒤에서 앞으로 나
오며 걸음을 멈추는 법이 없이 의자에 붙은 손잡이를 잡아 젖혀 빈
자리를 뒤집어놓았다. 브리지포트에서 둘은 또다시 차를 갈아탔다.
선로는 내륙으로 이어졌다. 타테와 딸은 차에서 내려 코네티컷의 뉴
헤이번에서 그날 밤을 보내기로 했다. 둘은 하숙집에서 잤고, 집주인
의 식당에서 아침을 먹었다. 타테는 바지와 재킷과 사냥 모자에 묻은
먼지를 힘차게 털어내고 아래층으로 내려갔다. 타테는 올이 너덜너
덜 풀린 옷깃에 나비넥타이를 맸다. 딸에게도 신경 써서 깨끗한 피나
포어를 입혔다. 타테가 머문 하숙집은 대학생들이 묵는 곳이었고, 그
중 일부 학생들이 식탁에 함께 앉았다. 학생들은 금테 안경을 쓰고
터틀넥 스웨터 차림이었다. 아침식사를 마치자 늙은 예술가와 딸은
시가전차 철로로 걸어가 다시 여행을 시작했다. 둘은 스프링필드 철
도 회사의 전차를 타고 뉴브리튼으로, 그리고 다시 하트퍼드로 갔다.
전차는 하트퍼드의 좁은 길을 천천히 나아갔고, 손을 뻗으면 닿을 만
한 거리에 판잣집들이 서 있었다. 어느덧 전차는 변두리로 나와 매사
추세츠 주의 스프링필드를 향해 북쪽으로 질주했다. 나무로 만든 차
체가 좌우로 흔들거렸다. 바람이 둘의 얼굴로 불어왔다. 타테와 딸이
탄 시가전차는 탁 트인 벌판의 가장자리를 따라 빠르게 달려갔고, 벌

판에서 새들이 파드득 날아올랐다가 차가 지나가자 다시 내려앉았다. 어린 딸은 풀 뜯는 소 떼를 보았다. 또한 햇살 아래 달리는 갈색 말들도 보았다. 하얀 먼지가 얼굴에 가면처럼 얇게 내려앉아 아이의 얼굴이 희게 보였다. 촉촉하고 커다란 눈과 붉은 입술이 더욱 두드러져 보였다. 아이가 성숙해지면 어떨지를 엿보게 된 타테는 잠시 충격을 받았다. 전차는 길가의 선로를 무서운 속도로 달렸고, 교차로에 가까워질 때마다 종을 울렸다. 한번은 전차가 서더니 농산물을 한 짐 실었다. 통로가 승객들로 북적였다. 어린 여자아이는 차가 어서 속도를 내길 기다리며 조바심쳤다. 타테는 딸이 즐거워한다는 걸 깨달았다. 딸은 여행을 좋아했다. 무릎에 둔 여행 가방을 한 팔로 잡고 나머지 한 팔로 타테는 딸을 감싸 안았다. 타테는 자기도 모르게 웃음을 지었다. 바람이 불어와 입 안을 가득 채웠다. 전차는 선로에서 튕겨나갈 것만 같았다. 전차가 좌우로 심하게 흔들리며 쿵쿵거리자 다들 웃음을 터뜨렸다. 타테도 껄껄대며 웃었다. 타테는 초원 너머 몇 킬로미터 저편으로 자신이 어릴 적 자란 마을을 지나는 상상을 했다. 언덕 위로 교회 뾰족탑이 보였다. 어릴 때 타테는 짐마차 타는 걸 좋아했고, 여름 달빛 속에 커다란 비료를 실은 마차를 좋아했으며, 덜컹거리는 짐마차에서 서로의 몸 위로 쓰러지는 또래 아이들을 사랑했다. 타테는 시가전차에 탄 승객들을 둘러보았고, 미국에 오고 처음으로 여기서 살 수도 있겠다는 생각을 했다. 스프링필드에서 타테와 딸은 빵과 치즈를 사서 우스터 전차 회사의 최신식 짙은 초록색 차에 탔다. 타테는 자신이 보스턴을 향해 가고 있음을 이제 깨달았다. 타테는 차비를 모두 계산해보았다. 자신의 차비는 총 2달러

40센트가 되고 아이의 차비는 1달러가 약간 넘을 터였다. 시가전차
는 흙길을 쌩쌩 달렸고, 등 뒤로 태양이 버크셔 쪽으로 지고 있었다.
전나무들이 길게 그림자를 드리웠다. 굉장히 잔잔하고 넓은 개울에
서 스컬을 타고 노 젓는 사람이 한 명 보였다. 개울 위로 천천히 돌
아가며 물을 뚝뚝 흘리는 거대한 물레방아도 보였다. 어둠이 점점
짙어졌다. 아이는 잠에 빠졌다. 타테는 무릎의 여행 가방을 꼭 움켜
쥐고 앞의 선로에 시선을 고정했다. 선로는 이제 시가전차 앞쪽에
달린 강력한 전기 헤드라이트가 내뿜는 한 줄기 빛을 받아 환하게
빛났다.

13

철로! 철로! 유명 잡지에 글을 쓰는 공상가들은 인류의 미래가 철
로에 달려 있다고 주장했다. 세상에는 장거리 기관차의 철로와 도시
간 전차의 철로와 시내 전차의 철로와 고가철로 들이 있었고, 모두가
땅에 강철 줄무늬를 그리며 지칠 줄 모르는 문명의 씨줄과 날줄처럼
대륙을 종횡으로 가로질렀다. 보스턴과 뉴욕에는 심지어 길 아래에도
철도가 있었다. 매일 수천 명의 사람들을 실어 나르는 새로운 고속 지
하철이었다. 실제 뉴욕에서는 맨해튼 지하철이 성공하면서 브루클린
으로 가는 노선도 만들라는 목소리가 생겨났다. 그리하여 공학적 기
적이 일어나고, 이스트 강 아래 브루클린과 배터리를 잇는 터널이 건
설되었다. 인부들은 유압 방패막 뒤에서 강바닥의 토사를 조금씩 조

금씩 어렵사리 파낸 다음 그곳에 무쇠관을 설치해 연결해갔다. 굴착 공간은 지상에서 펌프로 넣어주는 압축 공기로 가득했다. 굉장히 위험한 일이었다. 그 일을 한 사람들, 즉 인부들은 영웅 대접을 받았다. 강 아래에서 일한다는 건 끔찍한 운명에 몸을 맡긴다는 뜻이었다. 가장 일반적인 위험 중 하나가 공기 분출이었다. 압축 공기가 터널 지붕에서 약한 곳을 찾아내 미친 듯이 뿜어 나오는 것이었다. 어느 날 공기 분출이 있었고, 어찌나 강력했던지 인부 네 명이 터널 밖으로 빨려 나간 뒤 6미터나 되는 강 토사를 뚫고 날아갔다. 인부들은 강 위로 솟아오르는 물기둥의 꼭대기에 얹혀 10미터가 넘게 허공을 날았다. 이 중 한 명만이 살아남았다. 이 기막힌 사건은 모든 신문의 1면을 장식했고, 모닝커피를 마시다 사건을 접한 해리 후디니는 서둘러 옷을 차려입은 뒤 생존자가 실려갔다는 시내의 벨뷰 병원으로 갔다. 후디니가 접수처에 말했다. 전 해리 후디니입니다. 전 그 인부를 만나봐야 합니다. 간호사 둘이 데스크 뒤편에서 의논하는 사이 후디니는 차트를 훔쳐보고는 계단을 달려 올라갔다. 여기 올라오시면 안 됩니다. 후디니가 아픈 사람과 죽어가는 사람 들로 꽉 찬 병동을 성큼성큼 걸어가는데 냉정한 간호사 한 명이 후디니에게 말했다. 병동의 높은 먼지투성이 창문에서 기분 좋은 아침 햇살이 마치 버팀벽처럼 비스듬히 쏟아져 내렸다. 영웅이 된 인부의 침대 주위에는 가족이 몰려와 있었다. 아내와 바부시카를 쓴 늙은 어머니, 건장한 두 아들이었다. 의사가 환자를 보는 중이었다. 침대에 누운 남자는 머리끝부터 발끝까지 온통 붕대로 칭칭 감겨 있었다. 깁스를 한 두 팔과 역시 깁스를 한 다리 하나는 줄에 매달려 있었다. 붕대를 감은 머리에서 몇 분마다 약한 혹은 점잖은 신음이 들리곤 했다. 후디니는 목청을 가다듬었다. 전 해리 후디니라고 합니다, 후디니가 가족에게 말했다. 전 탈출로 생계를 유지하고, 그게 제 직업입니다. 탈출 전문가이지요. 하지만 이분과 겨룰 만한 탈출은 한 번도 못해봤음을 말씀드리고 싶습니다. 후디니는 침대를 가리켰다. 환자의 가족이 후디니를 바라보았다. 둔감한 슬라브족의 얼굴에는 아무 표정도 떠오르지 않았다. 할머니는 후디니에게 눈길을 떼지 않은 채 외국어로 무어라 말했다. 질문이었다. 아들 하나가 역시 외국어로 답하며 후디니의 이름을 말했다. 가족은 계속 후디니를 바라보았다. 후디니가 말했다. 전 병문안을 왔습니다. 가족 모두가 얼굴이 넙데데했고 이마가 넓었으며 미간이 멀었다. 아무도 후디니의 웃음에 웃음으로 답해주지 않았다. 어떻게 여기에 들어오셨죠, 의사가 물었다. 잠시면 됩니다, 후디니가 말했다. 그저 저분께 여쭙고 싶은 게 있고 그게 다입니다. 의사가 말했다. 어서 나가주시죠. 후디니는 가족에게로 몸을 돌렸다. 전 그때 기분이 어땠는지 알고 싶습니다. 저분이 물 밖으로 나오기 위해 어떻게 했는지 알고 싶습니다. 저분은 그렇게 해낸 유일한 사람입니다. 분명 뭔가를 했을 겁니다. 전 알고 싶고, 그 일은 제게 큰 의미가 있습니다. 후디니는 지갑을 열어 지폐를 몇 장 꺼냈다. 이 돈을 쓰실 데가 있으리라 생각합니다. 어서요, 받으세요, 전 돕고 싶습니다. 가족은 계속해서 후디니를 뚫어져라 바라보았다. 침대의 환자에게서 무슨 소리가 들렸다. 아들 하나가 허리를 숙이고 귀를 환자 가까이 댔다. 잠시 귀 기울이던 아들은 고개를 끄덕였다. 아들은 다른 아들에게 가서 무어라 말했다. 몸집이 커다란 친구들이었다. 키도 180센티미터가 훌쩍 넘었고, 가슴은 술통처럼 떡 벌어졌다. 소란 피우시면 안 됩니다. 의사가 말했다. 어느새 후디니는 양팔을 잡힌 채 몸이 번쩍 들렸고, 발이 바닥에 거의 닿지 않는 채로 병동 통로를 통과하고 있었다. 후디니는 저항하지 않기로 했다. 호신술을 몇 가지 알았고, 이 덩치만 큰 멍청이들을 물리칠 방법도 있었다. 하지만 누가 뭐래도 여긴 병원이었다.

후디니는 거리를 걸었다. 수치심에 귀가 벌겋게 달아올랐다. 후디니는 모자챙을 아래로 내렸다. 후디니는 몸에 딱 맞는 더블버튼 리넨 재킷을 입고 있었는데, 양손을 재킷 주머니에 찔러 넣고 걸었다. 바지는 황갈색이었고 신발은 갈색과 흰색으로 앞코가 뾰족했다. 쌀쌀한 가을 오후였고, 대부분의 사람들이 코트를 입고 있었다. 후디니는 붐비는 뉴욕 거리를 총총걸음으로 걸어갔다. 후디니는 믿기지 않을 정도로 몸이 유연했다. 세상에는 현실 세계를 무대로 이용하는 그런 연기가 존재했다. 후디니는 그렇게 할 수 없었다. 그 모든 업적에도 불구하고, 후디니는 사기꾼이고 눈속임꾼이며 단순한 마술사에 지나지 않았다. 사람들이 극장을 걸어 나온 뒤 후디니에 대해 까맣게 잊어버린다면, 후디니의 인생은 도대체 어떤 의미가 있을까? 신문 가판대의 신문 1면에는 피어리가 북극점을 정복했다는 기사가 실려 있었다. 현실 세계의 연기란 역사책에 들어가는 종류의 것이었다.

후디니는 야외 연기에 집중하기로 결심했다. 순회공연을 간 후디니는 포장 상자에 들어가 못질해 닫고 밧줄로 묶게 한 다음, 얼음이 떠다니는 디트로이트 강에 내리게 하고는 거기서 탈출했다. 자신이 들어간 포장 상자를 보스턴과 필라델피아의 강으로 내리게도 했다. 강에는 얼음이 떠다녔다. 후디니는 얼어붙는 강에서 탈출하는 연습을 위해 얼음장수를 시켜 집 욕조에 얼음 덩어리를 띄우고 그 속에 앉기도 했다. 그러나 아무것도 변하지 않았다. 후디니는 유럽 순회공연을 가기로 결심했다. 미국의 일류 보드빌 공연 출연이 어렵없던 시절에도 유럽에 갔었다. 어떤 면에선 고국의 동포들보다 유럽인들이 자신을 더 잘 이해해준다는 느낌을 받기도 했다. 출발하기 며칠 전, 후디니는 늙은 마술사들과 은퇴한 동료들을 위해 공연을 하기로 했다. 후디니는 새로운 탈출 묘기로 그 사람들을 놀라게 하고 싶었다. 후디니는 벨뷰 출신의 간호병 한 조를 고용해 무대로 올라오게 한 뒤 자신을 머리끝부터 발끝까지 붕대로 감싸게 했다. 붕대 감는 일이 끝나자 간호병들은 후디니를 여러 장의 침대 시트로 감고 병원 침대에 끈으로 묶었다. 그런 다음 싸놓은 것들에 무게를 더하기 위해 후디니의 몸 위에 물을 부었다. 후디니는 탈출해냈다. 연예계에 오랫동안 몸담아온 인물들은 완전히 열광했다. 후디니는 만족하지 못했다.

후디니는 임페라토르호를 타고 유럽으로 갈 생각이었다. 임페라토르호는 이물 장식이 달린 거대한 독일 배였다. 이렇게 현대적인, 굴뚝이 세 개나 있는 증기 여객선에 이물 장식이 있다니 묘한 일이긴 했다. 임페라토르호의 이물 장식은 발톱으로 지구를 쥐고 있는 왕관독수리였다. 후디니의 늙은 어머니인 바이스 부인은 후디니를 배웅하러 부두까지 나왔다. 어머니는 작고 단정한 체구에 검은 옷을 입고 있었다. 후디니는 어머니에게 키스하고 꼭 안은 뒤 어머니의 손에 다시 입을 맞추고 배다리를 올라갔다. 그러다 다시 배다리를 달려 내려와 어머니에게 또다시 키스하고 양손으로 어머니의 얼굴을 감싸 쥐고 눈에도 키스했다. 어머니는 고개를 끄덕이고 다정하게 아들의 등을 툭툭

쳤다. 후디니는 배다리를 달려 올라가 손을 흔들었다. 어머니가 자기 모습을 볼 수 있는지는 확실히 알 수 없었다. 거대한 정기선이 강으로 후진할 동안, 후디니는 난간 옆에 서서 계속 손을 흔들었다. 어머니의 눈길을 끌기 위해 모자를 벗어 흔들었다. 어머니는 후디니를 보지 못하는 게 분명했다. 후디니는 우스꽝스럽게 보일 정도로 소리를 질렀다. 배의 엔진이 큰 소리를 내며 강물을 휘저었기 때문이다. 후디니는 작고 검은 어머니의 모습을 하염없이 바라보았고, 배가 예인선들에 끌려 하류 쪽을 향하자 후디니는 좌현 갑판으로 달려갔다. 부서질 듯 연약해 보이고 다정하기 그지없는 나이 많은 어머니는 부두에 서서 배가 시야에서 멀어지는 것을 지켜보고 있었다. 어머니는 아들에게서 지극한 사랑을 받았다. 한번은 아들이 어머니에게 오더니 앞치마를 펼쳐 들게 했다. 아들은 앞치마에 반짝이는 금화 50개를 쏟아놓았다. 착한 아들이었다. 어머니는 택시를 타고 113번가의 집으로 돌아가 아들을 기다렸다.

후디니는 함부르크에 있는 한자 극장에서 유럽 순회공연을 시작했다. 관객의 반응은 열광적이었다. 신문은 후디니 기사에 열을 올렸다. 이번에 후디니는 불만족스러운 감정 같은 것은 전혀 느끼지 못했다. 왜 이제껏 어리석은 공연에 헌신해왔는지 의아할 정도였다. 관객은 환호했다. 쇼가 끝날 때마다 매번 한 무리의 사람들이 무대 입구에 몰려들었다. 후디니는 무뚝뚝하게 굴었다. 그러던 어느 날, 후디니는 프랑스에서 만든 부아쟁 항공기의 공개 시연회에 참석했다. 부아쟁은 아름다운 복엽비행기로 상자 모양 날개들이 있고 네모난 방향타 한 개와 정교한 지지대를 댄 자전거 바퀴 세 개가 달려 있었다. 비행기

조종사는 경주로 위를 날아간 뒤 근처 밭에 착륙했고, 이튿날 이 위업이 신문에 자세히 소개되었다. 후디니는 말할 수 없이 감명을 받았다. 일주일 뒤, 후디니는 새 부아쟁 복엽기를 샀다. 5천 달러가 들었다. 이 가격에는 프랑스인 기술자의 비행 기술 교육 과정도 포함되어 있었다. 후디니는 함부르크 밖에 있는 연병장을 사용해도 좋다는 허락을 받았다. 후디니는 어느 나라에서 공연을 해도 언제나 군대와 사이가 좋았다. 어딜 가도 군인들은 모두가 후디니의 팬이었다. 매일 아침 동틀 무렵이면 후디니는 연병장으로 차를 몰고 가서 부아쟁의 조종석에 앉았고, 프랑스인 기술자는 조종사의 손 닿는 곳에 있는 레버 및 페달의 기능과 목적에 대해 알려주었다. 비행기의 방향은 축을 써서 전면 방향타에 수직으로 붙여놓은 커다란 운전대로 조종했다. 조종사는 전면 방향타 뒤, 날개 두 개 사이의 작은 의자에 앉았다. 조종사 뒤에는 엔진이 있었고, 그 뒤에는 프로펠러가 있었다. 부아쟁은 나무로 제작되었다. 날개는 천으로 팽팽하게 싸고 바니시를 먹였다. 두 개의 날개를 연결하는 지지대들도 같은 재료로 네모나게 썼다. 부아쟁은 상자 모양의 연처럼 보였다. 후디니는 날개 바깥쪽 판과 뒤쪽 승강타에 고딕체로 자기 이름을 써넣었다. 후디니는 어서 첫 비행을 하고 싶어 참을 수가 없었다. 인내심 강한 기술자는 비행기를 띄우고 비행을 유지하고 착륙시키는 데 필요한 온갖 조작법을 반복해 가르쳤다. 후디니는 밤이면 공연을 하고 새벽이 되면 비행 교육을 받으러 나갔다. 마침내 어느 아침 붉은 하늘이 밝아올 때 기술자는 바람 상태가 좋다고 판단했고, 후디니와 기술자는 비행기를 밀어 격납고 밖으로 꺼낸 뒤 바람 불어오는 방향으로 비행기 기수를 놓았다. 후디니는 조종석에 올라탄 다음 모자를 돌려 꾹 눌러 썼다. 후디니는 조종간을 꽉 잡았다. 집중하느라 눈을 가늘게 뜨고, 이를 꽉 다물었다. 후디니는 머리를 돌려 기술자에게 고개를 끄덕였고, 기술자는 나무 프로펠러를 돌렸다. 시동이 걸렸다. 엔진은 엔필드 사의 80마력짜리 제품이었는데, 라이트 형제가 쓰던 것보다도 좋다고들 했다. 후디니는 거의 숨도 못 쉬는 상태로 엔진 출력을 낮췄다가 공회전시켰다가 다시 출력을 낮췄다. 마침내 후디니는 엄지를 들어 올렸다. 기술자는 날개 아래로 들어가 바퀴의 쐐기를 빼냈다. 비행기가 천천히 앞으로 나아갔다. 부아쟁이 속도를 높일수록 후디니의 호흡도 점점 빨라졌다. 곧 부아쟁은 덜컹거리며 땅 위를 달려갔고, 후디니는 민감한 날개들이 살아나는 것을 느꼈고 지금 이 순간이 실감나지 않았다. 기체가 이륙했다. 후디니는 자신이 지금 꿈을 꾸고 있다고 생각했다. 후디니는 의지를 총동원해 감정을 억눌러야 했고, 자신을 엄격히 통제해 날개를 평행으로 유지하고 엔진 출력과 비행 속도가 조화를 이루도록 해야 했다. 후디니는 날고 있었다! 후디니는 두 발로 페달을 밟으며 손으로는 조종간을 꽉 쥐었고, 앞쪽의 방향타는 부드럽게 아래로 기울었다. 비행기가 하늘 높이 솟아올랐다. 후디니는 용기를 내어 아래를 내려다보았다. 땅이 15미터 아래에 있었다. 시끄러운 엔진 소리는 더 이상 들리지 않았다. 후디니는 얼굴에 부는 바람을 느꼈고, 자신이 소리치고 있음을 깨달았다. 비행기의 버팀줄들이 내는 소리는 노랫소리처럼 들렸고, 어느덧 후디니 위아래에 있는 거대한 날개들은 공중에서 믿을 수 없이 부드럽고 똑똑하게 고개를 끄덕이며 각자의 임무를 다하고 있었다. 자전거 바퀴가 산들바람 속에서 천천히 나른하게 돌아갔다.

후디니는 나무 위를 날고 있었다. 자신감이 붙은 후디니는 까다로운 조종술인, 옆으로 기울이며 선회하기를 시도했다. 부아쟁은 연병장을 돌며 커다랗게 원을 그렸다. 이윽고 기술자가 저 멀리 격납고 옆에 서서 양팔을 들고 깍듯이 경례하는 게 보였다. 후디니는 침착하게 날개를 수평하게 놓았고, 긴장하지 않고 가벼운 마음으로 하강하기 시작했다. 바퀴들이 땅에 닿는 순간, 기분 나쁜 거친 충격이 온몸으로 전해졌다. 그리고 비행기 바퀴가 구르다 마침내 멈추자 후디니는 다시 공중을 날고 싶은 마음뿐이었다.

그 후 비행을 할 때면 후디니는 10분에서 12분씩 공중에 머물러 있곤 했다. 사실상 비행기의 연료 한계에 도전하는 일이었다. 때로 후디니는 머리 위 구름들에 줄로 매달렸나 싶을 정도로 표류하는 듯 보일 때도 있었다. 후디니는 발아래로 독일 시골 마을들을 한눈에 보았고, 산울타리를 따라 늘어선, 믿기지 않을 정도로 똑바르게 난 길들에 드리워진 자신의 그림자를 따라가기도 했다. 한번은 무척 높이 날아올랐고, 함부르크의 중세풍 스카이라인이 저 멀리 보였다. 엘베 강까지도 흘끗흘끗 보였다. 후디니는 자신의 비행기가 자랑스러워 미칠 지경이었다. 후디니는 비행기 역사에 남을 만한 일을 하고 싶었다. 그 지역 막사의 젊은 장교들이 연병장에 와 후디니의 비행을 지켜보기 시작했다. 후디니는 몇몇 장교들이 이름을 알게 되었다. 이윽고 연병장 사용 허가권을 쥔 지휘관이 후디니에게, 혹시 이 젊은 장교들에게 비행 기술을 가르쳐볼 생각이 있느냐고 물었다. 마술사는 재빨리 의향이 있다고 대답했다. 후디니는 일정을 조정한 뒤 비공식적 교육을 시작했다. 후디니는 젊은 장교들을 좋아했다. 장교들은 굉장히 영리

하면서도 무척 예의 발랐다. 후디니의 농담에 큰 소리로 웃었다. 후디니의 독일어는 부정확한 데다 이디시어식으로 많이 변형되어 있었지만 장교들은 눈치채지 못하는 듯했다.

어느 날 아침, 비행을 마친 후디니가 격납고로 비행기를 몰고 가보니 독일 제국의 육군 장교들이 탄 메르세데스가 후디니를 기다리고 있었다. 후디니가 비행기에서 내리기도 전에 후디니의 친구인 지휘관이 자동차의 접이식 보조 좌석에서 일어서 경례를 붙이고는 아주 정중한 자세로, 부아쟁을 다시 타고 시범 비행을 해줄 수 있겠느냐고 물었다. 후디니는 훈장을 주렁주렁 매달고 차 뒷좌석에 앉은 나이 지긋한 남자 두 명을 바라보았다. 남자들이 후디니에게 고개를 끄덕였다. 운전사 옆좌석에 차려 자세로 앉은 사람은 사병이었는데, 뿔이 달린 철모를 쓰고 무릎에는 카빈총을 쥐고 있었다. 이때 내부가 보이지 않는 하얀색 다임러 란다우가 천천히 다가와 장교들이 탄 자동차 뒤에 섰다. 놋쇠 부속들은 눈이 부실 정도로 광이 났고, 하얀색 나무 바퀴살조차도 깨끗했다. 앞의 오른쪽 흙받기에서 금술이 달린 계급기가 펄럭였다. 후디니는 차 안에 탄 승객이 누군지 볼 수 없었다. 물론입니다, 후디니가 말했다. 후디니는 기술자에게 지시해 연료를 다시 채우게 했고, 몇 분 뒤에는 다시 공중에 떠서 연병장 위를 비스듬히 날며 크고 위엄 있게 원을 그리고 있었다. 후디니는 지상에서 자신이 어떻게 보일지에 많은 신경을 썼다. 공연할 때의 스릴이 느껴졌다. 후디니는 30미터 높이에서 차들 위를 휙 날고 다시 돌아가 15미터 높이에서 날개를 흔들고 손을 흔들었다. 후디니는 하얀 차 안에 있는 누군가를 위해 비행했다.

땅에 착륙한 후디니는 커다란 다임러로 안내되었다. 운전수가 차문을 열고 차려 자세로 섰다. 차 안에는 프란츠 페르디난트 대공, 즉 오스트리아-헝가리 제국의 왕위 계승자가 앉아 있었다. 대공은 오스트리아 육군 원수의 제복 차림이었다. 손에는 깃털 달린 철모를 쥐고 있었다. 머리를 무척 짧게 쳤고, 머리 윗부분은 빗자루처럼 평평했다. 왁스를 바른 커다란 콧수염은 위쪽으로 말려 있었다. 대공은 졸려 보이는 멍한 눈으로 후디니를 바라보았다. 그 옆에는 아내인 조피 백작이 앉아 있었다. 이 위엄 있고 나이 지긋한 부인은 장갑 낀 손으로 입을 가리고 우아하게 하품했다. 프란츠 페르디난트 대공은 후디니가 누군지 모르는 눈치였다. 대공은 후디니에게 비행기를 발명한 것을 축하해주었다.

제2부

14

　뉴로셀로 돌아온 아버지는 집 계단을 올라 거대한 노르웨이 단풍나무 아래를 지나 갈색 아기를 팔에 안고 있는 아내의 모습을 보았다. 아기의 어머니인 유색인 여자아이는 위층에 틀어박혀 있었다. 유색인 여자아이는 우울증에 빠져 그 무엇도 할 마음이 나질 않았다. 자신의 아기를 안을 힘도 없었다. 여자아이는 하루 종일 다락방에 앉아 마름모꼴 창문만 바라보았다. 유리창들은 빛을 모은 뒤 반짝이다가 다시 빛을 내보냈다. 아버지는 열린 문을 통해 여자아이를 보았다. 여자아이는 아버지를 모른 척했다. 아버지는 자신만 몰랐던 여러 변화를 집 안 곳곳에서 발견했다. 아들에게는 책상이 생겼다. 어린 학생에게 적합한 책상이었다. 아버지는 북극의 바람 소리를 들었다고 생각했지만, 사실은 가정부인 브리짓이 진공청소기로 거실의 양탄자를 청소하는 소리였다. 가장 이상한 변화는 아버지의 욕실에 놓인 거울에 있었다. 거울에는 몹시 야위고 수염이 난 부랑자, 집 없는 남자의 얼굴이 비쳤다. 루스벨트호에서 수염을 깎을 때 쓰던 거울로는 전혀 몰랐던 사실이었다. 아버지는 옷을 벗었다. 그런 뒤 자신의 바뀐 체형, 백지장 같이 하얘진 피부와 툭 치면 부서질 듯한 늑골과 쇄골, 뼈만 남은 골반, 골반에 매달린 신체 어느 부위보다도 붉은 남근을 보고 충격을 받았다. 밤이 되면 어머니는 침대에서 낯선 한기가 배인 아버지의 등에 몸을 꼭 붙이고 포근하게 안은 자세로 누워 허리를 따뜻하게 덥혀주려 애썼다. 둘은 아버지가 너무 오래 집을 떠나 있었음을 분명하게 느꼈다. 아래층에서는 브리짓이 빅트롤라 축음기에 레코드판을 얹고 크랭크를 감은 뒤 거실에 앉아 담배를 피우며 존 매코맥이 부르는 〈아이 히어 유 콜링 미〉에 귀 기울이고 있었다. 일자리를 잃을 수도 있는 행동이었다. 요즘 브리짓은 일을 잘 하지도 고분고분하지도 않았다. 어머니는 흑인 여자아이가 집에 온 뒤로 브리짓이 변한 것을 알아차렸다. 아버지는 이를 세상의 도덕심이 해이해진 증거로 간주했다. 아버지는 그런 증거를 도처에서 보았고, 어리둥절해했다. 사무실에 간 아버지는 국기 제작부의 여자 재봉사들이 뉴욕 노동조합에 가입했다는 말을 들었다. 아버지는 옷장에서 옷을 꺼내 입었는데, 옷마다 지난 일 년간 입었던 털기죽들만큼이니 몸에 맞지 않고 볼품없이 컸다. 아버지는 집에 오며 선물을 가져왔다. 아버지는 아들에게 에스키모가 조각을 새긴 바다코끼리의 엄니 한 쌍과 고래 이빨 하나를 주었다. 아내에게는 북극곰의 하얀 털가죽을 주었다. 아버지는 여행 가방에서 북극의 보물들을 꺼냈다. 일기가 빼곡히 담긴 공책들은 겉표지 모서리가 말려 있었고 종이는 한 번씩 젖었던 것처럼 뻣뻣했다. 원정대장인 피어리의 서명이 담긴 사진도 있었다. 뼈로 만든 고래잡이용 작살 촉도 있었다. 개봉하지 않은 차통 서너 개도 보였다. 북극 지방에서는 엄청난 보물이지만, 이곳 거실에서는 당혹스러운 미개인의 물건들일 뿐이었다. 가족은 무릎을 꿇고 있는 아버지 주위에 서서 아버지를 지켜보았다. 아버지는 가족에게 해줄 얘깃거리가 없었다. 북극에 존재하는 것이라곤 아버지의 온몸을 엄습하고 양 어깨를 감싸 안던 암흑과 추위뿐이었다. 피어리가 루스벨트호로 돌아오길 기다리던 아버지는 밤바람이 울부짖는 소리를 들었고, 썩은 생선처럼 냄새나고 더러운 에스키모 여자를 사랑과 감사의 마음으로 꼭 껴안았다. 썩은 생선 같은 몸에 자기 몸을 섞었다. 아버지가 감히 떠올리지도 못하는 고대 앵글로색슨의 단어. 아버지는 그것을 한 것이다. 이제 뉴로셸로 돌아온 아버지는 자기 몸에서 생선 간유 냄새가 나는 걸 알았다. 숨결에서는 생선 냄새가 났고, 콧구멍에서도 생선 비린내가 났다. 아버지는 온몸이 벌게지도록 살을 문질러 씻었다. 아버지는 어머니가 뭔가 눈치를 채지 않았는지 살피기 위해 어머니의 눈을 들여다보았다. 그러나 어머니는 아버지의 새로운 모습에 호기심과 경계심을 동시에 느끼고 있었다. 아버지는 집으로 돌아온 후로 매일 밤 어머니와 같은 침대에서 자고 있음을 깨달았다. 어떤 면에서 보면 어머니는 더는 예전처럼 강경하게 정숙하기만 한 여자가 아니었다. 어머니는 아버지를 똑바로 마주 보았다. 어머니는 머리를 땋지 않은 채 침대에 들었다. 어느 날 밤엔 아버지의 가슴을 손으로 쓸어내리더니 아버지의 잠옷 아래의 나머지 부분까지도 만졌다. 아버지는 신께서 자신에게 벌을 내리려 하시며, 그 벌이 너무나 교활해서 어떤 벌일지 예측하는 것 자체가 무의미하다고 판단했다. 아버지는 신음하며 어머니 쪽으로 돌아누웠고 어머니가 준비된 상태로 기다리고 있었음을 알았다. 아버지 얼굴을 자신의 얼굴로 끌어당기는 어머니의 양손에 눈물은 느껴지지 않았다.

하지만 퇴창과 어슷한 모서리, 그리고 지붕창 세 개가 있는 이 집은 뜰 위에 배처럼 우뚝 서 있었다. 말아놓은 차일들은 창에 단단히 묶여 있었다. 11월의 화창한 어느 날 아침, 아버지는 보도에 서 있었다. 서리가 내려앉은 낙엽들은 철썩이는 파도처럼 집 주위에 널려 있었다. 바람이 불었다. 아버지는 집으로 돌아왔을 때 발을 살짝 절었다. 아버지는 뉴욕 탐험가 클럽에서 열릴 귀환 축하 강연 준비에 대해 생각했다. 작은 전기 히터 가까이 발을 두고 거실에 앉아 있는 쪽이 더 낫겠다 싶었다. 가족 모두가 아버지를 회복 중인 환자 대하듯 했다. 아들은 진한 쇠고기 수프를 가져다주었다. 아들은 떠나기 전보다 키가 더 자라 있었다. 살은 빠져 있었다. 점점 더 유능해지고 쓸모 있는 젊은 이가 되어가고 있었다. 아들은 핼리혜성에 대해 총명하게 자기 의견을 밝혔다. 이제 아들 옆에 있으면 아버지는 자신이 아이 같다는 생각이 들었다.

신문에는 테디 루스벨트의 아프리카 사파리 여행에 대한 기사가 실렸다. 이 유명한 자연보호론가는 사자 열일곱 마리, 코끼리 열한 마리, 코뿔소 스물한 마리, 하마 여덟 마리, 기린 아홉 마리, 가젤 마흔일곱 마리, 얼룩말 스물아홉 마리, 그리고 얼룩영양, 누, 임팔라, 일런드영양, 워터벅, 흑멧돼지, 부시벅 따위를 셀 수 없이 많이 사냥해 잡았다.

120

아버지가 집을 비운 동안의 사업에 대해서 말하자면, 번창하는 듯했다. 이제 어머니는 단위당 가격, 재고 목록, 광고 따위에 대해 똑 부러지게 이야기할 수 있었다. 아버지가 없는 동안 어머니는 경영 전반을 책임졌다. 몇몇 대금청구 방식을 바꾸었고 캘리포니아와 오리건에 대리점 계약 네 건을 성사시켰다. 아버지가 그간의 상황을 검토해보니 어머니가 처리한 모든 일이 탁월했다. 아버지는 아연실색했다. 어머니의 침대 옆 협탁에는 몰리 엘리엇 시웰이 쓴 『숙녀들의 싸움』이라는 책이 놓여 있었다. 가족계획에 대한 소책자도 보였다. 무정부주의 혁명가인 엠마 골드만이 쓴 것이었다. 가게에 가보니 반투명창 아래 처남이 등을 구부리고 제도용 책상 앞에 앉아 있었다. 외삼촌은 금발이 빠지는 중이었다. 피부색이 창백하고 말랐으며 그 어느 때보다도 더 말이 없었다. 가장 두드러지는 부분은 외삼촌이 직장에서 보내는 시간이었다. 외삼촌은 하루에 열두 시간에서 열다섯 시간 동안 회사에 있었다. 외삼촌은 아버지 사업체의 폭죽 부서를 자신의 소관으로 여겼고 수십 개의 새로운 로켓, 회전형 불꽃, 그리고 원통형이 아닌 공 모양 통에 든 색다른 폭죽 따위를 설계했다. 새 폭죽은 줄기처럼 보이는 도화선 때문에 '체리 폭탄'이라는 이름이 붙었다. 어느 날 아침 두 남자는 시가전차 종점, 바닷물이 드나드는 늪지에 있는 외삼촌의 시험장으로 갔다. 아버지와 외삼촌 모두 두툼한 검은색 코트를 입고 중산모를 썼다. 아버지는 키 큰 풀 가장자리에 있는 살짝 둔덕진 언덕에 섰다. 45미터 떨어진 평평하고 마른 진흙 위에서 외삼촌은 허리를 굽히고 시연을 준비했다. 외삼촌과 아버지는 먼저 일반 폭죽이 터지고 난 뒤 체리 폭탄이 터지도록 했다. 외삼촌이 갑자기 허리를 펴고 일어나더니 한 팔을 높이 들고 뒤로 몇 걸음 물러났다. 아버지 눈에 한 줄기 연기가 보이고 바람에 흩어지더니 폭죽이 터지는 소리가 희미하게 들렸다. 이제 외삼촌은 다시 앞으로 발을 디뎠고, 허리를 숙였다가 다시 물러났다. 이번엔 좀 더 잽싸게 움직였다. 외삼촌은 양팔을 추켜올렸다. 곧 폭탄이 터지는 듯한 폭발이 일었다. 갈매기들이 갑자기 공중을 빙빙 돌았고, 아버지는 폭발이 있고 한참 뒤에도 귀가 먹먹했다. 아버지는 상당히 놀랐다. 외삼촌이 다시 아버지 곁으로 왔을 때, 외삼촌의 얼굴은 상기되었고 눈은 물기로 반짝였다. 아버지는 장약이 너무 강한 것 같다고 어쩌면 다칠 수도 있었다고 말했다. 아이의 눈을 뽑아버릴 수도 있는 그런 건 만들고 싶지 않네, 아버지가 말했다. 외삼촌은 아무 말도 하지 않았지만 시험장으로 돌아가 또 다른 체리 폭탄에 불을 붙였다. 이번엔 도화선에서 겨우 한두 발자국만 떨어져 섰다. 외삼촌은 마치 샤워실에 있는 것처럼 얼굴을 물 쪽으로 치켜들고 서 있었다. 외삼촌이 양팔을 내밀었다. 체리 폭탄이 폭발했다. 다시 한 번 외삼촌은 허리를 숙였다가 또다시 양팔을 내밀었다. 체리 폭탄이 폭발했다. 새들이 점점 더 크게 원을 그리며 날았고 롱아일랜드 해협 위로 높이 날다가 흰 파도를 향해 단숨에 내려와서는 바람을 타고 떠다녔다.

젊은 외삼촌은 비탄에 잠겨 있었다. 에벌린 네스빗은 점차 외삼촌에게 무관심해졌고, 외삼촌이 자신의 사랑에 집착하자 에벌린은 적대적이 되었다. 어느 날 마침내 에벌린은 래그타임 댄서와 눈이 맞아 떠나버렸다. 에벌린은 쪽지를 남겼다. 둘이 함께 공연을 할 거라는 내용이었다. 외삼촌은 실루엣 초상화로 가득 찬 나무상자와 에벌린이 신다 버린 작은 베이지색 새틴 신발 한 켤레를 뉴로셀 집의 자기 방으로 가져왔다. 한때 에벌린은 홀딱 벗은 채, 이 신발과 자수가 놓인 하얀 스타킹만 신은 채 서서 허벅지에 양손을 놓고 고개를 돌려 외삼촌을 물끄러미 바라본 적이 있었다. 외삼촌은 집으로 돌아온 뒤 며칠 동안이나 침대에 누워 있기만 했다. 가끔씩 외삼촌은 뿌리째 뽑아내려는 듯이 성기를 움켜쥐곤 했다. 외삼촌은 방을 서성이다가 에벌린의 목소리를 들으면 양손을 귀에 대고 큰 소리로 콧노래를 불렀다. 외삼촌은 에벌린의 실루엣을 도무지 볼 수가 없었다. 외삼촌은 자신의 심장을 화약으로 잘 싸서 날려버리고 싶어했다. 어느 날 새벽, 외삼촌은 에벌린의 냄새를 맡고 불현듯 잠에서 깼다. 그 모든 기억 중에서 이게 가장 끔찍했다. 외삼촌은 아래층으로 달려 내려가 잔뜩 쌓인 실루엣들과 새틴 신발을 쓰레기통에 던져버렸다. 그런 다음 면도를 하고 깃발과 폭죽 제조 공장으로 가버렸다.

실루엣 초상화들은 그의 조카가 쓰레기통에서 다시 건져냈다.

15

소년은 버려진 것이면 뭐든 소중히 아꼈다. 소년은 특이한 방식으로 세상을 배웠으며, 자신만이 아는 비밀스럽고 지적인 생활을 영위했다. 소년은 아버지의 북극 일기에 눈독 들였지만, 아버지가 일기에 무관심해지기 전까지는 일기를 읽어보려 하지 않았다. 소년은 무언가의 의미는 그 물건이 무시당할 때 생겨난다는 생각을 품고 있었다. 소년은 실루엣들을 꼼꼼히 살피며 전부 훑어본 뒤 하나를 골라 자신의 옷장 문 안쪽에 걸어놓았다. 실루엣 예술가는 이 습작에서 자신이 가장 즐겨 만들었던 머리가 헬멧 같은 여자아이를 모델로 삼았는데, 아이는 당장이라도 달리려는 듯한 자세를 취하고 있었다. 발에는 가난한 아이들이 신는 낡은 하이레이스 구두와 축 흘러내린 양말을 신고 있었다. 소년은 나머지 실루엣들을 다락방에 숨겼다. 소년은 버려진 것들에만 재빠른 건 아니었다. 예기치 못한 사건이나 우연한 일에도 기민했다. 소년은 학교에서는 아무것도 배우지 못했지만 학교에서 특별히 요구하는 것이 없었기 때문에 꽤 잘해나갔다. 소년의 선생님은 머리털이 빳빳한 여자였는데, 학생들에게 낭독 훈련을 시켰고 손뼉을 치고 다니면서 학생들에게 공책에 곡선을 그리게 했다. 곡선을 그리는 게 글씨를 잘 쓰는 데 도움이 된다고 여겼기 때문이다. 소년은 집에서 영웅물인 '모터 보이스' 시리즈에 몰두했고 『주간 서부시대』는 거의 빠짐없이 애독했는데, 가족 모두에게 보이는 이런 평범한 취향은 이런저런 이유에서 모두에게 안도감을 주었다. 어머니는 다른 사람에게, 심지어 남편에게도 말한 적이 없지만 소년이 어딘가 이상한 게 아닌가 의심했다. 뭐라도 아들이 정상적이라는 기미가 보이면 마음이 놓였다. 어머니는 아들에게 친구가 있었으면 했다. 아버지는 아직도 전 같지 않았고, 남동생은 자기 고민에 너무 깊이 빠져 있어서 쓸모가 없었다. 그러니 아들의 기이한 면 혹은 단순한 자립정신을 잘 교화하는 일은 외할아버지의 몫이었다.

외할아버지는 비쩍 마른 몸에 허리가 구부정했으며 곰팡내를 풍겼다. 아마도 옷이 몇 벌 없었는데 새걸 사지도, 받으려 하지도 않아서 그런 듯했다. 또한 눈에는 언제나 물기가 고여 있었다. 하지만 외할아버지는 거실에 앉아 소년에게 오비디우스의 책에 나오는 이야기를 해주곤 했다. 동물이나 나무나 조각상으로 변하는 사람들 이야기였다. 변신 이야기였다. 여자들은 해바라기, 거미, 박쥐, 새로 변했다. 남자들은 뱀, 돼지, 돌로 변했고 심지어 공기로 변하기도 했다. 소년은 이게 오비디우스의 책에 나오는 이야기인 줄 몰랐지만, 알았더라도 달라질 건 없었다. 외할아버지의 이야기를 들은 소년은 생명의 형태는 변하기 쉬우며 세상 만물이 쉽사리 다른 것으로 변할 수 있다는 생각을 갖게 되었다. 외할아버지는 이야기를 하다가 자기도 모르게 영어에서 라틴어로 바꿔 말하곤 했다. 마치 사십 년 전으로 돌아가 강의 중에 책을 읽어주는 듯이 보였다. 그 덕에 세상의 그 무엇도 변신의 법칙을 피해갈 수 없는 듯이 보였다. 언어조차도 말이다.

소년은 외할아버지를 버려진 보물이라 여겼다. 소년은 외할아버지의 이야기를 진실의 초상으로 받아들였으며, 따라서 실험 가능한 명제라 생각했다. 소년은 사물과 사람, 모두가 불안정하고 변하기 쉽다는 자신의 경험에서 증거를 찾았다. 소년은 책상 위에 놓인 솔빗이 가끔씩 가장자리에서 미끄러져 바닥에 떨어지는 것을 보곤 했다. 방 창문을 올려두면 한기가 느껴지는 순간 창문이 저절로 떨어져 닫히기도 했다. 소년은 시내 중심가의 뉴로셸 극장에 영화 보러 가는 걸 좋아했다. 소년은 사진 촬영 원리를 알았고 영화가 인간, 동물, 사물을 있는 그대로 나타내는 것이 아니라 그림자와 빛이 잔상을 남기는 방법에 의존한다는 사실도 알았다. 소년은 완전히 넋이 나가 빅트롤라 축음기에 귀 기울였고 같은 레코드판을 듣고 또 들었다. 어떤 곡이라도 상

관없었다. 마치 얼마나 오랫동안 똑같은 소리를 내는지 그 내구성을
시험하려는 것만 같았다.

이윽고 소년은 거울에 비친 자기 모습을 살펴보는 일에 몰두하기
시작했고, 반쯤은 자기가 보는 앞에서 무슨 변화가 일어나길 기대했
다. 하지만 몇 달 전보다 키가 더 자란 것 같지도 않았고 머리색이 더
짙어진 것 같지도 않았다. 어머니는 소년이 자기 몸에 새롭게 관심이
생긴 것을 눈치챘고, 이를 소년이 스스로를 남자로 인식하기 시작할
때 나타나는 허영심으로 받아들였다. 확실히 소년은 이제 세일러복을
입을 나이는 지났다. 언제나처럼 신중하게 어머니는 아무 말도 하지
않았다. 그러나 속으로는 굉장히 기뻐했다. 사실 소년은 거울 보기를
계속했는데, 이는 허영심에서가 아니라 거울을 자기복제의 수단으로
쓸 수 있음을 알게 되었기 때문이었다. 소년은 두 명의 자신이 서로를
마주 보게 될 때까지, 그리고 어느 누구도 자기가 진짜라고 주장할 수
없게 될 때까지 거울 속의 자신을 뚫어져라 바라보곤 했다. 그러면 육
체에서 분리된 듯한 느낌이 들었다. 더 이상 정확히 사람이라 할 수
없게 되었다. 자신에게서 끝없이 분리되는 어지러운 느낌이 들었다.
소년이 이 일에 얼마나 푹 빠졌던지 의식이 명료한데도 헤어 나올 수
가 없는 경우가 잦았다. 소년이 다시 관심을 돌리고 정상적인 상태로
돌아가려면 시끄러운 소리라든가 창문으로 들어오는 빛의 변화 등 외
부 자극이 있어야 했다.

소년의 아버지는 어떻게 됐을까? 멀리 떠났다가 수척해지고 등이
굽고 수염이 덥수룩해져 돌아온 무뚝뚝하고 건장하며 자신감 넘치던
그 남자는? 혹은 머리숱은 줄어들고 권태감은 커져가던 소년의 외삼

촌은? 어느 날, 브로드뷰 애비뉴 언덕 기슭에서 시의원들이 옛 네덜란드 총독의 동상 제막식을 거행했다. 사나운 표정의 총독은 꼭대기가 사각형인 모자를 쓰고 망토를 두르고 몸에 꼭 붙는 바지에 버클 달린 신발을 신었다. 동상 주인공의 가족이 제막식 때문에 와 있었다. 시의 공원에는 다른 동상들도 있었고, 소년은 그 동상들을 모두 알고 있었다. 소년은 동상이 인간들을, 어떤 경우에는 말들을 변신시키는 한 방법이라고 믿었다. 그러나 동상들조차도 늘 같은 상태로 남아 있지 않았고, 색이 바래거나 작은 조각들이 떨어져 나가곤 했다.

소년이 볼 때 이 세상은 끊임없이 불만스러워하면서 계속해서 자신의 모습을 바꾸고 또 바꾸고 있는 것이 분명했다.

겨울은 말도 못하게 춥고 건조했고, 뉴로셸 연못은 스케이트 타기에 딱 좋은 상태가 되었다. 토요일과 일요일이면 어머니와 외삼촌과 소년은 브로드뷰와 접한 페인 애비뉴 끄트머리에 있는 숲 속 연못에서 스케이트를 타곤 했다. 외삼촌은 혼자 스케이트를 타고 나가 손은 뒷짐을 지고 등은 활처럼 구부린 채 엄숙하고 우아한 모습으로 얼음 위를 길게 미끄러졌다. 어머니는 털모자를 쓰고 긴 검은색 코트를 입고 토시를 팔에 낀 채 스케이트를 탔고, 아들은 어머니의 팔을 잡고 얼음을 지쳤다. 어머니는 아들이 집 안에만 처박혀 지내는 생활에서 벗어나길 바랐다. 이웃에 사는 모든 아이와 어른 들이 몰려나와 목에 감은 길고 화려한 목도리를 날리며 뺨과 코를 붉게 물들인 채 하얀 얼음 위를 미끄러지는 광경은 보기만 해도 즐거웠다. 사람들은 넘어지면서도 깔깔 웃고 부축을 받아 일어났다. 개들은 몸의 균형을 잡으려 고군분투하며 아이들을 쫓아다녔다. 스케이트 날이 얼음을 베는 사각

사각 소리가 끊임없이 들려왔다. 노인이나 덜 용감한 이들을 위해 등나무 의자를 가져온 가족도 있었다. 의자를 얼음 위에 놓고 의자에 앉은 사람을 배려하며 이리저리 밀고 다녔다. 그러나 소년의 눈에는 스케이트들이 지나가며 만든 자국을 다른 스케이트가 지나가면서 지우고는 자신의 흔적을 만드는 것만 보였다.

16

  타테와 그의 어린 딸도 매사추세츠 주의 로렌스라는 공장 마을에서 똑같은 겨울을 견뎌냈다. 타테와 딸은 일자리가 있다는 소식을 듣고 지난가을 이곳에 왔다. 타테는 일주일에 56시간을 방직기 앞에 서서 보냈다. 임금은 6달러가 채 안 되었다. 타테와 딸은 언덕 위에 있는 목조 건물에 세 들어 살았다. 난방기구는 없었다. 타테와 딸이 사는 단칸방에서는 골목길이 내려다보였는데, 주민들은 습관적으로 이 골목길에 쓰레기를 갖다 버리곤 했다. 타테는 하층계급에 둘러싸인 환경에서 딸이 무슨 일이라도 당할까봐 겁이 났다. 타테는 딸을 학교에 등록시키지 않았다. 이곳에서는 교육당국을 피하기가 뉴욕보다 훨씬 쉬웠다. 또한 타테는 자신이 곁에 없을 때는 딸은 집에만 있게 했다. 일이 끝나면 타테는 딸과 함께 어두운 밤거리를 한 시간가량 걷곤 했다. 딸은 생각이 깊은 아이가 되었다. 어깨를 쫙 펴고 아가씨처럼 걸었다. 타테는 딸이 성숙해졌을 때를 생각하며 고뇌에 빠졌다. 딸이 여자가 되면 가르침을 줄 어머니가 필요할 것이다. 딸은 그 어려운 변화를 혼자 헤쳐나가야만 하는 걸까? 대신 타테가 결혼 상대를 찾는다면 딸은 새어머니를 잘 따를까? 딸에게는 세상에서 가장 지독한 일이 될 수도 있었다.

음울한 목조 셋방은 끝없이 줄지어 있었다. 유럽 각지의 사람들이 그곳에 모여 살았다. 이탈리아인, 폴란드인, 벨기에인, 러시아 태생의 유대인 등이었다. 각 집단은 다른 집단과 감정이 안 좋았다. 어느 날 가장 큰 공장인 미국 모직 회사가 자신들의 지급해야 할 급료보다 적은 돈이 든 봉투를 나눠주면서 노동자들 사이에 불안감이 퍼져나갔다. 이탈리아인 노동자 여러 명이 기계를 떠났다. 이들은 파업을 해야 한다고 외치며 공장 안을 달렸다. 기계의 전원을 뽑고 창문으로 석탄 덩어리를 던졌다. 함께 행동에 나서는 이들이 생겨났다. 분노가 번져 나갔다. 도시 전체에서 사람들이 기계를 떠났다. 어찌할지 마음을 정하지 못한 이들도 분위기에 휩쓸렸다. 사흘 뒤, 로렌스에 있는 모든 방직 공장이 실질적으로 문을 닫았다.

타테는 미칠 듯이 기뻐 날뛰었다. 타테가 딸에게 말했다. 우린 어차피 굶어 죽든지 얼어 죽든지 할 운명이었단다. 하지만 이제 우린 총에 맞아 죽을 운명이 되었구나. 하지만 I.W.W.에서 온 사람들은 파업하는 방법을 잘 알았고, 재빨리 뉴욕에서 달려와 상황을 조직화했다. 각각의 인종 대표가 참가하는 파업 위원회가 만들어졌고 노동자들에게 메시지가 전해졌다. '비폭력'이라는 메시지였다. 타테는 딸을 데리고 팻말을 손에 든 수천 명의 시위자들 틈에 꼈다. 시위대는 몇 블록이나 이어지는 거대한 벽돌 건물 공장을 둘러쌌다. 냉랭한 회색 하늘 아래 시위자들은 터벅터벅 걸어갔다. 시가전차들이 거리를 달리고, 운전수들은 수천 명이 조용히 눈을 헤치며 행진하는 광경을 응시했다. 머리 위에서는 전화 및 전보용 전선이 눈 때문에 축 늘어져 있었다. 라이플을 든 주 방위군이 바짝 긴장한 채 공장 정문을 지켰다. 주 방위군은 모두 외투를 입고 있었다.

많은 사건이 있었다. 한 여성 노동자는 길에서 총을 맞았다. 총을 가진 것은 경찰과 주 방위군뿐이었건만, 파업 지도자인 에토르와 조바네티가 총격 사건의 공범으로 체포되었다. 두 사람은 감옥에서 재판을 기다리게 되었다. 충분히 예상했던 사건이었다. 타테는 에토르와 조바네티를 대신할 사람들이 로렌스에 도착하는 걸 보려고 기차역으로 갔다. 엄청난 군중이 몰렸다. 기차에서 빅 빌 헤이우드가 내렸다. 가장 유명한 조직책이었다. 헤이우드는 서부 사람이었고, 카우보이모자를 쓰고 있다가 벗어서 흔들었다. 환성이 일었다. 헤이우드는 조용히 해달라는 뜻으로 두 손을 들어 올렸다. 헤이우드가 입을 열었다. 당당하고 멋진 목소리였다. 자본가를 제외한다면 여기의 그 누구도 외국인이 아닙니다, 헤이우드가 말했다. 분위기가 열광적으로 변했다. 그 후 모두들 거리를 행진하며 '인터내셔널 가'를 불렀다. 여자아이는 아버지 타테가 이렇게 격해진 모습을 처음 보았다. 아이는 파업이 좋았다. 셋방에서 나올 수 있었기 때문이다. 아이는 아버지의 손을 꼭 잡았다.

그러나 투쟁은 몇 주일씩 계속되었다. 구호반 위원들이 모든 집을 돌며 식사를 마련해주었다. 이건 자선이 아니에요, 한 여자가 타테에게 말했다. 아이가 음식을 받은 뒤 타테가 자신의 몫을 받지 않겠다고 했을 때였다. 사장들은 당신이 약해지길 바라고 있어요. 그러니 당신은 강해져야 해요. 오늘 우리를 도와주는 이들이 내일은 우리의 도움을 필요로 해요. 사람들은 매일 추위 속에 피켓라인에 서서 목에 목도리를 감고 차가운 눈 속에서 발을 굴렀다. 아이의 작은 망토는 오래 입어 실밥이 터지고 해져 있었다. 타테는 파업 홍보 위원회에 봉사하겠다고 자원했고, 포스터 그리는 일을 맡아 더는 추운 거리에 서 있지 않아도 되었다. 포스터는 굉장히 아름다웠다. 그러나 책임자는 타테에게 이건 아니라고 말했다. 우린 예술을 원하는 게 아닙니다. 책임자가 말했다. 우린 분노를 불러일으킬 수 있는 걸 원해요. 불길이 계속 타오르게 할 수 있는 걸 원합니다. 타테가 그린 건 눈 속에 발이 잠긴 엄숙한 모습의 시위대였다. 셋집에 빽빽이 들어앉은 가족들 그림이었다. 타테는 글 쓰는 일로 봉사 임무를 바꿨다. 하나를 위한 모두, 모두를 위한 하나. 타테는 기분이 나아졌다. 밤이면 종잇조각과 보드지, 펜과 먹물을 가지고 집에 와서 실루엣 그림으로 딸을 즐겁게 해주기 시작했다. 지금 자신들이 겪는 곤란을 잊게 하기 위해서였다. 타테는 사람들이 시가전차에 타고 내리는 장면을 그렸다. 딸은 그림을 매우 좋아했다. 아이는 자기 베개에 그림을 놓고 여러 각도에서 바라보았다. 그러자 타테는 영감을 느꼈다. 타테는 시가전차 습작을 여러 개 만들었고, 모두 하나로 모아 빠르게 좌르륵 넘겼다. 그러자 마치 시가전차가 저 멀리서 철로를 달려와 멈춘 뒤 사람들이 타고 내리는 듯이 보였다. 타테는 딸만큼이나 크게 즐거움을 느꼈다. 아이는 자신을 위한 타테의 열정을 인정한다는 차분한 눈빛으로 타테를 바라보았다. 타테는 더 많은 종잇조각을 집으로 가져왔다. 타테는 딸이 스케이트 타는 모습을 상상했다. 이틀 밤에 걸쳐 타테는 종이에 자기 손만 한 실루엣 120개를 만들었다. 타테는 끈으로 종이들을 묶었다. 딸은 이 작은 책을 받아 엄지로 책장을 주르륵 넘기며 자신이 스케이트를 타고 멀어졌다가 다시 돌아오고 8자를 그리며 미끄러지고 돌아와 발끝으로 돌고 관중에게 사랑스럽게 절하는 모습을 지켜보았다. 타테는 딸을 안았고, 부서질 듯 작은 몸을 느끼고는 울었다. 딸의 부드러운 입술이 타테의 얼굴에 와 닿았다. 딸에게 그림을 만들어주는 것 말고는 해줄 수 있는 게 아무것도 없다는 것이 진실이라면 어째야 하나? 계속 이런 식으로 실현되지 않는 온갖 희망만 품고 살게 되면 어쩌나? 딸은 자라서 아버지를 원망하게 될 터였다.

그동안 파업 소식은 꽤 널리 퍼졌다. 매일 전국에서 기자들이 왔다. 다른 도시에서 원조가 들어왔다. 그러나 파업 전선의 단결력은 점점 약해지고 있었다. 아이들을 둔 부모는 처음의 용기와 굳은 결의를 지키기가 힘들었다. 파업 참가자의 아이들을 다른 도시로 보내 파업에 찬성하는 이들 집에 머무르게 하는 계획이 세워졌다. 보스턴과 뉴욕과 필라델피아에 있는 수백 명의 가족들이 아이들을 맡겠다고 신청했다. 돈을 보내는 이들도 있었다. 파업 위원회는 아이를 받겠다고 신청한 가족을 모두 신중하게 확인했다. 아이들의 부모는 승인 서류에 서명해야 했다. 실험이 시작되었다. 첫번째로 기차를 타게 될 백 명의 아이들과 동행하기 위해 뉴욕에서 부유한 여자들이 있다. 이이들은 모두 건강진단을 받고 새 옷을 차려입었다. 아이들은 십자군처럼 뉴욕의 그랜드센트럴 역에 도착했다. 수많은 사람들이 아이들을 만나러 나왔고, 모두들 잠시 동안 손에 아이들 사진을 들고는 공업 국가로서의 미국이 자신들에게 지워준 끔찍한 운명을 응시하듯 결연히 앞만 바라보았다. 언론의 반응은 뜨거웠다. 로렌스의 공장 소유주들은 노동자들이 꾸민 모든 책략 중 이번 일, 즉 아이들의 십자군 원정이 가장 파괴력이 강함을 깨달았다. 이 일이 계속 진행되게 둔다면 전 국민의 여론이 노동자 쪽으로 기울 터이고, 공장 소유주들은 항복해야 할 터였다. 임금을 인상해주어야 하며, 일부 노동자들에게는 주당 8달러까지 주어야 한다는 뜻이었다. 시간외 근무 수당과 기계 도입에 따른 생산성 향상에 대한 추가 수당도 챙겨야 할 것이었다. 노동자들은 파업에 대한 처벌은 전혀 받지 않고 빠져나갈 터였다. 상상도 할 수 없는 일이었다. 공장 소유주들은 누가 시민의 종복이고 누가 로렌스 시의 발전과 번영을 이끌고 있는지 확실하게 알고 있었다. 나라를 위해, 그리고 미국 민주주의 체제를 위해, 공장 소유주들은 아이들의 십자군 원정이 더는 없도록 막자고 결의했다.

그동안 타테는 깊은 고민에 빠져 있었다. 딸을 위한 최선은 분명히 안정된 가정에서 몇 주를 보내게 하는 것이었다. 아이는 제대로 먹고 따뜻하게 지낼 것이고, 정상적인 가정생활을 맛보게 될 것이었다. 하지만 타테는 딸과 떨어져 지낼 자신이 없었다. 생각만으로도 불길한 예감이 들었다. 타테는 공장에서 멀지 않은 길가 건물에 있는 구호반에 가서 그곳의 한 여자와 이야기했다. 여자는 아이를 맡겠다는 노동자 가정 중에는 아이를 그저 돌볼 줄 아는 이상으로 훌륭한 가정들도 있다며 타테를 안심시켰다. 유대인인가요? 타테가 물었다. 원하시는 대로 말씀만 하시면 저희가 맞춰 구해드립니다, 여자가 말했다. 그럼에도 타테는 서류에 선뜻 손이 가질 않았다. 모든 가정을 철저히 조사합니다, 여자가 말했다. 이런 일에 소홀할 수는 없는 노릇이잖아요?

전 평생 사회주의자로 살아왔습니다, 타테가 여자에게 딱 잘라 말했다. 물론이에요, 여자가 말했다. 따님은 의사에게 검진을 받게 될 거예요. 그것만으로도 가치 있는 일이죠. 따님은 따뜻한 음식을 먹게 될 것이고, 이 세상에 아버지 친구들이 있다는 걸 알게 될 거예요. 하지만 강요하는 사람은 아무도 없어요. 보세요, 당신 뒤에 사람들이 줄지어 선 걸 보시라고요. 이걸 원하는 분들은 아주 많답니다.

타테는 생각했다. 난 지금 행동하는 형제들과 함께 있어. 그런데도 마치 유대인 촌의 부르주아들처럼 생각하고 있군. 타테는 승인 서류에 서명했다.

일주일 뒤 타테는 딸을 기차역으로 데려갔다. 딸은 이 백 명의 다른 아이들과 함께 필라델피아로 가게 될 예정이었다. 딸은 새 망토를 입었고 모자를 써서 귀를 따뜻하게 가렸다. 타테는 계속해 딸을 몰래 흘끔거렸다. 딸은 아름다웠다. 딸은 본능적으로 당당한 자세를 취했다. 딸은 새 옷을 입어 기뻐했다. 타테는 딸에게 편안하게 대했고, 상처받지 않으려 애썼다. 딸은 한마디 항의도 없이 아버지와 헤어져 있는 데 동의했다. 물론 이 일은 모두에게 좋은 일이었다. 하지만 만약 딸이 이 일을 너무 쉽게 받아들인다면, 미래엔 어떤 일이 생길까? 딸에게는 타테가 아직 알지 못하는 부분들이 있었다. 사람들은 딸에게 호감을 느꼈다. 많은 어머니들이 타테의 딸을 물끄러미 바라보았다. 타테는 그게 자랑스러우면서도 겁이 났다. 타테와 딸은 대기실에 서 있었고, 대기실은 어머니들과 아이들로 아수라장이었다. 누군가 저기 온다! 하고 외쳤고, 사람들은 문으로 몰려갔다. 기차가 거대한 증기 구름을 칫칫 뿜어내며 미끄러져 들어왔다.

아이들을 위해 마련된 차량 하나가 기차 끄트머리에 붙어 있었다. 기차는 보스턴 앤드 메인 라인이었다. 엔진은 볼드윈 4-6-0이었다. 모두들 플랫폼으로 갔고, 필라델피아 여성 위원회에서 온 정식 간호사들이 선두에 섰다. 늘 예의 바르게 행동하렴, 타테가 행렬을 따라가며 말했다. 사람들이 질문하면 꼭 대답하고. 사람들이 네 대답을 들을 수 있게 큰 소리로 말해야 해. 기차역 모퉁이를 지나자 거리에 각 잡힌 모자를 쓴 주 방위군이 줄지어 선 모습이 보였다. 주 방위군은 라이플을 가슴에 가로질러 들고 있었다. 주 방위군은 플랫폼이 아닌 다른 방향을 보고 있었다. 행진하던 사람들이 걸음을 멈추고 뒤로 물러서기 시작했다. 줄 앞쪽에서 소동이 일었다. 그런 뒤 비명이 들리고 사방에 경찰이 나타났다. 갑자기 사람들 사이에 엄청난 혼란이 일었다. 놀란 승객들이 차창으로 밖을 내다보았고, 경찰은 어머니들에게서 아이들을 떼어놓기 시작했다. 경찰은 발로 차고 비명 지르는 어머니들을 플랫폼 끝에 있는 트럭으로 끌고 갔다. 트럭은 리오 자동차 회사가 육군에 납품한 것으로, 보닛 중앙이 불룩 솟아오르고 바퀴가 체인으로 구동되는 것이었다. 아이들이 발에 밟혔다. 아이들은 사방으로 흩어졌다. 어떤 여자가 입에서 피를 흘리며 달려갔다. 엔진에서 나온 증기가 작은 안개처럼 뒤로 흩날렸다. 조용히 종이 울렸다. 한 여자가 타테 앞에 나타났다. 여자는 뭐라 말하려 애썼다. 여자는 배를 잡고 있었다. 여자가 쓰러졌다. 타테는 딸을 번쩍 들어 올려 가장 가까운 차량의 승강구에 올렸다. 안전한 곳에 두기 위해서였다. 이윽고 타테는 쓰러진 여자에게로 관심을 돌렸다. 타테는 여자의 겨드랑이를 잡고 일으킨 다음 사람들을 헤치고 벤치로 끌고 갔다. 여자를 벤치에 앉히는 타테의 모습이 한 경찰의 눈에 띄었다. 경찰은 곤봉으로 타테의 어깨와 머리를 내리쳤다. 뭐하는 겁니까, 타테가 외쳤다. 타테는 이 미치광이가 자신에게 뭘 원하는지 알 수가 없었다. 타테는 군중 속으로 물러났다. 경찰이 따라와 또 때렸다. 타테는 비틀거리며 사람들에게서 떨어졌고, 계속 두들겨 맞았다. 타테는 결국 쓰러졌다.

경찰이 벌인 이번 일은 단 한 명의 아이도 매사추세츠 주 로렌스를 떠나지 못하게 하라는 경찰서장의 명령에 따른 것이었다. 아이들을 위한다는 명목이었다. 아이들은 무릎을 꿇은 채, 피 흘리며 쓰러진 부모를 안고 있었다. 몇 명은 히스테리 상태였다. 몇 분 만에 경찰은 플랫폼을 싹 쓸어버렸고, 트럭들은 떠났다. 주 방위군은 행진하며 떠나갔고, 마구 얻어맞고 흐느끼는 어른과 눈물 흘리는 아이들 몇 명만이 남겨졌다. 그중 타테가 있었다. 타테는 기둥에 기댄 채 몸이 좀 회복되길 기다렸다. 머리가 맑지 않았다. 몇 분 전 들었던 소리가 타테의 귀에 다시 들리기 시작했다. 딸의 목소리가 들렸다. 타테, 타테! 그때 기차역 플랫폼이 이상할 정도로 밝다는 생각이 타테의 머리를 스쳤다. 기차가 보이지 않았다. 깨달음이 타테의 가슴을 쳤다. 타테는 이제 정신이 바짝 들었다. 목소리는 아직도 들렸다. 타테, 타테! 타테는 철로를 내려다보았고, 필라델피아로 가는 마지막 기차 차량이 기차역 끝에서 몇 미터 떨어진 곳에 보였다. 기차는 서 있었다. 타테는 달리기 시작했다. 타테, 타테! 타테가 달려가는데 기차가 천천히 움직이기 시작했다. 타테는 철로로 달려갔다. 타테는 팔을 뻗은 채 비틀거리며 달렸다. 손이 기차 맨 뒤 칸의 전망대 난간을 잡았다. 기차가 속도를 올리고 있었다. 발이 공중에 붕 떴다. 발아래에서 침목이 흐릿하게 보이기 시작했다. 타테는 난간에 달라붙었고, 마침내 승강구 바닥에 두 무릎을 올렸다. 타테는 풀어달라고 애원하는 죄수처럼 창문살에 머리를 누른 채 그대로 매달렸다.

17

타테를 구해준 건 차장 두 명이었다. 차장들은 타테의 두 팔과 바지 엉덩이를 잡고 전망대 플랫폼으로 끌어올렸다. 우선은 타테의 손가락부터 난간에서 떼어내야 했다. 타테는 기차에서 딸을 찾아냈고, 주위의 모든 사람, 즉 차장들과 승객들이 보거나 말거나 그저 딸을 팔에 안고 흐느껴 울었다. 그런 다음 타테는 딸의 새 망토가 피투성이임을 알았다. 타테는 딸의 양손을 보았다. 손이 피로 얼룩져 있었다. 어디를 다친 거니! 타테가 외쳤다. 어디를 다쳤냐니까! 딸은 고개를 젓더니 타테를 가리켰고, 타테는 딸의 온몸에 묻은 피가 자신의 피임을 깨달았다. 피는 타테의 두피에서 흘러나왔고, 하얀 머리를 온통 시커멓게 물들이고 있었다.

마침 기차에 타고 있던 의사가 타테의 상처를 봐주고 주사도 놓아주었다. 타테는 그 뒤에 일어난 일들은 잘 기억하지 못했다. 타테는 팔베개를 하고 좌석 두 칸에 모로 누워 잤다. 기차가 움직이던 일과 딸이 맞은편 자리에 앉아 있던 것은 알았다. 딸은 창밖을 보았다. 필라델피아행 특별 차량에 승객이라고는 타테와 딸이 전부였다. 가끔 타테는 목소리를 들었지만, 무슨 말인지 이해하려 해도 도무지 정신을 차릴 수가 없었다. 그러면서도 딸의 눈은 분명하게 보았고, 눈동자에 비친 눈 덮인 언덕들이 천천히 굽어지며 지나가는 것까지도 보았다. 타테는 이런 식으로 남쪽의 보스턴으로, 또 뉴헤이번으로 갔고, 웨스트체스터 카운티의 라이와 뉴로셸을 지나고, 뉴욕의 조차장을 통과한 다음, 강을 건너 뉴아크, 뉴저지, 그 후에는 필라델피아로 갔다.

기차가 필라델피아에 도착하자 두 도피자는 역에서 벤치 하나를 찾아 그날 밤을 보냈다. 타테는 아직도 완전히 정신을 차리지 못했다. 다행히도 타테는 방세를 내려고 주머니에 주급 일부를 가지고 있었다. 2달러 50센트였다. 광이 나는 벤치에 나란히 앉은 딸은 역을 오가는 사람들이 만들어내는 패턴을 지켜보고 있었다. 이른 아침 무렵 역에는 커다란 빗자루로 대리석 바닥을 쓰는 짐꾼 한 명이 전부였다. 언제나처럼 딸은 상황을 완전히 있는 그대로 받아들이는 듯했다. 타테는 머리가 아팠다. 양손은 부풀어 오르고 긁힌 상처들이 보였다. 타테는 앉은 채 손바닥을 귀에 댔다. 이제 어찌해야 좋을지 알 수가 없었다. 아무 생각도 안 났다. 여하튼 둘은 필라델피아에 와 있었다.

아침이 되자 타테는 버려진 신문 한 부를 주워 들었다. 1면에는 매사추세츠 주 로렌스에서 경찰이 벌인 테러 사건이 실려 있었다. 타테는 주머니 속 담배 상자에서 담배를 찾아 피우고 신문을 읽었다. 어느 사설에서는 연방 정부가 이 폭행을 조사해야 한다고 촉구했다. 결국 노동자들이 이길 터였다. 하지만 그다음엔? 타테는 방직기가 찰칵거리는 소리를 들었다. 임금은 6달러하고 잔돈 조금 더 받는 수준이 될 터였다. 그게 그 사람들의 삶을 바꿔놓을까? 노동자들은 여전히 그 끔찍하고 어두운 거리의 그 비참한 방에서 살 것이었다. 타테는 고개를 흔들었다. 이 나라는 절대 날 숨 쉬게 해주지 않을 거야. 타테는 그 생각에 빠져 서서히 매사추세츠 주의 로렌스로 돌아가지 않겠다는 결론을 내렸다. 타테의 물건들, 타테의 누더기들, 이런 것들은 집주인에게 가지라고 줘버릴 생각이었다. 지금 네 수중에 뭐가 있니? 타테가 딸에게 물었다. 딸은 작은 가방 안에 든 것들을 아버지에게 보여주었다. 집을 떠나 여행하기 위해 챙긴 물건들이었다. 딸의 속옷, 딸의 참 빗과 솔빗, 머리핀, 양말 대님, 스타킹, 그리고 시가전차와 스케이트 타는 아이를 주제로 타테가 만들어준 책들이 보였다. 아마도 타테는 바로 이 순간부터 자신의 인생을 노동자 계층의 운명과 떼어놓고 생각하기 시작했다. 난 기계가 싫구나, 타테가 딸에게 말했다. 타테는 일어났고, 딸도 일어나 아버지의 손을 잡았다. 둘은 함께 눈으로 출구를 찾았다. I.W.W.가 이겼어, 타테가 말했다. 하지만 그래서 뭘 얻었지? 임금이 몇 페니 더 오른 게 다야. 그래서 이제 I.W.W.가 공장을 소유하게 될까? 아니야.

타테와 딸은 공중 화장실에서 씻고 몸단장을 했다. 역의 커피숍에서 롤빵과 커피로 아침식사를 하고 필라델피아 거리를 걸어다니며 하루를 보냈다. 날은 추웠고 태양은 눈부셨다. 타테와 딸은 유리창 너머로 가게 안을 들여다보았고, 추위 때문에 발이 아파오자 백화점에 들어가 몸을 덥혔다. 아주 큰 백화점이었고, 통로마다 손님들이 붐볐다. 아이는 움직이는 케이블을 따라 계산대 위를 흔들흔들 나아가는 철사 바구니를 흥미롭게 지켜보았다. 철사 바구니는 돈과 영수증을 싣고 계산대와 현금 출납원 사이를 오갔다. 판매원이 나무 손잡이가 달린 줄을 잡아당기면 바구니들이 아래로 내려왔고, 다른 줄을 잡아당기면 바구니가 다시 올라갔다. 아가씨 모습의 마네킹들이 새턴으로 된 테가 좁은 모자 또는 깃털 장식이 달린 챙 넓은 모자를 쓰고 자태를 뽐냈다. 이 모자 하나가 내 일주일 치 임금보다도 더 비싸구나, 타테가 말했다.

이윽고 다시 거리로 나온 둘은 주철 건물들을 지났다. 트럭들이 짐 부리는 곳에 멈춰 있었다. 자재공급 회사와 도매점 창문에는 그리 재미있는 게 없었다. 그러나 어느 순간 아이는 더러운 창문에 시선을 빼앗겼다. 그 안에는 한 우편 주문 장난감 회사의 온갖 싸구려 물건들이 가득 전시되어 있었다. 이 당시 사업가들은 사람을 가볍게 골리는 물건과 거실에서 손쉽게 하는 마술 도구에서 수익을 낼 수 있음을 알았다. 폭발하는 시가, 양복 웃깃에 꽂아 물을 뿜어내는 고무 장미, 재채기 가루, 눈 주위를 검게 만드는 망원경, 폭발하는 트럼프, 의자 쿠션 아래 넣어두면 방귀 소리가 나는 주머니, 흔들면 눈 내리는 겨울 풍경이 펼쳐지는 유리 문진(文鎭), 폭발하는 성냥, 게임판, 납으로 만든 작은 자유의 종과 자유의 여신상, 마술 고리, 폭발하는 만년필, 해몽책, 고무로 만든 이집트 벨리 댄서, 폭발하는 시계, 폭발하는 달걀 따위였다.

타테는 딸의 관심이 사그라진 뒤에도 오랫동안 진열창 안을 뚫어져라 바라보았다. 타테는 딸을 데리고 가게로 들어갔다. 타테는 모자를 벗었고, 소매 대님이 달린 줄무늬 셔츠를 입고 둘을 맞으러 나온 남자와 이야기했다. 남자는 친절했다. 남자가 말했다. 좋습니다, 보여주시죠. 타테는 딸의 작은 가방을 가져가 계산대에 놓고 스케이트 타는 아이의 모습이 있는 책을 꺼냈다. 타테는 상점 주인 옆에 서서 팔을 쭉 펴고 책 페이지를 좌르륵 넘겼다. 딸아이가 스케이트를 타고 앞으로 나왔다가 다시 멀어지고, 8자를 그리며 돈 뒤 다시 돌아와 발끝으로 돌고 우아하게 인사했다. 상점 주인이 눈썹을 치켰다. 아랫입술을 쑥 내밀었다. 제가 한번 해봐도 될까요, 주인이 말했다.

　한 시간 뒤 타테는 현금 25달러와 계약서를 손에 쥐고 상점에서 나왔다. 계약서에는 타테가 권당 25달러에 네 권을 더 만든다는 내용이 적혀 있었다. 프랭클린 장난감 회사가 그 책들을 출판, 판매하기로 했다. 계약서에서 이 책들은 영화책이라고 불렸다. 타테는 딸에게 말했다. 자, 이제 우린 안전한 동네의 하숙집에서 식사를 하고 뜨거운 물로 목욕할 수 있게 되었단다.

18

　그리하여 예술가 타테의 인생은 미국 사회의 에너지가 흘러가는 역사와 흐름을 같이하게 되었다. 노동자들은 파업을 하고 죽곤 했지만, 도시의 거리에서는 사업가들이 뜨거운 석탄이 담긴 양동이에 고구마를 구워 1, 2페니를 받고 팔았다. 싱글거리며 손돌림 풍금을 연주하는 거리의 악사는 자기 컵을 가득 채울 수 있었다. 거리의 바이올린 연주자 필은 눈이 와도 아랑곳 않고 손가락 부분을 잘라낸 장갑을 끼고 불켜진 창문 아래서 연주를 했다. 사환 프랭크는 월 가(街) 중개인의 딸을 태우고 도망쳐버린 말을 잡을 수 있지 않을까 눈을 부릅떴다.* 나라 전역에서 상인들은 금전등록기의 둥그렇고 커다란 단추를 눌러댔다. 어디를 가나 같은 것을 경험할 수 있다는 점이 중요하게 부각되었다. 어느 도시를 가도 벨기에산 대리석으로 만든 아이스크림 소다 판매대를 볼 수 있었다. 어디를 가도 치통을 없애주겠다고 장담하는 페인리스 파커 치과가 있었다. 미시간 주의 하이랜드 파크에서는 이동식 조립라인에서 만들어진 최초의 모델 T 자동차가 비틀거리며 경사로를 내려와 맑게 갠 하늘 아래 풀밭에 섰다. 차는 검은색에 볼품없는 몰골이었으며 차체가 높았다. 이 차 만드는 법을 고안해낸 이는 멀리서 차를 응시했다. 남자가 쓴 중산모는 뒤로 젖혀져 있었다. 남자는 지푸라기 한 줄기를 씹었다. 왼손에는 회중시계를 쥐고 있었다. 남자는 고용인을 많이 거느렸는데 그중 다수가 외국 출생자였다. 남자는 오랫동안 대부분의 인간은 너무 멍청해서 잘살지 못하는 거라고 믿어 의심치 않았다. 이 발명가는 아무리 바보라도 할 수 있을 만큼 자동차의 조립 공정을 최대한 단순하게 만든다는 생각을 해냈다. 자동차 하나를 만들기 위해 한 사람이 수백 가지 작업을 익히고 재고 창고에서 부속을 가져오려고 이리저리 걸어다녀야 하는 대신, 그냥 한자리에 서서 딱 한 가지 일만 하고 또 하게 하면, 그리고 부속들이 컨베이어 벨트에 실려 그 사람에게로 오게 하면 어떨까. 그러면 노동자는 정신적으로 혹사당할 일이 없었다. 볼트를 넣는 사람은 너트는 끼우지 않는 거지, 남자는 동료들에게 말했다. 너트를 끼우는 사람은 너트를 조이지는 않고 말이야. 남자는 말재간이 있었다. 남자는 쇠고기 포장업체에 갔다가 소가 머리 위 케이블에 밧줄로 매달려 공장을 이동하는

---

* 미국의 아동문학가 허레이쇼 앨저 주니어의 소설 『바이올린 연주자 필』과 『사환 프랭크 파울러』의 인물들.

모습을 보고 영감을 얻었다. 남자는 혀로 입 안 이쪽에서 저쪽으로 지푸라기를 옮겼다. 남자는 다시 시계를 보았다. 남자의 재능 가운데 하나는 자신의 중역이나 경쟁자들보다 덜떨어져 보이게 하는 능력이었다. 남자는 신발 끝으로 풀을 문질렀다. 첫번째 차가 경사로를 내려가고 정확히 6분 뒤, 똑같은 차 한 대가 경사로 꼭대기에 나타나 차가운 이른 아침 해를 가리키며 잠시 서 있다가 경사로를 내려와 첫번째 차의 뒤꽁무니에 부딪쳤다. 한때 헨리 포드는 평범한 자동차 기술자였다. 이제 포드는 크고 강렬한 희열을 느꼈다. 이제까지의 그 어느 미국인도, 심지어 토머스 제퍼슨조차도 포드만큼 굉장한 희열을 느끼진 못했을 것이었다. 포드는 기계가 끝없이 자기복제를 하도록 만들어냈다. 포드의 중역과 매니저와 비서 들이 주위에 몰려서서 포드의 손을 잡고 흔들었다. 눈에는 눈물이 고여 있었다. 포드는 회중시계를 보며 감상에 젖을 시간으로 딱 60초만을 썼다. 그 시간이 끝나자 포드는 다시 일하러 가라며 모두를 돌려보냈다. 포드는 아직 정교하게 손볼 곳이 있음을 알았고, 그가 옳았다. 컨베이어 벨트의 속도를 조정함으로써 포드는 노동자의 생산 속도를 통제할 수 있었다. 포드는 노동자가 허리를 숙이거나 자기 자리에서 한 걸음 이상 움직이는 걸 원하지 않았다. 노동자는 자기 일에 필요한 시간은 1초라도 확보해야 했지만, 불필요한 순간은 단 1초도 허용되지 않았다. 이러한 원칙에 입각해 포드는 공장 제조업 이론의 최종 명제를 확립했다. 조립이 끝난 제품의 부속들이 교체될 수 있어야 함은 물론, 그 제품을 만든 사람들 자체도 부속으로서 교체할 수 있어야 한다는 것. 곧 포드는 한 달에 3천 대의 자동차를 만들어 대중에게 팔았다. 포드는 오래오래 살았고 왕성하게 활동했다. 포드는 새와 동물을 사랑했고, 다람쥐와 미국너구리, 검은방울새, 굴뚝새, 박새 같은 숲에 사는 소박한 생명체들을 연구한 자연주의자 존 버로스와 친구로 지냈다.

19

그러나 포드는 이런 업적에도 불구하고 사업계라는 피라미드의 꼭대기에 올라서지 못했다. 오직 한 사람만이 그 고고한 자리를 차지했다.

J. P. 모건 회사의 사무실은 월 가 23번지에 있었다. 어느 날 아침, 이 위대한 자본가는 남색 양복에 양털 옷깃이 달린 검은 외투를 입고 실크해트를 쓰고 사무실에 도착했다. 모건은 살짝 시대에 뒤진 옷차림을 좋아했다. 모건이 리무진에서 내릴 때 좌석용 깔개천이 발 옆에 떨어졌다. 모건을 만나러 급히 달려온 여러 은행 임원 가운데 한 명이 이 깔개천을 정돈해 문 안쪽에 있는 깔개천걸이에 걸쳐놓았다. 운전수는 그에게 한없이 감사해했다. 어찌 된 일인지 전화기 송화기도 걸이에서 떨어져 있어 다른 은행 임원이 제자리에 걸어놓았다. 그사이 모건은 건물 안으로 당당히 걸어 들어갔고, 비서, 보좌관, 심지어 이 회사의 고객 몇 명까지도 새 떼처럼 모건을 빙 둘러쌌다. 모건은 손잡이가 금색인 지팡이를 가지고 다녔다. 이때 모건은 일흔다섯 살이었다. 커다란 머리에 흰머리가 성기게 나 있고, 큰 몸집에 키는 183센티미터였으며, 하얀 콧수염을 길렀고, 매서우면서도 참을성 없어 보이

는 눈은 미간이 좁아 정신병리학적인 측면에서 그의 의지력의 정도를 보여주기에 충분했다. 고용인들의 경례를 받으며 모건은 자기 사무실로 성큼성큼 걸어갔다. 모건의 사무실은 유리벽으로 된 수수한 방으로 은행 일층에 있었다. 이 방에 있으면 누구나 모건을 볼 수 있었고, 모건도 모두를 볼 수 있었다. 모건은 모자와 외투를 벗어 직원에게 건넸다. 모건은 윙칼라에 스카프 모양의 넥타이를 하고 있었다. 모건은 책상 앞에 앉아 으레 가장 먼저 보곤 하는 예금 현황을 무시하고 비서에게 말했다. 그 땜장이를 만나고 싶군. 그자 이름이 뭐지. 그 자동차 기술자 말이야. 아, 그래, 포드.

모건은 포드가 이룬 업적의 배후에는 자신만큼이나 거대한 지위에 대한 갈망이 있음을 느꼈다. 이 느낌은 얼마 뒤 모건이 자기가 이 지구상에 혼자만은 아닐 수도 있다고 생각하게 된 첫 신호였다. 피어폰트 모건은 대표적인 미국 영웅이었다. 즉 굉장한 재력가의 아들로 태어나 물려받은 재산을 고된 노동과 무자비함에 힘입어 터무니없을 정도까지 늘려놓은 그런 경우였다. 모건은 112개 회사에서 741명의 중역을 통제했다. 한때는 미국 정부가 파산 위기를 모면할 수 있도록 대출을 주선해주기도 했다. 모건은 1억 달러어치의 금괴 수입을 가능하게 함으로써 혼자 힘으로 1907년의 금융 위기를 막기도 했다. 모건은 전용 기차나 요트를 타고 모든 국경을 넘나들었고 세계 어디를 가도 편안하게 지냈다. 모건은 보이지 않는 초국적 자본 왕국의 군주였고, 그 주권은 세계 어디에서도 통했다. 상류층이 구걸하는 자원을 통제한다는 점에서 모건은 혁명가였으며, 이 혁명가는 영토는 대통령과 왕 들에게 맡겨두고 자신은 그자들의 철도와 해운회사, 은행과 신탁 회사, 공장과 공공시설을 장악했다. 오랫동안 모건은 수많은 친구와 지인을 주위에 끼고 살았고, 말로는 자신을 존중한다고 하면서 사실은 딴마음을 먹고 있는 게 누구인지를 늘 살폈다. 모건은 언제나 실망했다. 어딜 가도 남자들은 모건의 의견을 따랐고 여자들은 스스로를 부끄러워했다. 모건이 이룬 끝 모르는 성공의 차갑고 황량한 영토에는 오직 모건뿐 다른 이는 아무도 없는 듯했다. 지난 오십 년 동안 자신의 지성과 직감을 평범하게 발휘한 정도로도 모건은 나랏일을 다루는 일에 두각을 드러냈고, 모건은 이러한 이유로 자신을 인간 이상의 존재라고 생각했다. 오직 한 가지만이 피어폰트 모건에게 인간적 속성을 상기시켰으니, 바로 모건의 코에 달라붙어 딸기코를 만들어놓는 만성 피부병이었다. 캘리포니아 주에 사는 원예학의 마법사 루서 버뱅크가 재배해 상까지 받은 거대한 딸기를 연상케 하는 수준이었다. 모건은 청년 시절 처음 이 병을 앓게 되었다. 점차 나이가 들고 부를 쌓을수록 코도 점점 더 커졌다. 모건은 자기 코를 보는 사람들을 빤히 바라보아 무안하게 만드는 요령을 터득했지만, 평생 매일 잠자리에서 일어나면 거울로 코를 열심히 살폈고, 코가 보기에 혐오스러운 것은 사실이지만 동시에 절묘하게 만족스럽기도 하다는 걸 깨달았다. 모건이 보기에는 자신이 주식을 손에 넣거나 채권을 발행하거나 산업을 하나 인수할 때마다, 선홍색 과피가 하나씩 더 생겨나는 것만 같았다. 모건이 가장 좋아하는 문학 작품은 너대니얼 호손의 「반점」이었다. 뺨에 있는 작은 점을 빼면 완벽한 미를 지닌, 몹시 사랑스러운 여자의 이야기였다. 자연과학자였던 여자의 남편은 이 결점을 없앨 수 있는 약을 아내에게 마시게 했고, 점은 사라졌다. 하지만 마지막까지 남아 있던 희미한 윤곽선마저 피부에서 사라지고 여자의 미모가 완벽해지는 순간, 여자는 죽었다. 모건에게 자신의 결점인 괴물 같은 코는 신의 손길, 죽을 운명에 대한 확약 같은 것이었다. 모건이 가진 가장 확고한 약속이었다.

몇 년 전 모건은 매디슨 애비뉴에 있는 자기 집에서 만찬 파티를 연 적이 있었다. 손님들은 모건 말고도 미국에서 가장 힘 있는 사람들 열두 명이었다. 모건은 이들이 한자리에 모이면 그 정신적 에너지 때문에 자기 집 벽이 터져나갈지도 모르겠다고 생각했다. 록펠러는 자신이 만성 변비에 시달리고 있고 변기에서 많은 생각을 해낸다고 말해서 모건을 깜짝 놀라게 했다. 카네기는 브랜디를 마시다 꾸벅꾸벅 졸았다. 해리먼은 우둔한 말들을 내뱉었다. 사업계의 엘리트들이 한방에 모였지만, 이야깃거리 하나를 생각해내지 못했다. 모건은 오싹 소름이 끼쳤다. 심장이 전율했다. 텅 빈 우주에 부는 긴장된 바람 소리를 뇌를 통해 들었다. 모건은 하인들에게 모든 사람들 머리에 월계관을 씌우라고 지시했다. 미국에서 가장 힘 있는 남자 열두 명은 누구 하나 뺄 것 없이 모두가 멍텅구리처럼 보였다. 그러나 부와 함께 생겨난 거만함 때문에 그들은 이 우스꽝스러운 월계관 덩굴에 실은 뭔가 중대한 의미가 있을 거라는 생각을 하게 되었다. 여자들은 누구 하나 큰 소리로 웃을 생각을 하지 못했다. 못난이들이었다. 여자들이 앉은 의자 위 옷 속엔 커다란 엉덩이가 숨겨져 있었고, 가슴은 목과 어깨가 깊이 파인 드레스 속에 축 늘어져 있었다. 재치라곤 한 점도 찾아볼 수 없었다. 눈에도 총기라고는 없었다. 여자들은 위대한 남자들의 충실한 아내들이었고, 놀라운 업적이 굉장한 힘으로 위대한 자들의 몸에서 생기를 빨아내버렸다. 모건은 무시무시하고 용맹한 표정 뒤로 이런 생각들을 꽁꽁 숨겼다. 사진을 찍기 위해 사진사가 들어왔다. 플래시가 터졌다. 엄숙한 순간이 기록으로 남았다.

모건은 화이트 스타 라인이 운행하는 증기선 오셔닉호를 타고 유럽으로 갔다. 모건은 이미 화이트 스타 라인, 레드 스타 라인, 아메리칸, 도미니언, 애틀랜틱 트랜스포트와 레이랜드 라인을 한 회사로 묶어놓았고, 120척에 이르는 배가 바다를 항해했다. 모건은 바다에서의 경쟁을 절대 간과하지 않았고, 땅에서의 경쟁과 마찬가지로 중요하게 생각했다. 모건은 밤에 배 난간 옆에 서서 거친 바닷소리를 듣고 파도를 느꼈지만, 직접 보지는 못했다. 바다와 하늘은 시꺼멨고 서로 분간이 가지 않았다. 갈매깃과에 속하는 새 한 마리가 암흑 속에서 나타나 모건에게서 몇 미터 떨어지지 않은 난간에 내려앉았다. 아마도 모건의 코에 끌린 듯했다. 난 동료가 없어, 모건은 새에게 말했다. 반박의 여지가 없는 진실인 듯했다. 모건은 어떻게든 세상의 가치 체계 너머로 자신을 쏘아 보냈다. 하지만 바로 이 사실이 다른 이들의 환상을 유지시켜주어야 한다는 무시무시한 책임감을 모건의 어깨 위에 얹어놓았다. 모건은 성공회 형제들을 위해 성당을 지을 생각이었다. 뉴욕 웨스트 110번가의 성 요한 성당이었다. 아내와 다 큰 아이들에게는 집안일에 무신경하다는 이미지를 계속 고수할 생각이었다. 나라를 위해서 왕들과 식사를 하고 로마와 파리에서 예술품을 사고 엑스레뱅에서 아름다운 여자들과 사귀며 최대한 호화롭게 살 터였다.

모건은 자신이 한 맹세를 지켰다. 모건은 한 해의 절반을 유럽에서 지냈고, 위풍당당하게 이 나라 저 나라를 오갔다. 모건의 배 선창에는 그림, 희귀서, 초판본, 비취, 청동제품, 유명인의 서명, 태피스트리, 크리스털 등이 꽉 차 있었다. 모건은 마치 자신을 무릎 꿇릴 진실의 왕국들을 찾기라도 하듯 렘브란트 그림에 나오는 시민들과 그레코 그림에 나오는 고위 성직자들의 눈을 똑바로 바라보았다. 또한 마치 신의 도시에서 먼지를 훑듯 중세시대 희귀본 성경의 삽화를 손끝으로 만졌다. 모건은 만약 세상에 자신이 아는 것 이상이 존재한다면 그것은 현재가 아닌 과거에 존재한다고 느꼈으며, 이제는 완전히 사라져버렸다고 느꼈다. 오로지 모건만이 현재였다. 모건은 큐레이터들을 고용해 예술품을 찾고, 고대 문명에 대해 가르쳐줄 학자들을 구했다. 모건은 온갖 역경을 헤치며 플랑드르 태피스트리들을 수집했다. 모건은 로마시대 조각상을 어루만졌다. 느슨하게 빠져나온 돌들을 발로 차며 아크로폴리스를 활보하고 다녔다. 모건의 필사적인 연구는 필연적으로 고대 이집트 문명에 귀착했다. 고대 이집트에서는 우주는 불변이며 사람은 죽으면 부활한다고 가르쳤다. 모건은 이에 완전히 매료되었다. 삶이 새로운 전기를 맞았다. 모건은 메트로폴리탄 박물관의 이집트 고고학 탐험에 자금을 댔다. 모건은 마른 모래사막에서 새로운 비석, 부적, 미라의 내장을 담은 캐노픽 단지가 나올 때마다 일일이 소식을 들었다. 모건은 언제나 해가 뜨고 언제나 범람하는 나일 계곡으로 갔다. 모건은 이집트 상형문자를 연구했다. 어느 날 저녁, 모건은 카이로의 호텔을 나와 특별 시가전차를 타고 11킬로미터 떨어진 대피라미드로 갔다. 맑고 푸른 달빛 속에서 모건은 현지 안내인으로부터 위대한 오시리스가 전해준 지혜를 들었다. 오시리스가 말하길, 이 지구에는 각 시대마다 신의 영토에 사는 신성한 영웅 부족이 인류를 돕기 위해 태어난다고 했다. 모건은 번개에 맞은 듯이 그 이야기에 매료되었다. 그에 대해 생각하면 할수록 점점 더 뚜렷하게 느껴졌다. 모건은 미국으로 돌아온 직후, 헨리 포드에 대해 생각하기 시작했다. 포드가 신사라는 환상 따위는 없었다. 모건은 포드가 약삭빠른 촌놈이자 나무토막만큼이나 무식하다고 여겼다. 그러나 포드가 사람을 부리는 방식에서는 파라오의 통치 방식이 엿보인다고 생각했다. 그뿐이 아니었다. 모건은 자동차 제조업자들의 사진을 꼼꼼히 본 적이 있었는데, 포드는 람세스 대왕의 아버지이자 왕가의 계곡에 있는 테베의 네크로폴리스에서 발굴된, 역사상 가장 잘 보존된 미라인 세티 1세와 놀라울 정도로 닮아 있었다.

20

모건의 뉴욕 집은 머리 언덕의 매디슨 애비뉴 219번지였다. 36번가의 북동쪽 모퉁이에 있는 웅장한 적갈색 석조건물이었다. 집 바로 옆에는 하얀 대리석으로 지은 모건 도서관이 있었는데, 모건이 여행 중에 모은 수천 권의 책과 미술품 들을 보관하기 위해 지은 건물이었다. 스탠퍼드 화이트의 동료이던 찰스 매킴이 이탈리아 르네상스식으로 설계했다. 대리석 덩어리를 모르타르 없이 짜 맞추었다. 헨리 포드가 점심을 먹으러 온 날, 거리에는 도서관의 돌보다 색이 어두운 눈발이 날렸다. 도시의 모든 소음이 눈에 덮여 한층 조용했다. 시 경찰 한 명이 모건의 집 대문을 지켰다. 길 건너 그리고 36번가와 매디슨 애비뉴의 모퉁이마다 외투 깃을 세운 남자들이 여기저기 모여서 이 위대한 남자의 집을 물끄러미 바라보았다.

모건은 가벼운 점심식사를 주문해두었다. 모건과 포드는 별 대화 없이 둘이서만 친커티그산(産) 굴로 시작해서 거북 수프, 몽라셰 와인, 양갈비구이, 샤토 라투르 와인, 신선한 토마토와 엔다이브, 진한 생크림을 얹은 루바브 파이, 그리고 커피로 식사를 했다. 모건의 집 하인 두 명이 음식을 날랐지만, 그 기술이 마술처럼 신묘해서 마치 음식들이 저절로 나타났다 사라지는 것만 같았다. 포드는 잘 먹었지만 와인에는 손대지 않았다. 포드는 집주인보다 먼저 식사를 마쳤다. 포드는 대놓고 모건의 코를 바라보았다. 식탁보에 빵 부스러기가 떨어진 걸 보고는 자기 커피 잔 받침으로 옮겨놓았다. 포드는 그저 금으로 만든 잔받침을 손가락으로 어루만졌다.

점심식사가 끝나자 모건은 포드에게 도서관에 함께 가지 않겠느냐고 제안했다. 모건과 포드는 식당을 나와 컴컴한 응접실을 통과했다. 그곳에는 서너 명의 남자가 피어폰트 모건이 몇 분만 시간을 내주길 바라며 앉아 있었다. 모건의 변호사들이었다. 모건은 미국에 금융 독점이 존재하는지에 대한 조사를 목적으로 열리는 하원의 금융 재정 위원회에 출두할 예정이었고, 변호사들은 그에 앞서 모건이 알아야 할 사항들을 전달하러 와 있었다. 변호사들이 일어나 다가오자 모건은 손을 흔들어 변호사들을 제지했다. 모닝코트를 입은 예술품 상인도 와 있었다. 로마에서 특별히 모건을 만나러 온 것이었다. 예술품 상인은 일어나 그저 인사만 했다.

포드는 이 모든 것을 유심히 지켜보았다. 서민적 취향을 지닌 포드였지만, 눈앞에 펼쳐진 제국을 보고도 절대로 기죽지 않았다. 그저 취향의 차이라고만 여겼다. 모건은 포드를 도서관의 커다란 서쪽 열람실로 안내했다. 모건과 포드는 사람 키만 한 벽난로 맞은편에 놓인 의자에 앉았다. 불 피우기 딱 좋은 날이군, 모건이 말했다. 포드는 동의했다. 모건이 시가를 권했다. 포드는 거절했다. 포드는 천장에 금박이 입혀져 있음을 알아차렸다. 벽에는 붉은 실크 능직천이 입혀져 있었다. 또한 무거운 틀의 유리 액자에 멋진 그림들이 걸려 있었다. 금빛 후광을 두른 고결한 인상의 누르스름한 사람들 그림이었다. 포드는 이런 그림이 그려지던 시대에는 성인(聖人)이어야만 그림의 대상이 될 수 있었을 거라고 짐작했다. 성모 마리아와 어린 그리스도가 있었다. 포드는 붉은 플러시 천으로 만든 의자 팔걸이를 손가락으로 쓸어보았다.

모건은 포드가 모든 걸 눈여겨보게 놔두었다. 모건은 시가를 뻐끔거렸다. 마침내 모건이 입을 열었다. 이보게, 포드, 모건이 무뚝뚝하게 말했다. 난 자네 사업을 인수하거나 이윤을 나누는 데는 관심이 없다네. 자네의 경쟁자들 중 누구와 관련되어 있지도 않고. 포드는 고개를 끄덕였다. 분명 좋은 소식이군요, 포드는 교활하게 흘끗 보며 말했다. 모건이 계속 말했다. 하지만 난 자네가 해낸 일들에 감탄하고 있다네. 물론 어쩌다가 어었던 몇백 달러기 생긴 비보들 손에 자동차를 쥐여주는 게 불안하기는 하지만, 미래가 자네 것임을 인정해. 자네는 아직 젊기도 하고. 쉰 정도밖에 안 되었지? 그리고 나는 이해 못하지만, 자네는 사람들을 여러 무리로 나누어 따로 부릴 필요가 있다는 걸 이해하고 있을 거야. 난 자본을 조정하고 여러 산업을 조화롭게 합병하는 데 평생을 바쳤지만, 노동력을 쓰는 사업체가 아니라 노동력 그 자체가 조화롭게 통합된 과정이 될 수 있는 가능성은 한 번도 고려해본 적이 없었어. 질문 하나 하지. 자네가 설계한 조립라인이 산업 천재의 성공작일 뿐 아니라 유기적 진실을 반영한 것이기도 하다는 생각을 해보셨나? 결국 부분이 교체 가능하다는 것은 자연법칙이지. 개인은 그 종과 속의 일부라네. 모든 포유동물은 똑같은 방식으로 번식하고, 똑같은 영양 공급 체계를 가지고 있고, 소화 및 순환 계통도 같다고 볼 수 있으며, 느끼는 것도 똑같아. 물론 모든 포유동물이 자네 자동차처럼 대체 가능한 부속들을 가지고 있다는 말은 아닐세. 하지만 공통된 모습 때문에 분류학자들은 포유동물을 포유동물로 분류하게 되지. 그리고 한 종 내에서는, 가령 인간의 경우를 들자면, 개인적 차이점이 유사점의 기반 위에서 발생하도록 자연법칙이 작동하지. 그러므로 개별화는 꼭대기 돌을 놓는 것으로만 비로소 완성되는 피라미드에 비유할 수 있다네.

포드는 모건의 말을 곰곰이 생각해보았다. 유대인들은 예외지요, 포드가 중얼거렸다. 모건은 자신이 제대로 들은 건지 귀를 의심했다. 실례지만 무어라 하셨나, 모건이 물었다. 유대인들 말입니다, 포드가 말했다. 유대인들은 제가 아는 그 누구와도 다릅니다. 그 점에서 당신 이론에 오류가 생기는군요. 포드가 씩 웃었다.

모건은 잠시 침묵했다. 모건은 시가를 피웠다. 벽난로에서 불이 타닥거렸다. 바람에 날린 한 줄기 눈보라가 도서관 창문을 가볍게 때렸다. 모건이 다시 입을 열었다. 가끔씩 난 학자와 과학자 들을 고용해서 내 철학적 탐색을 도와달라고 하지. 대중이 알 수 없는 인생에 대한 결론을 내리고 싶은 마음에서야. 난 그 연구의 성과를 공유하자고 제안하고 있는 걸세. 자네가 이룬 업적이 오직 자신의 노력으로만 얻어진 결과라고 생각할 만큼 자네가 거만할 거라곤 생각하지 않아. 만약 자네가 성공의 이유를 그리 생각했다면, 경고하건대 그 대가를 치르게 될 걸세. 세상의 끝, 텅 빈 우주 속에서 홀로 있는 자신을 발견하게 될 거야. 신을 믿나? 그건 제가 알아서 할 문제입니다, 포드가 말했다. 생각했던 대로군, 모건이 말했다. 자네처럼 똑똑한 사람이 그런 평범한 생각을 믿을 거라곤 생각지 않아. 아마 자네에겐 내가 자네 생각 이상으로 더 필요하게 될지도 몰라. 내가 이 지구의 모든 행동에 의미를 부여하는 질서와 반복의 보편적인 패턴이 있음을 증명할 수 있다고 가정해보게나. 또한 자네가 세상에서 가장 오래된 지혜를 증명하는 우리 시대의 도구임을 내가 입증할 수 있다고 가정해보게나.

모건이 벌떡 일어나더니 방을 나갔다. 포드는 의자에 앉은 채 몸을 돌려 눈으로 모건의 뒤를 좇았다. 잠시 후 모건이 다시 문간에 나타나 열심히 손짓했다. 포드는 모건을 따라 도서관의 중앙 복도를 지나 동쪽 열람실로 갔다. 동쪽 열람실의 높은 벽에는 책장이 가득했다. 가장 위쪽 두 줄에는 젖빛 유리로 만든 통로와 반짝이는 놋쇠 난간이 있어 아무리 높은 곳의 책이라도 쉽게 꺼낼 수 있었다. 모건은 멀리 있는 벽으로 다가가 어떤 책의 등을 눌렀다. 책장 일부가 빙 돌며 열리고 한 사람이 지나갈 만한 통로가 나타났다. 괜찮다면 들어가지. 모건이 포드에게 말했고, 포드 뒤를 따라 작은 방으로 들어간 뒤 버튼을 눌러 문을 닫았다.

모건과 포드가 들어간 방은 보통 크기로, 광택이 있는 둥근 탁자와 세로대 등받이가 있는 의자 두 개, 그리고 필사본을 전시하기 위해 유리 상판을 올린 캐비닛 등의 가구가 갖추어져 있었다. 모건은 초록색 철제 갓이 씌워진 스탠드를 켰다. 이 방에 들어온 사람은 나 말고는 자네가 처음이네, 모건이 말했다. 모건은 캐비닛을 밝히기 위해 놓아둔 플로어램프를 켰다. 이쪽으로 오시게나, 모건이 말했다. 포드는 유리 안을 들여다보았고, 라틴어가 잔뜩 쓰인 오래된 양피지를 보았다. 모건이 말했다. 그건 최초의 장미십자회 서적 가운데 하나인『기독교 장미십자회의 화학적 결혼』의 2절판 책이라네. 초기의 장미십자회원들이 누구였는지 아는가, 포드 선생? 라인 강 서안 지역, 신성로마제국의 선제후령에 살던 기독교 연금술사였지. 선제후는 프레데리크 5세였어. 난 지금 17세기 초의 일을 이야기하는 거라네. 이 훌륭한 사람들은 매 시대에 일부 사람만이 쓸 수 있던 살아 있는 마법, 이로운 마법의 개념을 널리 알려 인류 전체의 이익에 기여하려 했지. 이는 라틴어로 '프리스카 테올로기아'라 했네. 은밀한 지혜라는 뜻이지. 묘한 점은, 은밀한 지혜에 관심을 보인 건 장미십자회뿐만이 아니었다는 것이네. 17세기 중반 런던에는 비밀 대학이라 불리던 단체가 존재했지. 그 단체의 회원들은 내가 말한 바로 그 이로운 마법을 다루는 이들로 알려졌어. 아마 자네는 조르다노 브루노의 저작에 대해선 모르겠지. 바로 이것이 조르다노 브루노가 직접 쓴 글이라는 사실도 말이야. 내가 고용한 학자들은 날 위해 일급 탐정 저리 가라 할 정도로 추적하고 조사하여 은밀한 지혜의 존재, 그리고 그 지혜를 유지하기 위한 온갖 신비한 조직들이 르네상스 문화 대부분과 중세사회와 고대 그리스에 존재했다는 사실을 알아냈다네. 내 이야기를 잘 따라와줬으면 좋겠군. 시대별로 프리스카 테올로기아로 인류의 고통을 덜어주기 위해 태어난 특별한 이들을 언급한 최초의 기록은 이집트 사제인 헤르메스 트리스메기스투스가 쓴 글의 그리스어 번역본에서 찾아볼 수 있지. 이 신비로운 지식에 역사적 이름을 부여한 이가 바로 헤르메스라네. 그 지식을 헤르메티카라고 부르지. 모건은 두툼한 집게손가락으로 유리판을 탁탁 쳤다. 그 유리판 바로 아래 캐비닛의 마지막 전시품인 분홍색 돌 조각이 있었다. 이 돌 조각에는 기하학적으로 긁힌 자국들이 희미하게 보였다. 헤르메스가 쐐기문자로 쓴 견본으로 추정된다네. 이제 내가 질문 하나 하지. 인류의 어떤 시대와 문명에서도 통용되던 지혜가 현대에 와서 사라진 이유가 뭐일 거 같나? 그것은 다름이 아니라 과학의 시대에는 그런 사람들과 그 사람들의 지혜가 사라지기 때문이야. 왜 그런지 이유를 말해주지. 뉴턴과 데카르트에서 시작된 기계 과학의 발전은 거대한 음모나 마찬가지였어. 현실에 대한 불안과 초월적인 능력을 지닌 인간들에 대한 우리의 인식을 파괴하는 거대하고 무시무시한 음모 말이야. 하지만 오늘날에도 그 사람들은 여전히 우리 곁에 있어. 그 사람들은 각 시대마다 우리와 함께 있어. 그 사람들은 돌아온다네. 알겠나? 돌아온단 말일세!

모건은 흥분해 얼굴이 붉어졌다. 모건은 방의 가장 깊숙한 구석을 가리켰다. 그는진 그곳에는 황금새 벨벳 컨으로 덮인 찍시각형 모양의 물건이 있었다. 모건은 황금색 천의 귀퉁이를 움켜쥐고는 손님을 향해 득의양양한 웃음을 지어 보이더니 천을 잡아당겨 바닥에 던졌다. 포드는 모습을 드러낸 물건을 유심히 살폈다. 납으로 봉인된 유리 상자였다. 상자 안에는 석관이 있었다. 포드는 노인의 헐떡이는 숨소리를 들을 수 있었다. 방에서 들리는 유일한 소리였다. 석관은 설화석고로 만들어져 있었다. 위에는 관 안에 든 자의 목상이 있었다. 목상에는 금박이 입혀져 있었고, 황토색과 푸른색으로 칠해져 있었다. 모건이 쉰 목소리로 말했다. 보시게, 이건 위대한 파라오의 관이라네. 이집트 정부와 고고학계에서는 이게 카이로에 있다고 생각하지. 이것이 내 소유라는 게 밝혀지면 전 세계가 시끌벅적해질 걸세. 이건 문자 그대로 값을 따질 수 없는 물건이야. 내가 데리고 있는 이집트 연구학자들이 산화를 막기 위해 모든 과학적 방법을 취해두었지. 자네가 보는 가면 밑에는 19왕조 세티 1세 파라오의 미라가 있다네. 카르나크 신전에 3천 년 이상 있다가 발굴된 것이지. 때가 되면 자네한테도 보여줌세. 지금은 그저 이 위대한 왕의 얼굴이 자네에게 대단한 흥미를 불러일으킬 거라고만 해두지.

모건은 마음을 가다듬고 평정을 찾아야만 했다. 모건은 의자 하나를 끌어당겨 탁자 앞에 앉았다. 모건의 숨이 천천히 정상으로 돌아왔다. 포드는 모건의 맞은편에 조용히 앉아 노인의 체력적 한계를 이해하며 자기 신발만 물끄러미 내려다보았다. 신발은 L. L. 빈의 우편 주문 카탈로그에서 보고 주문한 끈 달린 갈색 구두였다. 아주 편한 신발이었다. 피어폰트 모건이 말했다. 포드 선생, 난 자네가 내 이집트 원정에 동참했으면 좋겠네. 이집트는 아주 특별한 곳이라네. 모든 것이 시작되는 곳이지. 나는 나일 강 항해에 필요한 증기선을 특별히 주문해두었네. 배가 준비되면 자네와 함께 가고 싶네. 그래주겠나? 자네는 아무런 투자도 할 필요가 없어. 우리는 룩소르와 카르나크에 갈 걸세. 기자에 있는 대피라미드도 갈 걸세. 그렇게 할 수 있는 사람은 극히 드물다네, 포드 선생. 돈 덕분에 나는 신성한 상형문자를 해독하고 지하 납골당의 문으로 갈 수 있게 되었지. 나는 우리가 누구인지, 그리고 우리가 실현하는 영원하고도 유익한 힘의 진실이 무엇인지 모르고 있을 이유가 없다고 생각한다네.

포드는 등을 약간 구부리고 앉아 있었다. 마치 손목이라도 부러진 양 기다란 손을 의자의 나무 팔걸이에 걸쳐두었다. 포드는 모건이 한 말을 곰곰이 생각했다. 포드는 석관을 바라보았다. 모건의 말뜻을 이해했다는 생각이 들자, 포드는 진지하게 고개를 끄덕이고는 이렇게 대답했다. 제가 제대로 이해했다면, 모건 씨, 당신은 환생에 대해 이야기하고 계시는군요. 그에 대한 제 생각을 말씀드리지요. 어렸을 때 저는 제가 아는 것이 사실은 알 필요가 없는 것이라는 생각이 들며 심각한 정신적 위기에 직면한 적이 있습니다. 물론 제게 근성이 있었지만 당시 저는 다른 아이들처럼 학교 수업을 따라가느라 끙끙대던 평범한 시골 아이였습니다. 하지만 저는 모든 게 어떻게 작동하는지 알았습니다. 뭔가를 보면 그것이 어떻게 작동하는지 설명할 수 있었고, 또한 그보다 더 잘 작동하게끔 할 수도 있었지요. 하지만 제가 지능이 높았다는 말은 아닙니다. 저는 이런 표현이 정말 싫었습니다.

모건은 귀를 기울였다. 움직이면 안 될 것 같았다.

포드가 말을 이었다. 그러다가 우연히 작은 책 한 권을 집어들게 되었습니다. 펜실베이니아 주 필라델피아에 있는 프랭클린 장난감 회사가 출간한 『동양의 수도승이 말하는 영원한 지혜』라는 책이었습니다. 그리고 25센트밖에 안 하는 그 책에서 저는 마음의 평화에 필요한 모든 것을 얻을 수 있었습니다. 환생은 제가 가진 유일한 믿음입니다,

모건 씨. 저는 제 천재성을 이런 식으로 설명합니다. 어떤 이는 다른 이보다 좀 더 오래 산다고 말입니다. 그래서 당신이 학자들을 고용하여 연구하고 세계를 여행하며 발견한 것들을 저는 이미 알고 있습니다. 그리고 식사에 대접해주신 데 대한 감사의 뜻으로 그 책을 빌려드리겠습니다. 당신은 이제 이런 라틴어로 된 것들과 더는 씨름할 필요가 없습니다, 포드가 팔을 흔들며 말했다. 유럽의 쓰레기통을 뒤질 필요가 없으며, 나일 강을 항해하기 위해 증기선을 만들 필요도 없습니다. 그냥 25센트를 내고 우편 주문하면 되는데 괜한 고생을 하시는 겁니다.

둘은 서로를 노려보았다. 모건은 자기 의자에 깊숙이 등을 기대고 앉았다. 얼굴에서 핏기가 가셨고 눈에서는 강렬한 빛이 사라졌다. 모건이 다시 말을 했을 때, 그 목소리는 노인의 힘없는 목소리였다. 모건이 말했다. 포드 씨, 만약 당신에 대한 내 생각이 맞는다면, 언젠가는 그 진실이 밝혀질 날이 올 것이오.

그럼에도 중요한 돌파구가 마련되었다. 둘이 이렇게 특별한 만남을 가지고 일 년쯤 뒤, 모건은 이집트로 여행을 떠났다. 비록 포드는 모건과 함께 가지 않았지만, 위엄 있는 혈통의 가능성을 인정했다. 그리고 둘은 회원이 그 두 사람뿐이며 미국에서 가장 배타적이고 가장 비밀스러운 '피라미드'라는 클럽을 만들었다. 이 클럽은 지금까지 계속되고 있는 어느 특정한 연구에 기금을 기부했다.

21

우리 역사에서 이 시기에 모두의 가슴에는 고대 이집트의 이미지가 각인되어 있었다. 이는 영국과 미국인 고고학자들이 사막에서 발견한 것들 덕분이었다. 대학에서는 보호용 쿠션을 덧댄 무릎길이의 면바지를 입고 가죽 헬멧을 쓴 풋볼 선수들 다음으로 고고학자들이 인기를 누렸다. 일요판 신문은 미라를 만드는 과정을 상세하게 보도했으며, 신출내기 기자들은 파피루스에 기록된 장례 절차를 분석한 기사를 썼다. 실내장식에서는 이집트 예술 스타일이 유행했다. 루이14세 양식의 시대는 저물고, 팔걸이에 뱀을 새긴 황제의 의자 스타일이 유행했다. 뉴로셸에 사는 어머니도 그 유행을 따랐다. 어머니는 꽃이 그려진 식당 벽지가 우중충하다며, 머리 장식을 하고 눈에는 파르스름한 칠을 한 이집트 남녀가 짧은 치마를 입고 있는 우아한 무늬의 벽지로 바꿨다. 그래서 거실 벽에서는 붉고 푸르고 햇볕에 탄 이집트인들이 각자 손바닥에 독수리를 앉히고, 혹은 밀 다발, 수련, 류트 등을 들고 발을 벽 정면으로 한 자신들의 독특한 걸음걸이로 행진했다. 뒤로는 사자, 풍뎅이, 올빼미, 황소 그리고 잘린 발들이 따랐다. 모든 변화에 민감한 아버지는 입맛을 잃어버렸다. 아버지로서는 식사를 하러 무덤에 들어가는 것이 이치에 맞지 않아 보였다.

하지만 소년은 벽지 디자인을 좋아했으며 그로부터 영감을 받아 상형문자를 배우고 싶어했다. 소년은 『주간 서부시대』 구독을 끊고, 그 대신 무덤 도굴이나 앞으로 실현될 미라의 저주에 대한 이야기가 실린 잡지들을 구독하기 시작했다. 이즈음 소년은 다락방에 있는 흑인 여자에게 호기심이 생겼으며, 그 여자가 실은 누비아 왕국의 공주인데 사로잡혀 노예가 된 거라고 남몰래 상상하곤 했다. 소년이 이런 상상을 하는 것을 모르는 흑인 여자는 자기 방 창가에 앉아 있었고, 소년은 지점토로 만든 따오기 가면을 쓰고 흑인 여자의 방 앞을 지나다니곤 했다.

어느 일요일 오후, 갓 뽑은 포드 모델 T 자동차가 천천히 언덕을 올라와 소년의 집을 지나갔다. 마침 현관에서 자동차가 지나가는 모습을 본 소년은 계단을 황급히 내려가 보도에 섰다. 운전사는 좌우를 살피며 어느 집인가를 찾는 듯했다. 운전사는 모퉁이에서 차를 돌려 돌아 나왔다. 소년 앞에서 차를 멈추더니 장갑 낀 손으로 소년에게 손짓했다. 운전사는 니그로였다. 차는 눈이 부실 만큼 빛이 났다. 장식은 반짝거렸다. 앞에는 유리로 된 방풍창이 달려 있었고, 지붕은 특별 주문한 인조가죽으로 되어 있었다. 운전사가 말했다. 나는 세라라는 유색인 여자를 찾고 있단다. 이 근처 어딘가에 산다고 하던데.

소년은 운전사가 말하는 여자가 자기 집 다락방에 사는 그 여자라는 사실을 알아차렸다. 여기 살아요. 운전사는 엔진을 끄고 브레이크를 걸고는 차에서 내렸다. 그리고 노르웨이 단풍나무 두 그루 아래로 난 돌계단을 걸어올라 집을 돌아 뒷문으로 갔다.

어머니가 문으로 나오자 유색인 남자는 예의 바르게 행동했지만 세라와 이야기를 할 수 있겠냐고 묻는 남자의 태도에는 자부심과 함께 무언가 대단한 결심을 했다는 인상이 배어 있었다. 어머니는 남자의 나이를 가늠할 수 없었다. 남자는 붉은 기운이 도는 갈색 얼굴을 한 다부진 체격의 사내로, 높은 광대뼈에 크고 검은 눈동자가 당장이라도 튀어나올 것처럼 강렬했다. 콧수염은 단정했다. 남자는 유색인들이 흔히 그러하듯 돈 많은 티를 한껏 낸 차림이었다. 몸에 딱 맞는 검은 외투에 흑백 하운즈투스 격자무늬 양복을 입었고, 회색 각반을 하고 검은색 뾰족 구두를 신었다. 남자는 진회색 모자와 운전용 보호안경을 손에 들고 있었다. 어머니는 남자에게 잠시 기다리라고 말한 뒤 문을 닫았다. 어머니는 삼층으로 올라갔다. 어머니가 올라가보니 세라는 평소처럼 창가에 앉아 있지 않고 두 손을 마주 잡고 문을 보며 서 있었다. 어머니가 말했다. 세라, 손님이 왔단다. 세라는 아무 말도 하지 않았다. 부엌으로 내려오련? 세라는 고개를 저었다. 만나고 싶지 않니? 네, 부인, 세라가 시선을 바닥에 떨구고 나지막한 목소리로 마침내 말했다. 그냥 돌려보내세요. 세라가 이 집에 산 지난 몇 달 동안 한 말 가운데 가장 긴 말이었다. 어머니는 아래층으로 내려갔고, 남자가 뒷문 밖이 아니라 부엌 안으로 들어와 있는 걸 보았다. 남자는 화덕 근처의 따뜻한 구석, 세라의 아기가 자고 있는 유모차 옆에 있었다. 유모차의 바구니는 고리버들가지로 만들어졌고, 나무 바퀴 네 개의 바퀴살은 가장자리로 갈수록 가늘어졌다. 플러시 천을 둥그렇게 만 장난감이 달려 있었고, 천은 색 바랜 푸른색 새틴이었다. 어머니의 아들이 어릴 때 잠자던 곳이었고, 또 그전에는 어머니의 남동생이 자던 곳이었다. 흑인 남자는 유모차 옆에 한쪽 무릎을 꿇고 아이를 물끄러미 바라보고 있었다. 어머니는 논리적 판단을 하기에 앞서, 남자가 허락도 없이 집 안으로 들어왔다는 사실에 화부터 버럭 치밀었다. 세라는 당신을 만날 수 없다더군요, 어머니가 말한 뒤 문을 활짝 열었다. 흑인 남자는 다시 한 번 아기를 힐긋 보고는 일어나 어머니에게 고맙다고 말한 뒤 밖으로 나갔다. 어머니는 일부러 필요 이상으로 문을 세게 닫았다. 그 바람에 아기가 깨서 울기 시작했다. 어머니는 아기를 안아 어르면서 자신이 손님에게 그런 과잉 반응을 보였다는 사실에 놀랐다.

그렇게 해서 그 유색인 남자는 차를 타고 브로드뷰 애비뉴에 찾아오게 되었다. 남자의 이름은 콜하우스 워커 주니어였다. 그 일요일을 시작으로 남자는 매주 나타났으며, 언제나 뒷문을 노크했고, 세라가 만나기 싫어한다고 하면 불평 한마디 없이 순순히 돌아섰다. 아버지는 남자가 찾아오는 게 성가셨고 더는 집에 오지 못하게 하려 했다. 경찰을 불러야겠어요, 아버지가 말했다. 어머니는 아버지 팔을 잡으며 말렸다. 어느 일요일, 그 유색인 남자는 노란 국화 다발을 놓고 갔는데, 이 계절에 그 꽃을 사자면 꽤 많은 돈을 썼을 게 분명했다. 어머니는 꽃다발을 세라에게 가져다주기 전에 거실 창문가에 서서 밖을 내려다보았다. 거리에서 흑인 남자가 차의 먼지를 털고, 바퀴살, 헤드라이트, 방풍창을 꼼꼼히 닦고 있었다. 남자는 삼층 창문을 힐긋 본 다음 차를 몰고 사라졌다. 어머니는 열일곱 살 때 자신을 찾아오곤 했던 오하이오 신학 대학생들의 얼굴을 떠올렸다. 어머니는 아버지에게, 우리는 지금 가장 완고한 형태의 기독교적 구애를 보고 있는 듯하다고 말했다. 아버지는 대답했다. 맞아요, 아기를 먼저 낳은 다음에 하는 행동을 구애라고 볼 수 있다면 말이죠. 그건 좀 못된 표현이네요, 어머니가 말했다. 그 때문에 고통받고 이제 그 행동을 뉘우치고 있잖아요. 얼마나 훌륭한 행동인데, 당신이 그걸 알아보지 못하다니 안타깝네요.

흑인 여자는 자신을 찾아오는 방문객에 대해 아무런 말도 하지 않았다. 그래서 사람들은 그 여자가 어디서 어떻게 그 흑인 남자를 만났는지 알지 못했다. 도시에는 니그로들이 정착해 사는 구역이 있었지만, 그들이 아는 한 흑인 소녀는 그곳에 가족도 없고 친구도 없었다. 도시 변두리에도 니그로들이 잠시 머무르는 곳이 있었다. 흑인 소녀는 그런 뜨내기였고, 하녀로 일하려고 혼자 뉴욕에서 온 듯했다. 이런 상황이 어머니에게 활력을 주었다. 화단에서 갈색 아기를 발견했던 끔찍한 날 이후 처음으로 젊은 흑인 여자의 미래에 희망이 있음을 보았기 때문이었다. 어머니는 세라의 완고함이 안타까웠다. 어머니는 콜하우스 워커 주니어가 자신이 사는 할렘에서 차를 몰고 왔다가 그냥 돌아가는 모습을 보고 다음에는 좀 더 잘해줘야겠다고 결심했다. 거실에서 차를 대접해야지. 아버지는 어머니의 이런 생각이 옳은지 모르겠다고 말했다. 어머니는 흑인 남자가 말도 잘하고 신사처럼 행동한다고 말했다. 왜 안 돼요? 루스벨트 씨가 백악관에 있을 때는 부커 T. 워싱턴*과 저녁식사도 했다고요. 그러니 콜하우스 워커 주니어에게 차를 대접하는 건 아무 문제도 되지 않아요.

그래서 다음 일요일에 니그로는 차를 마시게 되었다. 아버지는 그가 거실에서 찻잔과 잔받침을 들고도 전혀 당황하지 않는다는 사실을 깨달았다. 아니, 오히려 차를 마시는 것이 세상에서 가장 자연스러운 일이라는 듯이 행동했다. 그 니그로는 분위기에 눌리지 않았고, 비굴하게 굴지도 않았다. 예의도 발랐다. 그 니그로는 자기 직업이 피아니

---

* 미국의 흑인 인권운동가이자 교육자.

스트이고 뉴욕에 살고 있으며, '짐 유럽 클레프 클럽 오케스트라'의 정규 단원이라고 자신을 소개했다. 그리고 이 합주단이 유명하며 155번가와 8번 애비뉴 사이에 있는 맨해튼 카지노에서 정기적으로 연주한다고 했다. 콜하우스가 말했다. 연주자에게 여기저기 돌아다닐 필요 없는 정규직은 무척 중요해요. 저는 이제 떠돌아다니지 않아도 됩니다. 일 년 열두 달을 길에서 보내는 생활은 끝났어요. 콜하우스는 무척이나 열을 내며 말했고, 아버지는 그게 위층에 있는 여자가 들으라고 하는 말임을 깨달았다. 그래서 아버지는 짜증이 났다. 뭘 연주할 수 있소? 아버지는 불쑥 말했다. 우리에게 한 곡 연주해주시면 어떻겠소?

흑인 남자는 쟁반 위에 찻잔을 올려놓았다. 일어나 냅킨으로 입술을 가볍게 닦고 그 냅킨을 찻잔 옆에 두더니 피아노로 갔다. 남자는 피아노 의자에 앉았다가 곧바로 일어나더니 자기 몸에 맞게 높이를 조절했다. 그리고 다시 앉아 이런저런 화음을 눌러보았다. 이 피아노는 음이 엉망이네요. 조율을 해야겠습니다. 아버지는 얼굴이 확 붉어졌다. 어머니가 말했다. 그러게요. 한다 한다 하면서도 늘 미루게 되네요. 흑인 남자는 다시 건반으로 고개를 돌리며 말했다. 위대한 작곡가 스콧 조플린이 작곡한 〈월 스트리트 래그〉를 연주하겠습니다. 흑인 남자는 연주를 시작했다. 조율이 엉망이든 아니든 간에, 바람의 신 아이올로스도 그렇게 아름다운 연주는 하지 못할 터였다. 섬세하고 청아한 화음이 공중에 꽃처럼 떠다녔다. 멜로디는 꽃다발 같았다. 이 순간, 음악이 묘사하는 삶 말고 다른 것은 존재하지 않는 듯했다. 연주를 끝내고 피아노 의자에서 돌아앉은 콜하우스 워커는 온 가족이 자기 연주를 듣고 있었다는 걸 알게 되었다. 아버지, 어머니, 소년, 외할아버지 모두가 콜하우스의 연주에 홀려 있었고, 외삼촌조차 셔츠와 멜빵 차림으로 누가 연주하는지 보려고 방에서 나와 아래층에 내려와 있었다. 가족 가운데 어머니의 남동생만이 래그타임이 뭔지 알았다. 외삼촌은 뉴욕에서 밤의 유흥을 즐기던 시절에 래그타임을 들었다. 하지만 누나 집에서 래그타임을 들으리라고는 상상도 못했다.

콜하우스 워커 주니어는 다시 피아노 쪽으로 몸을 돌리며 말했다. 위대한 작곡가 스콧 조플린이 작곡한 〈단풍잎〉을 연주하겠습니다. 가장 유명한 래그타임이 공기 중에 울려 퍼졌다. 건반 앞에 꼿꼿하게 앉은 피아니스트는 분홍빛 손톱이 달린 길고 검은 손가락으로 당김음화음과 여러 옥타브를 오가는 연속음들을 힘 하나 안 들이고 자연스럽게 연주했다. 결코 한순간도 한곳에 머무르지 않으며 듣는 이의 감각에 호소하는 강렬한 음악이었다. 소년은 마치 빛이 방 안 곳곳을 어루만지고 마침내 방 전체가 빛의 섬세한 문양으로 가득 차 찬란하게 빛나는 것만 같다고 느꼈다. 음악은 계단을 타고 삼층까지 올라갔으며, 말이 없고 용서를 모르던 세라마저 문을 열고 팔짱을 낀 채 앉아서 음악을 들었다.

연주가 끝났다. 모두가 손뼉을 쳤다. 그런 다음 어머니는 워커를 외할아버지와 동생에게 소개했다. 둘은 흑인 남자와 악수를 했고 만나서 반갑다고 말했다. 콜하우스 워커는 진지한 표정을 지었다. 모두가 일어서 있었다. 침묵이 흘렀다. 아버지가 목청을 가다듬었다. 아버지는 음악을 잘 몰랐다. 아버지는 캐리 제이콥스 본드 같은 가수를 좋아했다. 아버지 생각에 모름지기 흑인 음악은 사람들을 웃고 춤추게 해야 했다. 깜둥이 노래는 모르오? 아버지가 물었다. 무례하게 굴 생각은 없었다. 사람들이 '깜둥이 노래'라고 하는 것을 그대로 따라 말했을 뿐이었다. 하지만 피아니스트는 긴장한 표정으로 고개를 저었다. 깜둥이 노래는 순회극단용입니다, 그가 말했다. 백인들이 검게 분장을 하고 부르는 노래이지요. 또다시 침묵이 흘렀다. 흑인이 천장을 바라보았다. 보아하니 세라 양은 저를 받아들일 생각이 없는 듯하군요. 콜하우스는 갑자기 등을 돌리더니 부엌 쪽으로 걸어갔다. 가족이 그 뒤를 따랐다. 콜하우스는 의자에 벗어 놓았던 외투를 집었다. 외투를 입고 모두의 시선을 무시한 채 한쪽 무릎을 꿇고 유모차에서 잠든 아기를 바라보았다. 잠시 뒤 콜하우스는 일어나 작별 인사를 하고 문을 나섰다.

이번 방문으로 모든 사람들은 깊은 인상을 받았지만 세라만은 예외였다. 세라는 남자를 거절한 걸 조금도 아쉬워하지 않았다. 흑인 남자는 다음 주에도, 그다음 주에도 왔다. 콜하우스는 이제 단지 세라만이 아니라 가족 모두를 방문하는 셈이 되었으며, 이들에게 지난 엿새 동안 자신이 무슨 일을 했는지를 상세히 말했다. 콜하우스는 가족 모두가 자신이 하는 일에 열렬한 관심을 보여주는 게 당연하다고 생각하는 듯했다. 아버지는 흑인 남자의 그런 태도가 맘에 들지 않았다. 세라는 저자를 만나지 않을 거예요, 아버지가 어머니에게 말했다. 그렇다면 내가 남은 평생 일요일마다 콜하우스 워커라는 사람을 접대해야 한단 말인가요? 하지만 어머니는 상황이 나아지고 있는 걸 알았다. 세라는 나가버린 가정부가 하던 일을 시작했는데, 열과 성을 다해 청소를 하는 통에 남의 집이 아닌 자기 집을 청소하는 것 같은 착각이 들 정도였다. 그리고 젖 먹일 때 말고도 점점 더 많은 시간을 아기와 보내려고 해 처음에는 날마다 목욕을 시켰고 이윽고 밤이 되면 위층에서 같이 자기 시작했다. 하지만 세라는 여전히 자신의 방문객을 만나려 하지 않았다. 콜하우스 워커는 겨울 내내 꾸준히 찾아왔다. 눈이 너무 많이 와 차를 운전할 수 없을 때가 몇 번 있었지만, 그럴 때면 기차를 타고 와서 노스 애비뉴 시가전차로 갈아타고 언덕 밑까지 왔다. 콜하우스는 몸에 딱 맞는 검은색 외투를 입고, 러시아식 양털 모자를 쓰고 다녔다. 콜하우스는 아이 옷도 가져왔다. 세라에게는 은손잡이가 달린 솔빗을 가져다주었다. 아버지는 콜하우스의 인내심에 감탄할 수밖에 없었다. 아버지는 대체 피아니스트 벌이가 얼마나 되기에 그런 선물을 살 수 있는지 궁금했다.

어느 날, 아버지는 콜하우스 워커 주니어가 자신이 니그로라는 사실을 모르는 것 같다는 생각이 들었다. 생각하면 할수록 그런 듯했다. 워커는 유색인처럼 행동하지도, 말하지도 않았다. 흑인들의 몸에 밴 복종심은 보통 상대를 품위 있어 보이게 했지만, 콜하우스의 경우에는 오히려 콜하우스를 더 품위 있어 보이게 하는 듯했다. 콜하우스는 일요일마다 뒷문으로 와서 자신 있게 문을 두드렸고, 집 안에 들어서면 근엄한 표정으로 모두에게 인사를 했다. 그런 콜하우스의 태도에서 가족은 자신들이 세라의 가족이며, 세라가 콜하우스에게 중요한 사람이기 때문에 자신들에게 깍듯이 예의를 차린다는 듯한 인상은 받았다. 아버지는 콜하우스에게 위험한 구석이 있다는 사실을 눈치챘다. 그 사람이 구애하는 걸 도우면 안 될 거 같아요, 아버지가 어머니에게 말했다. 그 사람, 좀 무모한 구석이 있어요. 매튜 헨슨조차 자기 분수를 알았다고요.

하지만 이미 상황은 되돌리기 어려운 지경에 와 있었다. 겨울이 끝날 무렵, 세라는 거실에서 콜하우스 워커를 만나겠노라고 말했다. 둘의 만남을 준비하느라 가족은 며칠 동안 부산을 떨었다. 어머니는 세라에게 자기 드레스를 주고 입는 것을 도왔다. 아래층으로 내려온 세라는 아름다웠으며, 수줍어했다. 세라는 머리를 곱게 빗어 머릿기름을 발랐고 콜하우스 워커가 정중하게 말을 걸고 세라를 위해 피아노 연주를 하는 동안 시선은 바닥에 고정한 채 소파에 단정히 앉아 있었다. 둘이 함께 있는 모습을 보니 워커가 세라보다 상당히 나이가 많다는 사실이 드러났다. 어머니는 둘이 사랑을 속삭일 수 있도록 자리를 비켜줘야 한다고 말했다. 그러나 별 진전이 없는 듯했다. 콜하우스가 돌아가고 난 뒤 세라는 짜증나고 화난 듯 보였다. 세라는 용서하는 데 시간이 많이 걸렸는데, 어찌된 일인지 세라의 이런 완고함은 워커의 끈기에 적합한 반응인 듯이 보였다. 세라는 자기 아기를 죽이려고도 했었다. 하지만 인생이란 게 이들 두 사람처럼 아무렇게나 해도 되는 것은 아니었다. 세라와 워커는 자신들의 희망이나 감정만을 중요히 여기며 살았다. 둘은 스스로에게 고통을 주었다. 외삼촌은 가족 가운데 그 누구보다도 이 사실을 분명히 알았다. 어머니의 남동생은 콜하우스 워커와 딱 한 번 이야기를 했을 뿐이지만 그 뒤로 워커를 무척 존경했다. 외삼촌은 워커가 자기보다 더 남자답게 행동한다고 생각했다. 외삼촌은 이에 대해 곰곰이 생각해보았다. 외삼촌은 누가 사랑을 느낀다면 그건 그 사람의 몸에서 사랑을 담당하는 부분이 너무 연약해서라고, 마치 골연화증이나 폐의 이상처럼 신체적 결함이 있기 때문이라고 여겼다. 외삼촌은 이 때문에 고통을 당했으며, 유색인이기

는 해도 세라 역시 마찬가지였다. 외삼촌은 세라를 아프리카의 여왕
으로 여겼다. 세라의 어정쩡한 걸음걸이가 다른 나라에서는 우아한
걸음걸이로 여겨진다고 생각했다. 그리고 세라가 콜하우스 워커의 청
혼을 받아들이기를 망설일수록, 외삼촌은 세라가 겪는 어려움을 더
잘 이해했다.

하지만 바람이 부드럽게 불고, 단풍나무 가지에서 갈색 순이 조그
맣게 돋기 시작하던 3월의 어느 일요일, 콜하우스는 번쩍이는 포드를
타고 오더니 시동을 끄지 않고 차에서 내렸다. 이웃 사람들은 뜰에 나
와서 이상하리만큼 피부가 새카맣고 까만 눈동자는 당장 튀어나올 것
처럼 강렬한 정장 차림의 건장한 남자와 분홍색 블라우스에 까만색
치마와 재킷 차림을 하고 차양이 넓은 어머니의 모자를 쓴 아름다운
세라가 자기 옷차림에 어색해하며 노르웨이 단풍나무 밑을 지나서 콘
크리트 계단을 내려가 차 있는 곳으로 걸어가는 모습을 지켜보았다.
세라는 아기를 안고 있었다. 콜하우스는 세라가 차에 타는 걸 도운 뒤
운전석에 앉았다. 둘은 가족들에게 손은 흔들어 인사를 했고, 교외 길
을 따라 도시 북쪽에 있는 농지로 향했다. 둘은 길가에 차를 세웠다.
둘은 홍관조 한 마리가 단단한 갈색 흙을 파헤치다가 날개를 퍼덕여
나무의 가장 높고 가느다란 가지 위로 날아 올라가 앉는 모습을 지켜
보았다. 이날은 콜하우스가 세라에게 청혼을 하고 세라가 이를 받아
들인 날이었다. 이 멋진 연인의 출현은 가족에게는 크나큰 놀라움이
었으며, 가족은 두 연인의 기싸움을 최면에 걸린 듯이 완전히 넋 놓고
지켜보았다.

22

그리고 이제 외삼촌은 다시 뉴욕에 가기 시작했다. 외삼촌은 저녁 식사 시간이 넘어서까지 제도용 책상에서 일을 하다가 저녁 기차를 타곤 했다. 외삼촌은 렉싱턴 애비뉴와 34번가 사이의 무기고에서 근무하는 병참 장교들과 친구가 되었다. 장교들은 스프링필드 소총에 불평을 늘어놓았다. 장교들은 외삼촌에게 소화기(小火器)와 수류탄을 보여주었다. 외삼촌은 그것들을 보자마자 자신이 훨씬 더 좋은 무기를 설계할 수 있다는 사실을 깨달았다. 외삼촌은 장교들과 술을 마셨다. 외삼촌은 브로드웨이 극장 몇 곳의 무대 출입구에서 유명한 사람이 되었다. 외삼촌은 다른 사람들처럼 뒷골목에 서 있었다. 외삼촌보다 더 나이 든 몇몇처럼 깔끔한 차림도 아니었으며, 프린스턴이나 예일 대학을 다니는 학생들처럼 아무렇게나 하고 있어도 멋져 보이는 사람도 아니었다. 하지만 외삼촌의 눈빛에는 상당수의 여자들을 끌어당기는 강렬한 무엇인가가 있었다. 외삼촌은 늘 진지했고 늘 불행해 보였으며, 그 때문에 여자들은 외삼촌이 자신을 사랑한다고 착각했다. 여자들은 외삼촌을 시인이라고 생각했다.

하지만 외삼촌의 수입은 그런 자신의 취향에 비해 턱없이 부족했다. 브로드웨이는 빛과 오락거리로 생동감이 넘쳤으며, 그 근처에 사는 사람들은 모두가 극장과 관련이 있었고 브로드웨이가 제공하는 흥분을 만끽했다. 외삼촌은 싼값에 여자들과 잘 수 있는 곳들을 알게 되었다. 센트럴파크의 베데스다 분수가 그런 곳 가운데 하나였다. 날씨가 좋을 때면 사람들은 늘 쌍쌍이 걸었다. 낮이 길어지기 시작했다.

아름답게 황혼이 깃들며 쌀쌀해지기 시작하면 사람들은 분수 주위를 산책했고 커다란 계단에는 그림자가 드리워졌으며, 수면은 이미 시꺼 멓게 어두워지고 보도블록은 갈색과 분홍색으로 변했다. 외삼촌은 그 사람들을 진지하게 대했고, 그들은 이런 외삼촌을 재미있어했다. 외 삼촌은 그 사람들을 정중히 대했고, 그래서 그 사람들은 외삼촌이 이 상하게 행동하는 걸 별로 마음 쓰지 않았다. 외삼촌은 여자를 호텔에 데려간 다음 한쪽 구두를 손에 든 채 의자에 앉아 그 여자를 완전히 잊어버린 적이 있었다. 또 한번은 여자를 데려가 섹스를 하는 대신 그 녀의 은밀한 곳만을 살피려고 한 적도 있었다. 외삼촌은 곤드레해질 때까지 와인을 마셨다. 또한 바닥에 톱밥이 잔뜩 깔린 스테이크하우 스에서 식사를 했다. 외삼촌은 깡패들이 모두에게 술을 한잔씩 돌리 는 헬스키친의 지하 술집들을 다녔다. 밤에 맨해튼을 거닐었으며 지 나는 사람들을 잡아먹을 듯이 노려보곤 했다. 유리창 밖에서 레스토 랑 안을 들여다보기도 하고, 호텔 로비에 앉아 쉴 새 없이 눈을 굴리 며 주위를 살피기도 했다.

그러다가 외삼촌은 엠마 골드만이 발행하는 『어머니 지구』의 사무 실을 알게 되었다. 사무실은 13번가의 적갈색 사암 건물로, 골드만이 뉴욕에 있을 때 무정부주의자들의 거처로 사용되던 곳이었다. 외삼촌 은 가로등 아래 서서 창문을 쳐다보았다. 며칠을 계속 그렇게 했다. 마 침내 남자 한 명이 문에서 나오더니 계단을 내려와 길을 건너 외삼촌 쪽으로 왔다. 키가 크고 마른 남자는 머리가 길었고 끈 넥타이를 하고 있었다. 남자는 밤엔 추우니 들어가자고, 자신들은 숨길 게 없다고 말 했다. 그래서 외삼촌은 남자를 따라 길을 건너 계단을 올랐다.

알고 보니 그 사람들은 밤을 새워 지켜보는 외삼촌을 경찰 끄나풀로 오해한 것이었다. 상황이 묘하게 돌아가고 있었다. 외삼촌은 차대접을 받았다. 실내인데도 많은 사람들이 외투를 입고 모자를 쓰고 서 있었다. 그때 골드만이 입구에 나타났고 외삼촌을 발견했다. 맙소사, 골드만이 말했다. 이 사람은 경찰이 아니야. 골드만은 깔깔거리기 시작했다. 골드만은 핀으로 고정한 모자를 쓰고 있었다. 외삼촌은 골드만이 자기를 기억한다는 사실에 감격했다. 같이 가요, 골드만이 말했다.

잠시 뒤 외삼촌은 바워리 근처 쿠퍼 유니언 건물에 있었다. 실내는 후끈했으며 사람들로 넘쳐났다. 외국인들도 많았다. 실내인데도 남자들은 중절모를 쓰고 있었다. 마늘 냄새와 땀 냄새가 진동하는 회합이었다. 멕시코 혁명을 지지하는 모임이었다. 외삼촌은 멕시코에 혁명이 일어났는지조차 몰랐다. 사람들은 주먹을 흔들어댔다. 그들은 의자 위에 서 있었다. 여러 명이 차례로 연설을 했다. 어떤 이는 영어 아닌 다른 나라 말로 연설을 했다. 통역은 없었다. 외삼촌은 그자가 무슨 말을 하는지 알아들을 수가 없었다. 이리저리 주워들은 바를 꿰맞추어보니, 멕시코 소농들이 지난 삼십오 년간 멕시코 대통령이었던 디아스에게 자발적으로 반기를 든 모양이었다. 노동자들에게는 총이 필요했다. 탄약이 필요했다. 노동자들은 언덕에 숨어 나무 곤봉과 구식 머스킷총 따위의 열악한 무기로 연방군과 보급 열차를 공격하고 있었다. 외삼촌은 이에 대해 생각했다. 마지막으로 엠마 골드만이 일어나 연설을 했다. 지금까지 연설한 사람 가운데 골드만은 단연 최고였다. 골드만이 부유한 지주들과 혐오스러운 독재자 디아스의 음모,

노동자들의 종속 상태, 가난과 기아, 그리고 그 무엇보다 부끄러운 일은 미국 회사의 대리인들이 멕시코 정부의 고문이라는 사실을 이야기하는 동안 실내는 쥐 죽은 듯이 조용해졌다. 골드만의 목소리에는 힘이 있었다. 골드만이 머리를 움직이면 안경이 빛을 받아 번쩍였다. 외삼촌은 사람들을 밀치고 골드만이 있는 곳으로 다가갔다. 골드만은 에밀리아노 사파타를 예로 들었다. 에밀리아노 사파타는 모렐로스 지역의 평범한 농부였지만, 선택의 여지가 없었기 때문에 혁명에 참여하게 되었다고 했다. 에밀리아노 사파타는 다른 농부들처럼 빛바랜 헐렁한 옷을 입었으며, 어깨와 허리에는 탄띠를 차고 있었다. 골드만이 외쳤다. 동지들, 이 옷은 외국인의 옷이 아닙니다. 외국이라는 개념은 없어져야 합니다. 멕시코 농부는 우리 농부이며 독재자 디아스는 우리 공동의 적입니다. 이 세상에는 오직 하나의 투쟁만이 있을 뿐입니다. 지구상에 존재하는 이 끔찍한 어둠을 밝히려 활활 타오르는 자유의 불길만이 있을 뿐입니다. 귀청이 찢어질 듯 요란한 박수 소리가 들렸다. 외삼촌은 돈이 없었다. 주머니를 뒤져보았지만 동전 한 푼 없었고, 주변에 있던 가난에 찌든 사람들이 한 줌 푼돈을 꺼내는 모습을 보고 부끄러워졌다. 외삼촌은 어느새 연단 밑까지 와 있었다. 연설은 끝났고, 골드만은 동료와 지지자들에게 둘러싸여 있었다. 외삼촌은 골드만이 검은 정장 차림에 넥타이를 하고 커다란 멕시코 모자를 쓴 가무잡잡한 남자를 껴안는 모습을 보았다. 이윽고 골드만은 몸을 돌렸고 연단 위로, 마치 단두대에 잘린 프랑스 공화당원의 머리처럼 살짝 솟아오른, 막 벗어지기 시작한 젊은이의 금발을 보았다. 젊은이는 골드만을 향해 황홀한 눈길을 보내고 있었다. 골드만이 소리 내어 웃었다.

　외삼촌은 집회가 끝나면 골드만이 자기에게 말을 걸리라 생각했지만, 곧바로『어머니 지구』의 사무실에서 멕시코인을 위한 환영회가 있었다. 그 멕시코인은 사파티스타*의 대표였다. 남자는 밑단을 접지 않은 바지를 입었고, 바지 안으로 부츠를 신고 있었다. 남자는 웃음이 없었지만 차를 마셨고 손등으로 긴 콧수염을 닦았다. 실내는 기자, 보헤미안, 예술가, 시인과 시회(詩會) 여성 회원들로 붐볐다. 외삼촌은 자신이 골드만을 따라다니고 있다는 사실을 깨닫지 못했다. 외삼촌은 어떻게든 골드만의 주의를 끌어보려 애썼다. 하지만 골드만은 다른 사람들과 굉장히 바쁜 시간을 보내고 있었다. 문을 들어서는 사람들마다 하나같이 골드만을 만나고 싶어했다. 골드만은 생각할 거리가 잔뜩 있었다. 골드만은 사람들을 서로에게 소개했다. 사람들을 만나면 그 사람들이 누구와 이야기를 해야 하고, 어디를 가야 하고, 어디를 살펴봐야 하고, 무엇을 써야 하는지 등 각자에 맞는 일들을 제안했다. 외삼촌은 자신이 너무나 무식하다는 느낌이 들었다. 골드만은 부엌으로 가더니 케이크 반죽을 만들었다. 골드만이 외삼촌에게 말했다. 이 잔들을 저기 큰 방의 탁자에 가져다놓으세요. 외삼촌은 자신이 골드만에게 유용한 사람 대열에 끼게 된 것을 고마워했다. 벽마다『어머니 지구』의 포스터가 붙어 있었다. 키가 큰 장발 남자가 펀치를 나눠주고 있었다. 거리로 나와 외삼촌에게 안으로 들어가자고 했던 남자였다. 남자는 마치 운이 지지리도 없는 셰익스피어 전문 배우 같아

---

* 농민운동가 에밀리아노 사파타가 지휘한 해방군.

보였다. 남자의 손톱 끝은 까맸다. 남자는 다른 사람들에게 나눠주는 양만큼 자기도 마시는 듯했다. 남자는 노래 한두 구절을 부르는 식으로 사람들에게 인사를 했다. 남자와 말하는 사람은 누구나 웃음을 터뜨렸다. 남자의 이름은 벤 라이트먼으로, 골드만과 함께 살았다. 라이트먼의 정수리는 이상했다. 그 부근의 머리가 깎여 있었다. 외삼촌의 시선을 눈치챈 라이트먼은 자신이 샌디에이고에 갔을 때 사람들이 자기에게 타르를 칠하고 새털을 붙여놓는 린치를 당해서 그렇게 되었다고 말했다. 엠마가 거기에 연설하러 갔을 때 벌어진 일이라고 했다. 라이트먼은 연설할 홀을 빌리고 이런저런 준비를 하는 등 골드만의 매니저 역할을 했다. 하지만 사람들은 엠마가 연설하는 걸 원하지 않았다고 했다. 사람들은 라이트먼을 납치해 어딘가에 처박아놓고 옷을 벗기고 타르 칠을 했다. 그자들은 담뱃불로 라이트먼의 몸을 지졌고 더 심한 짓도 했다. 설명을 하던 라이트먼은 얼굴이 어두워졌고 웃음마저 사라졌다. 라이트먼의 이야기를 듣기 위해 사람들이 모여 있었다. 펀치 국자를 쥐고 있던 라이트먼은 펀치 단지 가장자리를 톡톡 두드렸다. 당시 일을 잊기 어려운 모양이었다. 라이트먼은 얼굴에 묘한 웃음을 머금고 자기 손을 바라보았다. 그자들은 엄마가 캔자스나 로스앤젤레스, 스포캔에서 연설하는 걸 원치 않았어요, 라이트먼이 말했다. 하지만 엄마는 해냈죠. 우리는 감옥이란 감옥은 전부 압니다. 우리는 언제나 승리할 겁니다. 엄마는 샌디에이고에서 연설을 할 겁니다. 라이트먼은 자기 손이 덜덜 떨리는 게 믿기지 않는다는 듯이 껄껄거렸다. 국자가 단지에 부딪히며 딸그락거리는 소리가 났다.

이때 한 남자가 탁자 쪽으로 다가와 말했다. 라이트먼, 자네가 타르

칠을 당하고 깃털이 발리는 린치를 당한 덕분에 세상이 잘 돌아가고 있다고 생각하는 거야? 그 말을 한 남자는 체구가 작고 완전한 대머리였는데, 두꺼운 안경에다 입은 커다랬고 안색은 아주 창백했으며 피부는 밀랍 같았다. 화제는 엠마가 무엇을 말하는가가 아니라 엠마의 말할 권리로 옮겨갔어. 우리의 모든 역량은 우리를 방어하는 데 집중되었지. 놈들이 노리는 게 바로 그거야. 그건 우리의 전략이 아니라고. 안타깝지만 자네는 그 점을 이해하지 못하는 것 같군. 죄책감을 느끼던 누군가가 양심의 가책을 덜려고 한 덕분에 간신히 빠져나온 주제에 뭐가 그리 영광스러워, 이 불쌍한 친구야. 그게 세상이 발전하는 것과 무슨 상관이 있단 말이야? 둘은 서로를 노려보았다. 이때 뒤에서 골드만이 유쾌한 목소리로 말했다. 사샤! 골드만은 앞치마에 손을 닦으며 탁자를 빙 둘러 왔다. 골드만은 라이트먼 옆에 섰다. 골드만은 라이트먼의 손에서 국자를 부드럽게 빼냈다. 그리고 안색이 창백한 남자에게 말했다. 사샤, 우리가 그 사람들에게 그들의 이상을 먼저 가르쳐야 한다면, 그다음에는 우리의 이상을 가르칠 수 있을지도 모르잖아요.

파티는 새벽까지 계속되었다. 외삼촌은 골드만의 주의를 끌지 못해 의기소침해 있었다. 외삼촌은 스프링이 꺼진 낡은 소파에 책상다리를 하고 앉았다. 얼마 뒤 외삼촌은 방이 조용해진 걸 깨달았다. 외삼촌은 고개를 들었다. 골드만이 외삼촌 정면에 있는 부엌 의자에 앉아 있었다. 다른 사람들은 모두 가고 없었고, 외삼촌이 마지막 남은 손님이었다. 왠지 눈물이 났다. 내가 당신을 기억하는지 물었지요? 엠마 골드만이 말했다. 어떻게 당신을 잊겠어요? 어떻게 그런 장면을 잊을 수 있겠어요. 이 쾌락주의자 양반아. 골드만은 엄지손가락을 외삼촌의 뺨에 대고 눈물을 닦아냈다. 비극이에요, 너무나 큰 비극이지요, 골드만이 한숨을 쉬며 말했다. 그게 당신이 인생에서 원하는 전부인가요? 안경알 너머로 골드만의 크고 확대된 눈동자가 외삼촌을 뚫어져라 바라보았다. 골드만은 다리를 벌리고 손을 무릎에 얹고 앉아 있었다. 저는 에벌린이 어디에 있는지 몰라요. 하지만 설사 안다고 해도 그게 무슨 소용이 있겠어요? 그 여자가 당신에게 돌아온다고 가정해봐요. 계속 있을 거 같아요? 당신에게서 다시 도망칠 거라고요. 알겠어요? 외삼촌은 고개를 끄덕였다. 몸이 안 좋아 보여요, 골드만이 말했다. 몸을 돌보기는 하는 건가요? 뭐 좀 먹었어요? 바람을 쏘이기는 하나요? 외삼촌은 고개를 저었다. 십 년은 늙어 보여요. 전 당신을 동정할 수가 없네요. 당신만 사랑하는 이를 잃은 게 아니에요. 그런 일은 날마다 일어나요. 그 여자가 당신과 살기로 동의했다고 쳐요. 그리고 당신은 부르주아이고, 그 여자와 결혼하고 싶어한다고 가정해봐요. 두 사람은 일 년도 못 가서 서로를 파멸로 몰고 갈 거예요. 당신은 그 여자가 늙어가고 권태로워하는 걸 두 눈으로 목격하게 되겠죠. 당신 둘은 서로에게 속박되어 식탁을 사이에 두고 마주 앉겠죠. 당신이 사랑이라고 생각하는 바로 그 속박 속에서요. 둘 모두에게 속박이 되는 거예요. 두 사람은 이대로가 좋아요. 제 말을 믿으세요, 외삼촌이 울며 말했다. 당신 말이 맞아요. 물론 당신 말이 맞아요. 외삼촌은 골드만의 손에 키스했다. 골드만은 손이 작았지만 손가락이 부어 있었고, 피부는 빨갰으며 손마디가 굵었다. 저는 에벌린에 대한 기억이 아무것도 없어요, 외삼촌이 흐느끼며 말했다. 모든 것이 꿈이었던 듯해요. 외삼촌의 말에도 골드만은 누그러지지 않았다. 지금 당신처럼 생각할 수도 있겠죠, 골드만이 말했다. 그러면 마음은 편해지겠죠. 제 말 들어보세요. 당신은 오늘 밤 이 방에서 제 현재 애인을 보았어요. 하지만 손님 중에는 제 전 애인이 두 명 있었어요. 그리고 우리 모두는 좋은 친구예요. 우정이란 인내하는 거예요. 이상을 공유하고, 서로를 인간으로 존경하는 거죠. 왜 자신의 자유를 받아들이지 못하는 거죠? 왜 살아가기 위해 누군가에게 의지해야 하나요?

외삼촌은 골드만이 이야기하는 동안 고개를 숙이고 있었다. 바닥만 뚫어져라 바라보았다. 외삼촌은 골드만의 손가락이 턱 밑에 와 닿는 걸 느꼈다. 외삼촌의 머리가 들렸다. 외삼촌은 골드만과 라이트먼이 자신을 보고 있다는 사실을 깨달았다. 라이트먼은 금니를 보이며 무엇인가에 들뜬 듯한 웃음을 지어 보였다. 둘은 흥미롭다는 눈으로 외삼촌을 바라보았다. 골드만이 말했다. 이자를 보니 촐고츠*가 떠오르네, 라이트먼이 말했다. 이자는 지식인이자 부르주아잖아. 불쌍하긴 마찬가지지, 골드만이 말했다. 물론 위험한 것도 마찬가지이지만 말이야. 외삼촌은 윌리엄 매킨리와 악수하려고 줄을 선 자신을 보았다. 손목에는 손수건을 감고 있었다. 손수건 안에는 권총이 있었다. 매킨리가 뒤로 쓰러졌다. 피가 조끼를 적셨다. 비명이 들렸다.

외삼촌이 떠날 때 골드만은 문가에서 외삼촌을 안아주었다. 놀랄만큼 부드러운 골드만의 입술이 외삼촌의 뺨에 닿았다. 외삼촌은 얼떨떨해졌다. 외삼촌은 뒤로 물러섰다. 겨드랑이에 끼고 있던 인쇄물

---

* 엠마 골드만에게 영향을 받은 무정부주의자로, 촐고츠가 1901년 미국 대통령 윌리엄 매킨리를 암살하자 골드만이 배후로 몰려 구속된 바 있다.

이 바닥에 떨어졌다. 둘은 몸을 굽혀 인쇄물을 집어 올리며 웃음을 터뜨렸다.

한 시간 뒤 외삼촌은 뉴로셸로 가는 우유를 실은 기차간 사이에 서 있었다. 외삼촌은 바퀴 아래로 몸을 던지고 싶었다. 바퀴는 래그타임을 치는 왼손처럼 리듬감 있게, 규칙적으로 덜그럭거렸다. 기차간을 연결하는 이음매의 삐걱거리고 갈리는 소리는 당김음을 연주하는 오른손이었다. 자살하라고 유혹하는 래그타임이었다. 외삼촌은 양쪽 난간을 잡고 그 음악을 들었다. 발밑에서 차량이 덜컹댔다. 하늘에 걸린 달이 기차와 경주를 했다. 외삼촌은 고개를 들어 기차간 사이로 하늘을 보았다. 흡사 달빛이 자신을 따뜻하게 해줄 수 있다는 듯이.

23

어느 일요일 오후, 유색인 콜하우스 워커는 약혼녀에게 작별 인사를 한 뒤 포드 자동차를 타고 뉴욕으로 갔다. 오후 다섯 시쯤이었고, 나무들이 도로에 그림자를 드리우기 시작했다. 콜하우스 워커는 파이어하우스 레인을 따라 에메랄드 아일 엔진 소방서를 지났다. 이곳은 자원 소방관들로 구성된 사립 소방서로, 화려한 퍼레이드 유니폼과 떠들썩한 야유회로 유명했다. 콜하우스 워커는 여러 차례 이곳을 지나다녔고, 그때마다 이층 판자 건물인 소방서 밖에 서서 잡담을 하던 자원 소방관들은 이야기를 멈추고 그를 뚫어져라 바라보곤 했다. 콜하우스 워커는 자신이 잘 차려입고 차를 가졌다는 사실이 상당수의 백인을 자극한다는 점을 잘 알았다. 하지만 이건 워커가 자초한 상황이었고, 그래서 꿋꿋이 버텨냈다.

이 무렵 사립 소방서는 시립 소방서를 보조하고 있었으며, 이런 회사들은 기부금에 의존했기 때문에 장비가 아직 기계화되지 않았다. 니그로 콜하우스 워커가 지나가고 있을 때, 회색 말 세 마리가 커다란 증기 기관 소방펌프를 끌고 건물 밖으로 나오고 있었다. 에메랄드 아일은 바로 이 펌프 때문에 이 지역에서 유명했다. 그런데 말들이 갑자기 멈추었고, 그래서 콜하우스 워커도 급브레이크를 밟지 않을 수 없었다.

소방펌프를 운전하던 소방관은 마부석에서 니그로를 바라보며 여봐란듯이 하품을 했고, 자원 소방관 둘이 건물 밖으로 나와 합류했다. 셋은 모두 녹색 손수건을 목에 두르고 파란 작업복 상의, 짙푸른 바지, 부츠 차림이었다. 콜하우스 워커는 클러치 페달에서 발을 떼고, 시동을 걸기 위해 차에서 내렸다. 자원 소방관들은 콜하우스 워커가 시동을 걸 때까지 기다리더니, 이곳은 개인 소유의 유료 도로이기 때문에 지나가려면 25달러를 내든가 아니면 도시에 거주한다는 증명서를 보여주어야 한다고 말했다. 이곳은 공공 도로요, 워커가 말했다. 이곳을 여남은 번 넘게 지났지만 통행료를 내라는 말은 처음이오. 워커가 운전석에 앉았다. 대장에게 보고해, 자원 소방관 한 명이 동료에게 말했다. 워커는 차에 후진 기어를 넣고 모퉁이를 돌아 다른 길로 가기로 마음먹었다. 워커는 의자에서 뒤를 돌아봤다. 그 순간 소방관 두 명이 6미터 정도 되는 사다리를 들고 차 뒤쪽 거리로 나왔다. 다른 소방관 두 명이 다른 사다리를 들고 그 뒤를 따랐으며, 둘둘 감은 호스 타래, 양동이, 도끼, 갈고리, 기타 소방 도구들을 들고 나와 거리에 늘어놓았다. 소방서가 하필 이때 대청소를 하기로 했던 것이다.

소방서장은 하얀 군인 모자를 비딱하게 쓰고 있어 쉽게 알아볼 수 있었다. 그리고 다른 사람들보다 약간 나이 들어 보였다. 서장은 콜하우스에게 정중하게 설명하기를, 비록 이전까지는 콜하우스에게 통행료를 받은 적이 없지만 통행료는 내게 되어 있으며, 만약 돈을 내지 않으면 이곳을 통과할 수 없다고 했다. 서장은 두 손으로 모자를 벗었다가 챙이 눈을 가리도록 꾹 눌러 썼다. 그로 인해 서장은 콜하우스를 보기 위해 턱을 약간 위로 들어야 했고, 꼭 싸움을 걸려는 듯이 보였다. 서장은 체격이 크고 팔이 두툼했다. 자원 소방대원들이 이를 드러내고 웃었다. 우리는 소방차를 마련할 돈이 필요하오, 서장이 설명했다. 소방차가 있으면 당신이 창녀촌으로 차를 몰고 가듯, 불이 나면 화재 현장으로 몰고 갈 수 있겠지.

니그로 워커는 이 상황에서 취할 수 있는 행동이 어떤 게 있을지 곰곰이 생각했다. 에메랄드 아일 소방서 맞은편에는 공터가 있었고, 그곳은 연못으로 내려가는 비탈길로 연결되었다. 워커는 길을 벗어나 공터에서 차를 돌려 사다리와 호스 수레를 우회해 갈 수 있을지 생각해보았다. 하지만 차는 앞뒤로 움직일 여유 없이 꽉 끼어 있었고, 설사 많을 피해 차를 돌릴 수 있더라도 최견각이 너무 기 치기 인덕 급경사면으로 구를 수도 있었다. 분명히 다른 흑인들과 달리 워커는 백인들의 비위를 맞추고 싶은 마음이 없어 보였다.

연못가에서는 열 살에서 열두 살 정도 되어 보이는 니그로 소년 두 명이 놀고 있었다. 애들아, 콜하우스 워커가 아이들을 불렀다. 이리오렴! 아이들이 달려왔다. 아이들은 콜하우스가 시동을 끄고 브레이크를 걸고 차에서 내리는 모습을 지켜보았다. 이 차를 좀 지켜주려무나, 콜하우스가 아이들에게 말했다. 그리고 내가 돌아오면 누가 이 차에 손을 댔는지 말해주렴.

음악가는 재빨리 모퉁이로 돌아가 상가 쪽으로 향했다. 십 분 뒤 콜하우스는 교통 신호등을 조작하는 경찰관을 만났다. 경찰관은 콜하우스의 이야기를 듣더니 고개를 설레설레 흔들었고, 프록코트 아래에서 천천히 손수건을 꺼내 코를 풀었다. 그 친구들이 무슨 해를 끼치려고 그런 건 아닙니다. 마침내 경찰관이 말했다. 제가 그 사람들을 잘 압니다. 이제 돌아가세요. 그 친구들도 지금쯤은 장난에 지쳐 있을 겁니다. 워커는 경찰에게 기대할 수 있는 건 고작해야 이 정도라는 걸 깨달았다. 또한 동시에 자신이 장난을 너무 민감하게 받아들인 건 아닌가 하는 생각이 들었다. 그래서 워커는 파이어하우스 레인으로 돌아갔다.

소방펌프와 말은 사라지고 없었다. 자원 소방관들도 없었고, 차는 길을 벗어나 공터에 있었다. 워커는 차로 다가갔다. 차는 흙탕물 범벅에 특별 주문해 씌운 인조가죽 지붕은 15센티미터 정도 찢어져 있었다. 그리고 뒷좌석에는 누군가 막 싸놓은 똥덩어리가 있었다.

워커는 길을 건너 소방서 문을 향해 걸어갔다. 거기에는 하얀 군인 모자를 쓰고 보헤미안 스타일의 녹색 타이를 한 서장이 팔짱을 끼고 서 있었다. 경찰서에서는 이 도시에는 유료 도로가 없다고 하더군요, 콜하우스 워커가 말했다. 맞소, 서장이 말했다. 누구든 원하면 언제든 자유롭게 이 길을 오갈 수가 있소. 해가 졌기 때문에 소방서 안에는 전깃불이 켜져 있었다. 문에 난 유리창을 통해 니그로 워커는 마구간의 회색 말 세 마리와 뒤쪽 벽에 있는 놋쇠 부속이 달리고 니켈 도금이 된 거대한 소방펌프를 볼 수 있었다. 내 차를 깨끗이 청소하고 피해를 보상해주십시오, 워커가 말했다. 서장은 소리 내어 웃기 시작했고, 소방관 둘이 같이 웃었다.

그때 경찰차가 왔다. 두 명의 경찰관이 타고 있었는데, 한 명은 콜하우스 워커가 좀 전에 신고를 했던 교통 경찰관이었다. 그 경찰관은 공터에 가서 차를 살펴보고는 소방서로 돌아왔다. 경찰관이 소방서장에게 말했다. 윌리, 당신 부하들이 저 차를 저렇게 했소? 내가 자초지종을 말해주지. 소방서장이 말했다. 저 깜둥이가 저 빌어먹을 차를 소방서 정면 길 한가운데에 세워놨어. 우리는 차를 옮겨야만 했다고. 우리가 출동할 때 큰 문제가 된단 말이야. 안 그러냐, 얘들아? 자원 소방관들이 서장 말이 맞는다며 고개를 끄덕였다. 덩치가 커다란 그 경찰관은 결론을 내렸다. 경찰관은 콜하우스를 한쪽으로 데려갔다. 보세요, 경찰관이 말했다. 우리가 당신 차를 도로로 밀어줄 테니까 운전하고 가보도록 하십시오. 차에 큰 피해는 없습니다. 똥이야 닦으면 되니 그냥 잊어버리십시오. 이자들이 제 차를 멈춰 세웠을 때 저는 길을 가던 중이었습니다, 콜하우스가 말했다. 그런데 이제 이자들이 제 차에 똥을 싸고 천장을 찢어놨습니다. 저는 이자들이 제 차를 세차하고 피해 보상을 해주기를 원합니다. 경찰관은 콜하우스가 말하는 방식, 옷차림, 흑인이 차를 가지고 있다는 사실이 거슬리기 시작했다. 경찰관은 화가 났다. 경찰관이 큰 소리로 말했다. 만약 당신 차를 빼지 않으면 음주 상태로 도로가 아닌 곳을 운전하고 공무집행방해죄로 고발하겠습니다. 저는 술을 마시지 않습니다, 콜하우스가 말했다. 도로 밖으로 차를 빼놓지도 않았으며 천장을 찢지도 않았고, 안에 똥을 싸놓지도 않았습니다. 저는 저자들이 피해 보상을 하고 사과할 것을 요구합니다. 경찰관이 소방서장을 바라보았다. 서장은 당혹해하는 경찰관을 보며 히죽거렸고, 이제 이 문제는 오롯이 경찰관의 몫이 되었다. 경찰관이 콜하우스에게 말했다. 당신을 체포합니다. 함께 경찰차로 갑시다.

그날 이른 저녁 무렵, 브로드뷰 애비뉴에 전화벨이 울렸다. 전화를 건 이는 콜하우스였는데, 아버지에게 자신이 왜 경찰서에 갇혀 있는지 재빨리 설명한 뒤 그날 저녁에 뉴욕에 가서 일을 해야 해서 그러니 혹시 보석금을 내줄 수 있느냐고 물었다. 아버지는 아무것도 묻지 않고 즉시 그렇게 하겠노라고 대답했다. 아버지는 택시를 타고 경찰서로 가 50달러짜리 수표를 써서 보석금을 지불했다. 하지만 아버지는 나중에 어머니에게 상황을 설명하며, 콜하우스에게 아주 정나미가 떨어졌다고 말했다. 경찰서를 나온 콜하우스는 아버지에게 별로 고마워하는 것 같지도 않았으며 돈을 갚겠다는 말만 남기고 기차역으로 서둘러 갔기 때문이었다.

이튿날 저녁, 콜하우스 워커는 일요일도 아닌데 브로드뷰 애비뉴를 찾아왔다. 콜하우스는 거실에서 팔짱을 끼고 무슨 일이 벌어졌는지를 자세히 이야기했다. 콜하우스의 목소리는 화난 기색 없이 담담했으며, 남에게 일어난 사건을 설명하듯 침착하고 객관적으로 사건을 설명했다. 어머니가 콜하우스에게 말했다. 이 동네에서 그런 못된 짓을 당하다니 제가 다 부끄럽네요. 아버지가 말했다. 그 소방서는 평판이 나빠요. 다른 소방서는 다 책임감이 강하고 똑바른데 유독 그곳만 그렇지요. 외삼촌은 다리를 꼰 자세로 피아노 의자에 앉아 있었다. 외삼촌은 콜하우스의 이야기에 푹 빠져 몸을 앞으로 기울였다. 차는 어디에 있나요? 외삼촌이 물었다. 그리고 그 두 아이는 어디에 있나요? 그 아이들이 목격자잖아요. 피아니스트는 말하기를, 그날 오후 내내 아이들을 찾아다녔으며, 결국 부모를 만났지만 증언하기를 원치 않는다는 말만 들었다고 했다. 저는 이곳 니그로들에게 이방인입니다, 콜하우스가 담담히 말했다. 그 사람들은 여기서 살아야 하기 때문에 문제에 휘말리는 걸 원치 않습니다. 차로 말하자면 저는 그 뒤로 차를 살펴보지 않았습니다. 그리고 제가 어제저녁에 집에서 몰고 나올 때와 같은 상태가 아니라면 눈길도 주지 않을 작정입니다.

이 이야기가 오가는 동안 세라는 복도 한구석, 사람들 시선이 미치지 않는 곳에 서 있었다. 세라는 아이를 업고 이야기에 귀를 기울였다. 세라는 어느 누구보다도 이 불행한 사건이 몰고 올 결과를 확실하게 감지해냈다. 세라는 고소를 하려면 변호사를 고용해야 한다는 아버지의 말을 들었다. 법정에서는 증인을 소환할 권력이 있다고 했다. 이곳에 유색인 변호사가 있습니까? 콜하우스가 물었다. 모르겠소, 아버지가 대답했다. 하지만 정의를 추구하는 변호사라면 피부색에 상관없이 이 일을 맡을 거라고 생각하오, 아버지는 잠시 말을 멈추었다가 무뚝뚝하게 말했다. 비용은 내가 대겠소. 콜하우스가 일어섰다. 말씀은 고맙지만 그러실 필요 없습니다. 콜하우스는 곁탁자 위에 봉투를 놓았다. 봉투에는 현금으로 50달러가 들어 있었다. 어머니는 나중에 이 돈이 콜하우스가 결혼을 위해 저축했던 돈의 일부라는 사실을 알았다.

  이튿날, 외삼촌은 사건이 일어난 곳에 가서 차를 확인해보기로 마음먹었다. 일이 끝난 뒤 외삼촌은 자전거를 타고 파이어하우스 레인으로 갔다. 자원 소방관들이 그랬는지 아니면 다른 사람들이 그랬는지는 알 수 없지만, 모델 T는 철저하게 훼손되어 있었다. 차는 연못가 키 큰 잡초 사이에 앞머리를 처박고 있었다. 바퀴는 진흙탕 속에 빠져 있었다. 헤드라이트와 앞유리는 산산조각 나 있었다. 뒤쪽 타이어는 펑크가 났고, 술 장식이 된 의자는 속이 다 빠져나왔으며, 특별 주문한 인조가죽 천장은 갈기갈기 찢겨 있었다.

24

  외삼촌은 연못가에 섰다. 엠마 골드만과 만난 그날 저녁 이후, 외삼촌은 상당히 어려운 상황에 처해 있었다. 직장 동료들은 흥분에 들뜬 듯한 외삼촌의 태도에 깜짝 놀랐다. 외삼촌은 주의를 집중할 만한 것이면 무엇이든 가리지 않고 그것에 몰두했다. 이야기를 할 때면 거의 히스테리에 가까운 상태가 되었다. 외삼촌은 제도용 책상 앞에 앉아 끊임없이 설계를 바꿔가며 소총과 수류탄을 그렸다. 세밀한 부분을 재고 계산했으며 연필 끝이 종이를 누르는 모습을 지켜보았다. 이도 저도 의지가 되지 않을 때는 노래를 불렀다. 그냥 자기가 내는 소리를 듣기 위해서였다. 이런 방식으로 계속 집중하고 엄청난 에너지를 씀으로써 외삼촌은 거대한 불행의 늪에 빠지지 않으려 애썼다. 주위에는 그러한 늪 천지였다. 불행은 칠흑 같은 어둠이 되어 외삼촌의 코앞까지 다가와 있었다. 그리고 외삼촌은 어둠이 그처럼 가까이 있다는 사실에 질식할 것만 같았다. 그리고 외삼촌이 가장 두려워하는 것은 어둠에게 뒤통수를 맞는 일이었다. 아침에 눈을 떠 창문 너머로 태양이 보이면 침대에 일어나 앉아 어둠이 물러섰다고 생각하지만, 어느새 귀 뒤편에, 혹은 가슴속 깊은 곳에 들어와 있는 어둠을 발견하곤 했다.

외삼촌은 자신이 신경쇠약증에 걸리기 직전이라고 생각했다. 그래서 찬물 목욕과 운동을 통해 이를 막기로 했다. 외삼촌은 컬럼비아 자전거를 사서 그것을 타고 출퇴근을 했다. 밤이면 녹초가 될 때까지 체조를 하다 잠자리에 들곤 했다.

아버지와 어머니는 아래층에서 집이 흔들리는 걸 느꼈다. 부모님은 외삼촌이 점프를 한다는 걸 깨달았다. 둘은 외삼촌의 괴상한 행동에 익숙해졌다. 외삼촌은 두 사람에게 자기 속내를 털어놓지 않았고 외삼촌의 희망사항이라든지 감정 등을 말하지 않았기 때문에, 부모님은 외삼촌의 달라진 점을 알아차리지 못했다. 어머니는 외삼촌에게 저녁 식사 뒤에 특별한 일이 없으면 거실로 오라고 했다. 외삼촌은 어머니 말에 따랐다. 외삼촌은 아버지와 어머니가 자신에게 말을 거는 소리를, 그리고 자신이 대답하는 소리를 들을 수 있었다. 외삼촌은 긴 안락의자와 박제해 걸어놓은 동물 머리와 술이 달린 전등갓으로 장식한 좁아터진 거실에 있는 두 사람을 보고는 숨을 쉴 수가 없었다. 외삼촌은 둘을 경멸했다. 외삼촌은 두 사람이 현재에 만족하고, 평범하고, 분별력이 부족하다고 여겼다. 어느 날 저녁 아버지는 지역 신문의 사설을 모두에게 읽어주었다. 아버지는 특별히 교훈적이거나 잘 쓴 글을 보게 되면 큰 소리로 읽는 걸 좋아했다. 사설 제목은 '봄의 청개구리'였다. 아버지가 읽었다. 아주 작은 손님이 우리 연못과 들에 다시 찾아왔습니다. 솔직히 말해 청개구리는 그 형이라 할 수 있는 개구리와 두꺼비만큼이나 못생겼습니다. 하지만 우리는 이 작고 용감한 친구를 반기고, 그 아름다움을 찬양합니다. 청개구리가 개똥지빠귀보다도, 심지어 추위에 그토록 강한 크로커스보다도 먼저 봄을 알리기 때문 아니겠습니까? 외삼촌은 숨 막혀 죽을 것 같다는 생각에 방을 뛰쳐나갔다.

외삼촌이 그 유색인 남자에게 충성을 다하기로 마음먹었던 것이 다행이라는 점에는 의문의 여지가 없다. 외삼촌은 연못가에 서서 모델 T의 앞 흙받기에 물이 찰싹거리는 소리를 들었다. 외삼촌은 차의 엔진 덮개가 열려 있다는 사실을 깨닫고 덮개를 들고 안을 들여다보았고, 엔진을 연결하는 선들이 여기저기 잘려진 것을 발견했다. 해가 지고 있었고, 연못의 검은 표면 위로 푸른 하늘이 반사되어 보였다. 외삼촌의 마음속에 분노의 물결이 일었다. 아마도 콜하우스가 느꼈을 분노의 백분의 일 정도에 해당하는 분노였으며, 그건 건강에 좋은 분노였다.

이후 벌어진 사건들을 고려할 때, 우리가 콜하우스 워커 주니어에 대해 별로 아는 바가 없다는 사실을 말해두는 게 중요할 듯하다. 콜하우스는 미주리 주 세인트루이스 출신이었을 것이다. 젊었을 때 스콧 조플린과 다른 세인트루이스 출신 음악가들을 좋아했고, 부두 노동자로 일하며 번 돈으로 피아노 레슨을 받았다. 부모에 대해서는 알려진 바가 없다. 언젠가 한번은 세인트루이스에 사는 여자가 자신이 콜하우스의 전처라고 주장했지만 증명된 바는 없다. 세인트루이스의 그어느 학교에도 콜하우스에 대한 기록이 없으며, 콜하우스가 어떻게고급스러운 단어와 고상하게 말하는 방식을 익혔는지에 대해서도 알려진 바가 없다. 아마 피나는 노력을 통해서 얻은 게 아닌가 싶다.

콜하우스 워커가 결국 악명을 떨치게 되자, 많은 사람들은 그가 평화적이고 합법적인 방법에 호소하지 않고 곧바로 자기 식으로 문제를해결하려 했다고 생각했다. 하지만 이는 사실이 아니다. 콜하우스는아버지가 추천한 세 명의 변호사와 만났다. 하지만 세 명 모두 콜하우스를 변호하는 일을 거부했다. 완전히 망가지기 전에 차를 찾아오고그 일은 잊어버리라는 충고만 들었을 뿐이었다. 콜하우스는 변호사셋 모두에게 자신은 그 사건을 잊을 수 없으며, 소방서장과 에메랄드아일 엔진 사람들을 고소하고 싶다고 했다.

아버지는 이들 변호사 가운데 한 명에게 전화를 했다. 아버지 회사의 사업상 문제를 처리하던 이였다. 그쪽에 의뢰가 가지 않았나요?아버지가 물었다. 심리에 들어가면 함께 가십시오, 변호사가 아버지에게 말했다. 이 경우에는 제가 필요 없습니다. 이 도시에 거주하는주택 소유주가 니그로와 법정에 들어서면 이런 사건은 대개 기각됩니다. 하지만 콜하우스가 원하는 건 혐의 기각이 아닙니다. 아버지가 말했다. 손해배상이란 말입니다. 이때 아버지는 변호사가 사무실에 있는 다른 누군가와 이야기를 하고 있다는 사실을 깨달았다. 도움이 되어 기쁩니다. 이렇게 말하며 변호사는 전화를 끊었다.

또한 콜하우스 워커가 할렘에 있는 흑인 변호사와 상담을 했다는 사실도 알려져 있다. 콜하우스는 흑인 변호사로부터 소방서장 윌 콩클린이 그 도시 판사의 이복동생이며 화이트 플레인스 시의회 의원의 조카라는 사실을 알았다. 변호사는 사건을 다른 재판관 관할 구역으로 바꿀 수는 있지만 돈과 시간이 많이 든다고 했다. 그리고 그 결과가 어떻게 나올지도 장담할 수 없다고 했다. 그럴 만큼 돈이 있습니까? 변호사가 물었다. 저는 곧 결혼할 겁니다, 콜하우스 워커가 말했다. 결혼에는 돈이 많이 듭니다, 변호사가 말했다. 당신 배우자에 대한 책임이 이런 사소한 일로 백인들에게 배상을 받는 것보다 더 크지 않겠습니까? 그러자 워커는 흑인 변호사에게 무례한 표현을 써가며 말을 했다. 변호사는 책상 뒤에서 벌떡 일어나더니 콜하우스 워커에게 나가라고 했다. 당신은 짐작도 못하겠지만 저에게는 무료로 변론해야 할 사건이 잔뜩 쌓여 있습니다, 변호사가 소리쳤다. 저는 우리 흑인들에게 정의가 실현되기를 바랍니다. 하지만 만약 누군가가 당신 차에 똥덩어리를 놓아둔 일로 제가 웨스트체스터 카운티에 가서 그 유색인을 위해 항변하리라고 생각했다면, 그건 아주 큰 오산입니다.

또한 콜하우스가 스스로 사건의 변론을 맡아 처리해보려 했다는 사실도 알려져 있다. 콜하우스는 고소를 하려 했지만 어떻게 해야 날짜를 정해 재판을 받고 어떻게 해야 규정에 맞게 서류를 구비할 수 있는지 알지 못했다. 콜하우스는 서기와 면담을 하기 위해 시청에 갔다. 서기는 바쁘니 다음에 오라고 했다. 하지만 콜하우스는 꼭 면담을 하고 가야 한다고 우겼고, 이윽고 서기는 콜하우스의 고소가 접수되지 않았으며, 고소장을 찾으려면 몇 주 정도 걸릴 거라고 말했다. 그때 오시오, 서기가 콜하우스에게 말했다. 콜하우스는 자신이 처음 고소장을 접수했던 경찰서로 가서 두번째 고소장을 썼다. 근무 중인 경찰관들이 놀라는 눈치로 콜하우스를 바라보았다. 나이 든 경찰관이 콜하우스를 한쪽으로 데려가더니 그렇게 고소해봐야 헛수고라고 일러줬다. 자원 소방단들은 시에 고용된 것이 아니기 때문에 시 관할에 속하지 않는다는 것이었다. 이 말에 담긴 경멸을 알아들었지만, 콜하우스는 이 일로 입씨름하지는 않기로 했다. 콜하우스가 고소장에 서명하고 경찰서 문을 나설 때 뒤에서 그를 비웃는 소리가 들려왔다.

이 모든 일이 이삼 주 안에 일어났다. 나중에 콜하우스 워커라는 이름이 살인과 방화의 대명사가 되었을 때, 손해배상을 받으려던 이런 초기의 시도들은 깡그리 잊혔다. 물론 오늘날까지도 우리는 콜하우스가 폭력을 사용했다는 사실을 용서할 수는 없다. 하지만 가능한 한 진실을 밝히는 것이 중요하다. 저녁식사 때 가족은 이 자부심 강한 흑인이 자기 차를 배상받기 위해 취한 여러 시도에 대해 지나치다 싶을 정도로 진지하게 토론했다. 그런 일이 일어났다는 것 자체가 바보 같아 보였다. 다소는 콜하우스의 잘못인 듯했다. 왜냐하면 콜하우스는 니그로였고, 이런 일은 오로지 니그로에게만 일어나는 문제였기 때문이다. 콜하우스가 흑인이라는 사실이 식탁 중앙의 장식물처럼 이들 앞에 놓여 있었다. 아버지는 시중을 드는 세라에게 약혼자가 모든 일을 흘려버리고 차를 몰고 가버렸다면 좋았을 거라고 말했다. 이삼촌이 발끈했다. 매형은 마치 단 한 번도 자기 신념을 시험당해보지 않은 사람처럼 말씀하시는군요. 아버지는 이 말에 머리끝까지 화가 나 아무 말도 할 수가 없었다. 어머니가 부드럽게 말했다. 내키는 대로 말을 하면 듣는 사람 기분만 나빠질 뿐 누구에게도 도움이 되지 않아요. 계절에 걸맞지 않은 따뜻한 산들바람이 이집트풍으로 꾸며놓은 식당의 커튼을 살랑살랑 흔들었다. 바람에는 정말로 봄이 오는지 의심하게 만드는 차가운 기운이 숨어 있었다. 세라는 넙치 살이 담긴 음식 접시를 떨어뜨렸다. 세라는 부엌으로 가 아기를 껴안았다. 외삼촌이 세라를 따라 부엌으로 갔고, 세라는 흐느끼며 콜하우스가 지난 일요일 말하길, 자기 차가 그 소방서 앞을 지날 때와 정확히 같은 상태로 수리되어 돌아오기 전에는 결혼하지 않겠노라고 했다고 말했다.

25

　누구도 세라의 성을 알지 못했고, 물어볼 생각도 하지 못했다. 인간이 어떻게 처신해야 하는지에 대해 확고부동한 신념을 가진, 이 가난하고 교육받지 못한 흑인 여자는 어디서 태어났으며 어디서 자랐을까? 세라가 콜하우스의 청혼을 받아들이고 그 결혼이 무산될 위기가 찾아오기까지의 몇 주 동안, 세라는 완전히 다른 사람처럼 변했다. 슬픔과 분노가 점차 걷히면서 원래의 모습이 드러난 것이다. 어머니는 세라의 아름다움에 두려움이 일 지경이었다. 세라는 깔깔거리며 웃었고 감미로운 목소리로 말했다. 둘은 함께 웨딩드레스를 만들었고 세라의 동작은 우아하고 나긋나긋했다. 세라는 몸매가 뛰어났고 거울을 볼 때면 뿌듯한 눈으로 자신을 바라보았다. 자기 모습에 기뻐하며 소리 내어 웃었다. 그런 세라의 행복은 유방에서 젖이 되어 흘렀고, 아기는 그 젖을 먹고 무럭무럭 자랐다. 아기는 걸음마를 배우고 있었고 유모차는 이제 더 이상 안전하지 않았다. 아기는 세라의 방에 머물렀다. 세라는 아기를 안아 올려 함께 춤을 추었다. 세라는 아마 열여덟이나 열아홉쯤 되었을 테고, 이제 삶의 이유를 찾고 만족했다. 어머니는 세라가 오로지 선한 것만 아는 양심적인 사람임을 깨달았다. 세라는 속임수를 몰랐고 자신이 느낀 바에 따라 솔직하게 행동했다. 사랑에 빠지면 사랑을 그대로 표현했고, 배신당하면 산산이 부서지는 그런 사람이었다. 이는 순진한 사람의 삶을 빛나게도 하고 위험하게도 할 수 있었다. 소년은 이런 세라에게 더욱더 끌렸으며 아기에게도 마음이 끌렸다. 소년은 아기와 얌전히 놀았고 둘 사이에는 진지한 교감이 형성되었다. 아기 어머니가 노래를 했다. 웨딩드레스를 바느질했고, 입었다가 다시 벗었다. 세라는 드레스 안에 슈미즈를 입고 있었는데, 드레스를 머리 위로 벗을 때 슈미즈가 엉덩이까지 딸려 올라왔다. 세라는 소년이 자기 몸을 유심히 바라보는 걸 깨닫고 싱긋 웃었다. 같은 또래인 외삼촌에게 세라는 둘이서 암묵적인 공모를 하자고 제안했다. 세라의 남편 될 사람은 나이가 많았고, 외삼촌은 다른 식구들과 나이 차이가 많이 났다. 바로 이 때문에 외삼촌은 세라를 따라 부엌으로 갔던 것이고, 차를 찾지 않는 한 결혼하지 않겠다는 콜하우스의 맹세에 대해 알게 되었다.

그 사람이 어떻게 할 거 같아요? 외삼촌이 물었다. 모르겠어요, 세라가 대답했다. 하지만 이때 세라는 아마 모든 원칙의 밑바닥에 깔려 있는 폭력을 예감하고 있었으리라.

다음 일요일, 콜하우스 워커는 찾아오지 않았다. 세라는 자기 방으로 돌아갔다. 아버지는 상황이 악화되고 있다고 생각했다. 아버지는 차 한 대가 모든 사람의 삶을 좌지우지하는 지금 상황이 우습다고 말했다. 아버지는 이튿날 에메랄드 아일 대표, 특히 소방서장인 콩클린과 이야기를 나눠봐야겠다고 마음먹었다. 뭘 어쩌시려고요? 어머니가 말했다. 그 사람들이 지금 이 도시의 부동산 소유주를 상대하고 있다는 걸 알려주려고 해요, 아버지가 말했다. 만약 그게 안 통하면 그냥 뇌물을 줘서 차를 수리해 내 집 문 앞에 가지고 오게 할 생각이에요. 돈을 먹이겠다고요. 매수를 할 거예요. 워커 씨는 안 좋아할 거예요, 어머니가 말했다. 그래도 전 그렇게 할 거예요, 아버지가 말했다. 설명을 어떻게 할지는 나중에 생각해봅시다. 그 사람들은 인간 말종이니 돈이면 해결될 거예요.

하지만 아버지가 계획을 미처 실행에 옮기기 전에, 세라는 자기 나름대로 행동을 하기로 결심했다. 마침 이때는 대통령 선거가 실시되는 해 봄이었다. 공화당 후보인 태프트 대통령의 러닝메이트였던 제임스 셔면 부통령이 타이드워터스 호텔에서 열리는 공화당 의원들과의 만찬에서 연설을 하기 위해 뉴로셸에 오기로 되어 있었다. 세라는 아버지가 그 모임에 참석하지 않는 이유를 엿들은 걸 기억했다. 정부에 대해 아무것도 모르고, 또한 콜하우스의 재판이 국가적으로 중요한 사안이 아니라는 사실을 알지 못하는 세라는 콜하우스를 대신해 미국 정부에 탄원을 하기로 마음먹었다. 순진함에서 비롯된 절박함과 두려움이 불러일으킨 결심이었다. 세라는 아기가 잠들 때까지 기다렸다가 머리에 숄을 두르고 가족 누구에게도 말하지 않고 집을 나서고는 언덕을 달려 내려가 노스 애비뉴로 향했다. 신발도 신지 않았다. 아이처럼 재빨리 달렸다. 호텔까지 단숨에 달려갈 생각이었지만 마침

전차가 실내등을 깜박이며 다가오는 게 보였다. 세라는 전차 앞으로 달려갔고, 그 모습을 본 운전사는 거칠게 종을 울려댔다. 세라는 요금을 내고 시내까지 전차를 타고 갔다.

저녁 바람이 불었고, 깜깜한 하늘에는 먹구름이 모여들며 폭풍우를 준비했다. 세라는 다른 사람들과 함께 호텔 앞에 서서 지체 높은 사람이 나타나기를 기다렸다. 차들이 연이어 도착하고 고위 관리들이 내렸다. 보도에 빗방울이 뿌려지기 시작했다. 인도에서 호텔 입구까지 카펫이 깔려 있었다. 하얀 장갑을 낀 지방 경찰뿐 아니라 주 방위군도 경호를 섰으며, 이들은 입구를 정리하고 부통령이 탄 차가 도착하기를 기다리며 자꾸 다가서는 군중을 길에서 밀어냈다. 매킨리 대통령 암살 이후 시어도어 루스벨트가 대통령과 부통령 경호를 위해 설립한 비밀 경호대가 주 방위군과 함께 엄중한 경비를 서고 있었다. 사실 은퇴를 했던 루스벨트는 오랜 친구인 태프트에 대항하여 선거에 나선 상태였다. 민주당 후보인 윌슨과 사회당 후보 데브스까지 후보 네 명의 선거운동이 거대한 평원을 휩쓰는 바람처럼 나라 전체를 동서남북으로 가로지르며 희망을 불러일으키고 있었다. 바로 한 주쯤 전에 루스벨트는 연설을 하기 위해 위스콘신 주 밀워키에 갔다. 철도역을 떠나 차 있는 곳으로 걸어가던 루스벨트는 환영 인파로부터 적당한 거리를 두고 있었다. 그런데 시내 허기기 군중 속에서 니오디니 시정기 리 안에서 루스벨트를 겨냥했다. 여러 발의 총성이 울렸다. 총알 하나는 루스벨트의 가슴 쪽 호주머니의 안경집을 뚫고 접어놓은 50쪽짜리 연설문을 관통해 갈비뼈에 박혔다. 루스벨트는 크게 놀랐다. 경호원들이 암살자를 잡아 땅에 처박았다. 함성이 일었다. 루스벨트는 상처

196

가 크지 않음을 확인하고 안도했다. 루스벨트는 치료부터 하자는 의사들을 물리치고 연설을 하러 갔다. 하지만 그 사건이 일으킨 매캐한 연기는 아직까지도 군중의 마음속에 남아 있었다. 경호를 담당하는 사람들은 테디 루스벨트 저격 사건을 잊으려야 잊을 수가 없었다. 얼마 전 뉴욕 시장인 윌리엄 J. 게이너도 암살자의 총탄에 맞아 피투성이가 된 적이 있었다. 사방에 총성이 난무하던 때였다.

부통령이 탄 파나르가 도착해 보도 앞에 멈추었고, 부통령이 내리자 환호성이 일었다. 성격 좋은 제임스 셔먼은 뉴욕 주에 기반을 둔 정치인으로 웨스트체스터에 친구가 많았다. 셔먼은 머리가 벗어졌으며, 건강이 무척 나빠 선거운동에 제대로 임할 수 있을지 의심스러웠다. 세라가 군중을 벗어나 앞으로 달려갔고, 헛갈린 나머지 셔먼을 잘못 부르고 말았다. 대통령 각하! 대통령 각하! 세라는 두 팔을 쭉 뻗었고, 검은 손이 부통령에게 닿았다. 셔먼은 세라의 손이 닿자 몸을 움츠렸다. 폭풍우가 치기 직전 바람 부는 어두운 밤이라 셔먼의 경호원들은 세라의 검은 손을 무기로 오해했으리라. 유명인을 보호하고 있다는 자의식이 지나치게 강한 무장한 주 방위군 한 명이 앞으로 나서더니 스프링필드의 개머리판으로 세라의 가슴을 있는 힘껏 쳤다. 세라는 쓰러졌다. 경호원들이 세라 위로 뛰어들었다. 부통령은 호텔로 사라졌다. 혼란과 함성이 뒤따랐고, 경찰차가 세라를 싣고 사라졌다.

세라는 경찰서에서 밤을 보냈다. 세라는 피를 토했고, 새벽녘이 되자 담당 경찰은 세라를 의사에게 보여야겠다고 생각했다. 세라는 질문에 아무런 대답도 없이 공포와 고통이 가득한 눈으로 경찰들을 바라보기만 했고, 경찰들은 당황한 나머지 세라가 대통령 각하! 대통령

각하! 하고 소리친 사실을 망각해버렸다. 경찰들은 세라가 귀머거리에 벙어리라고 생각했다. 뭘 하고 있었어? 경찰들이 세라에게 물었다. 뭘 하고 있었느냔 말이야! 세라는 아침에 병원으로 옮겨졌다. 회색 구름이 하늘을 뒤덮은 우울한 날이었고, 부통령은 떠났으며, 축제 분위기는 가라앉았고, 청소부는 호텔 앞을 빗자루로 쓸었으며, 암살 미수범으로 기소되었던 세라는 치안방해죄로 죄목이 경감되었다. 세라는 병원에 누워 있었다. 흉골과 갈비뼈 몇 대가 부러졌다. 브로드 애비뉴의 집에서 어머니는 아기가 계속해서 우는 소리를 듣고 무슨 일인지 알아보기 위해 위층으로 올라갔다. 몇 시간이 지나서야 가족은 경찰관으로부터 유색인 소녀가 병원에 입원해 있다는 소식을 들었다. 아버지는 직장에서, 어머니는 집에서 나와 세라가 입원한 공립 병원 병실을 찾아갔다. 잠든 세라의 이마는 뜨거웠으며 숨을 쉴 때마다 입가에 맺힌 피거품이 커졌다 작아졌다를 반복했다. 이튿날 상태는 폐렴으로 악화되었다. 아버지와 어머니는 세라가 말한 단편적인 이야기들로 정황을 파악했다. 세라는 아버지와 어머니에게는 관심을 보이지 않은 채 콜하우스만을 찾았다. 아버지와 어머니는 세라가 1인실을 쓸 수 있도록 해주었다. 콜하우스가 어디에 사는지 모르던 부모님은 맨해튼 카지노에 전화를 해서 클레프 클럽 오케스트라의 매니저와 통화했다. 이렇게 콜하우스의 행방을 알아냈고, 몇 시간 뒤 콜하우스는 세라 곁으로 왔다.

어머니와 아버지는 병실 밖에서 기다렸다. 부모님이 병실을 들여다보았을 때, 콜하우스는 침대 옆에서 무릎을 꿇고 있었다. 콜하우스는 고개를 숙이고 두 손으로 세라의 손을 잡고 있었다. 어머니와 아버지는 물러섰다. 잠시 뒤 성인 남자가 애통해하며 내는 음산한 소리가 들렸다. 어머니는 집으로 갔다. 어머니는 계속해 아기를 안고 있었다. 가족은 비탄에 빠졌다. 어떻게 해도 몸에서 한기가 떨쳐지질 않는다고 느꼈다. 모두가 스웨터를 껴입었다. 외삼촌이 난로에 불을 지폈다. 그 주말, 세라는 죽었다.

26

장례식은 할렘에서 치러졌다. 호화로운 장례식이었다. 세라의 관은 청동제였다. 영구차는 기다란 객실이 있고 운전석이 바깥쪽으로 나 있는 주문 제작한 피어스 애로의 오페라 코치였다. 윗부분에는 놋쇠로 된 난간이 둘러져 있고 그 난간은 꽃으로 장식되어 있었다. 지붕 네 귀퉁이에는 검은 리본이 드리워져 있었다. 영구차는 너무나도 윤이 났기 때문에 소년은 차 뒷문에 온 거리가 비치는 걸 볼 수 있었다. 모든 것이, 심지어 하늘까지도 검은색이었다. 길이 꺾어지며 그 끝은 바로 깎아지른 지평선으로 떨어지는 듯 보였다. 자동차 몇 대가 조문객을 묘지로 태우고 가기 위해 대기하고 있었다. 조문객은 대부분이 콜하우스가 일하는 클레프 클럽 오케스트라의 동료들이었다. 이들은 니그로였고, 모두 머리를 짧게 깎고 검은 양복을 입고 단추를 끝까지 채웠으며, 둥근 목깃에 검은색 넥타이 차림이었다. 이들과 함께 온 여자들은 구두 코끝을 스치는 드레스를 입었으며, 챙이 넓은 모자를 쓰고 어깨에는 작은 모피를 둘렀다. 조문객들이 타자 차문이 닫혔고, 운전사들은 운전대 앞에 앉았고, 팡파르가 울려 퍼지며 턱시도 차림의 5인조 밴드를 실은 무개 버스와 함께 행렬이 시작되었다. 콜하우스는 결혼을 위해 저금해둔 돈으로 장례식 비용을 치렀다. 니그로 음악가 공제협회 회원인 콜하우스는 협회를 통해 세라가 묻힐 곳을 구했다. 묘지는 브루클린에 있었다. 악단은 장례 행렬이 조용한 할렘가를 지나 시내를 통과하는 동안 장송곡을 연주했다. 장례 행렬은 천천히 움직였다. 아이들이 뒤를 따랐고, 지나가는 사람들은 걸음을 멈추고 행렬을 구경했다. 차들이 이스트 강 높이 가로지르는 브루클린 다리를 천천히 지나는 동안 악단은 연주를 계속했다. 다리 바깥쪽 차선을 달리던 전차 안의 승객들은 자리에서 일어나 이 호화로운 행렬을 구경했다. 태양이 빛났다. 갈매기들이 물 위로 날아올랐다. 갈매기들은 현수 케이블 사이에 앉았다가 마지막 차량이 지나가자 난간에 자리를 잡았다.

27

봄, 봄! 몸에서 비단과 오색 천을 줄줄이 꺼내는 미치광이 마술사처럼 대지는 누렇고 하얀 크로커스, 야생 포도, 가지마다 활짝 핀 개나리, 붓꽃, 분홍색과 흰색과 녹색이 어우러진 사과꽃, 한껏 흐드러진 라일락, 수선화를 피워 올렸다. 외할아버지는 마당에 서서 갈채를 보냈다. 산들바람이 불자 단풍나무에서는 정자(精子)처럼 머리가 말랑말랑한 초록색 싹이 비처럼 쏟아져 내렸다. 허옇게 센 외할아버지의 성긴 머리 위로 싹이 떨어졌다. 외할아버지는 머리에 화환을 쓴 기분이 들어 즐거워하며 머리를 흔들었다. 흥에 겨운 나머지 충동적으로 춤을 추려고 발을 뻗다가 균형을 잃고 미끄러져 엉덩방아를 찧고 말았다. 이렇게 해서 외할아버지는 골반이 부러졌으며, 그때부터 외할아버지의 건강은 회복할 수 없는 상태로 접어들었다. 하지만 봄은 즐거웠고 고통 속에서도 외할아버지는 웃음을 머금었다. 사방에서 수액이 차오르고 새들이 노래했다. 북쪽, 매티원 주립 교도소 농장에서 해리 K. 소는 길에 난 도랑을 민첩하게 뛰어넘어 자신을 기다리던 자동차 발판에 뛰어올랐다. 소는 차의 지붕 기둥에 팔을 감아 걸고 기쁨의 함성을 질렀고, 차는 떠났다. 소는 웨이트리스들을 강간하고 호텔 지배인들을 기절시키는 따위의 행적을 남기며 캐나다로 달아났다. 소는 십 대 소년 한 명을 납치해 매질을 했다. 이런 식으로 소는 그동안 억눌렸던 욕구를 해결하기 시작했다. 결국 소는 국경을 넘어 돌아왔다. 소는 버펄로 근처 기차에서 발각되었고, 형사들이 추격하자 킬킬거리고 헐떡이며 열차 안을 도망 다녔다. 식당차에서 소는 식사하다 놀란 승객들 앞의 식탁에서 묵직한 은제 커피포트를 집어들더니 형사들을 향해 던졌다. 소는 객차 사이에서 기차 지붕으로 올라가 원숭이처럼 뛰었고, 맨 뒤 칸으로 뛰어내리더니 문을 부수듯이 열고 온 경찰에게 잡힐 때까지 태양을 향해 두 팔을 쭉 뻗고 있었다.

소는 탈출을 도와준 사람의 이름을 밝히지 않으려 했다. 그냥 날 후디니라고 불러주쇼, 소가 말했다. 호기심 강한 기자는 위대한 탈출 마법사인 후디니를 만나 이 언급에 대해 어떻게 생각하는지 묻고자 했다. 그자는 당시 신문이 좋아하던 멍청하고 시시껄렁한 뉴스를 전문으로 쓰던 그런 기자였다. 후디니는 퀸스의 공동묘지에 있었다. 그곳에서 후디니는 어머니의 무덤 곁에 무릎을 꿇고 봄을 노려보고 있었다. 후디니는 슬픔으로 퉁퉁 부어 우스꽝스러운 얼굴을 하고 시선을 들었다. 기자는 후디니가 눈치 못 채게 그냥 그곳을 빠져나왔다. 무덤 주위에는 말채나무 꽃이 피어 있었고, 떨어진 목련 꽃잎이 나무 주위에 원을 그리고 있었다.

후디니는 검은 모직 정장 차림이었고, 재킷 소매가 어깨 근처에서 찢어져 있었다. 후디니의 어머니는 몇 달 전에 죽었지만, 후디니는 마치 어머니가 전날 밤에 죽은 듯한 고통과 슬픔 속에서 매일 아침을 맞이했다. 후디니는 출연 계약 몇 건을 취소했다. 면도는 아주 가끔 생각이 날 때만 했으며, 핏발 선 눈과 꺼칠한 수염, 구깃구깃한 옷차림 때문에 후디니는 도무지 세계적으로 유명한 마술사 같아 보이지 않았다.

무덤에 다녀갔음을 표시하기 위해 무덤가에 작은 돌을 남겨놓는 것이 유대인의 풍습이다. 세실리아 바이스 부인의 무덤은 조약돌과 자그마한 돌 들로 겹겹이 덮여 거의 피라미드 모양을 이루고 있었다. 후디니는 땅속 관에서 쉬고 있는 어머니를 생각했다. 후디니는 섧게 울었다. 어머니 곁에 있고 싶었다. 관에서 탈출하려던 때가, 그리고 탈출할 수 없음을 깨달았을 때의 공포가 떠올랐다. 관 뚜껑에 속임수로 열 수 있는 장치를 해두었지만 흙의 무게는 고려하지 못한 것이다. 후디니는 무시무시한 무게를 느끼며 손가락으로 흙을 헤집었다. 도저히 뚫고 나갈 수 없는 침묵을 향해 비명을 질렀다. 후디니는 땅속에 갇히는 게 무엇을 뜻하는지 잘 알았지만 이제 자기가 속할 곳은 그곳뿐이라고 느꼈다. 사랑하는 어머니가 없는 세상이 무슨 소용이란 말인가?

후디니는 봄이 싫었다. 봄의 공기가 엉겨 붙은 흙처럼 후디니의 코와 입을 틀어막았다.

리버사이드 드라이브 근처 113번가, 적갈색 사암으로 된 집에서 후디니는 어머니가 계속 살아 있는 것처럼 느끼기 위해 어머니의 사진을 액자에 넣어 여기저기에 두었다. 확대한 사진 하나는 어머니의 베개 위에 놓았다. 의자에 앉아 웃는 모습을 찍은 사진은 크게 확대해 바로 그 사진을 찍었을 때 앉았던 의자에 놓았다. 모자와 외투 차림을 하고 거리에서 현관문을 통해 계단을 오르는 사진도 있었다. 후디니는 그 사진을 문 안쪽에 걸었다. 어머니가 소중히 여기던 물건 가운데에는 뚜껑이 유리로 되어 있어 안에서 커다란 음반이 회전하는 모습을 볼 수 있는 참나무 축음기도 있었다. 어머니는 여러 음반을 가지고 있었지만, 가장 좋아하던 것은 한쪽 면에는 〈가우데아무스 이기투르〉*가 있고 다른 면에는 〈바다의 보석 컬럼비아〉**가 있는 음반이었다. 후디니는 저녁마다 축음기를 작동시켜 이 음반을 들었다. 후디니는 음반에서 어머니의 목소리가 흘러나오는 꿈을 꾸었다. 후디니는 어머니가 예전에 보낸 편지를 간직하고 있었으며, 이제 그 편지를 영어로 번역해 타자로 쳐두었다. 덕분에 후디니는 그 편지를 쉽게 읽고 또 너무 많이 읽은 탓에 닳아버릴까 걱정하지 않아도 되었다. 후디니는 어머니가 쓰던 옷장 문을 열고 옷에서 나는 향기를 맡았다.

---

* Gaudeamus Igitur. '그러니 즐거워하자'라는 뜻의 합창곡.
** '컬럼비아'는 미국의 별칭 중 하나로, 20세기 초까지 애국심을 고취하기 위해 쓰인 노래.

어머니는 후디니가 유럽에 있을 때 병이 들었다. 후디니는 오스트리아-헝가리 제국의 왕위 계승자인 프란츠 페르디난트 대공과 만난 이야기를 편지에 쓰려고 마음먹고 있었지만, 후디니가 편지를 쓰기도 전에 어머니는 세상을 떠났다. 후디니는 공연 일정을 취소하고 서둘러 집으로 돌아왔다. 돌아오는 길이 어땠는지 아무런 기억도 나지 않았다. 슬픔으로 제정신이 아니었다. 후디니가 돌아올 때까지 장례식은 연기되었다. 후디니는 어머니가 죽기 직전에 자신을 찾았다는 사실을 알게 되었다. 어머니는 중풍을 앓았다. 에리히, 어머니는 비통에 빠져 아들을 불렀다. 에리히, 에리히. 후디니는 죄책감에 온몸이 찢어지는 듯했다. 후디니는 어머니가 자신에게 뭔가 하고 싶은 말이 있었으며, 죽음의 순간에야 말하려다가 끝내 못한 무엇인가가 있다는 강박관념에 사로잡혔다.

후디니는 점성술사나 천리안, 영매라는 존재에 늘 회의적이었다. 펜실베이니아의 웨일스 브라더스 서커스에서 일하던 젊은 시절, 후디니는 자신에게 초자연적인 능력이 있다고 주장하며 속임수로 순진한 시골뜨기들을 등쳐먹기도 했다. 눈가리개를 하고 청중이 든 물건이 무엇인지 알아맞혔다. 이것이 무엇일까요, 후디니 씨? 하고 한패가 물으면 후디니는 그것이 무엇인지 알았다. 모두 암호를 이용한 속임수였다. 이따금 후디니는 죽은 사람과 이야기할 수 있다고 주장하며 불쌍한 먹잇감에게 사랑하는 고인의 메시지를 전해주곤 했다. 하지만 사실 후디니는 이 먹잇감의 이름이며 상황 따위를 미리 알아낸 상태였다. 그래서 후디니는 심령 사기에 대해 빤히 알았다. 금방 알아차릴 수 있었다. 1848년 뉴욕 하이즈빌에 사는 마거리타와 케이트 폭스 자매가 자기 집에서 뭔가를 두드리는 듯한, 정체를 알 수 없는 소리가 난다며 이웃들을 초대한 이래, 이 같은 사기는 미국 전역에서 만연했다. 하지만 자신이 이쪽 분야에 전문가라는 이유로 후디니는 진짜 영매 능력이 있는 사람을 찾을 수도 있을 것 같았다. 후디니는 죽은 사람과 대화를 할 수 있는지 알고 싶었다. 후디니는 세상의 그 어떤 속임수도 알아차릴 수 있었다. 그래서 만약 자신이 진짜 영매를 만난다면 그자가 진짜임을 알아볼 수 있다고 믿었다. 후디니는 몸집이 작은 어머니 세실리아의 모습이 보고 싶었고 얼굴을 만져주는 어머니의 손길을 느끼고 싶었다. 하지만 그럴 수 없으니 후디니는 죽은 어머니와 이야기하는 게 정말로 가능한지 알아보기로 결심했다.

역사적으로 볼 때 이 시기는 죽은 자와의 대화가 예전과 달리 그리 억지스러운 생각이 아니었다. 20세기가 동트던 무렵의 미국은 증기를 이용한 굴착기, 기관차, 비행기, 내연기관, 전화, 이십오층 건물의 나라였다. 하지만 미국 내 가장 유명한 실용주의자들조차 비술에 흥미를 보이고 받아들이려는 경향이 있었다. 물론 그건 모두 극비 사항이었다. 피어폰트 모건과 헨리 포드가 비밀 모임을 만들었다는 소문이 은밀히 돌았다. 후디니는 잡종 교배로 곡물 생산량을 늘린 원예학의 마법사 루서 버뱅크가 식물들과 은밀히 이야기를 나누며 식물들이 자기 이야기를 이해한다고 생각하는 걸 알았다. 20세기 자체를 발명했다 해도 과언이 아닌 위대한 에디슨은 사람이 죽은 후에도 절대 파괴되지 않고 영원히 존재하며 삶으로 충만된 물질의 최소 단위 입자(에디슨은 이를 '무리'라 불렀다)가 생겨난다는 이론을 만들어냈다. 후디니는 에디슨과 연락을 시도했다. 면담을 요청했다. 하지만 위대한 발명가는 너무나 바빴다. 에디슨은 비밀리에 발명을 했기에 기자들은 이번에는 무슨 발명품이 나올지 추측 기사를 써대곤 했다. 어떤 기사에 따르면 이번에 에디슨이 진공관을 발명했고 이를 통해 죽은 사람으로부터 메시지를 받을 수 있다고 했다. 후디니는 필사적으로 에디슨에게 전보를 보내 면담을 요청했다. 하지만 거절당했다. 발명 자금을 대겠다고 했다. 거절당했다. 후디니는 자신이 비행술을 익혔듯이 스스로 도구를 발명하겠노라고 맹세했다. 에디슨이 발명하는 건 무엇이든 간에 이미 알려진 기술을 이용한 발명에 불과했다. 후디니는 교과서를 사서 역학을 공부했고 축전지의 원리를 공부했다. 후디니는 만약 내세가 있다면, 기계 영매든 인간 영매든 상관없이 그것을 이용해 반드시 내세를 찾아내고야 말겠노라고 다짐했다.

후디니의 열정은 곧바로 그 분야 여러 종사자들의 주의를 끌었다. 후디니는 뉴욕 주 버펄로에서 온 사람을 만났는데, 남자는 자신이 제너럴 일렉트릭 사의 천재 난쟁이 이민자인 스타인메츠와 함께 일한 적이 있다고 했다. 그 사람은 후디니에게 전 세계의 물리학자들이 파동을 발견하고 있다고 말했다. 그리고 물질과 에너지가 서로 다른 것이 아니라 근본적 힘의 두 가지 측면에 불과하다는 아주 중요한 이론이 해외에서 발표되었다고 했다. 저 또한 같은 생각입니다, 남자가 후디니에게 말했다. 그자는 트란실바니아에서 대학은 졸업한 물리학자였다. 그자는 아직까지는 근원 파동을 해독한 사람이 아무도 없지만, 파동을 감지할 수 있는 정밀한 기계만 만들면 그 파동을 해석할 수 있다고 했다. 후디니는 연구 결과를 독점적으로 소유하는 조건으로 그자에게 2천 달러를 지원하는 계약을 했다. 후디니는 또한 화학자를 고용해 자기 집 지하실에서 실험을 하게 했다. 영매 능력이 있다고 주장하는 사람들로부터 편지가 쇄도했으며, 그 편지에는 브로치나 머리타래 따위 후디니의 어머니 소유의 어떤 물건이든 자신에게 보내주면 어머니와 대화를 할 수 있다고 써 있었다. 후디니는 사립 탐정을 고용해 그런 주장을 하는 사람들 가운데 가장 믿을 만한 자가 누구인지 알아보게 했다. 후디니는 탐정들에게 사기꾼을 알아보는 방법을 알려주었다. 후디니는 집음기(集音機), 속임수를 써서 사진 찍는 법, 숨겨놓은 녹음용 메가폰, 도르래를 써서 들어 올리는 탁자에 대해 탐정들에게 알려주었다. 왜 영매가 어두운 방에 있기를 원하겠습니까? 후디니가 탐정들에게 말했다. 불을 끄고 뭔가 숨길 게 있기 때문이지요.

이런 종류의 활동을 많이 한 덕분에 곧 후디니는 다시 일을 하고 싶은 마음이 들었다. 난 더 강해진 느낌이오, 후디니가 자기 매니저에게 말했다. 예전의 나로 돌아가기 시작한 것 같소. 곧 공연 일정이 잡혔다. 이 시기에 후디니의 연기를 본 사람들은 그의 연기가 그 어느 때보다도 강렬했다고 말했다. 후디니는 무대에 벽돌공을 데려와 3미터 높이로 벽을 쌓게 한 뒤 벽을 통과해 걸어 나왔다. 손뼉 한 번으로 거대한 코끼리를 사라지게 했다. 손가락에서 주화가 줄줄 쏟아져 내렸다. 귀에서 비둘기가 나왔다. 관객에게 검사를 받은 포장 상자에 들어갔다. 상자를 닫은 뒤 튼튼한 밧줄로 묶게 했다. 포장 상자 앞에 휘장은 치지 않았다. 지레를 써서 못을 뽑고 다시 열었다. 상자는 비어 있었다. 후디니가 로비에서 극장 안으로 들어오자 관객들은 놀라 숨을 멈추었다. 후디니는 무대 위로 뛰어올랐다. 후디니의 눈은 파란 다이아몬드처럼 이글거렸다. 후디니는 천천히 팔을 들어 올렸다. 발이 마루 위로 떠올랐다. 후디니는 마루 위 15센티미터 정도에 떠 있었다. 여자들이 헐떡였다. 갑자기 후디니가 바닥에 털썩 떨어졌다. 장내에는 믿을 수 없다는 듯한 감탄이 이어지더니 박수갈채가 쏟아졌다. 조수들이 후디니가 의자에 앉도록 도와주었다. 후디니는 기력을 회복하기 위해 와인 한 잔을 청했다. 후디니는 와인을 조명 속에 들어 올렸다. 무색이었다. 와인을 마셨다. 와인 잔이 손에서 사라졌다.

사실 후디니의 공연은 이제 무척이나 강렬하고 너무나도 기묘하며 관객들을 조바심치게 했기 때문에 어떤 경우에는 공연이 끝나기도 전에 관객들이 아이들을 데리고 밖으로 나가야 할 정도였다. 후디니는 이를 눈치채지 못했다. 후디니는 자신을 육체적 한계 너머로 몰아붙였고, 한 공연에 주요 마술을 세 가지 정도 하면 될 것을 여덟에서 여남은 가지씩 했다. 후디니는 자신이 죽음을 무릅쓰는 마술을 펼친다고 광고를 했으며, 뉴욕 신문사들의 기자들은 후디니가 능력 이상의 일을 벌이다가 사고를 치리라 예상하며 브루클린 판타지스, 폭스 유니언 시티, 뉴로셀 극장 등 단 하루짜리 공연장까지 모두 쫓아다녔다. 후디니는 자신의 장기 가운데 하나인 우유통 탈출 묘기를 펼쳤다. 후디니는 식료품 가게에 우유를 배달할 때 쓰는 평범한 40리터짜리 우유통에 들어가 자물쇠로 잠그게 했다. 우유통에 물이 채워졌다. 탈출하지 못하면 죽을 터였다. 후디니는 관같이 생긴 밀폐된 유리통에 들어가 누웠다. 유리통에는 공기가 통하지 않았으며, 이를 확인시키기 위해 촛불을 넣어 꺼지는 것을 보여주었다. 후디니는 촛불이 꺼진 뒤 통 안에 들어가 6분 정도를 버텼다. 관객들이 난리를 쳤다. 여자들은 눈을 감았고, 두 손으로 귀를 막았다. 관객은 후디니의 조수들에게 어서 그를 구하라고 소리쳤다. 조수들이 마침내 관중의 경고를 받아들여 밀봉한 유리관 뚜껑을 열자 뻥 하는 소리가 났다. 땀에 흠뻑 젖은 후디니가 조수들의 부축을 받아 유리관에서 나왔다. 후디니가 하는 모든 연기는 죽은 어머니를 향한 그리움이었다. 후디니는 땅에 묻혔다가 다시 태어났고, 묻혔다가 다시 태어났다. 뉴로셸에서 단 1회 공연을 하던 어느 날 밤, 관객들은 후디니가 공연을 빙자해 죽으려 한다고 생각해 비명을 지르기 시작했고, 그 지역 목사가 벌떡 일어나더니 후디니를 향해 외쳤다. 당신은 죽으려고 환장한 거요! 어쩌면 후디니는 자신의 삶과 마술을 구별할 수 없던 게 사실이었으리라. 후디니는 벨트가 달린 기다란 가운 차림으로 섰다. 몸은 땀으로 번들거렸고, 곱슬머리는 흠뻑 젖어 있었고, 마치 다른 우주에서 온 생명체 같아 보였다. 신사숙녀 여러분, 후디니가 지친 목소리로 말했다. 저를 용서해주십시오. 후디니는 자신이 고대 동양의 호흡법을 통달하고 있기에 생기를 잠시 정지시킬 수 있다고 설명하려 했다. 자신의 연기가 실제보다 훨씬 더 위험해 보인다고 설명하려 했다. 이 사실을 호소하기 위해 후디니는 두 손을 들어 올렸다. 그런데 그 순간 극장이 뒤흔들릴 정도로 커다란 폭발이 일어났고, 앞무대의 아치에서 벽토가 덩어리째 떨어져 나왔다. 그리고 이로 인해 이성을 잃은 관객들은 후디니가 또다시 악마의 마술을 부린다고 생각하고는 두려움에 떨며 달아났다.

28

사실 폭발은 3킬로미터 정도 떨어진 도시 서쪽 변두리에서 일어났다. 에메랄드 아일 엔진 소방서가 폭발했고, 불붙은 나무들이 길 건너편으로 튕겨가 들판에 불이 옮겨 붙으며 웨스트체스터의 밤하늘을 훤히 밝혔다. 도시의 모든 소방서뿐 아니라 인근 지역인 펠럼과 마운트 버논에 있는 소방서까지 동원되었다. 할 수 있는 일은 거의 없었다. 파이어하우스 레인에 있는 그 판자식 구조물은 다행히도 인근 주택가에서 500미터 정도 떨어져 있었다. 하지만 자원 소방관 두 명이 병원으로 이송되었으며, 한 명은 화상이 너무나 심해 그날을 넘기지 못할 듯했다. 그리고 적어도 다섯 명이 근무 중이던 것을 알게 되었다. 목요일 밤이었고, 직원들은 여느 때처럼 포커 게임을 하기 위해 모여 있었다.

이튿날 새벽, 들판은 새까맣게 그을렸고 건물은 잿더미가 되어 있었다. 불이 난 구역에 줄이 쳐졌고, 수사관들이 폐허 사이를 돌아다니며 시체를 찾았고, 폭발 원인이 무엇인지 증거를 수집했다. 곧 살인사건임이 드러났다. 네 명 가운데 둘은 화재나 폭발이 아닌 사냥용 납산탄을 맞고 사망했다는 사실이 밝혀졌다. 말들은 마구가 채워져 있었고, 수방펌프에 매인 채 길에 반쯤 나온 상태에서 쓰러져 죽어 있었다. 폐허 속에서 찾아낸 경보기를 조사해보니 마을 북쪽 변두리에서 화재 경보가 들어왔다는 사실이 드러났지만, 그날 밤 소방서를 제외하고는 도시 어디에도 불이 난 곳이 없었다. 이런저런 증거들을 종합하고, 뉴욕 경찰청에서 나온 법의학자의 협조를 받아 사건이 재구성되었다. 오후 10시 30분쯤 소방서 직원 여섯 명이 카드 게임을 하러 소방서에 모여 있을 때 화재 경보가 울렸다. 카드 게임을 하던 직원들은 장화를 신고 헬멧을 썼다. 마구간에서 말을 꺼내 증기 기관에 맸다. 마구는 노스캐롤라이나 주 히커리의 P. A. 세처 회사가 화재 진압용 말을 위해 특별히 고안한 신속 착용 가능 제품이었다. 모든 소방관들이 그러하듯 에메랄드 아일 역시 화재 신고에 신속 출동하는 걸 자랑으로 삼았다. 소방펌프가 화재 현장에 도착했을 때 증기압이 충분해 바로 화재를 진압할 수 있도록 보일러 안에 늘 작은 불씨를 유지해 두었다. 만약 이날 밤 에메랄드 아일이 평소처럼 재빨리 움직였다면 마부가 말들을 격려하며 마차를 끌고 길로 나서기까지는 1분이 채 안 걸렸을 터였다. 누군가 소방펌프가 가는 길 정면을 막고 서 있었다. 그 또는 그들은 산탄총으로 무장을 했으며, 길로 나오는 말의 얼굴 정면을 향해 총을 쏘았다. 말 두 마리는 즉시 쓰러졌고, 세번째 말은 목에 부상을 입고 뒷걸음질 쳤으며, 목에서 나온 피가 가는 비처럼 길에 뿌려졌다. 말을 몰던 마부는 치명상을 입고 땅에 떨어졌다. 마차에 타고 있던 세 명 가운데 두 명은 치명상을 입었고, 세번째 인물은 총에 맞은 말들이 몸을 뒤트는 바람에 모로 떨어진 소방펌프에 깔려 죽었다. 증기 보일러가 떨어지며 무시무시한 소리를 냈고, 이미 총소리에 놀란 인근 지역 주민들은 이 소리에 더욱 놀랐다. 증기 보일러의 불씨가 여기저기로 튀었고, 이글거리는 석탄 때문에 판자 소방서에 불이 붙었다. 불은 금세 번졌고, 불에 타는 건물의 열기로 인해 보일러가 폭발했고, 불붙은 목재들이 길 건너편 들판까지 날아갔다. 바로 이 순간, 후디니가 관객들의 관심을 잃었다.

그 사고가 일어나던 날 밤, 가족은 일찍 잠자리에 들었다. 하지만 깊이 잠들지는 못했다. 갈색 피부의 아기는 엄마를 찾으며 울었고, 유모의 젖을 먹으려 하지 않았다. 아버지는 멀리서 들리는 폭발음을 듣고 침실 창문 밖을 바라보았다. 하늘이 환하게 밝아 있었다. 아버지는 처음에는 폭죽을 보관하는 자신의 창고와 회사가 폭발했다고 생각했다. 하지만 불빛이 나오는 곳은 다른 방향이었다. 아버지는 이튿날 아침이 되어서야 화재가 난 곳이 어디인지 알 수 있었다. 어디를 가도 온통 화재 이야기뿐이었다. 점심시간, 아버지는 화재 현장에 가보았다. 사람들은 경찰이 쳐놓은 줄 밖에 서 있었다. 아버지는 줄을 빙 둘러 불에 탄 소방서 길 건너편의 공터 아래쪽에 있는 연못으로 갔다. 연못에는 모델 T가 거의 다 잠겨 있었고, 산들바람이 일으킨 물결에 그 모습이 사라졌다 나타났다 하고 있었다. 열두 시를 알리는 경적이 울린 지 얼마 되지 않았지만 아버지는 집으로 돌아왔다. 어머니는 아버지를 바라볼 수가 없었다. 어머니는 무릎에 아기를 앉히고 있었다. 어머니는 뭔가 생각에 잠긴 듯이 고개를 숙이고 있었는데, 그 모습이 어쩐지 죽은 세라와 비슷했다. 그 순간 아버지는 앞으로 자신들의 삶이 엉망이 되는 게 아닐까 하는 느낌이 들었다.

오후 네 시가 되자 신문배달 소년이 달려와 접힌 석간신문을 현관에 던져놓고 갔다. 살인 방화범은 신인 미상의 니그로 남자라는 기사가 있었다. 유일한 생존자인 소방관은 병원 침상에서 범인의 인상착의를 경찰에게 설명했다. 그 니그로가 다친 소방관의 옷에 붙은 불을 꺼주었다고 했다. 하지만 자비심에서 나온 행동은 아니었으며, 그 니그로는 소방관의 머리채를 잡고 소방서장이 어디에 숨었는지 캐물었다고 했다. 하지만 그날 저녁 소방서장 콩클린은 다행히도 소방서에 있지 않았다. 기사에는 그 니그로가 어떻게 콩클린을 알며 무슨 원한이 있는지에 대해서는 아무 언급이 없었다.

전문가들은 공범이 있다는 데 의견 일치를 보였다. 소방관들이 소방서에서 뛰어나오도록 거짓 경보를 울리게 했다는 점이 이를 증명한다고 했다. 그럼에도 사설은 이것이 미치광이 살인자의 단독 범행이 일으킨 재앙이라고 설명했다. 신문 기사는 시민들에게 문단속을 잘하고 경계를 게을리하지 말며, 동시에 침착할 것을 당부했다.

저녁식사 시간이 되어 가족은 식탁 앞에 앉아 있었다. 어머니는 아기를 안고 있었다. 어머니는 아기를 내려놓을 생각도 하지 못했다. 아기의 고사리손 끝이 어머니의 뺨에 닿았다. 위층에서는 외할아버지가 자기 방에서 고통에 겨워 신음하고 있었다. 오늘 저녁에는 음식이 준비되어 있지 않았고, 아무도 먹고 싶어하지 않았다. 아버지 앞에는 브랜디가 담긴 컷글라스 병이 놓여 있었다. 아버지는 석 잔째 마시고 있었다. 아버지는 뭔가가, 뼈인지 먼지인지가 목에 걸린 듯했고, 브랜디가 이를 제거할 유일한 방법이라고 느꼈다. 아버지는 옷장 서랍에서 필리핀 작전 때 썼던 오래된 군용 권총을 꺼냈다. 아버지는 그것을 식탁에 올려놓았다. 우리는 우리 것이어서는 안 되는 비극에 고통스러워하고 있어요. 아버지가 어머니에게 말했다. 그날 당신이 뭔가에 홀린 건 아닌가요? 자치주에는 가난한 사람들을 위한 시설이 있어요. 당신은 충분히 생각해보지도 않고 세라를 데려왔어요. 당신이 보여준 여자의 어리석은 감상 때문에 우리가 이렇게 고통을 당하고 있는 거라고요. 어머니는 아버지를 응시했다. 어머니는 아버지와 함께 살아온 긴 시간 동안 아버지가 자신을 나무란 적이 없다는 사실을 알았다. 어머니는 아버지가 사과하리라는 걸 알았다. 그럼에도 어머니 눈에 눈물이 고였고, 결국 빰을 타고 흘러내렸다. 머리카락이 한 줌 풀려 목과 귀 너머로 늘어져 있었다. 아버지는 어머니를 바라보았고, 어머니가 소녀였을 때와 마찬가지로 여전히 아름답다는 사실을 깨달았다. 아버지는 자신이 어머니를 울린 것에 쾌감을 느낀다는 사실은 깨닫지 못했다.

외삼촌은 팔꿈치를 의자 팔걸이에 대고 손으로 머리를 받치고 앉아 있었다. 집게손가락을 뻗어 관자놀이에 댄 채였다. 외삼촌이 자기 매형을 바라보았다. 매형은 그자를 찾아 쏴 죽일 생각이세요? 외삼촌이 말했다. 나는 내 가정을 지킬 거다, 아버지가 말했다. 이 아기는 그자의 아기야. 만약 그자가 내 집에 나타나면 따끔한 맛을 보여줄 생각이다. 하지만 그자가 왜 여기에 오겠어요? 외삼촌은 은근히 부아를 돋우는 말투로 말했다. 그 사람 차를 망가뜨린 건 우리가 아니잖아요. 아버지는 어머니를 바라보았다. 날이 밝으면 경찰서에 가서 이 미치광이 살인자가 우리 집에 손님으로 왔던 적이 있다고 말할 거예요. 그리고 우리가 그자의 사생아를 데리고 있다고 말할 거예요, 외삼촌이 말했다. 제 생각에 콜하우스 워커 주니어는 매형이 경찰에 모든 걸 이야기해주기를 바라고 있을 거예요. 경찰에게 소방서 앞 연못에 가라앉은 차 주인이 바로 그 니그로 방화범이라는 사실도 알리세요. 또한 윌 콩클린을 비롯한 악당들을 고소하기 위해 경찰서를 찾아왔던 바로 그 흑인이라는 사실도 알리시고요. 그리고 그 미치광이 흑인 살인범이 부상으로 병원에서 죽어가던 누군가의 옆에 앉아 있던 바로 그 흑인이라는 사실도 말해주세요, 아버지가 말했다. 내가 잘못 들은 것이라면 좋겠군. 처남은 이 야만인을 두둔하는 거지? 세라가 죽은 게 누구 때문인데? 그 잘난 깜둥이 자존심 때문 아니었나? 이런 식으로 사람을 죽이고 기물을 파손한 건 그 어떤 이유로든 용납할 수 없네! 외삼촌이 갑자기 일어서는 바람에 의자가 넘어졌다. 아기가 깜짝 놀라 울기 시작했다. 외삼촌은 얼굴이 창백해졌고 몸을 부르르 떨었다. 세라의 추도 연설에서는 왜 그런 말씀을 안 하셨나요? 외삼촌이 말했다. 세라의 죽음과 콜하우스의 자동차를 망가뜨린 일이 결코 용납될 수 없다는 말씀은 왜 안 하셨나요?

하지만 사실인즉, 콜하우스 워커는 자신이 범인이라는 사실을 알리기 위해 벌써 몇 가지 조치를 취해둔 상태였다. 폭발이 있고 한 시간이 채 안 되어 콜하우스 또는 다른 흑인이 지역 신문사 두 곳에 동일한 편지를 전달했다. 편집부는 경찰과 상의한 뒤 그 편지를 싣지 않기로 결정했다. 편지에는 범인이 소방서를 공격하게 된 경위가 또박또박 적혀 있었다. 편지는 이러했다. 악명 높은 그 소방서장을 내 손으로 처단하게 해주시오. 내 자동차를 원래 상태로 복구해 내게 돌려주시오. 만약 이 요구 조건을 들어주지 않으면 나는 들어줄 때까지 계속해 소방관들을 죽이고 소방서에 불을 지를 것이오. 여차하면 도시 전체를 파괴할 것이오. 신문 편집부와 경찰은 공공의 이익을 위해 이 편지를 싣지 않는 게 낫겠다는 판단을 내렸다. 미치광이 단독 살인범이 문제이기는 했다. 하지만 폭동은 또 다른 문제였다. 경찰들은 조용히 니그로 거주지를 돌아다니며 콜하우스 워커 주니어에 대해 탐문했다. 동시에 니그로 거주지 인근의 경찰들도 같은 일을 했다. 그리고 경찰본부에 보고했다. 우리 관할 구역의 니그로가 아닙니다.

아침이 되자 아버지는 노스 애비뉴 전차를 타고 시내로 갔다. 아버지는 시청을 향해 성큼성큼 걸어갔다. 시청 문을 열고 들어서는 아버지는 이 지역에서 크게 존경받는 사업가였다. 탐험가로서 아버지가 해온 일들은 신문을 통해 이미 잘 알려져 있었다. 시청 건물 꼭대기의 둥근 지붕에서 펄럭이는 성조기는 아버지가 시에 기증한 것이었다.

제3부

29

아버지는 뉴욕 주 화이트 플레인스에서 태어나 자랐다. 외동아들이었다. 아버지는 새러토가 스프링스에서 보낸 즐거운 여름날을 지금도 기억하고 있다. 그곳에는 물에 씻겨 반들반들한 자갈길이 난 정원들이 있었다. 아버지는 할머니와 함께 거대한 호텔들의 채색된 현관 아래에서 산책을 하곤 했다. 둘은 해마다 같은 날짜에 집으로 향했다. 할머니는 몸이 약했고, 아버지가 열네 살 때 세상을 떴다. 아버지는 그로톤 고등학교를 나와 하버드 대학에 다녔다. 독일철학 전공이었다. 2학년 겨울에 학교를 그만두었다. 할아버지는 남북전쟁 때 돈을 많이 벌었지만 그 후로 연이어 투자를 잘못해 계속 돈을 날리기만 했다. 그리고 이제는 완전히 빈털터리가 되었다. 할아버지는 말하자면 실패를 밥 먹듯이 하는 사람이었다. 할아버지는 돈을 날릴수록 배짱만 늘어갔다. 파산을 했을 때 할아버지는 승리감에 도취한 듯 의기양양한 모습이었다. 그토록 많은 실패를 했으면서도 할아버지는 끝까지 자신감을 잃지 않고 살다가 갑자기 세상을 떴다. 자기 아버지의 허풍을 보고 자란 외동아들은 조심스럽고 침착하고 부지런하지만 고질적으로 불행한 성격을 지니게 되었다. 성년이 되어 고아가 된 아버지는 자신에게 남겨진 얼마 안 되는 돈을 이탈리아인이 경영하는 작은 폭죽 회사에 투자했다. 결국 아버지는 그 회사를 인수했고, 판매고를 높였으며, 국기 제조 회사를 사들였고, 꽤 안정된 생활을 하게 되었다. 또한 바쁜 와중에도 군 장교가 되어 필리핀 작전에 참전했다. 아버지는 자기 삶이 자랑스러웠으며 사업을 하기 전에 자신이 하버드에 다녔다는 사실을 절대로 잊지 않았다. 아버지는 하버드에서 윌리엄 제임스의 현대심리학 강의를 들었다. 탐험은 아버지의 꿈이었다. 아버지는 저 위대한 제임스 박사가 '자신의 능력을 충분히 발휘하지 못하고 사는 버릇'이라 부른 습관만큼은 꼭 피하고 싶었다.

이제 아버지는 아침마다 일어나 늙어 죽어야만 하는 자신의 쓰디쓴 운명을 실감했다. 아버지는 자신이 콜하우스 워커를 만나자마자 싫어하게 된 이유가 피부 색깔 때문이 아니라 그자가 세라와 밀고 당기는 연애를 하며 아직 오지도 않은 인생 최고의 시절을 누릴 준비를 했기 때문은 아닐까 생각했다. 아버지는 손등에 반점이 생기는 걸 알아차렸다. 아버지는 자신이 사람들이 말한 이야기를 잊어버리고 다시 묻는 경우가 흔해진 걸 깨달았다. 자주 오줌이 마려웠다. 어머니의 몸을 봐도 예전처럼 욕망이 일지 않았으며, 그저 담담히 몸매를 감상할 뿐이었다. 아버지는 어머니의 몸매와 부드러운 살결을 좋아했지만 더 이상 몸이 달아오르지는 않았다. 아버지는 어머니의 팔죽지에 살이 찐 것을 알아차렸다. 북극에서 돌아와 함께 사는 데 익숙해지자, 둘은 서로에게 아무런 요구 사항도 없는 동반자 같은 관계로 접어들었으며, 그로 인해 아버지는 자신이 구경꾼처럼 그냥 시간을 흘려보내며 삶을 살아간다는 느낌이 들었다. 아버지는 어머니가 흑인 소녀의 결혼을 부추기는 것이 마음에 들지 않았다. 그리고 세라가 죽어버린 지금, 슬픔에 잠긴 어머니는 홀로 남은 세라의 아들에게 모든 정성을 들였으며, 그로 인해 아버지는 자신이 어머니에게 보이지 않는 존재가 된 듯한 느낌이 들었다.

아버지는 경찰서에 다녀온 것에 만족했다. 껄끄러운 느낌이 없지는 않다. 그런 느낌을 지우고 싶었는지, 경찰서에서 아버지는 콜하우스가 원래는 착한 사람이었지만 주위 상황이 그를 그렇게 몰고 간 것이라고 말했다. 외삼촌이 집에서 주장했던 바로 그 내용이었다. 아버지는 콜하우스의 편지를 보여주며 주장의 동기를 확인시켜주었다. 그자는 피아니스트였습니다, 아버지가 과거형을 써서 말했다. 늘 예의 발랐고 빈틈이 없는 사람이었습니다. 경찰은 진지한 표정으로 고개를 끄덕였다. 경찰은 그 니그로가 공격을 다시 할지 알고 싶어했다. 경찰서장은 '공격을 다시 한다'라는 표현을 썼다. 아버지는 일단 콜하우스가 일을 벌인 이상 계속 그럴 거라고 말했다. 경찰서는 아버지의 조언에 의지해 경비대를 조직했다. 시내 전역의 소방서에 경찰 병력을 배치했다. 주요 도로에 경비를 강화했다. 경찰본부에는 병력 배치를 표시한 지도가 걸렸다. 아버지의 정보에 따라 뉴욕 시 경찰청은 콜하우스를 체포하기 위해 할렘으로 형사들을 보냈다.

아버지는 경찰이 자기를 비난하리라고 예상했다. 하지만 그런 일은 일어나지 않았다. 경찰은 아버지를 범죄자의 성격 분석 전문가쯤으로 여겼다. 경찰은 아버지가 되도록 많은 시간을 지휘본부에 할애해줬으면 하고 바랐다. 아버지의 자문을 구하고 싶어했다. 경찰서 실내 벽은 허리 높이 위로는 연한 녹색, 그 아래로는 짙은 녹색이 칠해져 있었다. 구석마다 타구(唾具)가 놓여 있었다. 아버지는 최대한 협력하겠노라고 했다. 아버지에게는 일 년 중 가장 바쁜 시기였다. 로켓, 반짝이 불꽃, 꽃불, 폭죽, 조명탄, 폭약 들을 독립기념일인 7월 4일에 맞춰 배달해야 했다. 아버지는 사무실과 경찰서를 왔다 갔다 했다. 그러던 와중에 불쾌하게도 아버지는 경찰서에서 에메랄드 아일 소방서장인 윌 콩클린을 만났다. 콩클린은 위스키 냄새를 풍겼으며, 한때 혈색 좋았던 얼굴은 쫓기는 사람답게 헬쑥해져 있었다. 콩클린은 허풍을 치는가 하면 겁에 잔뜩 질리기도 했다. 그자는 자기 때문에 일이 이토록 커졌는데도 여전히 멍청한 생각들을 충고랍시고 해댔다. 그자는 흑인 주거 지역에 가서 깜둥이들을 완전히 없애버리고 싶어했다. 경찰은 그자의 말을 듣는 둥 마는 둥 했다. 경찰관들은 콩클린을 놀렸다. 어쩌면 그 깜둥이한테 당신을 넘겨줘야 할지도 모릅니다. 이 지역의 평화를 위해서 말입니다. 콩클린은 이 말에 발끈했다. 우리는 한편 아니었소? 콩클린이 말했다. 하느님은 당신들을 사랑하시오. 당신들은 세인트 캐서린에서도 잔인하더니 지금도 잔인하군요. 윌리, 경찰서장이 말했다. 이 모든 일은 당신이 허튼소리를 한 데서 시작되었소. 그리고 그 흑인이 일을 벌이기 전까지 우리는 아무것도 몰랐고 말이오. 그런데 이제 와서 당신은 우리가 당신 편이라고 우기는구려.

그러나 소방서장의 성격과 정신 상태는 경찰서 분위기와 어울리는 듯했다. 중죄인, 변호사, 보증인, 경찰, 운 나쁜 친척들이 끊임없이 경찰서 유리문을 들락날락거렸다. 술 취한 사람들은 멱살이 잡힌 채, 도둑들은 수갑이 채워진 채 들어왔다. 다들 언성을 높여 말했고 욕설이 난무했다. 콩클린은 석탄과 얼음 공장을 소유하고 있었으며, 아내와 자식들과 함께 사무실 위 아파트에서 살았다. 아버지는 콩클린이 경찰서에서 그렇게 오랜 시간을 보내는 것이 다른 곳에 비해 경찰서가 더 안전하다고 여겨서라는 사실을 어렴풋이 눈치챘다. 물론 콩클린은 그 사실을 인정하려 들지 않았다. 콩클린은 콜하우스의 공격에 대비해 자기 집 마당에 만반의 준비를 해놓았다고 큰소리를 쳤다. 경찰 두 명이 배치된 걸로는 안심을 하지 못해 에메랄드 아일의 모든 소방관들을 소집해 자기 집 뜰에서 야영을 하도록 했다고 했다. 이들은 무장을 하고 있었다. 그 깜둥이가 웨스트포인트도 공격할지 모르오, 콩클린이 말했다.

아버지는 콩클린 때문에 자신의 품위가 떨어지는 것 같은 느낌이 들었다. 콩클린은 경찰에게 말할 때와는 다른 방식으로 아버지에게 말했다. 발음이 또박또박해졌다. 자신을 아버지와 같은 위치라고 생각하는 그의 뻔뻔함이 아버지는 불쾌했다. 비극입니다, 사장님. 콩클린이 말하곤 했다. 정말로 비극이었다. 한번은 콩클린이 동병상련임을 드러내기 위해 아버지 어깨에 손을 얹었고, 아버지는 마치 전기 충격을 받은 듯한 느낌이 들었다.

하지만 아버지는 점점 더 많은 시간을 경찰서에서 보냈다. 아버지는 집에 가기가 내심 불편했다. 에메랄드 아일 소방관들의 합동 장례식이 있던 날, 아버지는 추도회에 참석했다. 시민의 절반 정도가 그곳에 와 있었다. 커다란 황동 십자가가 애도객 머리 위에서 흔들거렸다. 월 콩클린은 경찰서를 떠나지 않았다. 거기에 갔다가는 라이플의 표적이 되기 십상일걸요, 콩클린이 말했다. 콩클린의 행동에 대한 소문이 도시 전역에 돌기 시작했다. 그리고 지역 상공회의소의 이익에 얽매이지 않는 뉴욕 시 일간지들은 에메랄드 아일의 소방관들을 죽인 사건이 개인의 불만으로부터 시작되었다는 기사를 실었다. 〈월드〉와 〈선〉 지는 콜하우스의 편지를 그대로 실었다. 월 콩클린은 모든 곳에서 경멸당했다. 사람들은 콩클린이 이 모든 사건을 일으키고 부하들을 죽음으로 몰고 간 멍청한 가해자라 여기며 증오했다. 한편으로 어떤 사람들은 콩클린이 니그로를 괴롭힐 줄만 알았지 그 니그로에게 하느님의 공포가 무엇인지 제대로 보여주지 못했다며 그를 경멸했다.

중산모를 쓴 남자가 날마다 브로드뷰 애비뉴의 집 근처 도로에 차를 세워놓고 그 안에 앉아 있었다. 아버지는 공식적으로 이에 대해 들은 바가 없었지만 어머니에게 자기가 경찰에게 신변 보호를 요청했다고 둘러댔다. 경찰이 자기의 제보를 고마워하는 한편 자신을 감시한다는 생각이 들었지만, 그런 생각을 어머니에게 알리는 것은 현명하지 못하다는 생각이 들었기 때문이다. 아버지는 경찰이 무슨 의심을 품고 있는 걸까 궁금했다.

콜하우스가 에메랄드 아일 소방서를 공격하고 정확히 일주일이 지난 새벽 여섯 시, 화이트 사의 타운카 한 대가 천천히 시 서부, 좁고 자갈 포장이 된 레일로드 플레이스로 들어섰다. 그 블록 중간에는 시립 제2소방서가 있었다. 차는 건물 옆에서 멈추었다. 건물 정문 앞에는 경찰 두 명이 졸린 눈을 하고 서 있다가 차에서 산탄총과 라이플을 든 흑인 몇 명이 내리는 모습을 보고 아연실색했다. 경찰 한 명은 놀라 바닥에 주저앉았다. 다른 한 명은 습격자들이 마치 총살대처럼 능숙하게 한 줄로 늘어서 신호에 따라 일제히 방아쇠를 당기는 동안에도 그냥 입만 벌린 채 꼼짝없이 서 있었다. 그러다 총격에 목숨을 잃었고, 소방서 문의 유리창은 산산조각이 났다. 이윽고 니그로 한 명이 달려 나오더니 깨진 유리창 너머로 작은 꾸러미 몇 개를 던졌다.

발포 명령을 내렸던 자가 길바닥에 주저앉아 공포에 떨고 있는 생존자에게 다가갔다. 그자는 생존자의 손에 편지를 쥐여주며 이 내용을 신문 기사로 내라고 차분한 목소리로 말했다. 이윽고 그자는 다른 니그로들과 함께 차를 타고 떠났다. 차가 떠나자 두 번 또는 세 번에 걸쳐 연쇄 폭발이 일어났고, 문이 산산조각 나면서 소방서는 순식간에 아수라장이 되었다. 불길은 삽시간에 소방서 건물에 붙어 있는 술집과 그리고 거리에서 손님들 주문에 따라 커피를 볶아주기도 하는 커피 판매상의 시설을 집어삼켰다. 커피콩 자루가 노란 연기를 내며 탔고, 그 뒤 몇 주 동안 주변에서는 커피 볶는 냄새가 진동을 했다. 결국 네 명의 시신이 발견되었는데, 모두 소방관이었다. 길 건너편에서는 나이 든 여자가 놀라 죽었는지 자기 방에서 시신으로 발견되었다. 리오 소방차 한 대와 구급차 한 대가 파손되었다.

이제 도시 전역이 공포에 떨었다. 아이들은 학교에 가지 않았다. 시민들은 시 당국과 윌리 콩클린에게 분노를 터뜨렸다. 소방관 대표단은 시청으로 행진해 갔으며, 자신들에게 경찰 대리인 자격을 부여하고 또한 무장을 허가해줄 것을 요구했다. 당황한 시장은 뉴욕 주지사에게 전보를 보내 도움을 요청했다. 콜하우스의 두번째 공격에 대한 보도가 전국 일간지의 1면을 장식했다. 기자들이 뉴욕에서 몰려왔다. 경찰서장은 흑인 살인자의 재범을 막지 못했다는 이유로 면직되었다. 경찰서장은 자기 사무실에서 기자회견을 가졌다. 범인은 자동차를 타고 돌아다닙니다, 경찰서장이 말했다. 범인은 치고 빠지기를 하고 있습니다. 그자가 어디에 있는지는 아무도 모릅니다. 몇 년 동안 뉴욕 주의 경찰서장들은 자동차와 운전자의 등록제를 주장해왔습니다. 만약 그 법이 통과되었다면 우리는 그 짐승을 쉽게 추적할 수 있었을 겁니다. 경찰서장은 이야기를 하며 책상 서랍을 비웠다. 경찰서장은 담배를 뻐끔거렸다. 경찰서장은 기자들과 함께 사무실을 나섰다. 이튿날 자동차 등록에 대한 법률안이 주의회에 제출되었다.

아버지는 공장에 니그로 두 명을 고용하고 있었다. 한 명은 잡역부였고, 다른 한 명은 로켓관 조립공이었다. 두번째 참사가 있던 날 두명 모두 출근하지 않았다. 사실 시내 어디에서도 니그로를 찾아볼 수 없었다. 이들은 문을 잠그고 집에 있었다. 그날 밤 경찰은 권총과 라이플을 가지고 길거리를 다니는 백인 여럿을 체포했다. 주지사는 시장의 요청을 받아들여 뉴욕 시에서 주 방위군 두 개 중대를 파견했다. 이들은 이튿날 도착했으며, 도착 즉시 고등학교 뒤에 있는 야구장에 천막을 쳤다. 아이들이 구경하려고 모여들었다. 지방 신문들은 호외를 발행했으며, 거기에는 콜하우스가 보낸 두번째 편지의 전문이 실려 있었다. 내용은 다음과 같았다. 첫째, 윌리 콩클린이라고 알려진 흰둥이 쓰레기를 내게 넘겨라. 둘째, 특별 주문한 인조가죽 천장을 댄 모델 T 포드 자동차를 원상 복구시켜 내게 넘겨라. 이 요구가 받아들여질 때까지 전쟁만이 있을 뿐이다. 미국 임시정부 대통령 콜하우스 워커 주니어.

이즈음 모든 이의 가장 큰 관심사는 콜하우스가 어떻게 생겼는가였다. 신문사들은 이를 알아내기 위해 치열히 경쟁했다. 기자들은 할렘에 있는 클레프 클럽 오케스트라 사무실로 몰려갔다. 하지만 악명 높은 피아니스트의 얼굴이 포함된 사진은 없었다. 허스트 사가 발행하는 『아메리칸』은 작곡가 스콧 조플린의 사진을 실으며 콜하우스라고 당당하게 우겼다. 조플린의 친구들은 소송을 하겠다고 위협했다. 작곡가 조플린은 불치병 말기라 자기에게 무슨 일이 일어나는지 알지 못했다. 신문사는 사과했다. 마침내 세인트루이스에서 발행되는 한 신문이 콜하우스의 사진을 실었고, 다른 여러 곳에서 이 사진을 가져다 썼다. 아버지는 그 사진 속 인물이 콜하우스가 맞다고 확인해주었다. 사진 속 인물은 다소 젊은 시절의 콜하우스로, 하얀 넥타이에 연미복을 입고 업라이트 피아노 앞에 앉은 모습이었다. 콜하우스는 건반 위에 두 손을 올려놓고, 카메라를 보며 웃고 있었다. 피아노 주위에는 벤조 연주자, 코넷 연주자, 트롬본 연주자, 바이올린 연주자, 그리고 작은 드럼 위로 몸을 숙여 자세를 취한 드럼 연주자가 있었다. 모두가 하얀 넥타이 차림이었다. 이들은 연주하는 듯 자세를 취하고 있었지만 사실은 그렇지 않다는 걸 확실히 알 수 있었다. 콜하우스의 머리에 동그라미가 그려져 있었다. 이 사진이 콜하우스를 가리키는 표준 사진이 되었다. 기사 제목을 뽑는 자들에게 깔끔히 정돈한 콧수염을 하고 즐겁게 웃고 있는 골상 좋은 흑인 남자가 살인자라는 사실은 그냥 지나치기에는 너무나 아까운 아이러니였다. 이들은 사진 설명에 '살인자의 미소'라고 써댔다. 또는 '미국 임시정부 대통령의 행복했던 시절'이라고 쓰기도 했다.

신문기자들의 광범위하고 끈질긴 조사 때문에 이 사건에 가족이 어떻게 얽혔는지도 드러나고 말았다. 기자들이 처음에는 한두 명씩, 나중에는 떼 지어 문을 두드리기 시작했고, 인터뷰를 거부당하자 노르웨이 단풍나무 아래에서 야영을 했다. 기자들은 갈색 아기를 보고 싶어했고, 콜하우스 그리고 콜하우스가 세라를 찾아온 것과 관련된 얘기라면 뭐든지 듣고 싶어했다. 창문 너머로 거실 안을 훔쳐보았으며 부엌으로 통하는 뒷문을 따고 집 안으로 들어오려고도 했다. 기자들은 밀짚모자를 쓰고 주머니에 수첩을 넣고 다녔다. 씹는담배를 질겅거렸고 씹던 담배를 아무 데나 뱉었으며 꽁초를 잔디에 버리고 구두 뒤축으로 짓이겨댔다. 뉴욕 신문들에 집 사진이 실렸다. 기자들은 아버지의 탐험에 대해 잘 알지도 못하면서 마구잡이로 써댔다. 창문에는 블라인드가 쳐졌고 소년은 밖에 나가지 못하게 되었다. 집 안은 질식할 것만 같았고 밤이 되면 잠든 외할아버지가 신음을 냈다.

만약 가족이 콜하우스의 아들에게 머무를 곳을 제공하고 있다는 논란만 일어나지 않았더라면 어머니는 이 모든 걸 잘 견뎌낼 수 있었으리라. 길고 긴 저녁시간이 되면 차들이 줄지어 언덕을 올라왔고, 구경꾼들은 아기 얼굴을 보려고 목을 길게 빼고 창문 너머를 기웃거렸다. 뉴욕 아동 복지부에서 나온 관리는 고아, 부랑아, 사생아 들을 위해 운영하는 훌륭한 보호소들이 있으니 아직 이름도 없는 이 사생아를 그곳에 맡겨야 한다고 주장했다. 어머니는 아기를 자기 방에 두었다. 어머니는 더 이상 아기를 아래층으로 데려가지 않았다. 어머니는 해야 할 일이 있을 때면 아들에게 아기를 보게 했다. 어머니는 머리를 매만져 올릴 시간이 없어 늘 어깨 너머로 흘러내리게 놔두었다. 어머니는 아버지를 쌀쌀맞게 대하면서도 전혀 거리낌이 없었다. 당신 금고를 열어주세요, 어머니가 말했다. 도우미를 좀 써야겠어요. 아버지는 재정면에서 보수적이었지만 이전까지 어머니는 이에 대해 일언반구도 하지 않았다. 가족은 늘 아버지가 버는 수준 이하로 살아왔다. 아버지는 어머니의 말에 괴로워했지만 요리를 할 여자, 그리고 빨래를 하고 집안일을 할 여자를 고용해 집에 머물게 했다. 또한 시간제 정원사였던 사람을 고용해 차고 위의 방들을 쓰게 했다. 외할아버지에게는 이미 낮 동안 돌봐줄 전문 간호인이 있었다. 구경꾼들에 둘러싸인 집은 이제 전쟁 막사처럼 북적였다. 소년은 거치적거린다며 어른들에게 계속해 혼이 났다. 소년은 자기 어머니가 묶지 않아 얼굴 옆으로 흘러내린 머리를 하고 두 손을 꽉 잡은 채 방 안을 서성이는 모습을 지켜보았다. 어머니는 여위었고, 언제나 후덕하게 둥그스름하던 턱은 인색해 보였으며 심지어 뾰족해진 듯했다.

이 위기 상황이 가족을 황폐화시키고 있는 건 확실했다. 아버지는 말은 하지 않았지만 자기 가족이 축복을 받았다고 늘 생각해왔다. 아버지는 이제 그 축복이 사라졌다고 느꼈다. 아버지는 자신이 바보스러웠고 무거운 짐을 진 느낌이었으며, 상황이 요구하는 일만 처리하는 듯했다. 모든 것은 콜하우스가 지배하고 있었다. 아버지는 북극에, 아프리카에, 필리핀에 가보았다. 서부에도 가보았다. 하지만 세상은 점점 더 이해할 수 없는 곳이란 느낌만 들었다. 아버지는 서재에 앉아 있었다. 누구를 생각해봐도, 심지어 외할아버지를 생각해봐도 자신의 실패만 점점 더 뚜렷이 생각날 뿐이었다. 아버지는 외할아버지를 예의 바르면서도 거만하게 대했고, 외할아버지가 병상에 눕기 전부터 이미 노인 취급을 했다. 외삼촌과는 완전히 사이가 틀어져버렸다. 늘 자신을 존중해주던 아내는 이제 자신을 철저히 깔보는 듯했다. 몸은 여전히 탐험가이지만, 정신은 자기 아버지처럼 편견에 갇힌 듯했다. 아버지는 자기 아버지처럼 감정이 마르고 모든 일에 의욕이 없으며 희번덕거리는 눈으로 곁눈질하는 노인이 되기 시작했다. 이렇게 변하지 않을 수는 없었던 걸까?

아버지는 아들을 소홀히 대했던 점을 가장 자책했다. 아버지는 소년에게 말을 건 적도 없었으며 친근하게 대하지도 않았다. 아버지는 자신이 소년의 모범이 될 거라고 믿어왔다. 자신은 아버지와 다른 존재가 되기 위해 평생을 보냈으면서 그런 생각을 하다니, 정말 거만하고 멍청한 바람이었다. 아버지는 소년이 어디에 있는지 찾았다. 소년은 방바닥에 앉아 기사를 읽고 있었다. 존 J. 맥그로의 훌륭한 지도 아래 뉴욕 야구팀이 멋진 경기를 펼쳤다는 내용이었다. 그 팀의 경기를 보고 싶니? 아버지가 말했다. 소년은 깜짝 놀라 고개를 들었다. 그러지 않아도 방금 그 생각을 하고 있었어요, 소년이 말했다. 아버지는 어머니 방으로 갔다. 아버지가 말했다. 내일 난 저애하고 야구 경기를 보러 갈 거예요, 아버지가 너무나도 당당하게 이 말을 했기 때문에 어머니는 미쳤군요, 하고 말하고 싶은 마음을 꾹 참았고, 아버지가 방을 나가자 어머니는 대체 자신이 왜 그런 말을 하려고 했을까 궁금해했다. 사랑과는 너무나도 동떨어진 감정이었기 때문이다.

30

이튿날 오후, 아버지와 아들은 집을 나섰고, 퀘이커 리지 로드에 있는 기차역까지 얼마 안 되는 거리를 걸어갔고, 그 뒤를 기자 둘이 줄레줄레 뒤따랐다. 우리는 자이언츠 팀 야구 경기를 보러 가는 거요, 아버지가 기자들에게 말했다. 그것뿐이오. 투수가 누구죠? 기자 가운데 한 명이 물었다. 루브 마쿼드예요. 최근 세 경기에서 내리 이겼어요. 소년이 말했다.

이들이 퀘이커 리지에 도착하자마자 기차가 들어왔다. 뉴욕 웨스트체스터 앤드 보스턴 철도 회사의 기차였다. 하지만 이 기차는 보스턴 근처에도 가지 않았으며 뉴욕까지 가지도 않았다. 기차는 브롱크스를 향해 부드럽게 달렸고, 이들은 환승역에 도착해 155번가를 가로지르는 시가전차로 갈아타고 할렘 강을 건너 쿠간스 블러프에 있는 폴로 그라운즈로 갔다.

청명한 오후였다. 맑고 파란 하늘에 하얀 구름들이 힘차게 흘러갔다. 전차가 다리를 가로질러갈 때 쿠간스 블러프에 커다란 나무들이 서 있는 게 보였다. 나무들은 지금 이 계절에도 잎이 없었으며, 나뭇가지에는 돈을 내고 야구장에 들어가 경기를 관람하는 대신 나무에 올라 경기를 지켜보려는 중산모를 쓴 사람들이 바람에 흔들리는 검은 꽃처럼 매달려 있었다. 아버지도 아들만큼 들떠 있었다. 아버지는 뉴로셸을 벗어난 것이 무척이나 기뻤다. 야구장에 도착하자 수많은 사람들이 고가전차에서 내려 계단을 내려왔으며, 택시들이 멈추어 승객을 토해냈고, 신문 파는 아이들은 게임 일정표를 팔고 있었고, 거리는 온통 열기로 가득했다. 차들은 경적을 울렸다. 머리 위 고가전차들은 거리에 얼룩덜룩한 그림자를 드리웠다. 아버지는 값비싼 50센트짜리 입장권을 구입하고 칸막이석을 위해 돈을 더 지불했고, 둘은 경기장에 들어가 1루 뒤쪽의 두 줄짜리 관중석에서 아래쪽에 앉았다. 한두 이닝 정도는 해가 비치기 때문에 손으로 눈가리개를 만들어야 하는 곳이었다.

자이언츠 팀은 검은색 세로 줄무늬가 들어간 헐렁한 흰색 유니폼을 입고 있었다. 감독인 맥그로는 배가 불룩 나온 몸통에 두터운 검은색 카디건을 걸쳤는데, 왼쪽 소매에는 'NY'라는 글자가 화려하게 새겨져 있었다. 맥그로는 키가 작고 호전적이었다. 선수들과 마찬가지로 두꺼운 가로 줄무늬 양말을 신었고, 꼭대기에 단추가 달린 작고 납작한 챙모자를 쓰고 있었다. 그날 오후 상대팀은 보스턴 브레이브스로, 선수들은 감색 플란넬 유니폼의 단추를 목까지 채우고 깃을 세우고 있었다. 쾌적한 바람이 불어와 운동장에 흙먼지를 날렸다. 경기가 시작되었고, 곧 아버지는 자리를 잘못 골랐다는 사실을 깨닫고 후회했다. 선수들이 거칠게 쏟아붓는 욕설이 빠짐없이 아들 귀에 들렸기 때문이다. 공격팀 선수들은 투수를 향해 온갖 욕설을 해댔다. 팀의 지휘관이자 아버지 같은 이미지의 맥그로 자신도 3루 쪽에 서서 어떻게 저런 단어들을 연결해 말할 수 있을까 싶을 정도로 비열하고 무면감 넘치는 말들을 상대팀 선수 하나하나에게 끊임없이 퍼붓고 있었다. 맥그로의 거슬리는 목소리가 경기장 구석구석까지 파고들었다. 관중들 역시 그 열정은 맥그로 못지않았다. 경기는 엎치락뒤치락, 박빙의 접전이었다. 주자가 2루로 슬라이딩하면서 자이언츠 팀의 2루수를 들이받자, 2루수는 비명과 함께 절룩거리며 베이스 주위를 빙빙 돌았고 스타킹 위로 피를 철철 흘렸다. 양 팀 선수들이 더그아웃에서 뛰쳐나왔고, 모두가 싸움을 벌이고 운동장에서 뒹구는 동안 경기는 몇 분 정도 중단되었으며 관중들은 자기 팀을 응원해댔다. 싸움이 있고 한두 이닝 뒤에, 자이언츠의 투수인 마쿼드는 제구력을 잃고 보스턴 타자를 공으로 맞히고 말았다. 공에 맞은 타자는 쓰러졌다가 일어나더니 방망이를 휘두르며 마쿼드에게 달려갔다. 다시 한 번 양쪽 더그아웃이 텅 비었고, 선수들은 서로 주먹을 휘두르며 운동장에서 드잡이를 했고, 운동장에는 먼지가 뽀얗게 일었다. 관중들은 이번에는 운동장으로 소다수 병을 던져댔다. 아버지는 경기 안내 프로그램을 읽어보았다. 자이언츠 팀에는 머클, 도일, 메이어스, 스노드그래스, 허조그 같은 선수들이 있었다. 보스턴 팀에는 토끼라는 별명으로 불리는 매 런빌이라는 유격수가 유명했는데, 이 선수는 등을 구부정하게 한 자세로 자기 위치 주변을 어슬렁거리며 긴 팔로 마치 유인원처럼 풀 뽑는 행동을 하는 것으로도 유명했다. 부치 슈미트라는 1루수도 있었고 코크런, 모런, 헤스, 루돌프 같은 선수도 있어, 이로부터 아버지는 프로야구가 이민자들이 주축이 되어 진행된다는 결론을 내렸다. 경기가 재개되었을 때 아버지는 타자들을 유심히 살펴보았다. 사실상 타자들은 제분소와 농장에서 온 일꾼 출신으로, 교양 없고 거칠고 햇볕에 그을린 피부에 손은 솥뚜껑만 했는데, 담배를 씹느라 볼을 씰룩거리며 경기에 온 정신을 집중하고 있었다. 경기장의 선수들은 커다란 가죽 글러브를 끼고 있어서 마치 옷을 반만 입은 광대처럼 보였다. 다이아몬드 모양 경기장은 거담제로 얼룩져 있었다. 경기 중에 침을 뱉지 말자는 캠페인이 무색했다. 보스턴 팀에서는 한 소년이 야구방망이를 주워 다시 더그아웃에 가져다두었는데, 자세히 보면 소년이 아니라 난쟁이로, 무늬는 다른 선수들이 입은 것과 같지만 체형에 맞춰 줄인 유니폼을 입고 있었다. 남자는 소프라노처럼 새된 목소리로 고함을 지르고 욕을 내뱉었다. 방망이를 가지러 온 선수 대부분은 우선 남자의 머리를 만졌고 남자 역시 그걸 마다하지 않았는데, 아버지는 이 행동이 일종의 행운을 비는 의식임을 깨달았다. 자이언츠 쪽에는 난쟁이가 없었지만 유니폼이 잘 맞지 않는, 이상할 정도로 빼빼 마른 사람이 있었다. 남자는 눈이 풀린 사시로 진짜를 방불케 할 만큼 힘껏 팔을 휘둘러 상상 속의 공을 던졌고, 자신의 고독을 노래하는 이런 나른한 무언극을 통해 게임에 영향을 미치는 듯했다. 괴상하게 생긴 그의 모습은 꼭 야만인처럼 보였다. 남자는 마치 풍차처럼 완벽한 원을 그리며 팔을 돌려댔다. 아버지는 경기보다는 이 불행한 사람을 더 집중해서 보기 시작했다. 보스턴의 난쟁이와 마찬가지로 이자 역시 자이언츠 팀의 마스코트였다. 게임이 지지부진해질 때면 관중들은 그에게 고함을 지르고 남자의 기괴한 짓에 박수를 보내곤 했다. 당연히 프로그램에는 남자의 이름이 팀 마스코트로 올라가 있었다. 남자의 이름은 찰스 빅터 파우스트였다. 자신이 선수라고 생각하는 것으로 미루어 짐작건대 남자는 분명히 바보였고, 사람들의 흥밋거리로 거기에 끼어 있었다.

아버지는 이십 년 전 하버드 대학에서 야구 경기를 구경하던 때를 떠올렸다. 당시 선수들은 서로 존칭을 붙여 말했으며, 백 명도 되지 않는 대학생 관중 앞에서 제대로 된 유니폼을 입고 열심히, 그리고 스포츠맨답게 경기에 임했다. 아버지는 자신이 향수에 젖었다는 사실이 불안했다. 아버지는 자신이 늘 진보적이라고 생각했다. 아버지는 미국의 정치체계가 완벽하다고 믿어왔다. 예를 들어, 아버지는 적절한 지도를 받은 니그로라면 제대로 된 인간 구실을 하지 못할 이유가 전혀 없다고 생각했다. 아버지는 개인의 노력과 통찰력은 믿어도 귀족주의는 믿지 않았다. 아버지는 할아버지가 재산을 날린 덕분에 자신이 속한 부류의 사람들이 가진 편견을 무조건적으로 받아들이지 않게 되었다고 여겼다. 그러나 하늘을 인 야구장의 공기에서는 술집 냄새가 났다. 오후의 비스듬한 햇살을 받은 경기장은 시가 연기로 가득했고, 덕분에 경기장은 마치 거대한 동굴처럼 느껴졌으며, 만 명도 넘는 사람들이 환성과 욕을 고래고래 질러대는 속에서 아버지는 불결한 우주에 짓눌린 듯한 느낌으로 앉아 있었다.

센터필드 뒤쪽으로 지붕이 없는 좌석과 외야석 너머에는, 아웃 카운트, 경기 이닝, 안타, 득점 상황을 표시하는 거대한 상황판이 있었다. 한 남자가 비계(飛階)를 따라가 경기 상황을 요약해놓은 널을 상황판에 걸었다. 아버지는 의자 깊숙이 앉았다. 오후가 저물어가자 아버지는 자신이 보는 것이 단순한 야구 경기가 아니라, 자신이 처한 상황을 멀리서도 볼 수 있는 숫자 암호로 정교하게 표현한 무엇이라는 환상을 즐기기 시작했다.

아버지는 고개를 돌려 아들을 보았다. 이 경기가 뭐가 그리 좋으니? 아버지가 물었다. 아들은 경기장에서 눈을 떼지 않았다. 똑같은 일이 계속 반복되는 거요, 아들이 말했다. 타자가 칠 수 있다고 속게끔 투수가 공을 던지는 거요. 하지만 타자가 칠 때도 있잖니? 아버지가 말했다. 그러면 투수가 속는 거죠, 소년이 말했다. 그때 보스턴의 투수인 허브 퍼듀가 던진 공을 뉴욕 타자인 레드 잭 머리가 쳤다. 공은 좁은 포물선을 그리며 공중으로 높이 치솟더니 그 궤도에서 잠깐 멈춘 듯이 보였다. 아버지는 깜짝 놀라며 공이 자신들에게 곧장 날아오는 것을 깨달았다. 소년이 펄쩍 뛰어올라 두 손으로 공을 잡았고, 두 손에 가죽공을 잡고 서 있는 동안 뒤쪽에서 환호성이 일었다. 한순간 경기장의 모든 시선이 둘을 향했다. 이윽고 자신을 야구선수라 여기는 흐리멍덩한 눈의 바보가 담장을 넘어 둘에게 오더니 소년을 응시했다. 헐렁한 플란넬 셔츠를 입은 그자의 팔과 손에서 경련이 일었다. 그자는 비정상적일 정도로 커다란 머리에 터무니없이 작은 모자를 쓰고 있었다. 소년은 담담히 공을 그에게 내밀었고, 그자는 정신이 멀쩡한 사람처럼 싱긋 웃어 보이며 공을 받았다.

흥미로운 점은 그해 시즌 막바지, 자이언츠 팀이 우승을 확보해놓아서 남은 경기의 승패에 아무런 부담이 없게 되었을 때, 찰스 빅터 파우스트가 한 이닝 동안 투수로 등판했다는 사실이다. 자신이 메이저리그의 선수라는 파우스트의 환상은 잠시나마 현실로 실현되었다. 그리고 얼마 뒤 선수들은 파우스트에게 싫증을 내게 되었고, 감독인 맥그로도 파우스트를 더 이상 행운의 부적으로 여기지 않게 되었다. 파우스트는 유니폼을 빼앗기고 갑자기 내쫓겼다. 파우스트는 정신병원으로 돌아갔고, 몇 달 뒤 죽었다.

31

야구 경기가 끝났을 때, 아버지는 무척이나 걱정스러웠다. 아내 혼자 두고 온 게 멍청한 짓이었다는 생각이 들었다. 하지만 부자가 인파 속에서 야구장을 나설 때 소년이 아버지의 손을 잡았다. 아버지는 기분이 좋아졌다. 무개전차를 타고 오는 동안, 아버지는 팔로 소년의 어깨를 감쌌다. 뉴로셸에 도착해서 둘은 기차역에서부터 기분 좋게 걸어왔으며, 집에 도착해 큰 소리로 다녀왔다고 외쳤고, 아버지는 근래 들어 처음으로 자기 자신을 되찾은 듯한 느낌이 들었다. 어머니가 집 뒤편에서 나타났다. 어머니는 머리를 묶고 있었고 단정한 차림새에 웃음을 머금고 있었다. 어머니는 아버지를 껴안고는 말했다. 보여드릴 게 있어요. 어머니의 얼굴이 환히 빛났다. 어머니가 한쪽으로 비켜섰고, 세라의 아이가 잠옷 차림으로 가정부 손을 잡고 걷는 모습이 보였다. 아기는 아장아장 걷다가 가정부 치마에 매달리더니 다시 중심을 바로 잡고 자랑스러운 표정으로 아버지를 쳐다보았다. 모두가 소리 내어 웃었다. 이제는 안기지 않으려고 해요, 어머니가 말했다. 어디를 가든 걸어가려 하거든요.

소년이 한쪽 무릎을 꿇고 두 팔을 내밀자 아기가 가정부 치마를 놓고 뒤뚱거리며 점점 빠르게 걸어 소년에게 다가왔고, 비틀거리면서도 넘어지지 않고 걸어 마침내 소년의 품에 와락 안겼다.

그날 밤은 평온한 기운이 가족 모두를 감쌌다. 어머니의 조용한 방에서 아버지와 어머니는 밤늦게까지 서로의 속내를 털어놓았다. 한동안은 콜하우스가 잡히지 않을 듯했다. 그럴 경우 어머니와 아버지는 자신들이 지역사회로부터 점차 소외되리라는 사실을 알았다. 어머니와 함께 봉사활동을 하는 지인들 가운데 몇몇은 이미 그런 반응을 보였다. 어머니는 복수심에 가득 찬 당국이 분풀이로 세라의 아기를 빼앗아갈까봐 걱정했다. 아버지도 그 가능성을 부인하지 못했다. 그러나 이 시점에서 부모님은 무척이나 침착하게 상황을 판단했고, 덕분에 거짓으로 상대를 안심시킬 필요도 없었으며, 또한 두 사람 모두 느끼지도 못하는 낙관론에 속지도 않았다. 아버지는 만약 당국이 콜하우스를 항복시키려 어떤 방식으로든 아기를 이용하려 들면 절대 용납하지 않겠노라고 말했다. 우리는 이곳을 떠나야 해요, 아버지가 말했다. 하지만 어떻게요? 어머니가 말했다. 아버지는 아파서 누워 계시고, 방학은 아직 멀었고, 집안일을 위해 얼마 전에 고용한 사람들에 대한 책임도 있잖아요. 어머니는 오른손 집게손가락으로 왼손가락을 짚어가며 이런 문제점들을 열거했다. 즉 어머니 역시 떠나는 문제를 생각해왔으며, 아버지는 어머니가 자신의 결정을 기다리고 있음을 깨달았다. 아버지는 모든 걸 자신에게 맡기라고 말했다. 아버지가 책임을 떠맡자 어머니는 고마운 마음이 뜨겁게 일었다. 둘은 대화를 나누며 결국 서로 오랜 친구임을 확인했고, 한 침대에서 밤을 보냈다. 어머니는 아버지에게 섹스를 허락했으며, 아버지의 움직임에 반응하여 몸을 껴안고 엉덩이를 운지겼고, 아버지의 노력이 성공하길 바라며 응원의 애무를 계속했으며, 그 과정에서 아버지는 어머니가 이렇게 멋진 남자를 옆에 둔 점에 참으로 감사하게 생각한다는 사실을 몇 달만에 처음으로 다시 느꼈다.

모든 일의 해답은 애틀랜틱 시티인 듯했다. 아버지는 좋은 호텔을 찾아냈다. 브레이커스 호텔이었다. 바다 쪽 스위트룸을 빌릴 수 있는 데다가 아직 비수기라 값도 쌌다. 사우스 저지 해변은 기차로 몇 시간 정도 가면 쉽게 닿을 수 있는 곳으로, 집에서 너무 가깝지도 너무 멀지도 않았다. 따라서 아버지가 일요일 오후에 사업차 집에 돌아갈 때도 편리할 터였다. 이렇게 바람을 쏘이는 게 모두에게 좋을 것이었다. 외할아버지의 부러진 엉덩이뼈에 금속핀을 부목처럼 박는 최신식 정형외과 수술을 해준 의사는 침대에 누워만 있는 것은 외할아버지의 나이로 볼 때 아주 위험하니 되도록 목발을 짚고 다니거나 의자에 앉아 있도록 하라고 가족들에게 지시했다. 소년은 학교를 몇 주 정도 일찍 떠나야 했지만 공부를 아주 잘했기 때문에 심각한 불이익은 없을 터였다. 또한 집을 완전히 폐쇄하고 가구에 커버를 씌우고 방문을 모두 닫아두는 게 아니라, 아버지가 뉴로셸에 있는 동안 쓸 수 있게끔 관리인을 두기로 했다. 가정부는 어머니와 함께 해변에 머물기로 했다. 가정부는 신경이 좀 둔하지만 성실한 니그로 여자로, 갈색 피부의 아이가 가족과 함께 있는 이유를 자연스레 설명해주는 역할도 했다.

이런 계획을 짠 가족은 출발 준비를 했다. 가족은 추하게 돌아가는 상황 속에서도 거의 병적이다 싶을 정도로 웃음을 잃지 않으려 애썼다. 새로 온 경찰서장은 뉴욕 시에서 살인 전담반에 있다가 퇴직한 경감이었는데, 부임하자마자 불길한 수사 방향을 지시했다. 경감은 부임한 첫날, 기자들에게 시립 제2소방서에 쓰인 폭발물은 솜화약과 뇌산수은을 섞어 만든 아주 정교한 폭탄으로, 전문가만이 제조할 수 있으며 피아니스트인 콜하우스는 만들 수 없다고 했다. 서장은 그 니그로가 차를 사고 무장 흑인 갱을 고용할 돈을 어디서 구했는지가 문제라고 했다. 무장 갱들은 현찰을 받고 움직였을 게 거의 확실하다고 했다. 그자는 자기 패거리에게 돈을 지불해야 합니다. 비용이 들지요. 대체 그자는 어디서 그 돈을 마련했을까요? 이렇게 조용한 도시에서 그런 습격을 벌이며 어디에 머무르는 걸까요? 이곳에 공산주의자 대여섯 명이 있습니다. 저는 당장이라도 그자들을 감금해두고 싶습니다. 곧 답을 찾을 수 있을 겁니다.

이 언급은 곧 널리 알려져, 급진주의자들이 음모를 꾸몄다는 암시를 주었고, 그러지 않아도 잔뜩 동요된 시민들에게 최악의 영향을 끼쳤다. 주 방위군이 거리를 순찰했다. 자기 동네 밖을 돌아다니던 니그로들이 고초를 겪는 사건이 몇 번 일어났다. 도시 여기저기에서 잘못된 화재 경보가 울려 그때마다 매번 소방 기계를 끌어내야 했으며, 경찰과 기자 들도 덩달아 차에 올랐다. 기자와 군인, 그리고 경찰차를 탄 까닭에 눈에 아주 잘 띄는 경찰들이 사방에 깔려 있었고, 그로 인해 고통스럽고 폭발할 듯한 분위기가 뉴로셸을 가득 메웠다. 일요일 아침이면 교회에 사람들이 몰렸다. 교회가 이렇게 북적이긴 처음이었다. 사고로 응급실을 찾는 이들이 전보다 훨씬 더 많아졌다. 사람들은 불에 데고, 칼에 베이고, 양탄자에 걸려 넘어지고, 계단에서 굴러 떨어졌다. 몇 명은 낡은 총을 손질하다가 총상을 입고 입원했다.

그사이 콜하우스가 보낸 편지들에 관해서는 신문이 행정당국보다 먼저 행동에 나선 듯 보였다. 신문사는 몇 호에 걸쳐 콜하우스의 차를 파이어하우스 연못에서 건져내야 한다고 주장했는데, 아마도 신문에 사진을 싣기 위해서인 듯했다. 결국 그 주장이 먹혀들었다. 기중기가 연못으로 와서 콜하우스의 차를 건져냈다. 차는 괴물 같았는데 타이어에서는 진흙이 뚝뚝 떨어졌고, 엔진 뚜껑에서는 물과 진액이 흘러나왔다. 차는 모든 사람이 볼 수 있도록 연못 둑 너머에 놓였다.

그러나 이제 행정당국이 당황할 차례였다. 건져낸 포드 차는 그 흑인이 불만을 품게 된 명백한 증거가 되었기 때문이다. 기계를 신뢰하고 기계가 할 수 있는 일을 가치 있게 생각하는 사람들은 물에 잠겨 완전히 망가진 콜하우스의 차를 보고 기분이 상했다. 차의 사진이 신문에 실린 뒤 그 차를 보기 위해 수많은 사람들이 몰려들었고, 결국 경찰은 그 지역을 차단해야만 했다. 체면을 구겼다고 느낀 시장과 시의원들은 새로이 그 유색인 미치광이를 비난하기 시작했으며, 어떤 방식으로든 그자와 타협을 한다는 건 이 나라의 모든 반역자와 급진주의자와 흑인 들로 하여금 법을 비웃고 성조기에 침을 뱉어달라고 비는 일과 마찬가지로 정부는 꼭 그 흑인의 항복을 받아낼 거라고 말했다.

설사 협상을 해야 한다는 여론이 있다 할지라도 그 살인자와 어떻게 연락을 하면 되는지 아는 이가 아무도 없었다. 물론 그런 여론도 없었고, 신문사조차 그런 제안을 하지 않았다. 콜하우스는 언제까지 시간을 주겠노라고 밝히지 않았고, 그래서 다음 공격이 언제 있을지 아무도 알 수 없었다. 사실 뉴욕 〈월드〉는 정신과 의사의 말을 인용해 '미국 임시정부 대통령 콜하우스 워커'라고 서명된 두번째 편지는 범인이 첫번째 편지를 보냈을 때보다 정신 상태가 훨씬 더 망가져 있다는 증거이며, 그렇게 계속 자기 망상에 빠져가는 미치광이를 정상인처럼 대하는 것은 비극적인 실수가 될 거라고 경고했다.

하지만 이 문제를 해결하는 가장 현실적인 방법은 뉴로셸에 사는 일반 시민들 손에 맡겨졌다. 시민들은 한결같이 윌리 콩클린에게 시를 떠나라고 요구했다. 분노한 시민 몇몇은 콩클린에게 직접 편지를 쓰기까지 했다. 콩클린은 자신에게 배달된 익명의 편지들을 경찰서에 가져왔는데, 거기에는 만약 콩클린이 짐을 꾸려 뉴로셸을 떠나지 않으면 편지를 쓴 자신들이 콜하우스의 역할을 대신하겠노라고 적혀 있었다. 콩클린의 다른 행동과 마찬가지로 행정당국에 편지를 보여준 것 역시 콩클린의 실수였다. 콩클린의 기대와 달리 그 편지들은 행정당국의 동정을 불러일으키지 못했다. 오히려 당국은 그 편지가 제안하는 바를 지지하기로 마음먹었다. 사건이 벌어진 순간부터 콩클린은 자신이 백인들의 우상이 되어야 한다고 생각했기에 백인들이 자기를 그렇게 대하지 않는 이유를 이해할 수가 없었다. 인기가 없어지면 없어질수록 콩클린은 당혹해했다. 야비한 이 인간은 상황을 전혀 이해하지 못했으며, 도시를 떠나라는 시민들의 요구가 크게는 긴장을 완화시키고 작게는 자신의 목숨을 구하는 결과를 낳으리라는 사실을 전혀 내다보지 못했다. 콩클린은 자신이 소위 '깜둥이 애호가'들에 의해 희생양이 되고 있다고 느꼈으며, 이제 뉴로셸 시민 모두가 이런 깜둥이 애호가가 된 듯 보였다. 콩클린은 무기력한 상태에 빠졌고, 아내와 다른 사람들이 떠날 준비를 하고 있는데도 그냥 지켜보기만 했다.

상황을 완전히 통제할 수 있는 이는 아무도 없었으며, 시 당국, 경찰, 주 방위군, 시민 모두가 불안해했고 흑인 게릴라들에 무방비 상태로 있었다. 이런 상황에서 콜하우스가 내건 두 가지 조건들이 완전하게는 아니지만 어느 정도는 받아들여졌다. 우선 콜하우스의 포드 모델 T가 연못에서 건져졌기에 협상 가능성이 내비쳐졌으며, 만약 콜하우스가 뉴로셸에서 발행되는 두 종류의 신문을 읽을 수 있는 지역에 있다면, 콩클린 가족이 뉴욕 시로 도망쳤다는 사실을 두 신문 역사상 가장 커다란 헤드라인을 붙여 발행한 기사로 읽었을 터였다. 물론 당국이 어떤 양보를 한 것도 아니었으며, 거리는 주 방위군과 민간 경비대들로 복작였다. 하지만 상황이 변했다. 한 신문은 사설에서 이렇게 주장했다. 콩클린이 뉴욕 시로 갔으니 콜하우스에게 그곳을 불태우라고 하자. 그럴 게 아니라면 누구든 자기 식으로 정의를 실행하려는 자는 결국 문명화되고 단호한 사람들과 적대적 관계에 놓이며, 자신이 실현하려는 바로 그 정의를 모독하게 되리라는 원리를 받아들여야 할 것이다.

이 모든 상황과 대조적으로 가족의 출발은 사적이었으며 기사화되지도 않았다. 아버지는 짐을 급행 철도 화물로 부쳤다. 만일의 경우를 대비해 사둔 서랍과 칸이 여러 개인 고리버들 세공 짐가방 두 개와 옷을 걸 널찍한 옷장, 놋쇠 장식이 박힌 군용 트렁크와 옷가방 여러 개와 모자 보관함 등이었다. 가족은 이른 새벽에 출발하는 기차를 탔다. 그날 아침 느지막이, 가족은 뉴욕 펜실베이니아 역에서 애틀랜틱 시티로 가는 연결편에 올랐다. 이 역은 스탠퍼드 화이트와 찰스 매킴의 회사가 설계했다. 돌기둥으로 된 역의 외관은 로마 카라칼라 시대의 목욕탕을 본떠 만든 것으로, 31번가에서 33번가, 7번 애비뉴에서 8번 애비뉴에 걸쳐 있었다. 사환들이 외할아버지가 휠체어 타는 걸 도와주었다. 어머니는 하얀 정장 차림이었다. 세탁부는 세라의 아기를 안고 있었다. 역사 내부는 상당히 거대해서 사람들이 꽉 차 있었음에도 사람들의 말소리가 웅얼웅얼하는 소리로밖에는 들리지 않았다. 소년은 건물 지붕을 쳐다보았다. 철 늑재와 바늘처럼 가느다란 철 기둥이 녹색 유리로 된 물결 모양의 둥근 천장과 아치들을 받치고 있었다. 부드러운 크리스털 먼지 같은 햇살이 유리 지붕을 뚫고 내려왔다. 기차들이 모인 곳으로 내려가며 소년은 좌우를 살폈다. 소년의 시야가 미치는 끝까지 기관차들이 서 있었고, 이 기관차들은 더는 못 기다리겠다는듯 증기를 내뿜고 삑삑 소리를 지르고 종을 울리며 어서 떠나기만을 기다리고 있었다.

32

외삼촌은 어떻게 되었을까? 외삼촌은 열과 성을 다해 콜하우스를 변호했지만 그 주장이 무시당하자 집을 나가서는 돌아오지 않았다. 식구들은 외삼촌의 무뚝뚝한 성격을 잘 알았기 때문에 별 신경을 쓰지 않았다. 외삼촌은 아버지의 국기 및 화약 제조 공장에 가끔씩 나타나 급료를 타 갔다. 외삼촌은 가족이 떠날 때 곁에 없었고, 그래서 어머니는 메모를 써서 현관 근처 탁자에 올려두었다. 하지만 외삼촌은 끝내 나타나지 않았다.

수방서 공격이 있고 며칠 뒤 외삼촌은 세라이 장례식을 주관했던 할렘의 장의사를 찾아갔다. 장의사가 문간에서 외삼촌을 맞이했다. 콜하우스 워커 씨를 만나고 싶습니다, 외삼촌이 말했다. 저를 만나는 게 안전하다는 생각이 들 때까지 매일 저녁 맨해튼 카지노의 아케이드에서 기다리겠다고 전해주십시오. 장의사는 외삼촌의 말을 무표정하게 들었고, 외삼촌이 하는 말을 알아들었는지 아닌지 아무런 반응도 보이지 않았다. 어쨌든 외삼촌은 매일 저녁 카지노에서 기다리며 카지노를 찾는 흑인 손님들의 눈총을 견뎠다. 이따금씩 고가전차가 8번 애비뉴를 지나며 건물을 뒤흔들었다. 날씨는 따뜻했고, 저녁 연주가 시작되면 가끔 열어놓곤 하는 극장의 화려한 유리문을 통해 짐 유럽이 연주하는 당김음 음악 선율과 관중들의 박수 소리가 들렸다. 물론 콜하우스는 소방서를 공격하기 몇 주 전에 오케스트라를 그만두고 거처를 옮겼다. 그래서 추적하던 경찰에게 콜하우스는 마치 존재하지 않는 인물처럼 느껴졌다.

외삼촌이 밤새 기다린 지 나흘째 되던 날, 잘 차려입은 유색인 젊은이가 다가오더니 10센트 은화 하나만 달라고 했다. 그렇게 잘 차려입은 사람이 잔돈을 구걸한다는 게 놀라웠지만, 외삼촌은 아무런 내색 없이 주머니를 뒤져 은화를 꺼내 주었다. 그러자 돈을 받은 자는 싱긋 웃으며 잔돈이 더 있는 거 같은데 25센트짜리 하나를 더 줄 수 없냐고 물었다. 외삼촌은 상대의 눈을 빤히 들여다보았고, 그자가 뭔가를 결정하기 위해 자신을 탐색한다는 사실을 깨달았다.

이튿날 저녁 외삼촌은 그 유색인을 찾으려 했지만 보이지 않았다. 대신 관중들이 모두 안으로 들어간 뒤 아케이드 밑에 누군가 다른 이가 서 있는 게 보였다. 정장 차림에 중산모를 쓴 젊은이였다. 남자는 갑자기 걷기 시작했고, 외삼촌은 충동적으로 그 뒤를 따랐다. 외삼촌은 그를 따라 초라한 집들이 늘어선 거리를 지나 벽돌 포장이 된 교차로를 건넜고, 여러 골목을 지나고 모퉁이를 돌았다. 외삼촌은 자신이 몇몇 거리를 한 번 이상 지났다는 사실을 깨달았다. 마침내 외삼촌은 젊은이를 따라 조용한 샛길에 접어들었고, 어느 적갈색 석조 건물의 지하실로 통하는 문 앞 계단에 도착했다. 문은 열려 있었다. 외삼촌이 안으로 들어가 짧은 통로를 지나 다시 문을 지나니 그 안에 콜하우스가 팔짱을 끼고 탁자 앞에 앉아 있었다. 방 안에 다른 가구들은 전혀 없었다. 콜하우스 주위로는 니그로 젊은이들이 경호원처럼 서 있었다. 이들은 모두 콜하우스의 특징이라 할 수 있는 정중한 태도를 갖추었고, 옷차림 역시 콜하우스처럼 잘 다려진 정장에, 깨끗한 옷깃, 넥타이, 넥타이핀을 하고 있었다. 외삼촌은 자신이 따라온 자, 그리고 전날 저녁 자신에게 10센트를 구걸했던 자를 알아볼 수 있었다. 등 뒤로 문이 닫혔다. 원하는 게 뭐지? 콜하우스가 물었다. 외삼촌은 그 질문에 대한 답을 준비해두었다. 정의, 문명, 모든 인간이 인간답게 살 권리에 대한 멋진 답변이었다. 하지만 막상 그 질문을 받자 준비한 답은 전혀 떠오르지 않았다. 전 폭탄을 만들 수 있습니다, 외삼촌이 말했다. 폭파시키는 방법을 알아요.

이렇게 하여 외삼촌은 무법자이자 혁명주의자로서의 삶을 시작했다. 가족은 한동안 이 사실을 알지 못했다. 정황에 비추어 딱 한 가지가 외삼촌과 그 흑인을 연결시키고 있었는데, 그것은 아버지의 공장에서 화약 여러 통과 다양한 종류의 건성 화학제가 사라졌다는 사실이다. 아버지는 도난 신고를 했지만, 경찰은 이를 심각하게 받아들이지 않고 잊어버렸다. 경찰은 콜하우스 사건에 정신이 없었다. 여러 날에 걸쳐 외삼촌은 화학물질들을 할렘의 지하 아파트로 날랐다. 그리고 강력한 폭탄 세 개를 제조했다. 외삼촌은 금빛 콧수염을 깎고 머리를 밀었다. 태운 코르크로 얼굴과 손을 검게 칠했고, 입술이 두터워 보이도록 윤곽을 그려 넣었으며, 중산모를 쓰고, 눈을 이리저리 굴리고 다녔다. 이렇게 함으로써 외삼촌은 자신의 존재를 어색하게 여기던 콜하우스의 젊은 추종자들로부터 신임을 얻었고, 그들과 함께 시립 제2소방서 공격에 가담하여 폭탄을 던짐으로써 자신을 포함한 모두에게 스스로의 진가를 보여주었다.

이렇게 비밀스러운 내용을 우리에게 알려준 이는 바로 외삼촌 본인이었다. 외삼촌은 할렘에 도착한 날부터 일 년쯤 뒤 멕시코에서 죽을 때까지 일기를 썼다. 콜하우스 워커는 자신의 슬픔을 전쟁을 위한 촉매로 썼다. 세라를 잃은 슬픔, 그리고 둘이 누렸을 행복한 삶에 대한 아쉬움은 고대 전사들이 복수를 다짐하는 의식으로 굳어졌다. 외삼촌은 확고한 결의에 찬 콜하우스의 독특한 시선이 현실을 넘어 무덤을 들여다보는 것만 같다는 인상을 받았다. 젊은이들은 콜하우스에게 절대적으로 충성했는데, 그 이유는 아마도 콜하우스가 그런 충성을 요구하지 않았기 때문일 것이다. 용병은 아무도 없었다. 외삼촌 말고도 다섯 명이 있었으며, 가장 나이가 많은 사람은 이십 대였고, 가장 어린 자는 열여덟이 채 안 되었다. 젊은이들이 콜하우스에 보이는 존경심은 숭배에 가까웠다. 그자들은 재고 관리원이나 배달부 같은 일을 해서 번 돈을 공유하며 적갈색 석조 건물 지하실에서 함께 살았다. 외삼촌은 뉴로셸을 완전히 떠나기 전에 아버지의 국기 및 화약 제조 공장에서 받은 상대적으로 많은 급료 봉투들을 아낌없이 보탰다. 그들은 돈 관리를 철저히 했다. 단 한 푼도 빠뜨리지 않고 꼼꼼히 입출금 내역을 기록했다. 모두 콜하우스의 옷을 본떠서 만들어 입었으며, 그래서 양복과 꼼꼼하게 솔질한 검은 중산모는 일종의 제복이 되었다. 그들이 방에서 나와 걸을 때는 마치 순찰을 도는 군인 같았다.

저녁이 되면 그들은 모여 앉아 몇 시간이고 자신들의 현재 상황 그리고 앞으로 상황이 어떻게 전개될지 토론했다. 자신들이 한 행동을 신문들이 어떻게 보도하는지 세심히 연구했다.

콜하우스 워커는 절대로 사납거나 독단적으로 행동하지 않았다. 콜하우스는 추종자들을 예의 바르게 대했고, 일을 어떻게 처리해야 할지 의견을 구했다. 추종자들을 대하는 콜하우스의 태도에서는 끊임없이 슬픔이 흘러나왔다. 콜하우스의 절제된 분노는 자기장처럼 그들에게 영향을 끼쳤다. 콜하우스는 지하실에서 연주하는 걸 원치 않았다. 어떤 악기도 원치 않았다. 그들은 모든 규율을 충실히 따랐다. 추종자들은 간이침대 몇 개를 가져왔고, 지하실을 막사처럼 꾸몄다. 부엌일이나 청소 같은 일들을 나누어 했다. 추종자들은 자신들이 화려하게 죽으리라 믿었다. 이런 믿음은 추종자들에게 극적이고 고양된 자의식을 부여했다. 외삼촌은 이들에게 완전히 동화되었다. 외삼촌은 추종자의 일원이 되었다. 외삼촌은 엄숙한 기쁨 속에서 하루를 시작했다.

두 번에 걸친 소방서 공격에서 콜하우스는 젊은 추종자들이 자신을 위해 맨해튼에서 훔쳐다준 자동차를 썼다. 추종자들은 차에 아무런 손상도 가하지 않고 원래 주인들의 차고에 돌려놓았으며, 비록 차들이 사라졌다가 다시 나타난 현상이 뉴욕 경찰에 신고가 되었지만, 그것이 웨스트체스터에서 일어난 사건과 관련이 있으리라고 생각한 이는 아무도 없었다. 시립 소방서에 대한 폭탄 공격이 있고 나서 콜하우스의 사진이 전국 일간지의 1면에 실렸을 때, 콜하우스는 어깨에 침대보를 두르고 젊은이 가운데 한 명에게 부탁해 머리카락과 단정한 콧수염을 완전히 밀어버렸다. 그로 인한 변화는 엄청났다. 밀어버린 머리는 올찬 인상을 주었다. 외삼촌은 실제 이유야 무엇이든 간에, 이 것이 마지막 싸움을 준비하는 의식임을 깨달았다. 하루나 이틀이 지 났을 때, 무리 가운데 한 명이 연못에서 건져낸 포드 모델 T의 사진이 실린 신문을 가지고 들어왔다. 콜하우스의 의지력이 이루어낸 실체적 인 증거 앞에 모두가 경건함을 느꼈다. 윌리 콩클린이 도주했다는 기 사를 읽은 추종자들은 이 문제를 토의하기 위해 모여 앉았다. 추종자 들은 예전과는 너무나도 다른 사람들이 되었고, 이제 자신들을 집단 적으로 콜하우스라고 불렀다. 콜하우스는 이제 목적을 다 이루었어, 무리 가운데 한 명이 말했다. 윌리는 이제 죽은 목숨이야. 우리가 직 접 없앴어야 했는데. 아니야, 동지, 다른 이가 말했다. 우리로서는 그 자가 살아 있는 게 나아. 그자 덕분에 사람들 마음속에 콜하우스가 살 아 있으니까. 그자는 전염병 같은 존재야. 이제 우리는 이 도시에서 아주 끔찍한 일들을 벌일 거야. 그러면 백인들이 유색인을 봐도 콜하 우스를 따르는 자인지도 모른다는 두려움 때문에 함부로 대하지 못할 거야.

33

아, 정말 멋진 여름이었다! 어머니는 아침마다 자기 방에서 하얀 커튼이 쳐진 유리문을 열고 바다 위로 솟아오르는 태양을 바라보며 서 있었다. 갈매기들은 부서지는 파도 위를 스치듯 날거나 해변을 거들먹거리며 걸었다. 태양이 솟아오르며 모래에 드리워진 그림자를 지웠다. 마치 모래 알갱이 하나하나가 직접 자리를 옮기며 땅을 평평하게 고른 듯했다. 옆방에서 아버지가 일어나는 기척이 어머니 귀에 들릴 즈음에는 하늘은 눈부시게 푸르고 해변은 하얗게 빛났으며, 일찍부터 해수욕을 하러 온 사람들은 발가락을 물에 적셔보며 물에 들어가도 될지를 확인했다.

가족은 풀 먹인 하얀 식탁보가 깔린 호텔 식탁에서 아침식사를 했다. 호텔에서는 묵직한 은식기를 썼다. 가족은 반으로 자른 자몽, 오븐에 구운 달걀, 갓 구운 빵, 구운 생선, 햄, 소시지, 작은 숟가락으로 각자 뜬 각종 잼, 커피와 차를 먹고 마셨다. 그리고 식사를 하는 동안 바다에서 불어오는 부드러운 바람이 창문 커튼의 아랫단을 살짝살짝 들어 올렸고 홈이 새겨진 높다란 천장을 따라가며 바다의 노래를 연주했다. 소년은 항상 밖에 나가고 싶어했다. 도착하고 며칠 후 부모님은 소년이 혼자 나가도 좋다고 허락을 했고, 잠시 뒤 소년이 신발을 손에 들고 현관의 넓은 계단을 달려 내려가는 모습을 식탁에서 바라보았다. 부모님은 투숙객 몇몇과 고개를 끄덕이며 서로 알은체를 했다. 이는 결국 대화로 이어졌고, 서로의 차림새를 보며 일었던 가벼운 궁금증들을 풀곤 했다. 서두를 필요는 없었다. 부모님은 자신들이 품위 있고 부유해 보인다고 느꼈다. 어머니는 해변의 가게에서 아름다운 여름 정장을 샀다. 어머니는 하얀색과 노란색 옷을 입었으며, 오후의 나른한 기운에 힘입어 모자도 안 쓰고 양산만 가지고 다녔다. 부드러운 황금빛 햇살이 어머니의 얼굴을 어루만졌다.

바람이 잠잠해지고 열기로 숨이 막힐 듯한 오후가 되면 가족은 수영을 했다. 어머니의 수영복은 점잖았지만 그래도 어머니가 그 수영복에 익숙해지는 데는 며칠이 걸렸다. 수영복은 당연히 검은색으로 무릎까지 내려오는 판타롱 바지 위에 스커트가 달렸고 발목이 짧은 수영용 신발과 한 쌍이었다. 하지만 어머니의 종아리가 드러났고, 목도 거의 몸통 부분까지 보였다. 어머니는 다른 사람들로부터 최소한 백 미터는 떨어진 곳에서 수영을 해야 한다고 고집을 부렸다. 가족은 물결 모양인 끝단에 오렌지색으로 호텔 이름이 찍힌 비치파라솔 아래 자리를 잡았다. 니그로 여자는 몇 미터 정도 떨어진 밀짚 의자에 앉았다. 소년과 갈색 피부의 아기는 축축한 모래 속에 숨어 거품을 부글거리는 작은 게들을 보느라 정신이 없었다. 아버지는 가로줄 무늬가 들어간 파란색과 흰색의 소매 없는 원피스 수영복을 입었는데, 그걸 입으면 허벅지가 원기둥처럼 보였다. 어머니는 아버지가 물에서 나왔을 때 수영복이 몸에 달라붙으며 사타구니 윤곽이 그대로 드러나는 게 흉측하다고 생각했다. 아버지는 수영을 좋아했다. 부서지는 파도 위에 누워 고래처럼 물을 뿜었다. 아버지는 껄껄거리며 파도를 헤치고 비틀거리며 어머니에게 다가갔다. 머리털은 머리에 착 달라붙고 수염에서는 물이 뚝뚝 떨어졌고, 몸에 달라붙은 수영복은 상스러워 보였다. 어머니는 순간 혐오감이 들었지만, 어떤 감정을 느꼈는지도 모를 정도로 그 감정은 순식간에 사라졌다. 수영이 끝나면 모두 돌아와 휴식을 취했다. 어머니는 안도감에 젖어 거품이 이는 파도에 아주 잠시 잠겼던 수영복을 벗었고, 몸에 묻은 소금기를 닦아냈다. 피부가 무척이나 하얀 어머니에게 해변은 위험했다. 하지만 목욕을 하며 더위를 식힌 뒤 분을 바르고 헐렁한 가운을 입자, 어머니는 몸에 응축되어 있

던 태양의 열기가 핏줄을 타고 퍼지는 걸 느낄 수 있었다. 그것은 한
낮의 바다에서처럼 눈부셨으며, 수백만 개의 다이아몬드가 한꺼번에
빛을 내는 것처럼 눈부셨다. 곧 아버지는 수영이 끝나면 섹스를 즐기
게 되었다. 아버지는 어머니가 허락하기만 하면 왕성하고 무절제한
섹스를 하곤 했다. 어머니는 아버지가 마구잡이로 들이대는 것에 화
가 났지만, 어머니 몸 안에서도 무언가 용솟음치며 어머니를 흥분시
켰고 예전과 달리 이제는 그 사실을 어느 정도 자각했다. 어머니는 아
버지에 대해 많은 생각을 해보았다. 어머니는 아버지가 북극에서 돌
아온 뒤 이런저런 사건에 보인 반응을 보고 점차 아버지에 대한 신뢰
를 잃고 말았다. 어머니의 마음속에는 아버지가 남동생과 말다툼한
일이 아직도 생생하게 남아 있었다. 하지만 어떤 순간에는, 어떤 때는
며칠 동안, 어머니는 예전처럼 결혼이라는 신성불가침의 영역에 걸맞
게 아버지를 사랑했다. 어머니는 언제나 자신과 남편에게는 남들과
다른 미래가 있다고 생각했다. 마치 자신들의 삶은 일종의 준비 과정
이며, 때가 되면 깃발 및 폭죽 제조업자와 그 아내는 존경받는 삶을
넘어 천재의 삶을 살게 될 거라고 생각했다. 어머니는 그것이 어떤 삶
인지 전혀 몰랐다. 그런 삶을 살아본 적이 없었기 때문이다. 그러나
이제 더는 그런 삶을 기다리지 않았다. 아버지가 북극에 가고 집에 없
는 동안 어머니는 사업에 관련된 결정을 혼자서 내려야 했고, 어머니
가 상상했던 모든 신비로운 미래는 모두 물거품처럼 사라져버렸다.
어머니는 자신의 미래가 지루하고 단조로우리라는 사실을 깨달았다.
생이 다할 때까지 다시는 아름다울 수 없으며 우아함을 간직할 수도
없으리라고 생각했다. 어머니에게 청혼할 때의 아버지는 마치 사랑의

252

끝없는 가능성이 현실이 되어 나타난 듯했지만, 이제 그런 믿음은 허상이었음을 깨달았다. 아버지는 한때는 사랑의 무한한 가능성을 추구했지만, 이제는 여행과 일 때문에 나이 들고 무뎌졌으며 심지어 멍청한 면까지 보였다. 아버지는 그렇게 점점 더 자신의 한계를 드러낼 뿐이라 어머니는 아버지가 결코 그 한계를 넘어설 수 없으리라는 생각이 들었다.

하지만 어머니는 애틀랜틱 시티에 있는 게 행복했다. 이곳에서는 세라의 아이가 보호를 받을 수 있었다. 세라가 죽고 처음으로 어머니는 눈물을 흘리지 않고 세라를 떠올릴 수 있었다. 어머니는 저녁때 호텔 식당이나 베란다로 나가거나 또는 널을 깐 산책로를 따라 대형 천막이나 부두, 상점까지 산책하며 사람들 앞에 나타나는 걸 즐겼다. 때때로 어머니와 아버지는 인부가 미는 인력거에 나란히 타고 느긋이 여유를 즐기곤 했다. 둘은 반대편에서 오는 인력거들을 한가로운 마음으로 살폈으며, 인력거들이 옆을 지날 때면 그 안에 탄 사람을 순간적으로 자세히 살피곤 했다. 아버지는 밀짚모자에 손을 얹어 인사를 했다. 인력거는 고리버들 세공으로 만들어졌으며, 캔버스 천으로 된 천장 가장자리에는 술이 달려 있었는데, 어머니는 이 술을 보고 어린 시절에 타던 사륜마차를 떠올렸다. 뒷바퀴 두 개는 자전거 바퀴만큼이나 컸고, 앞쪽에 달린 작은 바퀴는 방향을 바꾸는 데 쓰였는데 곧잘 삐걱거리곤 했다. 소년은 인력거를 좋아했다. 인력거는 인부 없이도 빌릴 수 있었고, 소년은 그걸 더 좋아했다. 아버지와 어머니를 태우고 밀며 자기가 원하는 대로 속도와 방향을 조절할 수 있었기 때문이다. 널을 깐 보도 뒤로는 거대한 호텔들이 줄지어 있었으며, 바닷바람에 차양이 나부꼈고, 깨끗이 칠한 현관 베란다에는 흔들의자와 고리버들 세공으로 만든 긴 의자들이 줄지어 있었다. 둥근 지붕 위에서는 항해 깃발들이 펄럭였고, 밤이 되면 지붕에 매단 줄에 백열전구가 켜졌다.

어느 날 밤 가족은 니그로 밴드가 래그타임을 연주하는 천막 앞에 멈춰 섰다. 어머니는 곡 이름은 몰랐지만, 전에 집에서 콜하우스 워커 씨가 피아노로 멋지게 연주하던 바로 그 곡임을 알았다. 어머니는 콜하우스에 얽힌 비극에 한참을 괴로워했지만, 이곳 바닷가 휴양 도시에 온 뒤로는 안도감 속에서 지냈다. 마치 고통스러운 기억이 떠올라도 곧바로 산들바람에 날아가버리는 듯했다. 이제 어머니는 래그타임을 듣는 순간 외삼촌을 떠올렸다. 남동생에 대한 사랑과 그리움이 물밀 듯 치밀어 올랐다. 어머니는 자신이 동생을 소홀히 했다고 느꼈다. 가냘프고 우울하고 충동적인 동생이 다소 책망하는 듯한, 다소 혐오스러워하는 듯한 표정을 짓던 모습이 떠올랐다. 집에서 아버지가 권총을 청소할 때 외삼촌은 그런 표정을 짓고는 식탁 너머로 어머니를 바라보곤 했다. 어머니는 살짝 현기증을 느꼈고, 빨간색과 파란색이 들어간 제복을 입은 연주자들이 진지한 표정으로 번쩍이는 트럼펫, 코넷, 튜바, 색소폰을 연주하는 환한 천막 안을 들여다보았다. 어머니는 깔끔한 군모를 쓴 사람들 모두에게서 엄숙한 얼굴의 콜하우스를 보는 듯한 착각이 들었다.

그날 저녁 이후 어머니는 해변이 그리 즐겁지 않았다. 어머니는 다가오는 하루하루만 생각하려 애썼다. 냉정을 유지하려 애썼다. 어머니는 아들과 남편과 몸을 제대로 가누지 못하는 아버지를 애정 어린 태도로 대했다. 니그로 가정부에게 다정했으며, 누구보다도 세라의 아름다운 아들에게 다정히 대했다. 아직 세례도 받지 못한 그 아이는 해변에서 쑥쑥 자랐고 커가는 게 눈에 보일 정도였다. 어머니는 호텔 손님들이 자신에게 보여준 관심에 대해 생각하기 시작했다. 그 손님들은 어머니의 관심 영역 가장자리를 맴돌며 어머니가 관심을 가져주길 기다렸다. 뭔가에 정신을 쏟을 필요가 있던 어머니는 이제 그런 사람들에게 관심을 보일 준비가 되어 있었다. 호텔에는 인상적인 유럽인들이 몇 있었다. 한 명은 독일 대사관에 근무하는 군인으로, 외알 안경을 썼으며 어머니에게 늘 정중하고 깍듯했다. 그자는 키가 컸고 군인식으로 머리를 짧게 쳤으며, 하얀색 군복에 검은 나비넥타이 차림으로 저녁식사를 하러 왔다. 그자는 여러 종류의 와인을 주문했다가 퇴짜를 놓는 허세 가득하고 과장된 행동을 연출하곤 했다. 그자의 일행은 남자만 서너 명뿐 여자들이 없었으며, 모두 그자보다 다소 거칠어 보이고 계급이 낮은 사람들뿐이었다. 아버지는 그 사람이 기술자인 폰 파펜 대위라고 했다. 가족은 대위가 날마다 해변을 걸으며 해도를 펴고 바다를 가리키며 부하들에게 무엇인가 이야기하는 모습을 볼 수 있었다. 대개는 그럴 때 수평선을 천천히 가로질러가는 작은 배가 한 척 보였다. 일종의 토목 측량이야, 해변의 모래에 바로 누워 일광욕을 즐기던 아버지가 말했다. 그런데 독일인들이 왜 사우스 저지 해변에 관심을 갖는지 모르겠군. 아버지는 그 독일인이 어머니에게 관심이 있는 걸 전혀 몰랐다. 어머니는 이것이 재미있었다. 어머니는 외알 안경 너머로 오만한 눈길을 보내는 무관을 무심코 본 순간부터 그자가 자신에게 아주 음탕한 생각을 품고 있음을 알아차렸다. 어머니는 그를 무시하기로 마음먹었다.

그리고 프랑스인 노부부가 있었고, 어머니는 이들과 농담을 주고받는 사이가 되었다. 어머니는 고등학교 때 알게 된 프랑스인 친구를 떠올리며 웃었고, 노부부는 어머니의 발음이 좋다며 아주 후하게 칭찬해주었다. 노부부는 햇빛 아래로 나갈 때는 반드시 리넨으로 온몸을 감싸고 얇은 천을 받친 파나마모자를 썼다. 그것도 모자라 양산까지 쓰고 다녔다. 남자는 부인보다 키가 작았으며 아주 뚱뚱했고 얼굴에는 기미가 있었다. 안경은 도수가 높았다. 귓불은 굉장히 컸으며 축 늘어져 있었다. 남자는 나비 채와 코르크 마개가 있는 병을 가지고 다녔고, 부인은 너무 무거워서 그걸 들고서는 똑바로 걷기조차 버거울 정도인 소풍 바구니를 들고 다녔다. 아침마다 부인은 남편을 따라 뒤뚱거리며 모래언덕을 넘어 다녔고, 둘은 호텔도 없고 널을 깐 보도도 없으며 오로지 갈매기와 도요새 그리고 남자가 쫓아다니는 나비들이 날개를 파닥이며 앉아 있는 잡풀만 있는 저 멀리로 사라졌다. 남자는 리옹에서 온 은퇴한 역사학 교수였다.

어머니는 학문적 배경이 같다는 이유로 외할아버지가 프랑스인 노부부에게 흥미를 갖게 하려 노력했다. 하지만 외할아버지는 흥미를 보이지 않았다. 외할아버지는 건강이 좋지 않았으며, 점잖은 이야기를 나누기에는 너무 성미가 급했다. 외할아버지는 어머니가 기분전환으로 생각해낸 모든 것을 물리쳤다 단 한 가지 예외는 매일 인력거를 타는 것으로, 인력거에 타고 있으면 자신이 무기력하다는 생각 없이 주위를 구경할 수 있기 때문이었다. 하지만 인력거를 타면서도 외할아버지는 무릎 위에 지팡이를 올려두었는데, 보행자들 때문에 더디게 갈 때면 지팡이를 들어 남녀 가리지 않고 쿡쿡 찔러댔고, 그러면 사람들은 고개를 돌리고 화가 치민 눈으로 외할아버지를 노려보았다. 하지만 외할아버지는 그런 시선에는 아랑곳 않고 인력거를 타고 유유히 사람들을 지나치곤 했다.

물론 유럽인이 아닌 손님들도 있었다. 뉴욕에서 온 거구의 주식 중개인은 덩치 큰 아내와 뚱뚱한 아이 셋을 데리고 와 있었는데, 말 한마디 없이 식사만 했다. 필라델피아에서 온 가족도 몇 있었는데, 그 사람들은 비음이 강한 발음 때문에 금방 알아볼 수 있었다. 하지만 어머니는 늘 외국인에게 더 관심이 갔다. 숫자가 많지는 않았지만 미국인들보다 더 생동감 넘쳐 보였다. 어머니의 관심을 가장 끈 이는 몸이 작고 유연한 남자였다. 남자는 승마 바지에 목 부분이 트인 하얀 실크 셔츠를 입고, 단추가 달린 납작하고 하얀 리넨 모자를 쓰고 다녔다. 남자는 화려하고 활기가 넘쳤으며, 마치 아이처럼 뭐가 하나라도 못 보고 놓칠세라 쉴 새 없이 여기저기를 둘러보았다. 남자는 사각 유리를 금속 테에 넣은 목걸이를 하고 있었는데, 무엇이든 자신의 관심을 끈 것을 마음으로 사진 찍으려는 듯이 종종 목걸이를 들어 올려 유리 너머로 대상을 보곤 했다. 구름 낀 어느 날 아침 호텔 현관에서 어머니가 남자의 표적이 되었다. 어머니에게 들킨 남자는 짙은 외국인 억양으로 장황하게 사과를 늘어놓았다. 남자는 자신이 아슈케나지 남작이라고 했다. 남자는 자신이 영화 사업을 하고 있으며, 목에 건 사각 유리는 휴가 때조차도 떼어놓을 수 없는 사업상의 중요한 도구라고 했다. 남자는 아주 멋쩍어하며 웃었고, 그런 모습이 어머니에게 매력 있게 다가왔다. 남자의 머리는 윤기 나는 검은색이었고 손은 작고 섬세했다. 어머니가 다음에 그를 만난 곳은 해변이었는데, 어머니에게

서 좀 떨어진 곳에서 물가에 있는 아이와 장난을 치는가 하면, 뭔가를 줍기도 하고, 이리저리 뛰어다니다가 독특하게 생긴 사각 유리를 얼굴 가까이 가져가 대기도 했다. 해를 등지고 있었기에 어머니는 남자의 실루엣만을 볼 수 있었다. 하지만 상당히 멀리 떨어져 있었음에도 어머니는 남자의 활기 넘치는 모습을 알아보고 싱긋 웃었다.

아슈케나지 남작은 아버지와 어머니가 처음으로 식사에 초대한 손님이었다. 남작은 아름다운 소녀와 함께 도착했는데, 자기 딸이라고 소개했다. 남작의 딸은 깜짝 놀랄 만큼 아름다웠으며 소년과 비슷한 나이 같았다. 어머니는 소녀를 보는 즉시 소년과 친구가 되었으면 하고 바랐다. 물론 그 둘은 식탁에 앉아 아무 말도 하지 않았고 서로 바라보지도 않았다. 하지만 소녀는 무척이나 아름다웠고, 새카만 눈동자에 자기 아버지와 마찬가지로 풍성한 머리숱에 피부색은 지중해 지방 사람들 같았다. 소녀는 몸에 딱 붙어 젖가슴의 윤곽이 살짝 드러나는 새틴 조끼와 섬세한 흰색 레이스가 달린 드레스를 입고 있었다. 아버지는 소녀에게서 눈을 뗄 수가 없었다. 소녀는 저녁식사 동안 아무 말도 하지 않았으며, 웃지도 않았다. 하지만 전채 요리를 먹은 뒤 남작이 낮은 목소리로 그 이유를 설명했다. 남작은 딸의 손을 잡고는 몇 년 전에 아내가 죽은 후로 소녀가 이렇게 되었다고 했다. 하지만 아내가 왜 죽었는지에 대해서는 밝히지 않았다. 남자은 재혼하지 않았다. 잠시 뒤 남작은 다시 활달해졌다. 유럽식 억양으로 끊임없이 이야기했으며, 때때로 자신이 어법에 맞지 않는 말을 한 것을 깨닫고는 껄껄거렸다. 남작은 삶이 즐거웠다. 남작은 자신이 느끼는 바를 장황하게 설명했으며, 남들에게 그런 말을 하는 걸 즐겼다. 와인 맛이 어떻고,

촛불이 크리스털 샹들리에에 반사되어 훨씬 더 예뻐 보인다는 따위의 말을 했다. 모든 면에서 즐거움을 느끼는 남작의 태도가 전염이 되었는지, 곧 어머니와 아버지 역시 연신 싱글벙글거렸다. 두 사람은 자신을 망각했다. 남작이 보는 것처럼 세상을 바라보는 일은 굉장히 즐거웠다. 남작은 사각 유리를 들어 올려 어머니와 아버지, 두 아이, 식탁으로 걸어오는 웨이터, 식당 저편 야자수 화분으로 장식된 작은 무대에서 손님들을 위해 연주하는 피아니스트와 바이올리니스트 들을 보며 구도를 잡았다. 남작이 말했다. 영화에서 우리는 이미 거기에 있는 것을 볼 뿐입니다. 삶이 어두운 화면에서 빛나는 것이지요. 마치 우리 마음속에 있는 어둠에서 삶이 빛나듯 말입니다. 영화는 큰 사업입니다. 사람들은 자신에게 무슨 일이 일어나는지 알고 싶어합니다. 얼마 안 되는 돈으로 사람들은 영화관에 앉아서 자신들이 움직이고, 달리고, 자동차 경주를 하고, 싸우고, 이런 말을 해서 죄송합니다만, 서로를 부둥켜안는 걸 구경합니다. 모든 것이 새롭기만 한 이 나라에서는 이것이 가장 중요합니다. 이 점을 반드시 이해해야 합니다. 남작이 와인 잔을 들어 올렸다. 남작은 잔에 담긴 와인을 살펴본 뒤 맛을 봤다. 두 분께서는 물론 〈그 남자의 첫번째 실수〉를 보셨겠죠? 못 보셨다고요? 그렇다면 〈딸의 천진함〉은요? 못 보셨어요? 남작이 껄껄거렸다. 당황하지 마십시오! 그건 제가 처음 만든 두 작품입니다. 필름 한 릴짜리들이죠. 저는 500달러도 못 받고 그 영화들을 만들었는데 각 편당 1만 달러를 벌어들였죠. 남작이 껄껄거리며 계속 말했다. 네, 정말입니다! 남작이 돈 액수를 밝혔을 때 아버지는 기침을 했고 얼굴이 벌게졌다. 이를 오해한 남작은 그 정도면 괜찮은 편이기는 하지만 특별히 많은 금액은 아니라고 추가로 설명했다. 요즘은 영화 산업이 대유행이라서 누구라도 돈을 벌 수 있다고 했다. 남작이 말했다. 저도 릴 열다섯 개 길이 영화의 각본을 쓰는 조건으로 파테 사와 합작으로 회사를 차렸습니다! 매주 한 릴씩, 15주 동안 상영을 하는 거죠. 그러면 관객들은 다음 이야기가 궁금해 매주 극장에 오게 됩니다. 남작은 장난기 어린 표정으로 주머니에서 반짝이는 주화를 꺼내 공중으로 튕겼다. 주화는 천장에 닿을 만큼 튕겨 올랐다. 남작은 주화를 잡아채더니 탕 소리를 내며 식탁 위에 손바닥을 납작하게 폈다. 은식기들이 들썩였다. 유리잔의 물이 출렁였다. 남작은 손을 들더니 요즘 인기인 5센트짜리 버펄로 니켈*을 보여주었다. 아버지는 남작이 왜 그런 행동을 하는지 이해할 수 없었다. 남작이 즐거워하며 말했다. 제가 회사 이름을 뭐라고 지었는지 아십니까? 바로 버펄로 니켈 극영화 회사라고 지었습니다!

남작이 계속 이야기를 하는 동안, 어머니는 식탁 맞은편에 두 아이가 나란히 앉은 모습을 바라보았다. 평범한 사물을 눈 대신 프레임을 통해 본다는 게 어머니의 흥미를 끌었다. 어머니는 프레임을 통해 보듯 아이들만 바라보았다. 오늘 만남을 위해 아들은 머리를 이마에서 뒤로 빗어 넘겼고, 크고 하얀 옷깃이 달린 양복에 넥타이를 맸다. 소년은 누란색과 녹색이 점점이 뿌려진 푸른 눈으로 어머니를 쳐다보았다. 그 소년 옆에 앉은 하얀 레이스와 새틴으로 된 드레스를 입은 예쁜 여자아이에게 면사포만 씌운다면 어머니로서는 더 바랄 게 없을

---

* 1913년에서 1938년 사이에 미국 정부가 발행한 5센트 주화로, 한 면에는 인디언의 얼굴이, 다른 면에는 버펄로 문양이 들어가 있다.

듯했다. 소녀는 시선을 들고 마치 도전하듯 어머니의 눈을 똑바로 마주 보았다. 어머니는 당시 유행하던 어린이 주연의 역할극인 〈난쟁이 결혼식〉에 나오는 신랑 신부를 보듯 둘을 바라보았다.

34

그렇게 해서 두 가족이 만났다. 매일 아침 태양이 바다 위로 떠오르면 아이들은 서로를 찾아 호텔의 넓은 복도를 뛰어갔다. 밖으로 나가면 바다 공기가 폐를 가득 채웠고, 발에 닿는 모래의 감촉이 서늘했다. 차일과 삼각기 들이 바람에 펄럭이며 요란한 소리를 냈다.

매일 아침, 타테는 15막짜리 영화 시나리오를 썼다. 타테는 호텔의 속기사에게 자기 생각을 불러주었고, 전날 쳐둔 내용을 다시 읽었다. 타테는 혼자 있을 때면 자신의 뻔뻔함에 대해 곰곰이 생각해보았다. 때로 방에 혼자 앉아서 파이프도 없이 담배를 피우며 패배감에 젖어 온몸을 떨었다. 하지만 새로운 삶이 타테를 짜릿하게 했다. 타테는 외향적이 되었고 말이 많아졌으며, 미래에 대한 꿈이 가득한 원기왕성한 사람이 되었다. 타테는 자신이 행복할 자격이 있다고 느꼈다. 타테는 누구의 도움도 없이 혼자서 삶을 헤쳐나왔다. 타테는 프랭클린 장난감 회사를 위해 수십 권의 영화책을 만들었다. 그런 뒤에는 실루엣 그림이 인쇄된 종잇조각들이 바퀴 위에서 빙글빙글 돌아가는 마술 램프를 만들었다. 나무로 된 왕복기가 백열등 앞에서 베틀처럼 앞뒤로 왔다 갔다 하는 램프였다. 시어스 로벅 앤드 컴퍼니는 이 기구를 우편 판매를 하기 위해 사들였고, 프랭클린 장난감 회사 소유주들은 타테에게 동업을 제안했다. 그러는 동안 타테는 다른 사람들도 자신과 비슷하게 움직이는 그림 작업을 하지만, 필름으로 시도하는 사람은 아무도 없다는 사실을 깨달았다. 그래서 타테는 영화에 관심을 갖게 되었다. 타테는 더는 그림을 그릴 필요가 없었다. 타테는 모든 권리를 팔고 영화 사업에 뛰어들었다. 자신감이 충분한 사람이라면 누구나 후원자를 구할 수 있었다. 뉴욕의 영화 필름 거래소는 영화를 찾기 위해 안간힘을 쓰고 있었다. 영화사들이 하룻밤 사이에 만들어지고, 다시 만들어지고, 합병되고, 법정에 가고, 독점을 하고, 기술 과정의 특허를 따냈으며, 이는 모든 면에서 볼 때 새로운 산업이 나타날 때 겪게 되는 혼란스러운 과정의 한 예가 되었다.

이 당시 미국에는 작위를 가진 유럽 이민자들이 흔했는데, 대부분은 아주 가난한 사람들이었으며, 자기 작위를 가지고 벼락부자의 딸과 결혼해볼까 하는 희망에 오래전에 미국으로 이민 온 사람들이었다. 그래서 타테는 남작 작위가 있는 것처럼 행세했다. 기독교 세계에서 이 방법은 잘 먹혀들었다. 타테는 강한 이디시 억양을 지울 필요 없이 그저 혀를 굴리며 멋들어지게 발음하기만 하면 되었다. 타테는 머리와 턱수염을 본래의 검은색으로 염색했다. 새 사람이 되었다. 카메라로 사물은 찍었다. 딸은 공주처럼 예쁘게 옷을 입었다. 티테는 딸에게서 더럽고 악취 나는 이민자들의 거리에 대한 기억을 지워주고 싶었다. 딸에게 평생 동안 바다의 햇빛과 태양과 깨끗한 바람을 즐기게 해주고 싶었다. 딸은 가정교육을 잘 받고 풍요롭게 자란 소년과 함께 해변에서 놀았다. 끝없는 하늘이 보이는 방에서 부드럽고 하얀 시트를 덮고 잤다.

두 친구는 아침이면 아무도 찾지 않는 해변으로 갔다. 모래언덕과 풀에 가려 호텔이 안 보이는 곳이었다. 둘은 그곳에서 모래로 바닷물이 들어오도록 터널과 도랑을 만들고, 벽과 성과 계단 모양 집들을 쌓았다. 도시와 강과 운하도 만들었다. 둘이 젖은 모래를 퍼 올릴 때 태양은 둘의 굽은 등 위로 높이 솟았다. 정오가 되면 둘은 파도에 몸을 식히고 호텔로 돌아왔다. 오후에는 비치파라솔이 보이는 곳에서 놀았다. 둘은 나무막대기와 조가비를 주우며 천천히 걸어갔고, 갈색 꼬마는 썰물로 줄어든 바닷물을 첨벙거리며 둘의 뒤를 따랐다. 나중에 어른들은 호텔로 돌아가고 아이들만 남았다. 모래 위로 푸른 그림자가 천천히 다시 나타날 때면 아이들은 모래언덕 너머 조수선을 따라갔고, 가장 재미있어하는 놀이인 '파묻기 놀이'를 하기 위해 누웠다. 먼저 소년은 소녀를 묻을 수 있도록 축축한 모래에 구멍을 팠다. 소녀는 그곳에 등을 대고 누웠다. 소년은 소녀의 발치에 서서 천천히 모래를 소녀 위에 덮었다. 발, 다리, 배, 자그마한 젖가슴, 어깨, 팔을 덮어나갔다. 소년은 축축한 모래를 썼으며, 소녀의 모습이 과장되어 나타나도록 모래를 덮어 모양을 만들었다. 소녀의 발이 커다래졌다. 무릎은 둥그레졌고 허벅지는 모래언덕이 되었으며, 가슴에는 커다란 젖꼭지가 있는 유방 모양이 만들어졌다. 소년이 작업을 하는 동안 소녀는 검은 눈으로 소년의 얼굴을 뚫어져라 바라보았다. 소년은 소녀의 머리를 부드럽게 들어 올린 뒤 모래로 베개를 만들어주었다. 소년은 소녀의 머리를 다시 내려놓았다. 소년은 소녀의 이마에서 어깨로 넓게 이어지는 주름 장식을 만들었다.

소년이 정성껏 소녀의 몸을 완성하자마자 소녀는 손가락과 발가락을 꼼지락거려 그것을 부수어버렸다. 소녀의 몸을 감싼 모래 표면이 천천히 부서졌다. 소녀는 한쪽 무릎을 들어 올린 다음 다른 무릎을 들어 올렸고, 벌떡 일어나 물가로 달려가 등과 다리 뒤쪽에 묻은 모래를 씻어냈다. 소년이 뒤를 따랐다. 둘은 바다에서 목욕을 했다. 둘은 손을 꼭 잡고 웅크리고 앉아 파도가 머리 위로 지나가게 했다. 둘은 해변으로 돌아왔고, 이제 소년이 묻힐 차례였다. 소녀 역시 소년이 묻힐 곳을 정교하게 팠다. 소녀는 소년의 발과 다리를 확대했다. 수영복 위로 볼록 솟아오른 부분에는 모래를 도톰하게 쌓았다. 소녀는 소년의 좁은 가슴과 어깨를 넓게 만들었으며, 소년이 만들었던 것과 같은 주름진 머리 장식을 만들었다. 작업이 끝나자 소년은 서서히, 하지만 조심스레 껍질 부수듯 모래를 조각조각 부수고 물가로 달려갔다.

때때로 둘의 부모는 저녁이 되면 아이들을 산책로에 있는 오락장으로 데려갔다. 그들은 악단의 연주를 듣거나 거리 공연을 보곤 했다. 〈80일간의 세계일주〉를 보았다. 구름이 극장 위를 흘러갔다. 〈지킬 박사와 하이드 씨〉를 보았다. 하지만 아이들이 가장 좋아한 것은 기형의 인간들이 하는 쇼, 동전을 넣고 하는 오락, 활인화(活人畵) 등 어른들은 좋아하지 않는 부류의 쇼였다. 아이들은 눈치가 아주 빨랐기에 이런 것들을 보고 싶다고 툭 터놓고 말하지는 않았다. 대신 부모와 몇 번 정도 별 말썽 없이 시내를 다녀온 뒤 이제 자기들끼리 다녀올 수 있다고 부모를 설득했다. 아이들은 50센트를 받아 황혼의 산책로를 달려갔다. 둘은 점쟁이 기계의 유리 상자 불빛을 들여다보았다. 둘은 1센트를 넣었다. 터번을 두른 인형이 입을 벌리고 반짝이는 치아를 드러내면서 머리를 좌우로 돌리더니 손을 홱 들어 표를 한 장 내밀고는 어색한 웃음을 머금은 채 동작을 멈췄다. 나는 위대한 남자/여자다. 표에는 이렇게 적혀 있었다. 아이들은 뽑기 기계에 돈을 넣고 손잡이를 움직여 강철 집게발로 원하는 물건을 집어 아래 구멍으로 넣었다. 이렇게 해서 둘은 조개껍데기 목걸이, 작은 금속 거울, 조그마한 유리 고양이를 갖게 되었다. 둘은 기형인들이 나오는 쇼를 구경했다. 턱수염이 난 여자, 샴쌍둥이, 보르네오에서 온 원시인, 카디프 거인, 악어 인간, 270킬로그램이나 나가는 여자 등이 나왔다. 그 거구의 여자는 아이들이 다가오자 걸상에서 꿈틀거렸다. 여자는 충동을 억누르지 못하고 작은 발을 딛고 서서 산더미 같은 몸을 움직여 아이들을 향해 다가갔다. 거구의 여자가 팔을 흔들어 인사를 하자 거대한 몸의 살들이 출렁거렸고 들락날락거렸다. 아이들은 계속 구경을 했다. 칸막이 안의 기형인들은 조심스러운 눈으로 아이들이 지나가는 걸 지켜보았다. 아이들은 거인이 손가락에 끼고 있던 반지를 샀는데, 그건 아이들의 손목에나 맞았다. 샴쌍둥이에게서는 사인이 들어간 사진을 샀다. 아이들은 달려나갔다.

둘은 지칠 줄 모르고 같이 놀고 싶어했다. 어른들도 그걸 좋아했다. 둘은 잠자리에 들 시간까지 붙어 다녔지만, 이제 자야 한다는 말을 들으면 아무 불평 없이 자러 갔다. 둘은 뒤도 돌아보지 않고 각자의 방으로 갔다. 둘은 푹 잤다. 그리고 아침이면 서로를 찾았다. 소년은 소녀가 예쁘다고 생각하지 않았다. 소녀는 소년이 잘생겼다고 생각하지 않았다. 둘은 언제나 서로에게 아주 민감했고 전기가 몸을 관통하듯, 빛의 후광에 둘러싸인 듯 온몸으로 전율을 느꼈지만 서로를 만지는 손길은 자연스럽고 거리낌이 없었다. 소년과 소녀는 늘 서로를 완벽하게 인식하며 살고 생각했고, 그런 식으로 일체감을 느끼며 살았기 때문에 상대에게 전혀 거리감을 느끼지 못했다. 당연히 상대가 아름답거나 잘생겼다는 인식을 할 틈이 없었다. 하지만 둘은 아름다웠다. 소년은 위엄 있는 금발에 사려 깊은 얼굴이었고, 소녀는 소년보다 작고 까무잡잡하고 나긋나긋하고 반짝이는 검은 눈을 가졌으며, 흡사 군인처럼 절도 있어 보였다. 둘이 달음박질을 할 때면 넓은 이마 뒤로 머리털이 나부꼈다. 소녀의 발은 작았고 갈색 손도 작았다. 소녀가 모래에 남긴 자국에는 골목을 뛰어다니고 어두운 계단을 오르던 과거의 기억이 묻어 있었다. 소녀는 무시무시했던 골목과 요란한 소리를 내던 쓰레기통의 기억으로부터 달아나듯이 달렸다. 소녀는 이민자들이 살던 곳의 목조 옥외 화장실의 기억에서 벗어났다. 쥐꼬리가 발목에 감기곤 하던 시절이었다. 소녀는 재봉틀을 쓸 줄 알았으며, 개가 교미하고 창녀들이 복도에서 손님을 받고 주정뱅이들이 손수레의 나무 바퀴살 너머로 오줌을 누는 곳에서 살았었다. 소년은 끼니를 거른 적이 없었다. 추운 밤을 보낸 적이 없었다. 그래서 소년의 달음박질은 정신적인, 무엇인가를 향한 달음박질이었다. 소년은 두려움이 없었고, 그래서 세상에는 두려움이 뭔지 자기만큼 궁금해하지 않는 사람들이 있다는 사실도 몰랐다. 소년은 사물을 꿰뚫어 보았으며 사람마다 독특한 색깔이 있다는 사실을 알았고, 우연한 일이 일어나도 놀라지 않았다. 소년의 눈앞에는 푸르름과 녹색이 어우러진 행성이 펼쳐져 있었다.

어느 날 아이들이 놀고 있는데 날이 어두워지더니 바다에서 바람이 불어오기 시작했다. 등이 차가워지는 게 느껴졌다. 둘은 일어섰고, 짙은 먹구름이 바다 쪽에서 몰려오는 걸 보았다. 둘은 호텔로 돌아가기로 했다. 비가 내리기 시작했다. 빗방울들이 모래밭에 구멍을 냈다. 빗물이 아이들의 소금기 묻은 어깨를 타고 흐르며 흔적을 남겼다. 빗줄기가 아이들 머리 위로 퍼부었다. 아이들은 호텔에서 800미터 정도 떨어진, 널을 깐 보도 밑으로 몸을 피했다. 둘은 차가운 모래 위에 웅크리고 앉아 빗방울이 보도를 두드리는 소리를 들으며 판자 사이로 떨어지는 빗방울을 구경했다. 보도 아래에는 쓰레기가 있었다. 깨진 유리, 눈을 뜬 채 썩어가는 생선 대가리, 부서진 게 조각, 녹슨 못, 깨진 판자, 부목, 돌처럼 단단한 불가사리, 기름에 전 모래, 피가 말라붙은 넝마 따위였다. 둘은 그곳에서 바다를 바라보았다. 폭풍이 일었고 하늘이 녹색으로 이글거렸다. 번개가 껍데기를 쪼개듯 하늘을 갈랐다. 폭풍이 바다를 뒤집고, 후려치고, 위협했다. 파도는 없었지만 물이 불어 굽이치며 해안을 넘실거렸다. 무시무시한 빛은 더욱 강해졌고 하늘은 노란색이 되었다. 하늘에서는 파도가 밀려오듯 천둥이 울렸고, 바람이 비를 해변으로 몰고 와 모래를 두드렸고 보도에 뿌려댔다. 그 비바람과 빛을 뚫고 고개를 숙이고 두 팔로 눈을 가리고 다가오는 두 사람이 있었다. 그 둘은 바람을 등지고 해변을 살피며 두 손을 컵 모양으로 모아 입에 가져다 댔다. 하지만 뭐라고 하는지는 들리지 않았다. 아이들은 움직이지 않고 그 둘을 지켜보았다. 두 사람은 바로 어머니와 타테였다. 두 사람은 계속 다가왔다. 축축한 모래에 발이 걸려 비틀거렸다. 방향을 바꾸자 바람이 옷을 벗겨내려는 듯 등을 때려댔다. 다시 방향을 바꿨고, 이번에는 바람이 가슴과 다리에서 옷을 벗겨내려는 듯이 불어댔다. 둘은 물가에서 방향을 돌려 널을 깐 산책로 쪽으로 왔다. 타테의 검은머리는 이마에 달라붙었고, 번뜩이는 바닷물의 빛을 받아 역시 번쩍였다. 어머니의 머리는 풀어져 있었고, 젖은 머리 타래는 얼굴과 어깨까지 흘러 내려와 있었다. 둘은 소리쳤다. 또 소리쳤다. 둘은 뛰고 걸으며 아이들을 찾았다. 제정신이 아니었다. 아이들이 빗속에서 달려왔다. 어머니는 아이들을 보자 무릎을 꿇고 주저앉았다. 곧 네 사람은 하나가 되어 껴안았고, 나무라는 소리가 들리는가 싶더니 이내 네 명의 웃음소리로 바뀌었다. 어머니는 울다가 웃기를 반복했으며 비가 얼굴을 타고 흘러내렸다. 어디 있었니, 어머니가 말했다. 어디 있었니. 우리가 부르는 소리를 못 들었어? 타테는 딸을 번쩍 들어 껴안았다. 고트추당켄,* 남작이 말했다. 고트추당켄. 넷은 번개 치는 해변을 따라 비를 흠씬 맞으며 행복한 마음으로 호텔로 돌아왔다. 어머니의 하얀 드레스와 속옷이 젖어 몸에 착 달라붙으며 몸의 윤곽이 드러났고, 타테는 그런 어머니의 모습에 저절로 눈길이 갔다. 머리가 어깨까지 흘러내린 어머니는 아주 젊어 보였다. 스커트는 계속 다리에 달라붙었고, 어머니는 몸을 숙이고 계속해 스커트를 다리에서 떼어냈지만 거센 바람 때문에 스커트는 다시 다리에 달라붙기만 했다. 아이들이 없다는 걸 깨달았을 때 둘은 해변으로 달려갔고, 어머니는 보도 계단 아래에 신발을 벗은 뒤 중심을 잡기 위해 타테의 팔을 잡았다. 어머니는 두 팔로 아이들을 감싸 안고 걸었다. 타테는 비에 젖은 어머니를 보며 윈즐로 호머의 그림에 나오는,

---

* Gottzudanken. '하느님 감사합니다'라는 뜻.

견인줄에 의지해 바다에서 구출되는 풍만한 여자를 떠올렸다. 그런 여자를 구하기 위해 생명의 위험을 무릅쓰지 않을 이가 어디 있겠는 가? 하지만 어머니는 수평선을 가리키고 있었다. 바다 위로 파란 하 늘이 조금씩 열리고 있었다. 돌연 타테는 앞으로 달려가 공중제비를 돌았다. 옆으로 재주도 넘었다. 모래 위에서 물구나무서서 거꾸로 걸 었다. 아이들이 까르르 웃었다.

이런 일이 일어나는 동안 아버지는 자고 있었다. 최근 아버지는 밤 에 잠을 잘 수가 없었고, 그래서 오후에 낮잠을 자기 시작했다. 아버 지는 불안했다. 아버지는 신문을 통해 국회에서 소득세법을 개정하려 는 움직임이 있다는 걸 알았다. 아버지는 여름휴가가 끝나가고 있음 을 예감했다. 아버지는 뉴로셸의 공장장에게 정기적으로 전화를 했 다. 공장은 조용히 돌아갔다. 흑인 살인자에 대한 소식은 아무것도 없 었다. 공장에서 아버지에게 날마다 보내주는 주문서 사본에 따르면 사업은 순조로웠다. 하지만 그 어느 것도 아버지를 편하게 해주지 못 했다. 아버지는 해변이 지루해지기 시작했으며 바다에서 수영하는 일 도 시들해졌다. 저녁이 되면 오락실에 가서 당구를 쳤다. 애틀랜틱 시 티에 계속 살 수는 없었다. 어느 날 아침, 잠에서 깬 아버지는 해변으 로 온 탓에 자기가 더욱 약해졌다고 판단했다. 아버지는 새로 알게 된 남작 때문에 심란했다. 어머니는 남작이 귀엽다고 생각했지만 아버지 는 남작에게 아무런 감정도 들지 않았다. 아버지는 짐을 꾸려 떠나고 싶었지만 어머니를 두고 갈 수는 없는 노릇이었다. 어머니는 이곳에 있다보면 콜하우스의 비극이 해결될 수 있으리라 믿었다. 아버지는 그런 생각이 환상임을 알았다. 어머니는 식당에서 갈색 아이와 함께 식사를 해서 호텔 지배인을 깜짝 놀라게 했다. 아버지는 그 아이가 싫었지만 대놓고 티를 낼 수가 없어 그저 바라보고만 있었다. 폭풍우가 친 이튿날 아침, 신문을 펼친 아버지는 1면에서 그 갈색 아이의 아버지 사진을 보았다. 콜하우스 패거리가 뉴욕 시에서 가장 유명한 예술품 보관소인 36번가의 피어폰트 모건 도서관에 난입했다고 했다. 그자들은 도서관 안에 바리케이드를 쌓고 도서관의 귀중품들을 파괴하겠다고 위협하며 당국과의 협상을 요구했다. 그자들은 자신들의 무장 능력을 보여주기 위해 거리에 수류탄을 던졌다. 아버지는 신문을 구겨버렸다. 한 시간 뒤 아버지는 맨해튼의 지방 검사로부터 전화를 받았다. 그날 오후, 아버지는 어머니의 걱정스러운 눈초리를 뒤로한 채 뉴욕행 기차에 올라탔다.

35

사건을 처음부터 주시해온 사람들에게조차 콜하우스의 복수 전략은 그가 미쳤다는 증거로밖에 보이지 않았다. 대체 무슨 근거로, 여느 사람처럼 소심하고 볼품없는 고집불통 윌리 콩클린이 당대의 가장 중요한 인물이 피어폰트 모건과 대등할 수가 있단 말인가? 콜하우스이 손에 여덟 명이 죽었고 말들이 죽고 건물이 파괴되었으며 교외의 도시는 여전히 공포에 떨었지만 콜하우스의 오만은 끝이 없었다. 혹은 사람이 한 번 불의한 일을 당하게 되면 이제껏 따라왔던 문명의 논리와 이성을 버리고 마치 거울에 비춘 듯이 정반대로 행동하며 맞서게 되는 것일까?

우리는 외삼촌의 일기를 통해 원래의 계획은 모건의 집에서 모건을 포로로 잡아두는 것이었음을 알게 되었다. 콜하우스 일당은 콩클린이 아일랜드인들의 거주지에 숨어 있으면 콜하우스가 할렘에 숨어 있는 것과 마찬가지로 찾을 방법이 없으며, 그자를 그곳에서 끄집어내야만 한다고 생각했다. 그래서 인질극을 계획했다. 이틀 밤을 토의한 결과, 이들은 피어폰트 모건이 적격자라는 결론에 도달했다. 콜하우스에게는 시장이나 주지사보다 모건이 백인 사회의 권력을 대표하는 듯 보였다. 모건은 오랫동안 만평이나 캐리커처 난에서 시가를 입에 물고 실크해트를 쓴 전형적인 백인 권력의 화신으로 묘사되었다. 모건을 인질로 잡으면 뉴욕은 그 몸값으로 소방서장들과 모델 T를 무더기로 내놓지 않을 수 없을 터였다.

그런데 콜하우스는 100번가 아래쪽에 대해서는 전혀 모를 뿐 아니라 부자들이 사는 방식에 대해서도 무지한 젊은이 두 명에게 모건의 집을 정찰하는 임무를 맡겼다. 그 둘은 모건의 주거지를 살펴본 다음, 적갈색의 연립 주택과 하얀 대리석으로 된 궁전 같은 건물 중에 후자에 모건이 산다고 판단했다. 외삼촌이라면 그 실수를 알아차렸을 터였다. 하지만 외삼촌은 화기 담당이었다. 외삼촌은 폭탄과 보급품을 싣고 덮개를 씌운 밴 뒤에서 웅크리고 있었다. 외삼촌은 공격이 진행되는 소리를 들었다. 밴이 도서관 출입구를 막았고 외삼촌은 물건을 내리라는 명령을 받았다. 덮개를 들치고 밖을 본 순간, 외삼촌은 건물을 잘못 택했음을 알고 비명을 질렀다. 하지만 상황은 이미 돌이킬 수 없었다. 경비원 하나가 죽어 쓰러져 있었고 경찰들의 호루라기 소리

가 들렸다. 총성에 근처 사람들 모두가 바짝 긴장했다. 콜하우스 일당
은 밴에서 짐을 내렸고, 육중한 놋쇠 문에 빗장을 건 뒤 각자 맡은 자
리로 갔다. 이윽고 콜하우스가 재빨리 물건들을 살펴보았다. 잘못된
건 없어, 콜하우스가 동료들을 안심시켰다. 우리는 그자를 원했고, 이
제 그자의 재산을 손에 넣었으니 그자를 손에 넣은 것과 마찬가지야.

사건이 일어났을 때 피어폰트 모건은 뉴욕에 있지도 않았다. 모건
은 이틀 전 증기선 카르마니아호를 타고 로마로 향하고 있었다. 모건
은 이집트를 향해 천천히 순례를 하고 있었다. 콜하우스는 이 사실도
알지 못했다. 즉 이들이 펼친 작전은 대상을 잘못 잡았을 뿐 아니라
때도 맞지 않았으니 실패는 시간 문제였다.

이 사건은 발생 즉시 J. P. 모건 회사의 보좌관들에게 보고되었다.
보좌관들은 노인의 지시를 받기 위해 카르마니아호로 전보를 쳤다.
하지만 무슨 이유에서인지 노인이 이 전보를 받았는지 확인할 수가
없었다. 아마도 배에 실린 전신 기계가 고장이 난 듯했다. 모건의 지
시를 받을 수 없는 상황이었기 때문에 경찰은 36번에서 37번가까지,
메디슨 애비뉴에서 파크 애비뉴까지 차단선을 칠 뿐 아무것도 하지
않았다. 차량이 통제되고, 말을 탄 경찰들은 차단선 안으로 사람들이
들어가지 못하도록 순찰을 돌았다. 도시의 소음, 자동차 소리, 경적,
사람들 소리 따위가 무슨 담 같은 것에 막혀 이 고요한 기역으로는 들
어오지 않는 듯했다. 수천 명의 군중이 모여 있었지만 이들도 뭔가에
홀린 듯 정적을 지켰다. 밤이 되자 휴대용 발전기로 켠 투광 조명등이
건물을 비추었다. 구경꾼들은 발전기가 으르렁대는 울림을 발밑에서
느낄 수 있었다. 마치 지진이 일어나는 것 같았다. 사방에 경찰이 깔

렸다. 차에 탄 경찰, 서 있는 경찰, 말에 탄 경찰도 있었다. 하지만 차 단선 밖의 군중과 마찬가지로 경찰들 역시 구경꾼에 불과해 보였다.

외삼촌이 소리쳐 경고하고는 수류탄을 던졌고, 수류탄은 인도를 찢은 다음 도서관 출입구 정면의 거리에 커다란 구덩이를 만들었다. 구덩이 바닥에서 급수관이 터졌고, 물이 온천처럼 솟아나왔다. 근방의 창문들이 모두 박살났다. 거리 맞은편에 적갈색 사암으로 지은 개인 주택이 있었는데, 특히 그 집이 폭발의 영향을 심하게 받았다. 맞은편 집 사람들은 도망쳤고 경찰에게 일층을 지휘본부로 쓰도록 허락했다. 경찰은 적갈색 사암 건물의 계단을 무난하게 오르내릴 수 있었고, 또한 보도를 넘어가지만 않으면 36번가 가장자리를 따라 자유로이 움직일 수 있었다. 그 집은 경찰관뿐 아니라 다른 시 당국자들로 붐볐고, 대치 상황이 뚜렷해질수록 당국자들은 저마다 상급자에게 책임을 미뤘다. 마침내 경찰 부서장, 관할 서장, 형사, 그리고 라인랜더 월도 경찰청장 모두 자리를 지키고 있었는데도 결국 뉴욕 시 지방 검사인 찰스 S. 휘트먼이 사건 지휘를 맡게 되었다. 휘트먼은 부패한 경찰 부서장 베커를 기소하여 사형선고를 받게 한 것으로 명성이 자자한 검사였다. 살인 청부업자 네 명(집 더 블러드, 다고 프랭크, 화이티 루이스, 레프디 루이)을 시켜 유명한 노름꾼 허먼 로즌솔을 죽였다는 것이 베커의 죄목이었다. 이 사건으로 휘트먼은 강력한 차기 뉴욕 주지사 후보가 되었다. 심지어 휘트먼을 대통령 후보로 추천하자는 이야기까지 나왔다. 휘트먼은 아내와 함께 뉴포트에 있는, 스타이버선트 피시 부인의 방 사십 개짜리 별장에서 휴가를 보내기 위해 막 뉴욕을 떠나려던 참이었다. 휘트먼은 최근 O. H. P. 벨몬트 부인의 소개를 받아 사교계에 진출했다. 휘트먼은 이 사람들과의 관계를 귀하게 여겼지만, 사건 소식을 듣자 36번가에 들르고 싶은 생각을 참을 수가 없었다. 휘트먼은 이것이 예비 대통령으로서의 의무라고 생각했다. 휘트먼은 사건 현장에 있는 자신의 모습이 사진으로 찍히길 원했다. 휘트먼이 도착하자 그의 정적이자 다혈질로 유명한 윌리엄 J. 게이너 시장을 비롯한 모두가 휘트먼에게 사건을 미뤘다. 휘트먼은 이것이 자신의 정치적 위치를 인정한 결과라고 생각했다. 휘트먼은 손목시계를 보며 잠시 시간을 내 이 미친 깜둥이 사건을 처리하기로 마음먹었다.

휘트먼은 찰스 매킴과 스탠퍼드 화이트의 건축회사에 도서관의 도면을 요청했다. 도면을 살펴본 휘트먼은 몸놀림이 민첩한 순경을 한 명 뽑아 도서관 지붕에 올라가 둥근 채광창을 통해 중앙 홀과 동쪽 열람실을 살펴보고 깜둥이가 몇 명이나 있는지 알아보기로 했다. 순경이 한 명 선발되었고, 도서관과 모건의 거처 사이 정원을 통해 잠입하기로 했다. 휘트먼과 다른 관리들은 임시 본부에서 결과를 기다렸다. 순경이 정원으로 들어가자마자 하늘이 번쩍이며 요란한 소리가 났고, 곧이어 고통에 찬 비명이 들렸다. 휘트먼의 얼굴이 창백해졌다. 저 새끼들이 지뢰를 심어두었군, 휘트먼이 말했다. 경관 한 명이 다가왔다. 투입된 순경은 죽은 듯했다. 그 순경에게는 죽은 게 그나마 다행이었다. 부상을 당했어도 구출하러 갈 사람이 없었기 때문이다. 경찰관들은 심각한 표정이 되었다. 경찰관들은 휘트먼을 바라보았다. 휘트먼은 콜하우스 일당이 몇 명인지는 이제 중요하지 않음을 알게 되었다. 하지만 휘트먼은 기자회견을 열어 범인들이 여남은 명에서 스무 명 정도 된다고 발표했다.

36

휘트먼 지방 검사는 이후 몇 시간에 걸쳐 여러 자문들과 의견을 주고받았다. 맨해튼에서 뉴욕 주 방위군을 지휘하는 대령은 전면 군사 작전을 개시해야 한다고 주장했다. 이 말에 모건의 큐레이터 한 명이 깜짝 놀랐다. 큰 키에 코안경을 쓴 겁 많아 보이는 사람이었는데, 자신이 메트로폴리탄의 프리마돈나라도 되는 듯 두 손을 가슴에 모으고 덜덜 떨며 말했다. 모건 씨의 소장품들이 어떤 가치가 있는지 아십니까! 셰익스피어 원본이 네 권이나 있습니다! 양피지에 쓰인 구텐베르크 성경이 있습니다! 700쪽짜리 고판본도 있고, 조지 워싱턴이 쓴 다섯 쪽짜리 친필 서신도 있습니다! 대령이 손가락을 흔들었다. 만약 저 개자식을 처리하지 않는다면, 만약 우리가 저 새끼 불알을 까버리지 않는다면, 이 나라의 모든 깜둥이들이 당신 목을 노릴 거요! 그렇게 되면 당신은 그 성경들을 가지고 어디에 있을 생각이오? 휘트먼이 서성거렸다. 시 소속 기술자가 말하기를 파열된 급수관을 보수하면 터널을 뚫어 도서관 밑으로 들어갈 수 있다고 했다. 얼마나 걸릴 것 같소? 휘트먼이 물었다. 기술자들은 이틀이라고 대답했다. 누군가는 독가스를 쓰자고 했다. 그러면 잡을 수 있겠지, 휘트먼이 대답했다. 하지만 거리 동쪽에 있는 사람들도 모두 죽을 거요. 휘트먼은 초조해지기 시작했다. 도서관은 대리석으로 빈틈없이 지어졌다. 돌 사이로 칼날조차 끼울 수 없을 정도였다. 그리고 다이너마이트 선이 늘어져 있었으며, 창문마다 깜둥이 둘이 짝지어 망을 보고 있었다.

이제 휘트먼은 임시 본부에 있는 경찰들에게 의견을 구하기 시작했다. 그곳에 있던 경사 한 명은 헬스키친과 텐더로인 지역에서 오랫동안 현장 경험을 쌓은 이였다. 경사가 말했다. 콜하우스 워커가 대화에 응하도록 하는 게 중요합니다. 무장한 미치광이들은 대화를 하는 동안 진정이 되곤 합니다. 놈과 이야기를 계속하다보면 사건의 실마리가 풀릴 겁니다. 용기 있는 휘트먼은 확성기를 잡고 거리로 나가 콜하우스에게 이야기를 하자고 외쳤다. 휘트먼은 밀짚모자를 흔들었다. 휘트먼이 외쳤다. 문제가 있다면 함께 풀어봅시다. 휘트먼은 같은 말을 몇 분간 계속했다. 이윽고 어느 순간 현관에 인접해 있는 창문이 열렸다. 원통형 물체가 거리로 날아왔다. 휘트먼은 움찔해 물러섰고, 집 안에 있던 사람들은 바닥에 엎드렸다. 하지만 의외로 아무런 폭발도 없었다. 휘트먼은 적갈색 석조 건물로 돌아왔고, 몇 분 뒤 누군가가 쌍안경으로 거리를 살펴 날아온 물건이 뚜껑 달린 커다란 은잔이라는 사실을 확인했다. 경찰이 거리로 달려가 그 잔을 주워 건물 계단으로 뛰어왔다. 거리에 부딪혀 찌그러진 것은 중세풍의 은제 맥주잔으로, 사냥 장면이 돋을새김되어 있었다. 큐레이터가 살펴보더니 17세기의 은잔으로 작센의 선제후인 프레데리크가 쓰던 물건이라고 했다. 상세한 설명 눈물 나게 고맙소, 휘트먼이 말했다. 큐레이터는 뚜껑을 열고 안에서 전화번호가 적힌 쪽지를 발견했다. 그 번호는 큐레이터의 사무실 번호였다.

지방 검사가 직접 수화기를 들었다. 휘트먼은 탁자 가장자리에 앉아 왼손에는 스피커를, 오른손에는 선으로 연결된 수화기를 들었다. 여보세요, 워커 씨, 나는 지방 검사인 휘트먼이오. 휘트먼은 흑인의 차분하고 사무적인 목소리에 놀랐다. 내 요구는 변함없소, 전화선 건너편의 목소리가 말했다. 나는 내 차를 저지당했을 때의 상태로 돌려받기 원하오. 당신들이 세라를 살려낼 수는 없소. 대신 나는 소방서장 콩클린의 목숨을 원하오. 콜하우스, 휘트먼이 말했다. 당신도 알다시피 나는 검사이고, 따라서 정당한 법의 심판 없이 그 사람을 당신에게 넘겨줄 수는 없는 노릇이오. 그건 나로서는 들어줄 수 없는 요구요. 내가 약속할 수 있는 건 그 사건을 철저히 조사해 만약 문제가 있다면 그에 해당하는 법규를 그자에게 적용하겠다는 것뿐이오. 하지만 당신이 그곳에서 나오기 전까지 나는 아무것도 할 수 없소. 콜하우스 워커는 그 말을 들은 것 같지 않았다. 스물네 시간을 주겠소, 콜하우스가 말했다. 그 뒤 이 건물과 모든 소장품을 날려버리겠소. 콜하우스가 전화를 끊었다. 여보세요, 휘트먼이 말했다. 여보세요? 휘트먼은 교환수에게 전화를 다시 연결하라고 했다. 하지만 상대는 전화를 받지 않았다.

휘트먼은 뉴포트에 있는 스타이버선트 부인에게 전보를 보냈다. 휘트먼은 스타이버선트 부인이 신문을 읽었기를 바랐다. 흥분하면 돌출되곤 하던 휘트먼의 두 눈은 이제 툭 불거져 나와 있었다. 얼굴은 불그스레했다. 휘트먼은 재킷을 벗고 조끼 단추를 풀었다. 순경 한 명에게 위스키를 가져오라고 시켰다. 휘트먼은 무정부주의자인 엠마 골드만이 뉴욕에 있다는 것을 알았다. 휘트먼은 엠마 골드만을 체포하라고 지시했다. 휘트먼은 적갈색 건물의 창밖을 바라보았다. 하늘은 구름이 덮이고 이상하게도 어두컴컴했다. 후텁지근한 날씨였고 가랑비 때문에 거리가 반짝였다. 건물들마다 불이 들어와 있었다. 거리 건너편의 자그마한 고대 그리스식 궁전이 빗속에서 빛났다. 평화로워 보었다. 그 순간 휘트먼은 라인랜더 월도 경찰청장을 비롯한 경찰서의 다른 이들이 이 사건을 자신에게 은근히 떠넘겨 정치적 생명이 위태로울 수도 있게 만들었다는 사실을 깨달았다. 한편 휘트먼은 모건의 이익을 보호해야만 했다. 모건과 관련된 부유한 개신교 공화당원들로 이루어진 개혁 위원회들이 가톨릭 민주당 계열 경찰서 내의 부패를 수사하는 자금을 대주었던 것이다. 다른 한편으로는 범죄자들을 잘 다루는 강인한 지방 검사라는 자신의 명성을 지켜내야 했다. 이 두 가지를 동시에 이루는 방법은 저 유색인을 어서 몰아내는 길뿐이었다. 부탁했던 위스키 한 잔이 도착했다. 이 한 잔으로 마음을 좀 가라앉혀야겠어, 휘트먼은 혼잣말을 했다.

그러는 동안, 경찰은 13번가에 있는 엠마 골드만의 집 문을 두드렸다. 골드만은 놀라지 않았다. 골드만은 늘 짐을 꾸려놓고 있었으며, 갈아입을 옷과 읽을 책을 넣어둔 작은 가방을 들고 언제든 떠날 준비가 되어 있었다. 매킨리 대통령이 암살당한 이래, 골드만은 미국에서 일어나는 온갖 과격 행동, 파업, 폭동을 말과 행동으로 선동했다는 혐의를 끊임없이 받곤 했다. 골드만이 진짜로 관계가 있든 없든 상관없이, 경찰은 무슨 사건만 일어나면 으레 골드만이 그 사건에 연루되어 있다고 단정지었다. 골드만은 모자를 쓰고 가방을 들고 문을 나섰다. 골드만은 젊은 순경과 차에 탔다. 골드만이 순경에게 말했다. 네 말을 안 믿겠지만 난 감옥에 있는 시간을 고대해왔어요. 내가 쉴 수 있는 유일한 곳이거든요.

물론 골드만은 콜하우스 일당 가운데 한 명이 악명 높은 창녀를 사랑하는 부르주아라며 자신이 가엾게 여겼던 청년임을 알지 못했다.

센터 스트리트의 경찰본부, 경사의 책상 앞에서 골드만은 자신이 음모 혐의로 기소되었다며 기자들에게 성명을 발표했다. 웨스트체스터의 소방관들이 사망한 사건은 저로서도 유감입니다. 그분들이 살아 계셨으면 좋았을 텐데요. 하지만 제가 알기로 그 니그로는 죄 없는 자기 약혼녀가 무자비한 죽음을 맞이했기 때문에 이런 행동을 하게 되었습니다. 무정부주의자로서 저는 그 니그로가 모건의 소유물을 점유한 행동에 박수를 보냅니다. 모건 씨 역시 남의 소유물을 점유해왔습니다. 이 성명에 기자들이 질문을 외쳐댔다. 그자가 당신의 추종자입니까, 엠마? 그자를 아십니까? 당신은 이 사건과 무슨 연관이 있습니까? 골드만은 싱긋 웃으며 고개를 저었다. 압제자는 부(富)요, 부는 압제자입니다. 콜하우스 워커는 무정부주의자 엠마 없이도 그 사실을 혼자 깨달았습니다. 그 니그로에게 필요했던 건 오직 고통뿐이었습니다.

한 시간이 채 못 되어, 골드만 체포 소식을 담은 호외가 발행되어 거리에 뿌려졌다. 골드만이 한 말이 여기저기서 시끌벅적하게 회자되었다. 휘트먼은 골드만을 체포해서 이런 토론이 일어나게 만든 게 과연 잘한 일인지 판단이 안 섰다. 하지만 그 행동 덕분에 휘트먼은 한 가지 확실한 이익을 챙겼다. 터스키기 일반 산업 전문대학 총장인 부커 T. 워싱턴이 뉴욕에서 기금 모금 중이었다. 워싱턴은 애스터 플레이스에 있는 쿠퍼 유니언의 대강당에서 연설하던 중, 준비한 연설문 내용에서 벗어나 골드만의 언급에 대해 유감을 표하고 콜하우스 워커의 행동을 비난했다. 기자 한 명이 휘트먼에게 전화를 걸어 이 사실을 알려주었다. 휘트먼 지방 검사는 즉시 이 위대한 교육자에게 전화를 걸어, 혹시 사건 현장에 와서 도덕적 권위로 이 위기를 해결해줄 수 있는지 물었다. 그러겠습니다, 부커 T. 워싱턴이 대답했다. 경찰 경호대가 워싱턴을 데리러 중심가로 갔고, 워싱턴은 자신을 위해 오찬을 준비한 사람들에게 사과를 하고 우레와 같은 박수를 받으며 연설장을 떠났다.

37

부커 T. 워싱턴은 당시 미국에서 가장 유명한 니그로였다. 앨라배마 주에 터스키기 대학을 설립한 이래, 워싱턴은 유색인들을 위한 직업 훈련의 중요성을 일깨우는 핵심 인물이 되었다. 워싱턴은 정치, 사회적 평등을 쟁취하자고 흑인들을 선동하는 모든 행동에 반대했다. 워싱턴은 자신의 삶, 노예 상태에서 자아실현을 이루기 위한 노력, 그리고 니그로의 지위 향상은 백인들의 도움으로 이루어진다는 생각이 담긴 자서전을 썼고, 그 책은 베스트셀러가 되었다. 워싱턴은 인종 간의 우정이 필요하다고 조언했고, 미래가 어떨지에 대해 말해왔다. 이런 부커 T. 워싱턴의 주장은 네 명의 대통령과 남부 주지사 대부분의 지지를 받았다. 앤드루 카네기는 워싱턴의 학교에 기부를 했고, 하버드 대학은 명예 학위를 수여했다. 워싱턴은 검은 양복을 입고 챙이 좁은 중절모자를 썼다. 워싱턴은 이제 36번가 중심에 서 있었다. 건장하고 잘생긴 워싱턴은 자신이 직접 이룬 모든 것에 자부심 가득한 표정이었으며, 이제 콜하우스에게 자신을 도서관으로 들어가게 해달라고 외치고 있었다. 워싱턴은 확성기를 사용하지 않았다. 워싱턴은 웅변

가였고 목소리는 굳셌다. 무법자들이 자기 요구를 들어주는 게 당연하다는 듯 자신만만했다. 이제 들어가겠소, 부커 T. 위싱턴이 외쳤다. 위싱턴은 길에 난 폭탄 구멍을 빙 돌아 철문을 지나 안으로 들어갔다. 위싱턴은 양쪽에 돌로 된 암사자 조각상들이 있는 계단을 올라 좌우에 이오니아 양식의 쌍기둥이 서 있는 아치형 주랑 현관 그늘 아래 서서 문이 열리길 기다렸다. 정적이 흘렀고, 아무도 움직이지 않는 가운데 멀리서 울리는 택시의 경적 소리가 또렷하게 들렸다. 잠시 뒤 문이 열렸다. 부커 T. 위싱턴이 안으로 사라졌다. 문이 닫혔다. 길 건너편에서는 휘트먼 지방검사가 이마를 쓸어내리며 무너지듯 의자에 앉았다.

부커 위싱턴은 금박이 근사하게 입혀진 도서관에 있는 그림들, 진귀한 책들, 조각상, 대리석 바닥, 연분홍 실크를 댄 벽과 값을 따질 수 없을 만큼 귀한 피렌체 지방의 가구들을 비롯한 모든 것이 폭파 장치와 연결되어 있다는 사실을 발견했다. 다이너마이트 선이 현관의 대리석 벽기둥에 묶여 있었다. 선들은 동쪽과 서쪽 열람실에서 나와 복도를 따라 작은 벽감이 있는 뒤쪽의 현관까지 이어졌다. 현관의 대리석 벤치에는 한 사내가 다리를 벌리고 앉아 있었다. 벤치에 앉은 사내는 T자형 공이가 달린 상자를 두 손으로 들고 있었다. 남자는 총에 맞을 경우 앞으로 쓰러지면서 체중으로 공이를 누를 수 있도록 놋쇠 문을 등진 채 몸을 숙이고 있었다. 남자는 고개를 들어 위싱턴을 쳐다보았고, 위대한 교육자는 상대가 니그로가 아니라 마치 순회극단의 출연자처럼 얼굴을 검게 칠한 백인이라는 사실을 알아채고 놀라 짧게 숨을 들이켰다. 위싱턴은 엄격한 훈계를 하는 동시에 협상을 할 생각으로 이곳에 들어왔다. 하지만 이제 그 생각을 접었다. 워싱턴은 서쪽 열람실을 들여다보았고, 복도를 가로질러 동쪽 열람실 문으로 갔다. 워싱턴은 수십 명의 유색인이 있으리라 기대했지만, 라이플을 든 청년 서너 명만이 각 창문 양쪽에 서 있을 뿐이었다. 콜하우스는 허리띠에 권총을 차고 있었지만, 다림질이 잘된 하운즈투스 격자무늬 양복에 넥타이를 매고 옷깃을 단 차림이었다. 워싱턴은 콜하우스를 살펴보았다. 잘생긴 이마에는 주름이 져 있었고 눈을 번뜩이고 있었다. 워싱턴은 웅변가로서의 모든 능력을 끌어내 이렇게 말했다. 나는 평생 기독교의 형제애를 희망하며 인내를 가지고 일해왔소. 나는 백인들에게 우리를 두려워할 필요가 없으며 죽일 필요도 없다고 설득해야만 했소. 우리가 원하는 것은 단지 우리 자신을 발전시키고 백인들과 함께 미국 민주주의의 열매를 함께 누리는 것뿐이라고 주장해왔소. 그렇기에 감옥에 갇힌 흑인, 게으르고 아무 쓸데없이 노름이나 간통을 해대는 흑인은 나의 적이며, 나쁜 흑인들이 사고를 칠 때마다 나는 가슴이 찢어지는 듯하다오. 당신들의 그릇된 범죄가 내게 얼마나 큰 짐이 될지 생각해보시오! 장사하는 법을 배워 먹고살려 애쓰는 우리 학생들에게 얼마나 큰 짐이 되는지, 백인들에게 어떤 비난을 받게 될지 생각해보시란 말이오! 천 명의 부지런한 흑인이 노력한다 해도 당신 한 사람이 망쳐놓은 흑인에 대한 인상을 회복할 수는 없소. 그리고 더 나쁜 점은 당신이 음악학원을 나온 교육받은 음악가라는 사실이오. 당신은 화음을 강조하고 천상의 하프 선율과 트럼펫 소리를 노래의 본보기로 삼는 세상을 등지고 이 악명 높은 짓을 저지르고 있소. 괴물 같은 사람 같으니! 당신이 우리 동족의 비참한 노력을 전혀 몰랐다면 난 당신의 이런 행동을 동정할 수도 있소. 하지만 당신은 음악가요! 난 주위를 둘러보았고, 분노의 땀 냄새와 거칠고 분별없는 젊은이들이 일으키는 빈한한 반란의 냄새를 맡았소. 당신이 이 젊은이들에게 가르친 것을 말이오! 당신이 불의를 당하고 손해를 입었다는 사실이 이 무모한 젊은이들을 이런 사태로 이끈 것을 정당화할 수 있다고 생각하오? 게다가 당신은 흑인으로 분장한 백인까지 일당에 포함시켜 아예 당신을 조롱거리로 만들고 있지 않소.

그의 말은 콜하우스 일당 모두에게 또렷이 들렸다. 이들은 부커 T. 워싱턴이 말하는 혁명을 하지 않았고, 또한 어렸을 때부터 워싱턴의 연설을 귀에 못이 박히게 들었기 때문에 이번 연설에 별 감동을 받지 않았다. 그들에게는 콜하우스가 어떤 대답을 하느냐가 중요했다. 콜하우스가 부드러운 목소리로 말했다. 만나 뵙게 되어 영광입니다. 저는 늘 당신을 존경해왔습니다. 콜하우스는 대리석 바닥을 내려다보았다. 제가 음악가이며 오랜 경험이 있다는 건 사실입니다. 하지만 바로 그 점을 다시 생각하셔서, 제가 미친 게 아니라 진지한 계획 아래 행동한다는 걸 깨달으셨으면 합니다. 그리고 그렇기 때문에, 우리는 둘 다. 우리 역시 인간이며 따라서 존중받고 싶다고 말하는 우리 유색인들의 심부름꾼이지 않을까요. 워싱턴은 콜하우스의 말이 의미하는 바에 너무나 놀라 정신을 잃을 지경이었다. 콜하우스는 워싱턴을 서쪽 열람실로 데려갔고, 빨간 플러시 천 의자에 앉혔다. 냉정을 찾은 워싱턴은 손수건으로 이마를 닦았다. 워싱턴은 사람 키만큼이나 큰 대리석 벽난로 장식을 물끄러미 바라보았다. 워싱턴은 다채로운 색으로 장식된 천장의 조각을 힐긋 쳐다보았다. 이탈리아 루카의 질리 추기

경 궁에서 가져온 것이었다. 빨간 실크 벽에는 루카스 크라나흐가 그
린 마르틴 루터의 초상화들과 동방박사 그림 몇 점이 있었다. 교육자
인 워싱턴은 눈을 감고 무릎 위에 두 손을 모았다. 주여, 워싱턴이 말
했다. 제 사람들을 약속의 땅으로 인도해주십시오. 저들을 파라오의
채찍에서 구해주십시오. 마음의 족쇄를 풀어주시고, 지옥에 묶어두는
죄악의 사슬을 풀어주십시오. 벽난로 장식 위에는 한창때의 피어폰트
모건을 그린 초상화가 있었다. 워싱턴은 모건의 무서운 얼굴을 살펴
보았다. 그러는 동안 콜하우스 워커는 옆의 의자에 앉아 있었다. 옷을
잘 차려입은 두 흑인은 성실해 보였고, 진지하게 자기성찰을 하는 듯
했다. 나와 함께 나갑시다, 부커 워싱턴이 부드럽게 말했다. 당신이
신속한 재판을 통해 고통 없이 처형받을 수 있도록 힘쓰겠소. 이 악마
의 도구들을 제거하시오. 워싱턴은 조각 천장 구석구석과 벽에 연결
되어 있는 다이너마이트 뭉치를 가리켰다. 내 손을 잡고 나갑시다. 그
것이 당신의 어린 아들을 위하는 길이며 앞길이 험하고 구만리 같은
우리 종족의 아이들을 위하는 길이오.

콜하우스는 생각에 잠겨 있었다. 마침내 콜하우스가 입을 열었다.
워싱턴 씨, 저도 이 일을 어서 끝내고 싶습니다. 콜하우스가 시선을
들었고, 교육자는 콜하우스의 우는 모습을 볼 수 있었다. 소방서장에
게 제 차를 원상 복구시켜 이 건물 앞으로 가져오라고 하십시오. 그러
면 저는 손을 들고 나갈 것이며, 이곳에도 그리고 그 누구에게도 해를
입히지 않겠습니다.

이 말은 콜하우스가 에메랄드 아일 사건의 밤 이후로 요구했던 조
건을 수정했다는 의미였지만, 워싱턴은 이 사실을 알지 못했다. 워싱

턴은 단지 자신의 탄원이 거절되었다고만 생각했다. 워싱턴은 더는 아무 말도 하지 않고 일어나 나갔다. 워싱턴은 자신이 아무런 성과도 얻지 못했다고 생각하며 거리를 가로질러 임시 본부로 돌아갔다. 워싱턴이 돌아간 뒤 콜하우스는 이 방 저 방을 서성였다. 콜하우스를 추종하는 젊은이들은 제 위치를 지키며 눈으로는 콜하우스를 좇았다. 한 명은 주랑 현관의 돔형 채광창 꼭대기 지붕 위에서 보초를 섰다. 젊은이는 비를 맞으며 보초를 섰고, 비록 보이지는 않았지만 뉴욕 시민 수천 명이 자신을 지켜보는 걸 느낄 수 있었다. 밤새 젊은이는 그 사람들이 안개처럼 내리는 가랑비 소리보다 작고 숨소리보다도 작은 흐느낌을 들릴 듯 말 듯 내는 것 같다고 생각했다.

38

부커 T. 워싱턴은 지방 검사와 의논한 뒤 임시 본부의 응접실에서 기자회견을 했다. 모건 씨의 도서관에는 당장이라도 터뜨릴 수 있는 다이너마이트 폭탄이 설치되어 있습니다, 워싱턴이 말했다. 우리는 정신이상자와 마주하고 있습니다. 저는 다만 하느님 아버지께서 우리를 이 슬픈 사태로부터 안전하게 구해주시길 기도할 따름입니다. 기자회견 후 워싱턴은 할렘 가에 있는 친구와 동료인 목사와 지역 지도자들에게 전화를 해, 책임감 있는 니그로로서 콜하우스 워커가 내세운 명분에 반대하는 모습을 보이자며 중심가로 와달라고 청했다. 이는 거리에서 철야를 하는 형태가 되었다. 비록 워싱턴이 도서관으로

부터 가져온 소식이 끔찍했고, 그 때문에 지방 검사인 휘트먼이 도서관에서 두 블록 안에 있는 모든 집과 아파트의 주민들을 대피시켜야 했지만, 휘트먼은 워싱턴이 주관하는 모임을 허락했다. 상황이 그렇게 돌아가고 있을 때, 아버지가 도착했다. 아버지는 경찰의 안내를 받아 출입통제선을 넘어, 모자를 벗고 조용히 서서 기도하는 흑인들 무리를 지나쳤다. 아버지는 잠시 도서관을 보다가 적갈색 석조 건물의 계단을 올라갔다. 건물 내부에 들어갔지만 아버지에게 다가오는 이는 아무도 없었다. 아버지에게 말을 걸지도, 뭔가를 요구하지도 않았다. 아버지는 이리저리 둘러보며 당국에서 무슨 말이 있기를 기다렸다. 아무 일도 일어나지 않았다.

집은 제복을 입은 경찰들과 사건에 막연한 책임이 있는 사람들로 꽉 차 있었다. 모든 이들이 분주히 돌아다녔다. 아버지는 이리저리 둘러보다가 부엌으로 갔다. 기자들이 있었다. 아이스박스에 든 음식을 먹은 참이었다. 기자들은 식탁 위에 다리를 올려놓고 앉거나 찬장에 기대서 있었다. 모두 모자를 쓰고 있었다. 기자들은 싱크대를 침 뱉는 통으로 썼다. 아버지는 기자들이 하는 이야기를 듣고 부커 T. 워싱턴이 콜하우스와 나눈 대화 내용을 상세히 알게 되었다. 아버지는 자기 집 거실에서 피아노를 치던 사람이 이렇게까지 유명해진 게 놀라웠다, 하지만 아버지가 듣기에 콜하우스는 요구 조건을 수정한 듯했다. 그렇지 않은가? 모두가 그 사실을 알아차리지 못한 듯했다. 아버지는 콜하우스가 윌리 콩클린 소방서장을 죽이지 않을 작정이거나 적어도 그에 대해 협상을 할 마음이라면 그 사실을 누군가에게 알려야 한다고 생각했다. 아버지는 책임자를 찾다가 지방 검사와 마주쳤다. 아버지는 신문에서 지방 검사의 사진을 여러 번 보았기에 휘트먼이 누구인지 알 수 있었다. 휘트먼은 쌍안경을 두 손에 쥐고 거실 퇴창가에 서 있었다. 실례합니다, 아버지가 말을 걸었다. 아버지는 자신을 소개한 뒤 휘트먼에게 자신의 생각을 말했다. 지방 검사는 놀란 눈으로 아버지를 바라보았다. 아버지는 휘트먼의 얼굴에 실핏줄이 터진 걸 알아차렸다. 휘트먼은 창으로 돌아서서 해군 제독처럼 쌍안경으로 밖을 주시했다. 더는 뭘 해야 할지 몰라 아버지는 지방 검사 곁에 가만히 서 있었다.

휘트먼은 모건으로부터 회신을 기다리고 있었다. 휘트먼은 줄곧 손목시계를 바라보았다. 그때 누군가 거리에서 달려왔다. 복도가 소란스러워졌다. 소년 한 명이 거실로 들어왔고, 큐레이터들과 경찰 몇 명이 뒤따라 들어왔다. 소년은 카르마니아호에서 온 전보를 가지고 있었다. 지방 검사가 봉투를 찢었다. 휘트먼은 내용을 읽고는 믿을 수 없다는 듯이 고개를 저었다. 젠장, 휘트먼이 중얼거렸다. 젠장. 돌연 휘트먼은 방에 있던 모든 사람들에게 고함을 치기 시작했다. 나가! 당장 나가! 휘트먼은 모두를 밖으로 내몰았다. 하지만 휘트먼은 아버지만은 팔을 잡고 안에 머무르게 했다. 문이 닫혔다. 휘트먼은 아버지의 손에 전보를 밀어 넣었다. 전보 내용은 이러했다. 콜하우스에게 자동차를 돌려주고 교수형을 시키시오.

아버지가 시선을 들었고, 지방 검사의 눈이 이글거리는 걸 알아보았다. 이건 내가 생각도 못한 방향이오, 휘트먼이 말했다. 나는 그 깜둥이에게 항복할 수 없소. 더구나 교수형? 그건 말도 안 되오. 그랬다가 내 정치 생명은 끝장이오. 젠장, 나는 베커 그 개자식도 이겨냈소.

신문이 세기의 범죄라고 떠들어대던 걸 내가 해결했단 말이오. 그런 검사가 이제 깜둥이에게 항복을 하라고? 안 될 말이오! 절대 그럴 수 없소!

휘트먼이 방 안을 서성였다. 아버지는 점차 배짱이 생기는 걸 느꼈다. 아버지는 J. 피어폰트 모건이 휘트먼에게 보낸 전보를 들고 있었다. 휘트먼이 아버지로 하여금 자기 앞으로 온 전보를 읽게 했다는 점에서, 아버지는 휘트먼이 자신을 신뢰한다는 사실을 바로 깨달았다.

아버지는 지금이 협상할 시점임을 분명히 알았다. 심지어 지구 반대편의 모건조차 그 사실을 알고 있었다. 콜하우스는 콩클린을 자신에게 넘기라던 요구 조건을 완화한 듯했다. 더구나 아버지의 의견으로는 세라가 죽고 난 뒤 콜하우스의 가장 절실한 소원은 죽는 것이었다. 아버지는 지방 검사에게 이러한 자신의 생각을 알렸다. 사건이 신속하게 해결될 수도 있습니다, 아버지가 말했다. 차는 아무 가치도 없습니다. 게다가 그건 모건 씨의 생각이니까요. 휘트먼이 말했다. 피어폰트 모건만이 그런 생각을 할 수 있을 겁니다. 모건 말고 다른 누가 그런 배짱이 있겠습니까. 아버지가 말했다. 제 말은 이게 모건 씨 생각이라는 겁니다. 물론 저는 정치에 대해 아무것도 모르지만, 모건 씨 말대로 하면 검사님도 책임을 벗을 수 있지 않나요? 휘트먼은 걸음을 멈추고 아버지를 뚫어져라 쳐다보았다. 휘트먼이 말했다. 지금 이 시간, 나는 스타이버선트 피시 부인과 함께 뉴포트에 있어야 정상인데.

이렇게 해서 그날 자정이 막 지났을 무렵, 콜하우스 워커의 부서진 모델 T가 있는 뉴로셸의 파이어하우스 연못가에 짐말들이 도착했다. 비가 그치고 별들이 떠 있었다. 사람들은 말을 자동차 범퍼에 연결하여 차를 길로 끌어냈다. 이윽고 달가닥거리는 말발굽 소리와 함께 뉴욕으로 가는 긴 여행이 시작되었다. 마부는 자동차 앞좌석에 서서 한 손에는 채찍을 들고 다른 한 손에는 운전대를 잡고 말을 몰았다. 타이어는 모두 바람이 빠져 있었고 차체는 심하게 흔들렸으며 바퀴가 돌며 삐걱거리는 소리가 요란했다.

콜하우스의 포드가 맨해튼을 향해 오는 동안, 휘트먼은 콜하우스에게 전화를 걸었다. 휘트먼은 콜하우스에게 요구 조건에 대해 이야기하고 싶다고 말했다. 휘트먼은 아버지를 중개인 삼아 논의를 하면 어떻겠냐고 제안했다. 이렇게 하는 편이 전화로 하는 것보다 더 비밀을 보장할 수 있소. 당신은 그 사람을 믿을 수 있고, 나도 그 사람을 믿을 수 있소, 휘트먼이 아버지에 대해 이렇게 말했다. 어쨌든 이 사람은 당신을 고용했던 사람 아니오. 그러자 아버지가 휘트먼의 다른 쪽 귀에 대고 말했다. 아닙니다. 저는 저 사람을 고용한 적이 없습니다. 이제 아버지는 무척이나 불안한 예감에 사로잡혔다. 몇 분 뒤, 쌀쌀한 이른 아침, 아버지는 투광조명이 비치는 거리를 가로질러 구덩이를 돌아 돌사자들이 지키는 계단을 올라갔다. 아버지는 자신이 미국 육군의 퇴역 장교임을 상기했다. 북극에 다녀왔음을 상기했다. 황동 문이 약간 열렸고, 아버지는 안으로 들어섰다. 아버지가 한 걸음 디딜 때마다 윤이 나는 대리석 바닥에 발소리가 울렸다. 잠시 뒤 아버지의 눈이 침침한 실내에 적응했다. 아버지는 흑인을 찾아보았지만, 얼굴을 시커멓게 칠한 채 상체를 다 드러내고 가죽케이스에 넣은 총을 겨드랑이에 끼고 있는 처남만 보였다. 자네! 아버지가 외쳤다. 외삼촌은 권총을 뽑더니 경례를 하듯 총열로 자신의 관자놀이를 살짝 쳤다. 아버지는 다리에 힘이 풀렸다. 아버지는 부축을 받아 의자에 앉았다. 콜하우스가 아버지에게 수통을 가져다주었다.

양쪽이 첫번째로 합의한 사항은 스물네 시간이라는 시한을 연장한다는 것이었다. 두번째 합의 사항은 거리에 난 구멍을 널빤지로 막는다는 것이었다. 아버지는 양쪽을 왔다 갔다 하며 자신이 맡은 역할을 잘해냈지만 그러는 내내 마치 몽유병자처럼 머리가 멍했다. 아버지는 처남을 바라보지 않으려 애썼다. 아버지는 등 뒤에서 처남이 자신에게 씁쓸한 웃음을 보내는 걸 느낄 수 있었다.

협상이 이루어지는 동안 휘트먼은 윌리 콩클린을 찾기 위해 도움이 될 만한 곳은 여기저기 모두 전화를 돌리고 있었다. 휘트먼은 경찰력을 총동원해 시를 샅샅이 뒤지게 했다. 이윽고 휘트먼은 4구역의 지도자이자 태머니 머신*의 대부라 할 수 있는 빅 팀 설리번을 떠올렸다. 설리번은 자고 있다가 휘트먼의 전화를 받았다. 휘트먼이 말했다. 팀, 이 도시에 손님이 한 명 왔소. 웨스트체스터 카운티에서 온 윌리 콩클린이라는 자요. 빅 팀이 말했다. 그자가 누군지는 모르지만 찾을 수 있는지 한번 봅시다. 당신이라면 찾을 거요, 휘트먼이 말했다. 한 시간이 채 안 되어 윌리 콩클린은 목덜미가 잡힌 채 적갈색 석조 건물 계단을 끌려 올라왔다. 콩클린은 온몸이 흠뻑 젖어 있었고 흐트러진 복장으로 겁에 질려 있었다. 작업용 셔츠는 아래쪽 단추가 떨어져 있었고 혁대 위로 배가 불룩하니 튀어나와 있었다. 콩클린은 복도에 있는 의자에 내팽개쳐진 뒤 조용히 있으라는 경고를 들었다. 경찰 한 명

---

* 이민자나 서민에게 편의를 제공하고 그 대가로 선거에서 지지를 받는 비공식 정치 조직.

이 콩클린을 지켰다. 콩클린은 이를 떨며 달가닥거리는 소리를 냈고 손을 부들부들 떨었다. 콩클린은 종이봉투에 싼 술병을 찾기 위해 뒷주머니에 손을 뻗었다. 하지만 술병을 꺼내기도 전에 경찰이 그의 팔을 낚아챘고, 마치 채찍질을 하듯 수갑을 흔들어 머리를 쳤다.

날이 밝자 밤사이 약간 줄었던 사람들 수가 다시 늘어나 바리케이드 너머의 군중은 몇 겹이 되어 있었다. 녹슨 콜하우스의 모델 T는 36번가의 도서관 앞에 서 있었다. 시간에 맞춰 적갈색 석조 건물 문이 열렸고, 두 명의 경찰이 비참한 모습의 콩클린을 끌고 현관 입구 계단으로 나왔다. 사람들에게 보여주기 위해서였다. 그리고 콩클린은 다시 안으로 끌려 들어갔다. 콜하우스의 두 가지 요구 조건이었던 자동차와 소방서장을 제대로 들어준 휘트먼은 이제 자신의 요구 조건을 알렸다. 휘트먼은 웨스트체스터에 있는 검사를 시켜 윌리 콩클린을 고의에 의한 기물 손괴, 파괴, 불법적인 통행 방해 행위로 고발하겠노라고 했다. 덧붙여 모든 사람들이 보는 도서관 앞에서 콩클린이 모델 T의 수리를 돕도록 하겠다고 했다. 이는 콩클린에게 평생 씻지 못할 치욕이 될 거라고 했다. 물론 차는 완벽하게 원상 복구시키겠노라고 했다. 휘트먼은 이렇게 하는 조건으로 콜하우스와 그 일당이 항복하기를 원했다. 그리고 당신이 법의 테두리 내에서 모든 권리를 행사할 수 있도록 하겠소, 휘트먼이 말했다.

아버지가 도서관에 가서 이 조건을 알렸을 때 젊은이들은 웃으며 환성을 질렀다. 놈을 잡았어. 놈이 항복했어. 우리는 원하는 걸 다 할 수 있어. 젊은이들이 서로에게 외쳤다. 젊은이들은 차와 콩클린을 보고 들떠 있었다. 하지만 콜하우스는 아무 말이 없었다. 콜하우스는 서쪽 열람실에 혼자 앉아 있었다. 아버지는 콜하우스의 말을 기다렸다. 점차 젊은이들도 콜하우스의 우울한 생각에 물들어 함께 조용해졌다. 젊은이들의 얼굴에 걱정하는 빛이 서렸다. 마침내 콜하우스가 아버지에게 말했다. 저는 항복하겠지만 저 사람들은 아닙니다. 저는 저 사람들이 이곳에서 안전하게 나갈 수 있고 또한 완전히 사면을 받기를 원합니다. 하지만 제가 저 사람들에게 이야기를 할 때까지 여기서 잠시 기다려주십시오.

콜하우스가 의자에서 일어나 복도에 있는 젊은이들에게 이야기를 하러 갔다. 젊은이들은 폭탄 상자 주변에 모였다. 그리고 경악했다. 그자의 요구를 들어줄 필요가 없습니다, 젊은이들이 말했다. 우리는 모건의 불알을 틀어쥐고 있단 말입니다! 우리는 어떤 협상도 할 필요가 없어요. 콩클린과 차를 우리에게 넘기고, 우리를 이곳에서 빠져나가게 하면 도서관을 돌려주겠다! 이게 바로 협상입니다! 협상이란 이런 거라고요!

콜하우스는 침착했다. 콜하우스가 부드럽게 말했다. 자네들 가운데 당국에 신원이 밝혀진 이는 아무도 없어. 자네들은 도시 속으로 사라져 새 삶을 살 수 있어. 당신도 마찬가지 아닙니까, 젊은이들이 대답했다. 아니, 콜하우스가 대답했다. 저들은 절대 날 여기서 내보내지 않을 거야. 자네들도 그걸 알잖아. 그리고 설사 날 이곳에서 내보내주더라도 나를 잡으려 전력을 다할 거야. 나와 함께 있는 사람들도 모두 잡힐 거고. 그리고 모두 죽게 될 테지. 무엇 때문에 그래야 하지? 무얼 위해서?

이전까지 우리는 늘 대화를 통해 결정했습니다, 한 젊은이가 말했다. 그런데 이제는 혼자 결정을 내리고 우리보고 따르라고 하는군요. 그럴 수는 없습니다. 우리는 모두 콜하우스란 말입니다! 못 나가게 하면 이곳을 날려버리는 겁니다. 다른 사람이 말했다. 외삼촌이 말했다. 당신의 지금 행동은 우리를 배반하는 겁니다. 우리 모두가 자유로이 살든지 아니면 모두 죽는 것뿐입니다. 당신은 편지에 미국 임시정부 대통령이라고 서명하지 않았습니까? 콜하우스가 고개를 끄덕였다. 그건 우리 사기를 높이기 위한 수사적 표현이었을 뿐이야, 콜하우스가 말했다. 하지만 우리는 진심이었습니다, 외삼촌이 외쳤다. 진심이었단 말입니다. 군대를 만들기 위해 필요한 사람들은 거리에 얼마든지 있습니다!

어떤 혁명 이론가라도 백인으로 구성된 국가라는 거대한 적을 상대로 싸우는 데 있어 모델 T를 원상 복구하도록 하는 것이 괜찮은 시작이라는 점을 부정할 수는 없을 터였다. 이제 외삼촌은 악을 쓰고 있었다. 당신은 당신의 요구 조건을 바꿀 수 없습니다! 당신이 내건 요구 조건의 의미를 축소할 수도 없습니다! 당신은 차 한 대 때문에 우리를 배반할 수도 없습니다! 나는 요구 조건을 바꾼 게 아니야, 콜하우스가 말했다. 그렇다면 그 빌어먹을 포드 한 대가 당신이 말하던 정의란 말입니까? 외삼촌이 말했다. 당신의 죽음이 정의란 말입니까? 콜하우스가 외삼촌을 바라보았다. 콜하우스가 말했다. 내 죽음에 대해 말하자면, 세라가 죽었을 때 내 죽음은 이미 결정되었다네. 내 포드 차는 내가 소방서를 지나치던 그날과 똑같은 상태로 복구되면 그만이고. 내가 요구 조건을 취소한 게 아니야. 저들이 내 요구 조건을 과장해놓고는 못 받아들이겠다고 한 거지. 요구 조건을 줄인 건 내가 아니라 바로 저들이야. 내 조건을 과장한 뒤 못 받아들이겠다고 했던 바로 저들이란 말이야. 나는 윌리 콩클린의 목숨과 여러분의 목숨을 바꿀 생각이야.

몇 분 뒤 아버지는 거리를 가로질러 갔다. 정의를 실현하기 위해 콜하우스는 자신의 목숨을 버릴 준비가 되어 있었다. 하지만 콜하우스를 따르는 다른 사람들은 그렇지 않았다. 그자들은 세대가 달랐다. 아버지는 치를 떨었다. 놈들은 인간이 아니야. 놈들은 괴물이야! 놈들의 명분이 놈들의 정신을 개조한 거야. 놈들은 이 세상을 지탱하고 있는 걸 송두리째 무너뜨릴 거야. 군대를 일으켜? 놈들은 더러운 혁명론자들일 뿐이야.

콜하우스는 자신의 유명한 고집을 이제 자기를 따르는 자들의 논법에 저항하는 데 썼다. 모건 씨와 재앙 사이에 서 있는 것은 이제 콜하우스였다. 아버지는 이에 대해서는 지방 검사에게 전혀 말하지 않았다. 아버지 생각에 휘트먼은 이미 충분히 골치가 아픈 상태였다. 그런데다가 이런 사실을 말하면 사태가 더욱 복잡해질 터였다. 휘트먼은 위스키를 여러 잔 마셨다. 수염이 얼굴을 뒤덮었다. 툭 튀어나온 두 눈은 핏발이 섰으며 옷깃은 풀이 죽어 축 늘어졌다. 휘트먼은 이리저리 서성거렸다. 창가에 섰다. 오른손으로 주먹을 쥐어 왼손바닥을 몇 번이고 쳤다. 휘트먼은 모건에게서 온 전보를 다시 읽었다. 아버지는 목청을 가다듬었다. 전보에는 당신이 일당 전부를 교수형에 처해야 한다고 되어 있지는 않습니다, 아버지가 말했다. 네? 휘트먼이 말했다. 뭐라고요? 아, 맞아요. 맞아. 휘트먼은 앉을 의자를 찾았다. 거기에 몇 명이나 있다고 했소? 다섯입니다, 아버지는 자신도 모르게 외삼촌을 뺀 숫자를 대답했다. 휘트먼이 한숨을 쉬었다. 아버지가 말했다. 제 생각에는 이게 당신이 할 수 있는 최선인 듯합니다. 맞소, 휘트먼 지방 검사가 말했다. 하지만 기자들에게 뭐라고 해야 한단 말이오. 이렇게 말하면 되지요, 아버지가 말했다. 첫째, 콜하우스 워커는 체포되었다. 둘째, 모건 씨의 보물은 안전하며, 셋째, 도시는 안전하고, 넷째, 경찰과 당신 부하들은 잔당 모두가 잡혀 감옥에 갈 때까지 온 힘을 기울여 놈들을 추적하겠다, 라고요. 휘트먼은 아버지의 말을 생각해보았다. 놈들을 미행해야겠군, 휘트먼이 중얼거렸다. 놈들 본거지까지 말이오. 글쎄요, 아버지가 말했다. 아마도 불가능할 겁니다. 놈들은 포로를 잡고 있고, 자신들이 안전하다는 걸 알 때까지는 인질을 놓아주지 않을 겁니다. 누가 인질이란 말이오? 휘트먼이 말했다. 바로 접니다. 아버지가 말했다. 알겠소, 휘트먼이 말했다. 그런데 그 깜둥이는 자기 혼자 어떻게 그 건물에서 버티겠단 말이오? 아버지가 말했다. 다이너마이트 상자를 들고 채광창이나 창문에 나타나겠죠. 그거면 충분할 거라고 생각합니다.

아마도 아버지는 그 순간, 인질 상태에서 풀려나면 경찰들을 데리고 범죄자들의 소굴로 돌아가야겠다고 생각했을 것이다. 아버지는 콜하우스가 없으면 그자들이 법에 대해 정면으로 대들 기백이나 지력이 부족할 거라고 생각했다. 그자들은 무정부주의적 살인자들이자 방화범이었지만 아버지는 그자들이 두렵지 않았다. 아버지는 그자들의 특징을 잘 알았고, 그자들보다 더 뛰어난 사람이었다. 아버지는 외삼촌과 너무나 사이가 안 좋았기 때문에 이 순간 자신이 외삼촌을 체포하는 데 큰 기여를 할 수 있다는 사실이 단지 기쁠 뿐이었다.

휘트먼은 허공을 물끄러미 바라보았다. 좋소, 휘트먼이 말했다. 좋아. 어두워질 때까지 기다립시다. 우리가 뭘 하는지 아무도 모르도록 말이오. 이건 모건 씨, 그리고 그 빌어먹을 구텐베르크 성경과 조지 워싱턴이 썼다는 그 다섯 쪽짜리 편지를 위한 일이오.

그렇게 해서 협상은 끝이 났다.

39

포드 사에 몇 차례 전화를 한 끝에, 회사 직원들이 아침 여덟 시에 콜하우스의 모델 T 부품을 실은 트럭을 몰고 왔다. 팬터소트 사는 자동차 지붕을 배달해왔다. 모건의 보좌관들은 모든 비용을 모건이 지불하는 데 동의했다. 모퉁이에서 사람들이 지켜보는 가운데 콩클린 소방서장은 수리공 두 명의 지시에 따라 자동차를 분해하고 차대를 제외한 모든 부품을 완전히 새 부속으로 갈아 끼웠다. 도르래를 이용해 엔진을 끌어 올렸다. 콩클린은 땀을 뻘뻘 흘리고 투덜거리고 불평을 하고 때로는 울며 그 일을 했다. 타이어, 흙받기, 라디에이터, 발전기, 문짝, 발판, 앞유리, 헤드라이트, 좌석 모두 새것으로 교체되었다. 오후 다섯 시쯤, 태양이 아직도 이글거리며 뉴욕을 비추고 있을 때, 도로 가장자리에는 반짝이는 검은색 모델 T가 특별 주문한 인조가죽 지붕을 달고 서 있었다.

하루 종일 콜하우스의 추종자들은 그에게 생각을 바꾸라고 호소했다. 추종자들의 주장은 점점 더 거칠어져갔다. 추종자들은 자신들이 하나의 국가라고 말했다. 콜하우스는 참을성 있게 그들을 대했다. 콜하우스가 없다면 그들은 오합지졸이 될 게 뻔했다. 추종자들은 콜하우스의 결정이 자살행위라고 여겼다. 그들은 배반당했다고 생각했다. 늦은 오후 무렵 도서관은 침울한 분위기였다. 젊은이들은 창밖으로 콜하우스가 구애를 할 때 타고 다니던 자동차가 본래대로 깨끗하게 바뀌어 서 있는 모습을 멍하니 바라보았다.

콜하우스 자신은 그 차를 보기 위해 창가로 가지도 않았다. 콜하우스는 서쪽 열람실에 있는 피어폰트 모건의 책상에 앉아 유언장을 썼다.

외삼촌은 비통함에 잠겨 말없이 있었다. 인질로 잡혀 도서관 안에 있던 아버지는 외삼촌과 이야기를 하고 싶었다. 아버지는 어머니에게 무엇을 어떻게 말해야 할지 생각하고 있었다. 날이 어두워지고 출발 시간이 다가왔을 때에야 아버지는 외삼촌과 만날 수가 있었다. 아마도 둘만 있을 수 있는 마지막 시간이 될 터였다.

외삼촌은 현관 입구 뒤쪽 화장실에 있었다. 외삼촌은 얼굴에 발랐던 태운 코르크를 지우고 있었다. 외삼촌은 거울에 비친 아버지를 힐긋 보았다. 아버지가 말했다. 난 자네에게 아무것도 바라지 않아. 하지만 자네 누나에게 뭔가 설명을 해주어야 한다고 생각하지 않나? 외삼촌이 말했다. 누나는 저에 대해 생각해본다면 혼자 답을 얻을 수 있을 겁니다. 하지만 매형을 통해 전달할 수는 없습니다. 매형은 역사의식이 없는 무사안일주의자입니다. 매형은 종업원들에게 월급은 적게 주고 종업원들이 원하는 것이 무엇인지에는 아주 무딥니다. 알겠네, 아버지가 말했다. 매형은 모든 면에서 자신을 신사라고 생각하는데,

외삼촌이 말했다. 그것은 인간성을 억압하는 자들이 보이는 자기기만에 불과합니다. 자네는 내 집 지붕 밑에서 살아왔고 내 회사에서 일했네, 아버지가 말했다. 매형이 그런 호의를 베풀었던 건 본인이 그럴 만한 여유가 있다고 생각했기 때문이지요, 외삼촌이 말했다. 게다가, 나중에 아시겠지만, 전 이미 그 빚을 갚았습니다. 외삼촌은 따뜻한 물과 비누로 얼굴을 씻었다. 외삼촌은 세면기에 머리를 숙이고 힘차게 얼굴을 씻었다. 외삼촌은 JPM이라고 수놓인 작은 수건으로 얼굴을 닦았다. 외삼촌은 바닥에 수건을 던지고 셔츠를 입고, 주머니에서 커프스단추를 찾아 끼우고 단추를 채우고, 셔츠 위에 목깃을 하고 넥타이를 하고 멜빵을 올렸다. 매형은 온갖 곳을 여행했지만 아무것도 배운 게 없습니다, 외삼촌이 말했다. 매형은 다른 사람 소유인 이 건물에 들어와 그 사람의 재산을 날려버리겠다고 협박하는 게 범죄라고 생각하시죠. 하지만 사실 이곳은 욕심쟁이의 소굴입니다. 사기꾼의 은신처라고요. 외삼촌은 외투를 입고 면도한 머리를 만져본 다음 중절모를 쓰고 거울에 비친 자기 모습을 보았다. 안녕히 계십시오, 외삼촌이 말했다. 절 다시는 못 보실 겁니다. 누나에게 제가 늘 누나를 생각하겠노라고 전해주십시오. 외삼촌이 잠시 바닥을 물끄러미 내려다보았다. 외삼촌은 목청을 가다듬었다. 누나에게 전 늘 누나를 사랑했고 동경했노라고 말해주십시오.

일당은 현관에서 만났다. 이제 추종자들은 양복과 넥타이를 하고 중절모자를 쓴, 콜하우스 유니폼 차림이었다. 콜하우스는 추종자들에게 모자를 눌러쓰고 옷깃을 올려 남들이 알아보지 못하게 하라고 말했다. 그자들은 콜하우스의 모델 T를 타고 그곳을 빠져나갈 계획이었다. 콜하우스는 점화하고, 스로틀을 열고, 크랭크 돌리는 법을 세세히 가르쳐주었다. 안전하게 빠져나가면 전화해, 콜하우스가 말했다. 아버지가 말했다. 나는 안 놓아주는 건가? 인질이 여기 있군, 콜하우스가 외삼촌을 가리키며 말했다. 백인 얼굴은 다 그게 그거 같아서. 모두가 껄껄거리며 웃었다. 콜하우스는 놋쇠 문 앞에서 모두를 차례로 껴안았다. 콜하우스는 다른 사람들과 마찬가지로 외삼촌을 열정적으로 껴안았다. 콜하우스는 회중시계를 보았다. 이 순간 거리의 투광 조명등이 꺼졌다. 콜하우스는 복도 뒤쪽의 외진 곳으로 가더니 두 손에 다이너마이트 기폭 장치를 들고 하얀 대리석 벤치에 걸터앉았다. 중간쯤에 공이에 연결된 느슨한 끈이 있습니다, 외삼촌이 콜하우스에게 외쳤다. 알았어, 콜하우스가 말했다. 어서 가. 젊은이 한 명이 문을 열었고, 더는 아무 말 없이 모두가 밖으로 나갔다. 이윽고 문이 닫혔다. 빗장을 걸어주십시오, 콜하우스가 명령했다. 아버지가 그 말을 따랐다. 아버지는 문에 귀를 갖다 댔다. 그러나 들리는 소리라고는 자신이 내는 두려움에 무거워진 숨소리뿐이었다. 고통스럽고 길게 느껴지는 시간이었다. 아버지는 자신이 도저히 살아남을 것 같지 않다는 생각이 들기 시작했다. 아버지 귀에 모델 T 엔진이 쿨럭이다가 시동이 걸리는 소리가 들렸다. 잠시 뒤 기어가 들어가고 차가 움직이는 소리가 들렸다. 자동차가 폭탄 구멍에 깔아놓은 널빤지 위를 지나자 쿵쿵 소리가 났다. 아버지는 복도 뒤쪽으로 달려갔다. 갔네, 아버지가 콜하우스 워커 주니어에게 말했다. 흑인은 들고 있던 다이너마이트 기폭 장치를 물끄러미 바라보았다. 아버지는 바닥에 주저앉아 대리석 벽에 등을 기댔다. 아버지는 무릎을 모아 머리를 기댔다. 둘은 그 상태로 앉아 있었다. 아무도 움직이지 않았다. 잠시 뒤 콜하우스가 아버지에게 자기 아들에 대해 이야기해달라고 했다. 콜하우스는 자기 아들이 잘 걷는지, 잘 먹는지, 이제 말을 하는지 소상히 알고 싶어했다.

제4부

40

약 두 시간 뒤 콜하우스 워커 주니어는 손을 들고 도서관 계단을 내려와 적갈색 석조 건물이 있는 36번가를 가로질러 걷기 시작했다. 합의된 내용에 따른 것이었다. 군중을 해산시킨 거리에는 아무도 없었다. 맞은편 인도에는 뉴욕의 정예부대가 카빈총을 들고 있었다. 다른 쪽 인도에는 말을 탄 경찰 병력 두 무리가 30미터 정도 거리를 두고 서로 마주 보고 있었다. 각 무리의 경찰들은 서로 말의 어깨가 맞닿을 정도로 붙어 있었기 때문에 두 무리의 경찰 사이로 자연스레 통로가 만들어졌다. 그래서 매디슨 애비뉴의 교차로 또는 좀 더 떨어진 파크 애비뉴에서는 콜하우스를 볼 수가 없었다. 구석에 있는 발전기가 요란한 소리를 내며 작동했다. 경찰의 말에 따르면 그 흑인은 환한 투광 조명등을 받자 도망치려 했다고 한다. 하지만 더 설득력 있는 주장은,

갑자기 고개를 돌리거나 손을 내리거나 웃으면 자신의 삶을 마무리할 수 있다는 사실을 콜하우스가 알았다는 것이다. 도서관 안에 있던 아버지는 총성이 계속 울리는 것을 들었다. 아버지는 비명을 질렀다. 아버지는 창가로 달려갔다. 콜하우스의 몸이 마치 자신이 흘리는 피를 닦으려는 듯 이리저리 꿈틀거렸다. 경찰은 마음 내키는 대로 발포하고 있었다. 말들이 씨근거리며 뒷걸음질 쳤다.

할렘 가의 은신처에 숨은 콜하우스 일당은 사태가 어떻게 될지 추론할 수 있었다. 그들이 추종했던 사람을 제외하면 모두가 그곳에 있었다. 방은 텅 빈 것만 같았다. 그자들에게 중요한 것은 아무것도 없었다. 말도 제대로 할 수 없었다. 외삼촌을 제외한 모든 사람들은 뉴욕에 남기로 했다. 모델 T는 근처 골목에 숨겨두었다. 그자들은 자동차가 수배되었을 거라고 여겼다. 외삼촌은 도시를 떠나고 싶어했기 때문에 외삼촌이 차를 가져가기로 했다. 외삼촌은 그날 밤 125번가의 부두로 차를 몰고 가서 뉴저지행 페리를 탔다. 외삼촌은 남쪽으로 차를 몰았다. 어디서 어떻게 구했는지는 모르겠지만, 외삼촌에게는 돈이 얼마간 있었음이 분명하다. 외삼촌은 필라델피아로 차를 몰았다. 볼티모어로 차를 몰았다. 니그로들이 벌판에 서서 차가 지나가는 모습을 지켜보는 외진 시골을 통과했다. 외삼촌의 차는 하늘로 뿌연 먼지 구름을 일으켰다. 외삼촌은 조지아 주의 작은 도시들을 통과했다. 그곳에서는 사람들이 광장의 작은 나무 그늘 아래 모여 레오 프랭크라는 유대인이 열네 살 먹은 기독교인 소녀 메리 페이건에게 한 짓으로 교수형에 처해진 일*에 대해 이야기했다. 사람들은 흙에 침을 뱉었다. 외삼촌은 화물 열차와 경주를 하며 차를 몰았고, 어둡고 서늘한,

지붕이 있는 다리를 통과했다. 외삼촌은 지도를 보지 않았다. 들에서 잤다. 주유소에서 주유소로 운전해 다녔다. 외삼촌은 뒷좌석에 연장, 타이어 튜브, 가스통, 기름통, 쇠줄, 전선, 엔진 부속들을 쌓아두었다. 외삼촌은 운전을 계속했다. 나무가 드문드문해졌다. 결국 나무가 보이지 않았다. 바위와 쑥이 보였다. 아름다운 석양이 햇빛에 말라 갈라진 단단한 진흙 계곡으로 외삼촌을 유혹했다. 포드 차가 고장 나자 외삼촌은 차를 고칠 수가 없었고, 노새가 끄는 마차에 앉은 아이들이 차를 끌어주었다.

뉴멕시코의 타오스 시에서 외삼촌은 숄을 걸치고 사막의 풍경을 그리는 방랑자 집단을 만났다. 그 사람들은 뉴욕의 그리니치 빌리지에서 왔다고 했다. 그 사람들은 외삼촌의 기진맥진한 모습에 매혹되었다. 외삼촌은 아주 우울했으며, 술을 마실 때조차 그랬다. 외삼촌은 그곳에서 며칠 동안 머무르며 기력을 회복했다. 외삼촌은 연상의 여인과 잠시 사랑을 즐겼다.

이제 외삼촌의 숱 적은 머리털은 정수리를 가까스로 덮을 정도로 자라 있었다. 외삼촌은 금발 턱수염을 길렀다. 외삼촌의 고운 피부는 계속 허물이 벗겨졌고, 외삼촌은 햇빛에 눈이 부셔 눈을 가늘게 뜨고 다녔다. 외삼촌은 텍사스로 차를 몰았다. 외삼촌의 옷은 낡아갔다. 외삼촌은 위아래가 붙은 작업복을 입고, 모카신을 신고 인디언 담요를 두르고 다녔다. 프레시디오의 국경 마을에서 외삼촌은 포드를 가게 주인에게 팔았으며, 라디에이터 캡에 걸어두었던 물통만 가지고 리오

---

* 실제 레오 프랭크는 증거불충분으로 무기징역형을 선고받았으나 반유대주의자들에 의해 목매달려 죽었다.

그런데 강을 건너 멕시코의 오히나가에 도착했다. 오히나가는 연방군과 반란군이 번갈아가며 점령하는 곳이었다. 오히나가의 벽돌집에는 지붕이 없었다. 교회 벽에는 야전포에 맞아 뚫린 구멍들이 있었다. 마을 사람들은 자기 집 마당의 담 뒤에 숨어 살았다. 거리는 먼지가 뽀얗게 덮여 있었다. 그곳에는 프란시스코 비야의 북쪽 사단이 숙영하고 있었다. 외삼촌은 그곳에 자원했고, 사람들은 그런 외삼촌을 '콤파네로'*로 받아주었다.

비야가 남쪽의 토레온을 향해 부서진 철로를 따라 300킬로미터를 행군할 때, 외삼촌은 그 무리에 끼어 있었다. 이들은 물통선인장과 검상잎유카가 있는 넓은 멕시코 사막을 가로질렀다. 이들은 오두막에서 야영을 했고, 성곽풍의 시원한 수도원에서 옥수수 껍질로 싼 마쿠체를 피웠다. 먹을 것이 부족했다. 검은 숄을 두른 여자들이 머리에 물통을 이고 다녔다.

토레온에서 승리를 거둔 외삼촌은 가슴에 열십자로 탄띠를 두르고 다녔다. 외삼촌은 비야의 지지자였지만 계속 진군해 사파타를 만나기를 원했다. 외삼촌이 속한 군대는 화물 열차 지붕에 올라타고 이동했다. 가족들이 군대와 함께 갔다. 이들은 기차 지붕에 총과 침구와 먹을 것을 담은 바구니를 놓고 살았다. 부대를 상대하는 민간인들도 있었고, 젖을 빠는 아기들도 있었다. 기차 엔진이 내뿜는 재와 연기 때문에 눈이 쓰리고 목이 따가웠지만 기차를 타고 사막을 가로질렀다. 이들은 햇빛을 가리기 위해서 우산을 썼다.

---

* 스페인어로 '동지'라는 뜻.

멕시코 시티에서 여러 지역에서 온 반란군 지도자들의 모임이 있었다. 혁명의 성격을 분명히 해야 하는 순간이었다. 혐오스러운 독재자 디아스가 쫓겨나고 개혁론자인 마데로가 권력을 잡았다. 마데로는 아즈텍인인 우에르타 장군에게 쫓겨났다. 이제 우에르타가 사라지고 온건주의자인 카란사가 권력을 잡으려 하고 있었다. 수도는 수많은 파벌과 사리사욕을 일삼는 관료와 외국인 사업가와 스파이 들로 들끓었다. 남쪽에 있던 사파타의 농민군이 이런 혼란 속으로 들어왔다. 이들이 도착하자 도시는 죽은 듯이 조용해졌다. 사파타 군은 거칠기로 소문이 자자했기 때문에 도시인들은 이들을 두려워했다. 외삼촌은 비야의 지지자들과 함께 조용히 서서 이들이 들어오는 모습을 바라보았다. 이윽고 멕시코인들은 껄껄거리며 웃기 시작했다. 남쪽의 무서운 전사들은 제대로 말도 못했다. 상당수가 어린아이였다. 이들은 차풀테펙 궁전을 보고 눈이 휘둥그레졌다. 이들은 누더기를 입고 있었다. 이들은 대저택과 나무와 식당 들이 늘어선 '개혁의 길'이라는 이름의 대로를 마다하고 말똥이 떨어져 있는 거리를 걸어 다녔다. 이들은 전기로 작동하는 도시의 시가전차가 무서웠다. 이들은 전차 엔진에 장총을 쏘아댔다. 그리고 위대한 사파타는 사진을 찍느라 궁전에 앉아 있다가 비야가 대통령이 되게 했다.

남쪽에서 온 농민들은 멕시코 시티도, 온건주의자들의 혁명도 좋아하지 않았다. 농민들이 떠나자 외삼촌은 그 사람들을 따라갔다. 외삼촌은 자신이 비야의 장교들을 안다는 사실을 절대로 밝히지 않았다. 하지만 외삼촌은 에밀리아노 사파타에게 말했다. 저는 폭탄을 만들 수 있고 권총과 장총을 수리할 수 있습니다. 저는 폭파시키는 방법을 압니다. 사막에서 시범이 이루어졌다. 외삼촌은 호리병박 네 개에 모래를 채웠다. 거기에 흑색 화약을 살짝 더했다. 옥수수수염을 말아 신관으로 썼다. 외삼촌은 신관에 불을 붙인 뒤 동서남북에 차례로 호리병박을 하나씩 던졌다. 폭발로 인해 사막에는 직경 3미터짜리 구멍들이 파였다. 이듬해 외삼촌은 게릴라를 이끌고 유전, 제련소, 연방 수비대를 공격했다. 사파타의 추종자들은 외삼촌을 존경했지만 또한 무모하다고 생각했다. 폭탄을 이용해 약탈을 하는 과정에서 외삼촌은 청력에 손상을 입었다. 결국 외삼촌은 귀를 듣지 못하게 되었다. 외삼촌은 자신이 만든 폭탄이 터지는 모습은 볼 수 있었지만 그 소리는 듣지 못했다. 산속의 허약한 철도 버팀 다리가 깊은 계곡으로 조용히 내려앉았다. 함석지붕 공장이 하얀 먼지를 내며 무너져 내렸다. 외삼촌이 정확히 어떤 상황에서 죽었는지 우리는 확실히 알지 못하지만, 모렐로스에 있는 치나메카 농장 근처에서 정부군과 전투를 벌이다 죽은 듯하다. 몇 년 뒤 사파타 자신도 그곳에서 매복 공격을 받고 총에 맞아 죽었다.

이 시기 미국의 대통령은 우드로 윌슨이었다. 윌슨은 전사로서의 자질이 부족한 덕분에 대통령으로 뽑혔다. 민심은 테디 루스벨트를 떠났다. 루스벨트는 윌슨이 전쟁을 싫어한다고 비난했다. 루스벨트는 윌슨이 가시가 있는 생선을 먹은 사람처럼 떨떠름한 표정을 하고 있다고 생각했다. 하지만 새 대통령은 해병대에게 베라크루스 상륙을 명령했다. 판초 비야를 잡기 위해 육군을 국경 너머로 보냈다. 윌슨은 무테 안경을 썼으며 도덕적 견해를 유지했다. 1차대전이 일어났을 때, 윌슨은 모욕당한 사람처럼 분노하여 전쟁에 참여했다. 시어도어 루스벨트의 아들 퀜틴은 프랑스에서 벌어진 공중전에서 전사했으며, 루스벨트 역시 아들을 잃은 슬픔을 못 이기고 얼마 뒤 세상을 떴다. 결국 아버지와 아들 모두가 전쟁을 혐오하는 윌슨이 일으킨 전쟁 때문에 죽은 셈이었다.

재난이 다가온다는 신호는 사방에서 나타났다. 유럽의 헤이그에서는 평화궁이 개관되었으며, 마흔두 개 나라가 개관식에 대표단을 파견했다. 빈에서 열린 사회주의자 회의에서는 만국의 노동자 계급이 국가 간의 싸움에 끼는 일은 두 번 다시 없을 거라고 결의했다. 이 시기 파리의 화가들은 머리 한쪽에 눈이 두 개 달린 초상화들을 그리고 있었다. 취리히의 한 유대인 교수는 우주가 굽었다는 사실을 증명하는 논문을 발표했다. 피어폰트 모건은 이 모두를 놓치지 않았다. 미친 흑인이 자신의 도서관을 점거했던 사건은 까맣게 잊은 모건은 셰르부르에 상륙했으며, 늘 하던 방식으로 대륙을 가로질렀다. 즉 전용 기차를 타고 이 나라 저 나라를 다니며 은행가, 수상, 왕 들과 식사를 했다. 모건은 왕들의 영혼이 타락했음을 깨달았다. 왕족들은 우울하거나 신경질적이었다. 왕족들은 와인 잔을 뒤집고 말을 더듬고 하인들에게 소리를 질러댔다. 모건은 그런 모습을 지켜보았다. 그리고 왕족들이 시대에 뒤떨어진 부류라는 확신을 품게 되었다. 왕족들은 모두가 다른 나라의 왕족들과 연결되어 있었다. 몇백 년 동안 자기들끼리만 결혼했고, 그 결과 모두가 백치가 되었다. 런던에서 에드워드 7세의 장례식이 있었을 때, 왕족들은 장례 행렬에서 자리를 잡기 위해 아이처럼 서로 밀고 팔꿈치로 찌르고 난리를 쳤다.

모건은 로마로 갔고, 그랜드 호텔의 평소 쓰던 층에 묵었다. 집사의

은 접시에는 명함이 아주 빠르게 채워졌다. 몇 주 정도 모건은 백작, 공작, 그리고 다른 귀족들을 만났다. 이들은 몇 세대 동안 가보로 내려온 물건들을 가지고 왔다. 일부는 가난했으며, 일부는 그저 자기 자산을 현금으로 바꾸고 싶어 찾아왔다. 하지만 너 나 할 것 없이 모두 되도록 빨리 유럽을 뜨고 싶은 듯했다. 모건은 등받이가 높은 딱딱한 의자에 앉아 무릎 사이 지팡이에 손을 포개어 올려놓고 유화, 마욜리카 도자기, 자기, 파이앙스 도자기, 놋쇠 골동품, 얕은돋을새김 미술품, 기도서 등을 검사했다. 모건은 고개를 끄덕이거나 저었다. 방은 서서히 그런 물건들로 채워졌다. 누군가는 잡아당기면 송곳 모양의 칼이 나오는 아름다운 황금 십자가를 가져왔다. 모건은 고개를 끄덕였다. 호텔 로비는 물론이고 문밖 그리고 호텔이 있는 블록을 빙 둘러 귀족들이 길게 줄을 섰다. 귀족들은 연미복, 실크해트, 각반 차림이었다. 지팡이를 들고 걸었다. 갈색 종이에 싼 꾸러미들을 들고 있었다. 일부 도를 넘은 사람들은 자기 아내나 아이를 팔겠다고 했다. 창백한 피부에 눈에는 슬픔이 가득한 아름다운 젊은 여성들이었다. 잘생긴 젊은이들이었다. 한 명은 회색 벨벳에 레이스 달린 옷을 입은 쌍둥이 남매를 데려왔다. 그자는 쌍둥이의 옷을 벗기고 이리저리 돌아서게 했다.

모건은 유럽에 머무르다가 비서들이 나일 강을 항해할 증기선이 준비를 마치고 알렉산드리아에서 대기하고 있다고 하자 항해할 채비를 했다. 모건은 출발하기에 앞서 헨리 포드에게 이집트에 오라고 마지막으로 설득해보기로 했다. 모건은 긴 전보를 쳤다. 포드는 답장을 보내, 자신은 녹색 알약으로 엔진에 동력을 공급하는 방법을 개발한 발명가와 협상 중인데 지금 아주 주의를 요하는 단계이기 때문에 미시간을 떠날 수 없다고 했다. 모건은 짐을 꾸리라고 명령했다. 모건은 구입한 물건들을 포장하고 선적하는 방법을 지시한 뒤 떠났다. 그해 가을이었다. 알렉산드리아에 도착한 모건은 부두에서 강철로 만든 자신의 외륜선을 힐끗 보더니 곧바로 승선하고는 선장에게 출발하라고 명령했다.

모건이 이집트에 간 까닭은 나일 강을 따라 여행을 하며 자신의 피라미드를 세울 장소를 선정하기 위해서였다. 모건은 자신의 전용실 금고에 매킴과 화이트 회사가 자신을 위해 비밀리에 설계한 피라미드 설계도를 넣어두었다. 모건은 규격에 맞춰 재단한 석재, 증기삽, 기중기 등과 같은 현대 건축 기술이면 삼 년 안으로 튼튼한 피라미드를 세울 수 있다고 생각했다. 그 생각을 하면 전에 없이 짜릿한 느낌이 들었다. 피라미드에는 가짜 왕실과 진짜 왕실, 난공불락의 보물실, 거대한 진열실, 내려가는 통로, 올라가는 통로를 넣을 예정이었다. 피라미드와 나일 강의 둑으로 연결되는 포장도로도 놓을 생각이었다.

처음에 들른 곳은 기자였다. 모건은 자신이 죽어서 다시 태어나기 위해 햇빛 속에서 솟아오를 때 갖게 될 영원한 에너지를 미리 느껴보고 싶었다. 배가 도착했을 때는 밤이었고, 모건은 우현 갑판에서 별이 빛나는 파란 밤하늘을 배경으로 피라미드 무리의 윤곽을 보았다. 모건은 경사로를 내려가 두건 달린 옷을 입은 아랍인 몇 명을 만났다. 모건은 낙타를 타고 고대인들이 닦아놓은 길을 따라 대피라미드 입구가 있는 북쪽으로 갔다. 사람들이 만류했지만 모건은 피라미드 안에서 밤을 보내기로 단단히 마음먹고 있었다. 모건은 오시리스의 능력을 빌려 자신의 영혼인 '카'와 육체적 능력인 '바'에 대해 알고 싶었다. 모건은 안내자들을 따라 입구의 통로를 내려갔다. 횃불 빛이 던진 커다란 그림자들이 돌벽과 천장에서 춤을 추었다. 모퉁이를 수없이 돌고 구불구불한 길을 거치고, 숨이 가쁠 정도로 경사진 곳을 오르기도 하고 몇 번은 비좁은 구멍을 간신히 기어 지난 뒤, 모건은 피라미드의 심장부에 도착했다. 모건은 안내자들에게 약속한 금액의 반을 지불했으며, 나머지 반은 자신을 데리러 왔을 때 주기로 했다. 안내자들은 편히 쉬라고 인사를 한 뒤 돌아갔고, 피라미드의 어두운 방에는 모건 혼자만 남았으며, 보이는 빛이라고는 좁은 통풍구 위쪽을 통해 들어오는 한두 개의 희미한 별빛뿐이었다.

모건은 그날 밤 잘 생각이 없었다. 비품은 옛날에 다 사라졌지만 모건이 있는 곳은 왕의 방이었다. 흙이 너무나도 축축해서 모건이 깔고 앉으려고 가져온 모직 담요 속으로 한기가 스며들었다. 모건은 자신의 모노그램*을 새긴 황금 상자 속에 성냥을 가지고 있었지만 불을 켜지 않기로 마음먹었다. 또한 휴대용 병에 든 브랜디도 마시지 않았다. 모건은 어둠 속에서 귀를 기울였고, 어둠을 응시했으며, 오시리스가 자신에게 무슨 신호라도 주기를 기다렸다. 몇 시간 뒤 모건은 깜박 졸았다. 모건은 고대의 삶을 사는 꿈을 꾸었는데, 시장에 쭈그려 앉은 행상인이 되어 통역들과 아이 없는 욕설을 주고받는 꿈이었다. 너무나 심란한 꿈이라 모건은 놀라 잠에서 깨었다. 몸 위로 무엇인가가 기어 다녔다. 모건은 일어섰다. 온몸이 가려웠다. 모건은 성

---

* 두 개 이상의 글자를 합쳐 한 글자 모양으로 도안한 글자.

낭을 하나 켜기로 했다. 작은 성냥 불빛 속에서 모건은 담요에 빈대가 떼로 몰려 있는 걸 발견했다. 성냥이 꺼진 뒤에도 모건은 계속 서 있었다. 이윽고 돌벽에 부딪히지 않도록 손을 앞으로 뻗고는 방 안을 서성거렸다. 모건은 서에서 동으로, 북에서 남으로 걸었지만, 어느 쪽이 어느 쪽인지 가늠할 수가 없었다. 모건은 이런 상황에서는 무릇 가짜 신호와 진짜 신호를 구별할 수 있어야 한다고 생각했다. 시장의 행상인 꿈은 가짜 신호였다. 빈대는 가짜 신호였다. 진짜 신호는 인간의 머리를 한 작고 빨간 새들이 방 안을 환히 밝히며 한가로이 날아다니는 장엄한 장면일 터였다. 이 새들은 모건이 이집트 벽화에서 보았던 '바' 새일 것이다. 하지만 밤이 깊도록 바 새는 나타나지 않았다. 결국 모건은 길고 좁다란 통풍구를 통해서 별들이 사라지고 장방형의 밤하늘이 회색빛으로 변하는 걸 보았다. 모건은 브랜디를 한 모금 마시기로 했다. 팔다리가 뻣뻣했고 등이 욱신거렸으며 몸이 으슬으슬했다.

모건의 보좌관들이 아랍 안내원들과 함께 왔고, 모건이 밖으로 나오는 걸 도왔다. 놀랍게도 아침이 밝은 지 오래였다. 모건은 낙타를 타고 천천히 피라미드를 떠났다. 하늘은 청명했으며 피라미드 무리의 돌은 분홍색이었다. 모건은 대스핑크스를 지나쳤고, 고개를 돌려 대스핑크스 여기저기에 기생충처럼 달라붙어 있는 사람들을 바라보았다. 발에는 사람들이 줄지어 몰려 있었고, 얼굴에 난 구멍에 앉아 있는 사람도 있었고, 어깨에 올라탄 사람도 있었으며, 머리 장식 위에 서서 손을 흔드는 이들도 있었다. 모건은 움찔했다. 스핑크스를 모독하는 자들은 야구복 차림이었다. 땅 위의 사진사들은 삼각대 옆에 서

서 검은 천에 머리를 처박고 있었다. 대체 무슨 일인가? 모건이 말했
다. 멈춰 있던 안내인들은 다른 아랍인들 및 낙타 기수들에게 목청 높
여 이야기를 했다. 사람들은 흥분했다. 모건의 보좌관 한 명이 돌아오
더니 뉴욕 자이언츠 야구팀이 페넌트 레이스에서 우승했기 때문에 세
계를 돌며 우승기를 전시하고 있다고 했다. 우승기라고? 모건이 말했
다. 세로 줄무늬 반바지에 골진 내의 차림의 땅딸막하고 못생긴 남자
가 모건을 향해 달려왔다. 남자가 손을 내밀었다. 남자는 우스꽝스럽
게 생긴 비니를 쓰고 있었다. 입에는 시가 꽁초를 물고 있었다. 남자
가 신은 징 박힌 신발이 고대의 돌들을 때려댔다. 감독인 맥그로 씨가
인사를 드리러 왔습니다, 모건의 보좌관이 말했다. 노인은 한마디 말
도 없이 자신이 탄 낙타의 옆구리를 찼고, 아랍인 안내인이 떨어지는
것도 아랑곳 않고 자기 배로 도망쳤다.

그리고 얼마 지나지 않아 피어폰트 모건은 돌연 건강이 나빠졌다.
모건은 로마로 자신을 데려가라고 지시했다. 하지만 모건은 전혀 슬
퍼하지 않았으며, 건강이 악화된 게 자신이 기다려오던 신호라고 결
론지었다. 모건은 자신이 지구상에 매우 긴급하게 다시 필요해질 터
이기 때문에 일반적인 장례 의식은 필요 없다고 생각했다. 모건의 가
족이 로마에서 모건을 만났다. 슬퍼하지 마라, 모건은 가족에게 말했
다. 전쟁이 모든 걸 재촉한단다. 가족은 모건이 무슨 말을 하는지 몰
랐다. 모건이 기대에 부푼 채 일흔여섯의 나이로 세상을 떴을 때, 가
족은 그의 침대 곁에 있었다.

모건이 죽고 얼마 지나지 않아 프란츠 페르디난트 대공은 차를 타
고 보스니아의 수도인 사라예보로 사열을 하러 갔다. 대공의 아내인

조피 백작이 함께 갔다. 대공은 깃털 달린 철모를 팔오금으로 받치고 있었다. 갑자기 큰 소리와 함께 연기가 무럭무럭 피어오르고 비명이 들렸다. 프란츠 페르디난트 대공과 조피 백작은 하얀 먼지를 흠씬 뒤집어썼다. 얼굴, 입, 눈, 옷 전체가 먼지투성이였다. 누군가 폭탄을 던진 것이다. 시장은 소스라치게 놀랐다. 대공이 격노했다. 오늘은 망쳤군, 대공이 말했다. 대공은 의식을 취소하고 운전사에게 사라예보를 떠날 것을 명령했다. 대공 부부는 다임러에 탔다. 운전수는 거리를 빠져나가다가 길을 잘못 들었다. 운전수는 차를 멈추고 후진 기어를 넣고 뒤를 돌아보았다. 하필이면 차가 멈춰 선 곳이 폭탄으로 대공을 죽이려 했던 집단에 속한 젊은 세르비아 애국자 옆이었고, 그 청년은 다시 기회를 잡기만을 학수고대하던 참이었다. 그 애국자는 차의 발판으로 올라 권총을 대공에게 겨냥하고 방아쇠를 당겼다. 총성이 울려 퍼졌다. 조피 백작은 대공의 무릎 사이로 쓰러졌다. 대공의 목에서 피가 콸콸 쏟아졌다. 비명이 들렸다. 깃털 장식된 철모의 녹색 깃털이 피로 물들어 시커메졌다. 군인들이 암살범을 잡았다. 군인들은 암살범을 땅으로 끌어내렸다. 감옥으로 끌고 갔다.

뉴욕 신문들은 이 소식을 발칸 제국 특유의 폭력 행위로 보도했다. 오스트리아-헝가리 제국의 왕위 계승자가 암살된 것을 특별히 동정하는 미국인은 거의 없었다. 하지만 마술사인 해리 후디니는 아침식사를 하며 신문을 읽다가 지인의 죽음에 충격을 받았다. 말도 안 돼, 후디니가 혼잣말을 했다. 말도 안 돼. 우울하고 침착한 대공이 옆을 짧게 친 머리 위로 딱 붙는 모자를 쓴 채 자신을 올려다보던 모습이 생생하게 떠올랐다. 제국을 거느린 권력을 지닌 이가 그토록 쉽게 무너질 수 있다는 생각에 후디니는 두려움을 느꼈다.

소식을 들은 그날 후디니는 화려한 야외 공연을 하기로 되어 있었다. 공연만 아니었다면 계속 대공의 죽음을 생각했겠지만, 그날은 그럴 수 없었다. 후디니는 집을 나와 택시를 잡아타고 타임스 스퀘어로 갔다. 한 시간 반 뒤 수천 명이 지켜보는 가운데, 후디니는 구속복을 입고 발목이 강철 케이블에 연결되어 타임스 타워의 중간쯤까지 거꾸로 들어 올려졌다. 윈치가 한 번 돌 때마다 후디니는 몇십 센티미터 정도씩 올라가며, 바람에 흔들렸다. 관중들이 갈채를 보냈다. 날씨는 따뜻했고 하늘은 푸르렀다. 후디니가 높이 오를수록 후디니에게 들리는 거리의 소음은 점점 희미해졌다. 후디니는 북쪽으로 다섯 블록 떨어진 팰리스 극장의 차양에 자기 이름이 쓰여 있는 걸 거꾸로 볼 수 있었다. 자동차들은 경적을 울렸고, 묘기를 보기 위해 시가전차 운전사들은 타임스 스퀘어에서 전차를 세웠다. 말을 탄 경찰들이 호루라기를 불어댔다. 자동차, 사람, 보도, 말을 탄 경찰, 건물들, 이 모든 것이 거꾸로였다. 하늘은 후디니의 발치에 있었다. 후디니는 타임스 타워 옆면에 붙은 야구 점수판을 지나쳐 위로 올라갔다. 후디니는 심호흡을 했고 다년간의 육체적 훈련에서 비롯된, 위험 속의 평온을 느꼈다. 후디니는 조수들에게 정확히 십이층 높이로 자신을 끌어올리라고 지시했다. 아주 높으면서도 거리에서 잘 보일 만한 거리였다. 후디니의 계획은 구속복에서 빠져나와 구속복을 던져버리고 공중 곡예사처럼 몸을 위쪽으로 구부려 발목을 감싼 사슬에 연결된 케이블을 움켜쥐는 것이었다. 그런 다음 거대한 고리를 밟고 똑바로 일어서서 환호하는 군중을 향해 손을 흔들며 아래로 내려오는 것이었다. 후디니는 최근 상태가 좋았다. 어머니를 잃은 슬픔, 관중을 잃을 것 같은 두려움, 자신의 삶이 하찮고 이룬 게 아무것도 없다는 의심들은 이제 그럭저럭 견딜 만했다. 후디니는 이것이 심령 사기의 정체를 밝히려는 자신의 새로운 시도에서 비롯되었다고 생각했다. 죽은 어머니에 대한 그리움이 깊어진 후디니는 교령회(交靈會)들을 박살 냈고, 영매들의 조악한 사기를 폭로했으며, 순진한 사람들을 속이는 데 쓰이는 물건과 도구 들을 조롱거리로 전락시켰다. 공연을 할 때마다 후디니는 자신이 기계장치를 쓰더라도 그대로 따라할 수 없는 일을 하는 영매에게 만 달러를 주겠노라고 했다. 신문과 관중은 후디니의 이런 새로운 면을 좋아했지만, 그것은 부차적인 것이었다. 이제 어머니가 죽었기 때문에 천국을 방어해야 한다는 게 후디니의 목표인 듯했다. 심령 사기꾼들과 전투를 계속하며, 후디니는 머지않아 어머니가 머무는 곳이 어딘지 분간해낼 수 있으리라는 느낌이 들었다. 공연하는 도시마다 후디니가 고용한 사립 탐정들이 영매들을 찾아다녔다. 후디니 자신은 베일을 쓴 머리가 허옇게 센 과부로 변장해 교령회를 찾아갔다. 후디니는 탁자를 들어 올리는 가느다란 철사를 손전등으로 비추곤 했다. 감춰진 빅트롤라 축음기의 덮개를 찢었다. 집음기를 공중에서 잡아 뽑았고, 장막 뒤에 숨은 공모자의 목덜미를 움켜쥐었다. 그런 다음 후디니는 일어서서 회색 곱슬머리 가발을 극적으로 집어던지며 자신의 정체를 밝혔다. 수십 군데에서 후디니에게 소송을 걸어왔다.

후디니는 이제 자신이 정한 높이까지 올라왔음을 깨달았다. 이 높이에서는 바람이 꽤 강했다. 후디니는 자신의 몸이 빙빙 도는 걸 느꼈다. 후디니는 타임스 타워의 창문을 향했고, 이윽고 브로드웨이와 7번 애비뉴 위의 공터를 바라보았다. 어이 후디니, 누군가 외쳤다. 바람 때문에 후디니의 몸이 건물 쪽으로 돌았다. 십이층 창문에서 위아래가 거꾸로 보이는 한 남자가 후디니를 향해 씨익 웃고 있었다. 남자가 말했다. 어이 후디니, 좆까라. 마술사가 대꾸했다. 너나 까시게. 사실 후디니는 일 분도 안 걸려 구속복을 벗을 수 있었다. 하지만 너무 빨리 빠져나오면 사람들은 후디니를 의심할 터였다. 그래서 후디니는 시간을 끌었다. 빠져나오려 애쓰는 것처럼 보였다. 후디니가 케이블을 흔들고 매달려 빙빙 도는 동안 거리의 사람들이 우와, 아아 하는 소리가 들렸다. 곧 머리를 포함한 후디니의 상체가 구속복에 엉켜버렸다. 구속복의 두터운 범포 안은 깜깜했다. 후디니는 잠시 그 자세로 쉬었다. 1914년, 후디니는 브로드웨이에서 거꾸로 매달려 있었고, 프란츠 페르디난트 대공은 암살되었다. 바로 그 순간 후디니의 마음에 하나의 이미지가 형성되었다. 자동차의 번쩍이는 놋쇠 헤드라이트 속에서 자신을 바라보는 작은 소년의 이미지였다.

우리는 마술사의 개인적인 미공개 서류를 통해 이런 이상한 사건에 대한 내막을 알게 되었다. 연예업에 종사한 덕분에 사람들은 해리 후디니에 대해 과장되게 생각했고, 그래서 우리는 그 사건이 자기 삶에서 아주 신비로운 경험이었다고 하는 후디니의 주장을 액면 그대로 받아들여서는 안 된다. 어쨌든 간에 가족의 문서보관실에는 그로부터 일주일 뒤의 날짜가 적힌 후디니 씨의 명함이 보관되어 있었다. 후디니가 찾아왔을 때 집에는 아무도 없었다. 이때쯤 가족은 붕괴되고 있었다. 어머니, 아들, 그리고 콜하우스 워커 3세라고 이름 지어진 갈색 아이는 어머니가 운전하는 패커드를 타고 이동 중이었다. 이들은 하우 동굴을 보러 갔고, 여름을 보낼 최종 목적지는 화가 윈즐로 호머가 말년을 보냈던 메인 주의 프라우트 해협이었다. 어머니와 아버지는 서로 꼭 해야 할 말만 했으며, 외삼촌이 멕시코에서 죽은 일은 부모님이 별거를 계속하는 데 결정적인 역할을 했다. 외할아버지는 그해 겨울을 넘기지 못하고 뉴로셸 노스 애비뉴에 있는 제일 조합 교회 뒤쪽의 공동묘지에 묻혔다. 아버지는 워싱턴 D.C.에 있었다. 공장으로 돌아왔을 때 아버지는 한 뭉치의 청사진을 발견했다. 모건 도서관에서 아버지와 외삼촌이 마지막으로 대화했을 때, 외삼촌이 수수께끼처럼 말한 빚 청산과 관련된 것이었다. 외삼촌은 멕시코로 가기 전 일 년 반 동안 열일곱 개의 무기를 발명했고, 일부는 시대를 무척이나 앞서 있었기 때문에 미국은 2차대전이 터지고 나서야 그 무기들을 썼다. 그중에는 무반동 로켓 수류탄 발사기, 저압 지뢰, 음파 감지 폭뢰, 적외선 가늠쇠, 예광탄, 연발총, 경기관총, 유산 수류탄, 퍼티로 접합된 나이트로글리세린, 휴대용 화염 방사기 등이 포함되어 있었다. 아버지는 이 무기 일부를 목적에 맞게 수정하여 워싱턴으로 가서 미 육군과 해군 고위 장교들과 접촉했다. 모델의 시험, 판매 계약 교섭, 의회에서의 회의, 점심, 저녁, 주말 접대를 포함해 비용이 많이 드는 여러 가지 로비 활동을 위해 아버지는 헤이애덤스 호텔에 묵어야만 했다. 자신의 개인적 불행에 대한 아버지의 반응은 전보다 더 열심히 일에 몰두하는 것이었다. 유럽에서 1차대전이 터졌을 때 아버지는 우드로 윌슨이 전쟁에 뛰어들 기백이 없다고 걱정하는 사람에 속했고, 그것이 정부의 공식적인 입장이 되기 전에 전쟁 준비를 해야 한다고 주장했다. 우리 정부보다 다른 나라의 정부들이 외삼촌의 천재적인 살상무기에 커다란 관심을 보였고, 국무부 참사관의 조언 아래 아버지는 국가들을 선택해 이들과 협상을 했다. 아버지는 독일 정부에 대해서는 꽤 무례했고 영국에는 친절하고 타협적이었다. 아버지는 미국이 연합군과 손잡기만을 기다렸다. 사실 이 연합은 1917년에 성사되었지만, 영국의 증기 여객선인 루시타니아호가 아일랜드 남서쪽 해안에서 U보트에 의해 어뢰 공격을 받은 1915년부터 예견되어온 일이었다. 무장한 상선으로 등록되어 있던 루시타니아호는 사실 폭발성 강한 전쟁 물자를 비밀리에 운반하던 중이었다. 남녀노소를 포함해 1200명이 죽었고, 상당수가 미국인이었으며, 그 가운데에는 아버지도 있었다. 아버지는 수류탄, 폭뢰, 퍼티 접합 나이트로글리세린을 가지고 런던의 육군성으로 가고 있었는데, 이러한 물건들이 엄청난 폭발을 일으켜 배를 순식간에 가라앉힌 데 기여한 셈이었다.

불쌍한 아버지. 나는 아버지의 마지막 탐험을 상상한다. 아버지는 새로운 곳에 도착한다. 머리털은 놀라서 곤두서고, 입과 눈은 어리둥절해진다. 발가락은 부드러운 모래 폭풍 속에 빠져 있고, 무릎과 팔은 무언극식으로 찬양을 하듯 활짝 펴고 있다. 아버지는 일평생의 한순간 한순간을 이민자로 살다가 마침내 영원히 지시의 해안에 안착하는 것이다.

어머니는 일 년 동안 검은 상복을 입었다. 그리고 자기 아내가 죽었다는 사실을 확인한 타테는 일 년이 지났을 무렵 어머니에게 청혼을 했다. 타테는 말했다. 물론 저는 남작이 아닙니다. 저는 라트비아에서 온 유대인 사회주의자입니다. 어머니는 망설임 없이 청혼을 받아들였다. 어머니는 타테를 존경했으며 사랑했다. 둘은 서로의 독특한 성격을 음미했다. 둘은 뉴욕 시의 판사 사무실에서 혼인신고를 하는 것으로 결혼식을 마쳤다. 둘은 축복받은 느낌이었다. 결혼에 문제가 없었던 것은 아니었지만 둘은 즐거웠다. 타테는 준비해두었던 연작 〈첩보부의 슬래이드〉와 〈U보트의 그림자〉로 큰돈을 벌었다. 하지만 더 큰 성공이 타테를 기다리고 있었다. 가족은 뉴로셸에 있는 집을 세주고 캘리포니아로 이사했다. 가족은 아치형 창문이 있고 오렌지색 타일 지붕에 하얀 치장 벽토로 지어진 커다란 집에서 살았다. 보도를 따라 야자나무가 서 있고, 앞뜰에는 밝고 붉은 꽃들이 심어진 화단이 있었다. 어느 날 아침, 타테는 서재의 창밖을 바라보았다. 세 아이가 잔디밭에 앉아 있는 모습이 보였다. 아이들 뒤편 보도에는 세발자전거가 있었다. 아이들은 서로 이야기하며 햇빛을 즐기고 있었다. 까만 머리의 타테의 딸, 담황색 머리의 의붓아들, 그리고 자신이 법적 책임을 지고 있는 검은 아이. 타테는 돌연 영화에 대한 구상이 떠올랐다. 백인과 흑인, 뚱뚱이와 홀쭉이, 부자와 가난한 자, 모든 부류의 장난꾸러기 아이들이 친구로 어울리며 주변의 깡패, 부랑아들과 얽혀 재미있는 모험을 하고 어려운 상황에 처했다가 빠져나오는 이야기였다. 사실 이 소재를 바탕으로 한 편이 아니라 여러 편의 영화가 만들어졌다. 그리고 그때쯤, 역사란 자동피아노가 연주하는 선율에 불과하다는 듯, 래그타임의 시대는 기계가 힘겹게 내는 것 같은 소리를 내며 끝이 났다. 우리는 전쟁에서 싸웠고 이겼다. 무정부주의자인 엠마 골드만은 추방되었다. 아름답고 정열에 찬 에벌린 네즈빗은 아름다움을 잃고 사람들의 기억에서 사라졌다. 그리고 정신병자 수용소에서 출감한 해리 K. 소는 매년 뉴포트에서 벌어지는 1차대전 휴전 기념일 퍼레이드 대열에 참가해 함께 행진했다.

래그타임, 절대로 빨리 읽지 말 것

진보 시대와 래그타임

미국은 남북전쟁(1860~1865) 뒤 공화당이 장기 집권을 했고, 이 과정에서 급격한 정치·사회적 개혁을 이루었다. 산업 역시 급격히 성장했으며, 철강 산업이 발달하고 서부의 목재와 광물 자원을 수송하기 위한 철도 건설이 이루어졌다. 이 과정에서 노동력이 많이 필요해졌고, 이에 따라 독일과 아일랜드에서 많은 노동자들이 미국으로 이주해왔다. 하지만 이러한 급격한 산업화·도시화 과정에서 개인주의와 자유방임 경제, 정치 부패가 뒤따랐다. 이에 활동가들은 정부의 부패 방지를 추진하고 사회적 여건을 개선하기 위해 노력했으며, 이상주의를 바탕으로 사회 정치 경제적 변화를 꾀하려 했다. 이러한 움직임은 바로 시대의 변화를 불러일으켰다. 이렇게 시작된 진보 시대 (1890~1920년대)에는 여러 방면에 걸쳐 다양하고 포괄적 개혁운동이 일어났다. 하지만 언제나처럼 격동하는 시대에 적응하고 변화를 받아들이는 이들과 그렇지 못하고 예전 시대를 그리워하는 이들이 나타나게 된다. 『래그타임』은 진보 시대와 그 시대에 일어난 변화를 주요한 주제로 삼고 있으며, 이러한 급격한 시대 변화가 당시를 살아간 사람들에게 어떠한 영향을 끼쳤는지를 그리고 있다. 제목으로 쓰인 '래그타임'은 19세기 말의 미국 흑인 음악에 그 기원을 두고 1897년부터 1918년까지 유행한 음악의 한 형식으로, 본 작품의 배경이 되는 1900년부터 1917년까지의 시대를 상징하는 데 더없이 어울린다고 할 수 있다.

차별받는 자들 : 흑인, 이민자 그리고 여성

작가 E. L. 닥터로는 이 소설의 첫 문단에서 1900년대 초반 백인 중산층의 삶의 방식에 대해 기술하면서 '니그로는 없었다. 이민자도 없었다'라고 썼다. 동시에 작가는 다시 같은 문단의 후반부에서 '니그로는 분명 존재했다. 이민자도 분명 존재했다'라고 기술함으로써 존재하지만 존재하지 않는, 사회의 약자이자 차별받는 흑인과 이민자의 상황을 간결하면서도 뚜렷하게 표현하고, 앞으로 다룰 내용이 무엇인지를 독자에게 확실히 알려준다.

『래그타임』은 이야기를 끌어가는 한 축인 콜하우스 워커 주니어를 통해 이른바 진보 시대인 19세기 말, 20세기 초의 미국 사회가 흑인을 어떻게 여겼으며, 그 시대의 고정관념에 부합하지 않는 흑인을 어떻게 대했는가를 잘 그리고 있다. 당시의 미국 백인 중산층 남자를 상징하는 '아버지'는 콜하우스가 흑인이기에 그를 집에 들이는 게 옳지 않다고 생각한다. 상대적으로 평등한 시각을 지닌 '어머니'의 논리적이면서도 강력한 주장에 따라 결국 그를 집에 들인 뒤에도 흑인이 피아노 연주를 하는 게 어울리지 않는다고 생각하고, 그에게 '깜둥이 노래'를 연주해달라는 말을 아무 거리낌 없이 한다. 또한 콜하우스가 흑인으로서 자기 분수를 모른다고 어머니에게 불평을 털어놓으며 더는 집에 들이지 말자고 주장한다. 북극 탐험을 떠나 피어리와 나눈 대화에서 알 수 있듯이, 아버지는 흑인뿐 아니라 다른 유색인에 대해서도 편견을 보인다. 이러한 아버지의 편견은 아들과 거리감을 좁히기 위해 간 야구장에서 야구선수들이 이민자들을 주축으로 구성되어 있다는 사실을 깨닫는 장면에서도 잘 드러난다. 미국의 영웅인 탐험가 피어리 역시 아버지와 같은, 아니 더 심한 편견을 보인다. 가령, 피어리는 에스키모를 어린아이처럼 다뤄야 한다고 주장한다. 이는 당시 앵글로색슨 백인 프로테스탄트(White Anglo-Saxon Protestant)가 유색인을 보는 시각을 그대로 그린 것이다. 그럼에도 모든 것을 다 고려해 세운 피어리의 체계가 사실은 그가 그토록 우습게 보는 에스키모의 생활방식을 그대로 따른 것이라는 대목은 피어리의 이중성을 고스란히 보여준다.

또한 『래그타임』은 단지 WASP만이 흑인을 박해한 것이 아님을 보여준다. 콩클린이 서장으로 있는 소방서의 이름인 에메랄드 아일이나 세인트 캐서린에서 벌어진 잔인한 일에 대한 언급은 콩클린이 아일랜드인임을 암시한다. 소설의 25쪽에서 간단히 서술된 바대로 당시 미국에서 아일랜드 이민자와 그 2세들은 다른 이민자들에게 가장 멸시를 받았으며 박해의 대상이었고, 따라서 콩클린은 박해받는 고통이 어떠한지를 충분히 알 만한 인물이다. 하지만 그런 콩클린 역시 자기보다 더 약자인 흑인을 박해한다. 한편, 억울함을 호소하는 콜하우스를 오히려 음주운전과 공무집행방해죄로 체포하겠다고 으름장을 놓는 경찰의 모습에서는 당시의 공권력이 흑인을 보는 시각이 어떠한지가 잘 드러난다. 하지만 공상적이고 고민 많은 청춘으로 묘사되는 '외삼촌'은 아버지와 반대의 인물이다. 외삼촌은 부서진 차의 원상복구를 주장하는 콜하우스가 정당하다고 그를 옹호하는가 하면, 나중에는 흑인으로 분장까지 하며 지나치다 싶을 정도로 콜하우스를 위해 싸운다. 이는 당시 기득권층이던 WASP들이 모두 흑인을 박해한 것만은 아님을 뜻한다. 동시에 외삼촌을 사로잡았던 극도의 이상주의가 사회적 약자인 흑인을 위해 목숨을 걸고 싸우는 방식으로 표출되었다고 볼 수 있다. 이는 나중에 콜하우스와 헤어진 뒤 멕시코로 건너가 그곳에서 억압받는 농부들을 위해 싸운 일에서도 잘 알 수 있다.

여기서 한 가지 주목할 점은 『래그타임』에서 수시로 등장하는 '니그로'라는 단어이다. 『래그타임』에서 흑인인 콜하우스 워커 주니어 그리고 등장하는 흑인 모두 자신들을 니그로라고 부른다. 맬컴 엑스의 저항 운동 등으로 이제는 사용이 금기시되는 이 단어는 사실 1960년대 후반까지도 흑인을 지칭하는 일반어였다. 일례로, 흑인 인권 운동가로 유명한 마틴 루터 킹 주니어가 1963년에 한 유명한 연설 〈나에게는 꿈이 있습니다〉에서도 흑인들을 니그로라고 칭한다. 『래그타임』
은 흑인이라는 단어와 함께 당시에 실제 쓰이던 니그로라는 표현을
사용해 현실감을 높이는 동시에 인종차별이 단어가 아닌 인간의 마음
가짐과 행동 그 자체에서 비롯됨을 강조한다.

  당시 또 다른 약자인 이민자의 모습은 타테의 삶을 통해 묘사된다.
삶을 바꾸기 위해 이민을 택한 타테는 당시에 널리 퍼져 있던, 그리고
아직까지도 미국 사회로 들어오는 이민자들 사이에 유효한 아메리칸
드림을 상징한다고 볼 수 있다. 소설은 당시 이민자들이 도착하는 과
정에서 어떠한 취급을 받았으며, 미국 사회는 이들을 어떤 눈으로 보
았는지를 설명하며 타테가 미국에 도착한 후의 삶을 독자에게 알려준
다. 또한 당시 이민자들이 얼마나 척박하게 살았는지를 묘사하며 기
자이자 개혁론자인 제이컵 리스와 건축가인 스탠퍼드 화이트의 만남
을 통해 당시 상류층의 무관심을 말하고 있다. 리스는 화이트를 만나
이민자들을 위한 공영주택 설계를 부탁하려 하지만 화이트는 오로지
상류층을 위해 유럽에서 수입한 건축 비품에만 마음을 쓰는 모습을 보
인다. 이민자를 대표하는 타테는 자본가의 탐욕으로 인해 아내를 잃은
뒤 딸과 함께 하층 생활을 이어가며 계속해 이방인 취급을 당하고, 사
회주의 운동가로 활동하다가 미국을 종횡으로 연결한 철로를 통해 도
망친다(본문 99~104쪽까지 5쪽 반에 걸쳐 묘사되는 철도 여행은 또
한 당시 미국의 철도 발전 상황을 나타내기도 한다). 타테는 매사추세
츠 주의 한 공장 마을에서 세계산업노동자동맹(Industrial Workers of
the World)을 도와 노동 운동을 하지만 I.W.W.가 이긴다 할지라도 그
것이 노동자들의 승리는 아님을 깨닫는다. 이는 본문 94쪽에서 '노동

자들은 정의가 아니라 부자가 되는 걸 꿈꾸죠'라고 말하며 노동자들의 잘못된 꿈을 안타까워하는 엠마의 시선과도 같다. 노동 운동의 방향이 잘못되었다고 생각한 타테는 오히려 자본주의를 이용해 성공하는 방법을 찾고 결국 자본가가 되어 아메리칸 드림을 상징하는 '아버지'의 죽음 뒤에 '어머니'와 결혼해 그 자리를 차지하게 된다. 자본가에 대항하던 자가 자본가로 성공하는 모습은 아메리칸 드림의 아이러니라고 해야 할 듯싶다.

비록 소설의 첫 문단에서는 사회적 약자로서 흑인과 이민자만 거론되었지만, 『래그타임』은 사회의 또 다른 약자인 여성의 당시 지위에 대해서도 깊이 있게 다루고 있다. 『래그타임』에 등장하는 주요 여성은 '어머니', 에벌린 네즈빗, 엠마 골드만을 들 수 있다. 뒤에서도 언급하겠지만, 어머니는 시대의 변화를 잘 받아들이고 자기와 다른 이들에 대해 편견이 없는 인물로 그려졌다. 소설의 앞부분에서 등장하는 에벌린 네즈빗은 자신의 영화를 위해 성을 판 인물이자 하층 계급에 대해서는 아무것도 모르는 전형적인 상류층 인물로 그려진다. 하지만 그런 에벌린은 엠마의 도움과 자신의 노력으로 조금씩 변해나간다. 엠마 골드만은 여성의 지위 향상, 더 나아가서는 노동자의 지위 향상을 도모하는 인물이자 에벌린에게 자신의 삶을 되돌아보게 하는 역할을 한다. 엠마는 에벌린과의 만남에서 그녀의 삶이 잘못되었음을 지적하면서 에벌린이 하는 행동은 창녀와 다를 바 없다고 말한다. 그러면서 또한 에벌린이 자신과 다를 바 없다고 말하면서 에벌린에게 자기 삶을 되돌아볼 계기를 마련해준다.

래그타임 선율에 담긴 시대상

　작가는 소설 전반에 걸쳐 진보 시대의 모습과 그 당시에 일어난 몇 가지 주요한 사회 변화에 대해 언급하고(예를 들어 본문 13~14쪽에서는 당시 사람들의 오락에 대해, 50~51쪽에서는 당시 흑인과 아이들의 열악한 노동 상황을, 91쪽에서는 식생활의 변화를, 104~105쪽에서는 이스트 강 아래로 지하철을 연결하는 과정을, 129~130쪽에서는 노동 운동 탄압을, 141~142쪽에서는 금전등록기, 아이스크림 소다 판매대와 치과 체인의 보급을, 160쪽에서는 당시 유행한 실내장식을 설명하고 있다) 그러한 변화에 대한 등장인물들의 반응을 그리고 있다.

　탐험에서 돌아온 아버지는 자신이 약해졌으며 새로운 세기의 변화에 적응해가는 가족, 특히 어머니와 '소년'에게서 소외되어 간다는 느낌을 받는다. 아버지는 아들에게 생긴 책상을 보며 자신이 없는 동안 훌쩍 커버린 아들에게서 거리감을 느끼고, 가정부가 쓰는 진공청소기 소리를 어색해한다. 반면 어머니는 아버지가 탐험을 나간 동안 회사와 가정을 함께 꾸려가며 자신의 능력에 대한 확신을 얻고, 적극적으로 행동하며 시대에 맞추어 나간다. 이에 더해 세라와 아기가 등장하면서 어머니는 자신이 결단력을 발휘해야 할 순간이 있음을 깨닫게 된다. 이렇게 소설 전반부에서 아버지에게 순종하며 의존하는 이미지로 그려졌던 어머니는 후반부로 가며 자기주장을 당당하게 펴는 독립된 자아로 변하게 된다. 그리고 이러한 변화의 모습은 소설 말미에 당시에는 흔하지 않았던 유대인 이민자와의 재혼을 통해 극명하게 드러난다. 세상의 변화에 대한 아버지와 어머니의 상반된 태도는 당시 미국에서 유행하던 이집트풍 실내장식에 대한 반응에서도 잘 나타난다.

『래그타임』의 형식적 특징에서 짚고 넘어갈 점은 화자이다. 이 소설의 화자가 누구인가는 확실하게 밝혀지지 않았다. 내용의 대부분은 소년이 화자인 듯하지만, 타테에 대한 이야기에서는 그의 딸이 화자인 듯하며, 기타 실존 인물에 대해서는 전지적 작가 시점에 가깝다. 이렇게 화자가 누구인가에 대해서는 여러 의견이 있지만, 이 책이 처음 발표된 1975년 당시의 성인 미국인이라는 데에는 큰 이견이 없다. 이는 화자가 역사를 바라보는 시각이라든가 지식에 그 근거를 두고 있다. 작가는 이렇게 복잡한 화자의 시선을 선택함으로써 전환기 미국의 복잡한 사회상을 섬세하게 그렸다.

더불어 문체적 특징으로는 책 전체에 걸쳐 인용부호가 없다는 점을 들 수 있다. 또한 아버지나 어머니, 외삼촌, 소년의 이름은 단 한 번도 나오지 않는다. 이는 이 소설의 중심인 백인 중산층 가족이 실은 미국의 일반적인 중산층 계급을 대표하며, 이들의 시각이 곧 미국 중산층의 시각임을 암시한다.

『래그타임』에는 비교적 짧은 분량에 비해 무척이나 많은 실존인물들이 등장한다. 작가는 이러한 실존 인물들을 통해 소설에 현실성을 부여함과 동시에, 이들이 진보 시대에 어떠한 영향을 주었는지른 그리고 있다. 예를 들어, 6장에 있는 프로이트의 미국 방문 이야기는 이후 미국에 만연할 섹스 광풍을 암시한다. 또한 의자가 어느 방향으로 놓여야 맞는지를 고민하며 옳은 방향을 찾기 위해 밤새 의자를 돌리는 드라이저, 진정한 북극점을 찾기 위해 하루 종일 걸어다니는 피어리, 심령 세계의 존재를 찾으려 애쓰는 후디니와 에디슨, 영생의 비밀과 세상을 밝힐 지혜에 대해 탐구하는 모건과 포드의 모습에서는 당시에 영원불변한 진실을 찾으려는 움직임이 꽤 활발했음을 보여준다.

　이 책은 짧은 분량에 비해 무척이나 많은 내용을 압축해 담고 있다. 위에서 언급된 내용 외에도 작품의 모든 문장과 문단이 당시의 시대상에 대해 깊은 의미를 담고 있다고 해도 과언이 아니다. 따라서 역자는 이 책의 경우 가능하다면 되도록 천천히 읽으며 그 문장의 의미를 생각해보는 것도 좋은 독서법이라고 생각한다. 또한 역자로서 이 책에서 받은 가장 큰 감명은 모든 문장이 굉장히 짧고 간단하다는 것이다. 깊은 이야기를 하기 위해 글을 굳이 어렵게 쓰지 않아도 된다는 점은 다 아는 사실이다. 하지만 이를 실제로 해낸 작가들은 드물다. 그렇기에 이 작품의 작가인 닥터로에게 더더욱 경의를 표한다. 그리고 그 단순한 표현방식에 담긴 강력한 내용이 여러분에게도 잘 전달되었으면 좋겠다.

최용준

1931년	에드거 로런스 닥터로는 1월 6일 뉴욕 브롱크스에서 러시아 유대계 이민 2세대인 데이비드 닥터로와 로즈 닥터로 사이에서 태어남. '에드거'라는 이름은 브롱크스에 거주했던 작가 에드거 앨런 포의 이름에서 따온 것임.
1948년	브롱크스 과학고등학교 졸업. 시인이자 비평가인 존 랜섬의 지도 아래 캐니언 칼리지에서 수학함.
1952년	철학 전공으로 캐니언 칼리지를 우등으로 졸업함. 컬럼비아 대학에 입학해 희곡을 공부함. 독일 낭만주의 극작가 하인리히 폰 클라이스트의 작품을 이 시기에 처음 접하고 큰 영향을 받음.
1953~1955년	독일 프랑크푸르트에서 군복무를 함. 1954년 헬렌 에스더 세처와 결혼.
1959년	〈뉴 아메리칸 라이브러리〉에서 5년간 편집자로 재직함.
1960년	첫 소설 『하드 타임스에 온 것을 환영합니다Welcome to Hard Times』 출간. 이후 1967년 헨리 폰다 주연의 영화로 제작됨.
1964년	〈다이얼 프레스〉에서 5년간 편집장으로 재직함.
1966년	『삶만큼 거대한Big as Life』 출간. 『하드 타임스에 온 것을 환영합니다』와 달리 비평가들에게 혹평을 받음. 이에 실망한 닥터로는 출간본을 회수함.
1968~1969년	〈다이얼 프레스〉의 부사장이 됨. 노먼 메일러, 제임스 볼드윈, 리처드 컨던 등 당대 재능 있는 작가들과 함께 일함.
1969년	어바인 소재 캘리포니아 주립대학교의 초빙 작가로 집필에

몰두함.

1971년	『다니엘서*The Book of Daniel*』출간. 이 소설로 비평가들의 절대적인 찬사를 받으며 작가로서의 위치를 굳건히 다짐. 1983년 영화로 제작됨. 뉴욕 사라 로런스 칼리지에서 7년간 교수로 재직함.
1973년	매년 예술 분야에서 뛰어난 창의력을 보여준 이들에게 수여되는 구겐하임 펠로십을 받음.
1974년	예일 드라마 스쿨의 창작 펠로십을 받음.
1975년	『래그타임*Ragtime*』출간. 출간 첫해에만 20만 부 이상이 판매되었고 전미도서비평가협회상을 받음. 1981년 영화로 제작되며 1998년에는 뮤지컬로 만들어짐.
1979년	『저녁식사 전의 한잔*Drinks before Dinner*』출간.
1980년	『룬 호수*Loon Lake*』출간. 프린스턴 대학에서 1년간 방문교수로 재직.
1982년	『미국 국가*American Anthem*』출간. 뉴욕 대학교 교수로 5년간 재직.
1984년	단편집『시인들의 삶*Lives of the Poets*』출간.
1985년	『세계 박람회*World's Fair*』출간. 제20회 국제 펜클럽 회의에 참석하여 작가들에게 정치적 견해를 자유롭게 개진하도록 촉구. 이 논의는 그 후『우리 직업의 열정*The Passion of Our Calling*』이라는 제목의 에세이집으로 출판됨.
1986년	『세계 박람회』로 전미도서상을 받음.
1989년	『빌리 배스게이트*Billy Bathgate*』출간. 『래그타임』에 이어 전미도서비평가협회상을 두번째로 수상함. 1991년 영화로 제작됨.
1990년	『빌리 배스게이트』로 펜포크너 상을 받음.
1993년	문학비평, 정치적 견해, 역사적 고찰 등으로 구성되어 있는

첫 에세이집『잭 런던, 헤밍웨이 그리고 헌법*Jack London, Hemingway and the Constitution*』출간.

1994년   『수도*The Waterworks*』출간.

1998년   국가인문학훈장을 받음.

2000년   『신의 도시*City of God*』출간. 존 맥거번 상을 받음.

2003년   에세이집『세계를 전하다*Reporting the Universe*』출간.

2004년   단편집『비옥한 땅 이야기*Sweet Land Stories*』출간.

2005년   『행군*The March*』출간. 이 작품으로 세번째 전미도서비평
          가협회상과 두번째 펜포크너 상을 받음.

2006년   에세이집『창조주의자들*Creationists*』출간.

2009년   『호머와 랭글리*Hormer & Langley*』출간.

2011년   단편집『세상의 모든 시간*All the Time in the World*』출간.

2015년   폐암 합병증으로 별세.

문학동네 세계문학전집 발간에 부쳐

세계문학은 국민문학 혹은 지역문학을 떠나 존재하는 문학이 아니지만 그것들의 총합도 아니다. 세계문학이라는 용어에는 그 나름의 언어와 전통을 갖고 있는 국민문학이나 지역문학의 존재를 인정하면서 그것을 넘어서는 문학의 보편적 질서에 대한 관념이 새겨져 있다. 그 용어를 처음 고안한 19세기 유럽인들은 유럽문학을 중심으로 그 질서를 구축했지만 풍부한 국민문학의 전통을 가지고 있는 현대의 문학 강국들은 나름의 방식으로 세계문학을 이해하면서 정전(正典)의 목록을 작성하고 또 수정한다.

한국에서도 세계문학 관념은 우리 사회와 문화의 변화 속에서 거듭 수정돼왔다. 어느 시기에는 제국 일본의 교양주의를 반영한 세계문학 관념이, 어느 시기에는 제3세계 민족주의에 동조한 세계문학 관념이 출현했고, 그러한 관념을 실천한 전집물이 출판됐다. 21세기 한국에 새로운 세계문학전집이 필요하다는 것은 명백하다. 우리의 지성과 감성의 기준에 부합하는 세계문학을 다시 구상할 때가 되었다.

문학동네 세계문학전집은 범세계적으로 통용되는 고전에 대한 상식을 존중하면서도 지난 반세기 동안 해외 주요 언어권에서 창작과 연구의 진전에 따라 일어난 정전의 변동을 고려하여 편성되었다. 그래서 불멸의 명작은 물론 동시대 세계의 중요한 정치·문화적 실천에 영감을 준 새로운 작품들을 두루 포함시켰다.

창립 이후 지금까지 한국문학 및 번역문학 출판에서 가장 전문적이고 생산적인 그룹을 대표해온 문학동네가 그간 축적한 문학 출판 경험을 바탕으로 새로운 세계문학전집을 펴낸다. 인류가 무지와 몽매의 어둠 속을 방황하면서도 끝내 길을 잃지 않은 것은 세계문학사의 하늘에 떠 있는 빛나는 별들이 길잡이가 되어주었기 때문이다. 우리가 자부심과 사명감 속에서 그리게 될 이 새로운 별자리가 독자들의 관심과 애정에 힘입어 우리 모두의 뿌듯한 자산이 되기를 소망한다.

문학동네 세계문학전집 편집위원
민은경, 박유하, 변현태, 송병선, 이재룡, 홍길표, 남진우, 황종연

지은이 **E. L. 닥터로**
1931년 뉴욕에서 태어났다. 캐니언 칼리지와 컬럼비아 대학에서 철학과 희곡을 공부했다. 미국
예술·문학아카데미 문학상과 전미도서비평가협회상을 수상한 『래그타임』을 비롯해 『다니엘서』
『빌리 배스게이트』 등을 발표했고, 『행군』으로 생애 세번째 전미도서비평가협회상과 두번째 펜
포크너 상을 수상했다. 폐암으로 투병하다 2015년 7월 84세를 일기로 사망했다.

옮긴이 **최용준**
서울대학교 천문학과를 졸업했으며 미국 미시간 대학에서 박사학위를 받았다. 옮긴 책으로는
『아메리칸 러스트』『내가 필요하면 전화해』『넘버 나인 드림』『유령이 쓴 책』『그들은 제비처럼
왔다』『핑거스미스』『곤두박질』『죽은 자에게 걸려 온 전화』 등이 있다. 『이 세상을 다시 만들자』
로 제17회 과학기술 도서상 번역 부문을 수상했다. 시공사의 '그리폰 북스', 열린책들의 '경계
소설선', 샘터사의 '외국 소설선'을 기획했다.

세계문학전집 095
래그타임

1판 1쇄 2012년 5월 29일
1판 3쇄 2020년 6월 19일

지은이 E. L. 닥터로 | 옮긴이 최용준 | 펴낸이 염현숙

책임편집 김경은 | 편집 이은현 임선영 | 독자모니터 김준언
디자인 이경란 최미영 | 저작권 한문숙 김지영 이영은
마케팅 정민호 정진아 함유지 김혜연 김수현
홍보 김희숙 김상만 지문희 우상희 김현지
제작 강신은 김동욱 임현식 | 제작처 영신사

펴낸곳 (주)문학동네
출판등록 1993년 10월 22일 제406-2003-000045호
주소 10881 경기도 파주시 회동길 210
전자우편 editor@munhak.com | 대표전화 031) 955-8888 | 팩스 031) 955-8855
문의전화 031) 955-8862(마케팅), 031) 955-3560(편집)
문학동네카페 http://cafe.naver.com/mhdn
문학동네트위터 http://twitter.com/munhakdongne
북클럽문학동네 http://bookclubmunhak.com

ISBN 978-89-546-1802-1 04840
        978-89-546-0901-2 (세트)

잘못된 책은 구입하신 서점에서 교환해드립니다.
기타 교환 문의 031) 955-2661, 3580

www.munhak.com

● 문학동네 세계문학전집은 계속 출간됩니다